ROBERT BAUR

Mord in Metropolis

FILMREIFER KRIMI Robert Grenfeld hat längst mit seinem früheren Leben als Kommissar bei der Berliner Mordkommission abgeschlossen. Auch privat läuft es nicht gut für den Exkommissar. Seine Frau Helen hat die gemeinsame Villa verlassen. Da beschließt sein langjähriger Freund und ehemaliger Kollege Kriminalrat Ernst Gennat ihn für Ermittlungen einzuspannen. In Neubabelsberg wird der teuerste Stummfilm aller Zeiten gedreht: Fritz Langs »Metropolis«. Die Hauptdarstellerin, Brigitte Helm, erhält Drohbriefe in Form von Gedichten. Gennat bittet seinen Freund, sich auf dem Gelände der Ufa umzusehen und zu ermitteln. Nur ungern kommt Robert Grenfeld dem Wunsch nach. Doch einmal dort angekommen, ist er von dem Treiben zwischen den Filmkulissen begeistert. Als das erste Todesopfer in der Rüstung der Maschinen-Maria gefunden wird, nimmt der Fall an Fahrt auf und macht auch nicht vor Grenfelds Privatleben halt.

Dr. Robert Baur, Jahrgang 1963, studierte Pädagogik, Psychologie und Soziologie an der Universität Augsburg. Als Personalentwickler konzipiert und leitet er seit Anfang der 90er-Jahre Seminare für Führungskräfte großer und mittelständischer Unternehmen. In seinen Workshops nutzt er die Möglichkeit, durch spannende Geschichten Wissen zu vermitteln. Sein Interesse am Film »Metropolis« galt nicht nur den kulturellen, sondern auch den wirtschaftlichen Aspekten. 2006 promovierte er zum Thema »Sprachliche Methoden in Psychotherapie und Beratung«. Nicht zuletzt deshalb darf sein Exkommissar Grenfeld auch auf die Couch.

www.baur-robert.de

ROBERT BAUR

Mord in Metropolis

Kriminalroman

Original
GMEINER

Personen und Handlung sind fast alle frei erfunden.
Ähnlichkeiten mit lebenden oder toten Personen
sind – soweit nicht beabsichtigt – rein zufällig.

Besuchen Sie uns im Internet:
www.gmeiner-verlag.de

Im Ehnried 5, 88605 Meßkirch
Telefon 07575/2095-0
info@gmeiner-verlag.de

1. Auflage 2014

Lektorat: Sven Lang
Herstellung: Mirjam Hecht
Umschlaggestaltung: U.O.R.G. Lutz Eberle, Stuttgart
unter Verwendung eines Fotos von: © mauritius images
Druck: GGP Media GmbH, Pößneck
Printed in Germany
ISBN 978 3 8392 1546 3

Lauf über die Pflastersteine bis um 5 Uhr,
halte inne: Ein schroffer Wind bläst die Okarina
über die Löcher des sperrigen Berlins –
und ein rauer Tag geht hinter den Häusern
über der Stiefmutter russischer Städte auf.

Wladislaw Chodassewitsch, *Alles aus Stein*, 1923
(frei übersetzt von Serge Davidov)

1

16. Juni 1925, 8.30 Uhr,
Berlin-Grunewald, Douglasstraße 63

Das schrille Klingeln der Haustürglocke drang unbarmherzig in sein Bewusstsein. Seit er den Dienst als Kriminalkommissar endgültig an den Nagel gehängt hatte, schlief er wieder tief und fest wie ein Baby. Umso heftiger schreckte er jetzt hoch. Schlaftrunken taumelte er zum Fenster, doch der Anblick der schwarzen Limousine ließ ihn augenblicklich hellwach werden. Für einen kurzen Moment hatte er gehofft, es sei Helen. Aber dieses Fahrzeug konnte nur einem gehören: dem Dicken. Noch während er nach seinem Bademantel griff, spürte er, wie sich die altbekannte Übelkeit einstellte. Ein neuer Fall, eine neue Leiche, die Presse und kein Schlaf. Seit Jahren das gleiche Spiel, doch es war aus und vorbei, sagte er sich. Grenfeld hetzte die breite Marmortreppe nach unten und erkannte hinter den zwei Glastüren die mächtige Gestalt des Kriminalpolizeirats der Berliner Mordkommission. Zwanzig Jahre lang hatten sie zusammen Tag und Nacht in der Roten Burg am Alexanderplatz gearbeitet, doch nie hatte er sie hier draußen besucht. Nach vielen Ausreden seinerseits hatten sie aufgegeben, ihn einzuladen. Die Villa, der Marmor, Helens illustre Gäste, Schriftsteller, Weltreisende, Maler und dazwischen Gennat. An diesem Bild war etwas falsch. Grenfeld hatte es ihm nie übel genommen, auch wenn er sich sein Erscheinen oft gewünscht hätte.

»Haben der Herr ausgeschlafen?«, murmelte Gennat und schob sich an Grenfeld vorbei in das Foyer wie in eine voll besetzte Straßenbahn. Im Wohnzimmer steuerte er direkt den nächsten Ledersessel an und ließ sich hineinplumpsen. Er trug bizarr enge und ungebügelte Röhrenhosen und sein gewölbtes Jackett war so zerknittert, als zöge er es auch im Bett nicht aus. Seine flinken Augen hatten längst die leeren Rotweinflaschen entdeckt, die überall herumstanden, und für einen Augenblick zeigte sich auf seinem Gesicht eine leichte Irritation.

»Ich brauche dich, Robert«, sagte er dann und sah ihn direkt an.

»Ich kann nicht«, erwiderte Grenfeld. »Ich bin aus allem raus, das weißt du!« Er ärgerte sich, weil er wie die Beschuldigten im Verhörraum des Berliner Polizeipräsidiums sprach – hastig und unsicher. »Außerdem fahre ich morgen zum Eifelrennen, man stellt mir einen Wagen zur Verfügung. Die letzten Jahre war das nie möglich. Ein Fall jagte den anderen und …«

»Ich weiß«, unterbrach Gennat und blickte durch die Glasfront in den Garten. Dann machte er eine lange Pause. »Wie wunderbar du es hier hast, was für eine Ruhe. Ich verstehe nichts von Architektur, aber der ganze Bau hat etwas Beruhigendes, mit diesen klaren Linien … wer hat das Haus entworfen?«

Der Dicke war einfach phänomenal. Wie oft hatte Robert es im Präsidium erlebt: Die verstocktesten Schweiger unter den Kriminellen fingen an bei ihm zu reden, und konnten es hinterher nicht fassen, was sie alles ausgeplaudert hatten.

»Um Gottes willen, Gennat, kürzen wir es ab! Worum geht es denn?«, platzte es aus ihm heraus. »Du weißt ja, ich bin seit Januar …« Grenfeld zögerte.

»Privatier?«, ergänzte Gennat spöttisch. »Und genau deshalb brauche ich dich. Ich will da keinen von unseren Leuten hinschicken. Das gäbe nur Aufsehen und das können die gerade am wenigsten gebrauchen.«

»Wer sind die?«, Grenfeld spürte, wie die Falle langsam zuschnappte. Der Dicke hatte seinen Köder ausgelegt und er war gerade dabei anzubeißen.

»Filmleute. Es geht da um eine Menge Geld und jetzt sind alle etwas aufgeregt, wegen einer dilettantisch verfassten Morddrohung an die Hauptdarstellerin. Wenn du mich fragst, alles halb so wild.«

Gennat quälte sich aus dem Sessel und ging einige Schritte auf Grenfeld zu. »Robert, schau, du kennst die Kollegen. Alles prima Leute. Aber Film – das ist nicht deren Welt.«

»Meine auch nicht, Gennat. Das weißt du. Ich habe mich nie wirklich für Helens Welt interessiert.«

»Aber du kennst sie und das ist die Hauptsache. Fahr einfach raus nach Neubabelsberg zur UFA und sprich mit denen. Dann kann ich sagen, ich habe was veranlasst und die Sache hat sich damit. Und wenn du den Kettelhut siehst, grüß ihn von mir, der macht da die ganzen Filmbauten für *Metropolis* – genialer Mann.« Unvermittelt legte Gennat seine große Hand auf Grenfelds Schulter und fragte leise: »Wie geht es eigentlich Helen? Alles in Ordnung mit euch beiden?«

»Helen ist in Paris auf einer Kunstausstellung, alles bestens«, log er und Gennat spürte das.

So schnell der Dicke in seine ruhige Beschaulichkeit eingebrochen war, so schnell war er wieder verschwunden. Wäre er nur einen Moment länger geblieben – vielleicht hätte Grenfeld ihm alles erzählt. Dass Helen ›vorübergehend‹, wie sie betonte, zu einer Freundin nach Paris gezogen war, um seine Melancholie und Selbstzerstörung nicht länger ertragen zu müssen. Seit er am ersten Januar den Polizeidienst quittiert hatte, mied er jede Gesellschaft, und außer zu gelegentlichen, einsamen Spaziergängen und Ausfahrten hatte er das Haus nicht mehr verlassen. Helens geduldige Versuche, ihn aus seiner selbst gewählten Einsiedelei zu befreien, waren gescheitert. Ihre Postkarte von der ›Exposition des Arts Décoratifs‹ lag samt Telefonnummer ihrer Freundin seit einer Woche auf dem Küchentisch. Was hätte er ihr auch erzählen sollen? Von der kleinen Katze, die ihn jeden Tag besuchte? Von seinem täglichen Spaziergang die Douglasstraße entlang am Tennisplatz von Rot-Weiß vorbei rund um den Hundekehlesee?

Als er jetzt die Nummer wählte und ihre Stimme hörte, schämte er sich, den Anruf so lange aufgeschoben zu haben.

»Ach Robert … um Himmels willen! Warum rufst du nicht an? Wie geht es dir? Was macht die kleine Katze?«

Der ehemalige Kommissar war zu verblüfft, um darauf zu antworten. »Helen, hör bitte zu! Gennat war heute bei mir, ich soll nach Babelsberg zur UFA fahren und mich um irgendeine Morddrohung kümmern.«

»Fahr hin, das wird dich auf andere Gedanken bringen!«

»Aber verstehst du nicht, was soll ich denn da? Ich bin doch nicht einmal mehr bei der Polizei. Außerdem ist übermorgen das Eifelrennen.«

»Robert, willst du dich umbringen? Du bist doch kein Werksfahrer! Aber davon einmal abgesehen, warum hast du dann nicht abgelehnt?«

»Ich kann dem Dicken einfach nichts abschlagen und das weiß er.«

»Haben sie ihn jetzt endlich befördert? Zeit wird es.«

»Na ja, er hat gesagt, er soll nächstes Jahr die zentrale Mordinspektion aufbauen, da blieb ihnen wohl nichts anders übrig, als ihn zum Kriminalpolizeirat zu machen. Er ist halt eine ehrliche Haut und macht aus seinem Herzen keine Mördergrube.«

»Und er hat immer große Stücke auf dich gehalten, das weißt du.«

Gegen so viel Optimismus kam Grenfeld heute nicht an. »Dann brauche ich deine Hilfe. Sagen dir die Namen Metropolis und Kettelhut etwas?«

»Die neue Großproduktion von Fritz Lang. Soll noch monumentaler werden als die Nibelungen. Kettelhut war zusammen mit Hunte damals der Architekt. Die Hauptdarstellerin kenne ich nicht. Aber geh doch zu Herrn Pommer. Da bist du gleich an der richtigen Adresse. Grüß ihn von mir!«

»Woher um alles in der Welt kennst du jetzt schon wieder diesen Produzenten und die halbe Filmmannschaft?«

»Erzähle ich dir ein anderes Mal. Du hast dich ja nie dafür interessiert. Februar letzten Jahres – wir waren zur Premierenfeier des Nibelungenfilms ins Adlon eingeladen. Erinnerst du dich? Erst kamst du zu spät, dann bist du eingeschlafen.«

»Steckt dein Vater da mit drin? Finanziert er den Film?«

»Ich habe dir doch gesagt, dass mein Vater längst im Ruhestand ist. Er ist nur noch als Berater für den UFA-Aufsichtsrat tätig. Robert, ich erzähle dir liebend gern alles andere, aber ich muss jetzt weg. Stöber doch einfach mal in meinen Zeitschriften, im Film-Kurier findest du sicher was über Fritz Lang … ruf mich wieder an, ich liebe dich und küss mir die kleine Miez … und Robert? Geh doch mal wieder aus! Sitz um Gottes willen nicht die ganze Zeit zu Hause. Du wirst noch wahnsinnig!«

Oktober 1924,
New York, Manhattan

Liebste Thea,

wie betrunken torkle ich durch diese Stadt, die ihresgleichen sucht, voller Schrecken und Lust. Ich sehe die Wolkenkratzer, fast schwerelos wie teuren Stoff vom Himmel fallen, leicht und transparent schimmernd. Die Gebäude so hoch, dass sie mich verwirren, blenden und hypnotisieren. Den ganzen Tag könnte ich durch diese Straßen wandern und staunen. Und nachts die blitzenden Lichter, das Spiel der Farben, bis alles für kurze Zeit erlischt und dann wieder von Neuem beginnt. Über den Autos und Hochbahnen Türme aus Blau und Gold, in Weiß und Purpur. Ich strecke den Kopf noch höher und da geht es weiter mit dem Licht der Reklame, das bis zu den Sternen reicht, drehend, wirbelnd und in immer neuen Variationen. Ach Thea, was haben wir geträumt von Metropolis, Stadt der Zukunft, wie sie aussehen soll. Auf dem Sofa ist alles graue Theorie. Dies hier ist Metropolis! Lass uns die Stadt und den Film groß denken! Was schreibst Du? In Berlin wollen sie die große Kinoreklame verbieten lassen? Weil sie den Verkehr behindert? Sollen sie doch hierherkommen und den Glanz, die Festlichkeit und die Lebensfreude sehen, mit der die Amerikaner ihre Filme feiern. Wie mir das Kleinkarierte und Ängstliche immer mehr widerstrebt. Was ist eine Weltstadt? Eine schöne Frau in einem strahlenden Gewand, kein Mauerblümchen!

Dein Fritz

17. Juni 1925, 11 Uhr, Grunewald, Douglasstraße 63

Eigentlich wollte Grenfeld schon gestern nach Babelsberg gefahren sein, um den Auftrag möglichst schnell vom Hals zu haben. Doch dann hatte er in den vielen Filmzeitschriften geblättert, die sich in Helens Arbeitszimmer stapelten, und konnte sich bis in den Abend hinein nicht davon lösen. Er musste an Alfred Polgar denken, der einmal schrieb, Berlin sei vom Film derart belagert, dass Touristen die Stadt für eine einzige, monumentale Filmkulisse halten müssten.

Helen war nicht nur wohlhabend, sondern – um es lapidar auszudrücken – stinkreich. Sie hätte es nie nötig gehabt, einer Arbeit nachzugehen. Helens Vater, Bankier, Mitbegründer der Deutschen Asienbank, mittlerweile Ehrenpräsident einer Großbank, saß in zahlreichen Aufsichtsratsgremien und hatte anfangs wenig Verständnis, warum Helen ausgerechnet einen Kriminaler heiraten wollte. Als sie dann anfing, Mode zu entwerfen, dachte niemand daran, dass sie einmal Filmdiven beraten und ganze Revuen ausstatten würde. Auch wenn es für Außenstehende nur schwer nachvollziehbar war, der Reichtum Helens war für beide nie eine Belastung. Robert bewunderte sie, mit welcher Natürlichkeit sie sich in den Kreisen von Kunst und Mode bewegte. Sie bewunderte ihn, wie souverän er jeden Tag in die dunkle Seite der Stadt abtauchen konnte. Von seiner Souveränität – und das verstand Helen viel zu spät – war nach zwanzig Jahren nichts mehr geblieben. Nur noch der geordnete Rückzug ins Innere, der Wagen und der Rotwein. Gennat fraß sich zu Tode, und er trank sich eben zu Tode, sollte sich nicht bald etwas ändern. Grenfeld sammelte die leeren Weinflaschen der letzten Tage ein, schloss die Haustüre hinter sich ab, setzte sich in seinen weißen Sechszylinder-Kompressor-Mercedes und verstaute sie auf dem Beifahrersitz. Sollte Helen zurückkommen, musste sie nicht gerade über diese Flaschen stolpern. Der neue Wagen war ein Luxus, den er sich im Dienst stets versagt hatte, denn er wollte keinen Neid unter den Kollegen aufkommen lassen, von denen sich niemand ein eigenes Auto leisten konnte. Er genoss die Fahrt nach Babelsberg und fuhr so langsam, als wollte er dort nie ankommen.

17. Juni 1925, 13 Uhr,
Neubabelsberg, Stahnsdorferstraße 99–101

Robert Grenfeld wusste nicht, wie er sich die UFA-Ateliers von Neubabelsberg im Südwesten Berlins vorzustellen hatte. Vor Jahren hatte er einmal in einem Mordfall in der unteren Friedrichstraße ermittelt und eines der vielen gläsernen Dachateliers aufgesucht, deren Kulissen ihn eher an eine Theaterbühne erinnerten. Doch was er hier sah, verschlug ihm die Sprache. Er befand sich mitten auf einer gigantischen, lärmenden Großbaustelle. Gleich rechts neben dem Eingang erhob sich eine monumentale, mittelalterliche Wehrmauer. Dahinter ein Riesenfreilichthof von Maurern und Zimmerleuten bevölkert, die meterhohe Holzkonstruktionen aufrichteten. Vor seinen Augen entstand das Portal einer mächtigen Kathedrale. Im Weitergehen fand er sich plötzlich inmitten einer Straße von überdimensionalem Ausmaß wieder – die Hauptstraße von Metropolis. Unten zog sich ein Fahrdamm für Autos entlang, oben auf den Brücken hasteten Arbeiter die Fußgängerwege an riesenhaften Hauswänden entlang, vorbei an den Kuppeln leuchtturmähnlicher Verkehrstürme. Er schloss sich dem Strom der Arbeiter an, stieg Treppen hinauf und hinunter, unter sich das Gewirr der Schnellbahnen in der Erde, neben sich mächtige Häuserkulissen. Grenfeld sprach schließlich eine Gruppe von Arbeitern an, die mithilfe von langen Magnetstöcken Nägel einsammelten. Ohne ihn im Lärm der Bauarbeiten wirklich verstanden zu haben, zeigten sie auf die Silhouette einer düster anmutenden Burganlage. Vorbei an einem kleinen Zoo, dauerte es noch etwa zwanzig Minuten, bis er den Eingang in die Burg fand. Und während er die engen Steintreppen immer weiter hinunterstieg, die Hände am frischen Putz Halt suchend, änderte sich die Atmosphäre schlagartig. Nur noch gedämpft drang das Hämmern und Sägen in dieses unterirdische Labyrinth, an dessen Ende sich ihm ein seltsames Schauspiel bot.

Eine Kolonne von Gestalten in grauen Overalls und Kappen stand in Sechserreihen und wartete mit gebeugtem Rücken vor dem Gitter eines weiß gekachelten Torbogens. Hinter dem Gitter – auf der linken Seite – eine weitere Arbeiterkolonne, schweigend, die Gesichter ausdruckslos. Die Luft war stickig und feucht, hinzu kam das gleißend weiße Licht der auf Eisengestelle montierten, röhrenförmigen Quecksilberdampfleuchten. Plötzlich schrie eine Stimme »Achtung, Aufnahme! Schicht die Erste!«, dann erklang ein Sirenenton und beide Kolonnen setzten sich im Gleichschritt in Bewegung. Während die rechte zügig durch das Gittertor marschierte, kam die linke nur halb so schnell auf Robert zu. Der ab Mannshöhe gewölbte Tunnel mit seinen weißen, nüchternen Emaille-Kacheln schien jedes aufkeimende Leben in den Marschierenden zu erdrücken. Vielleicht lag es an seinem mittlerweile gesunkenen Alkoholspiegel, vielleicht an der Luft oder am seltsam stockenden Gehrhythmus der Kolonne, Grenfeld wurde schwindlig und konnte doch nicht von den Gestalten mit ihren ausdruckslosen Gesichtern lassen, die an ihm vorbeimarschierten. Harte Gesichtszüge, glasige Augen, dünne zusammengepresste Lippen und für einen kurzen Moment glaubte er, ein Gesicht in der Masse erkannt zu haben. Er versuchte, sich mit aller Gewalt zu erinnern, welches es war. Dann drehte sich alles, ihm wurde übel und schließlich verlor er sein Gleichgewicht. Im Fallen griff er nach einer dieser Eisengestelle, spürte einen stechenden Schmerz im Arm und verlor das Bewusstsein.

Grenfeld öffnete die Augen und sah in das Gesicht einer jungen Frau, die ihn besorgt anblickte. »Was machen Sie mir denn für Geschichten«, sagte sie lächelnd und verband behutsam seinen rechten Arm. »Sie wollen doch nicht etwa unsere Probeaufnahmen ruinieren?«

»Wo bin ich?«, flüsterte Grenfeld.

»Im Verwaltungsgebäude der UFA-Ateliers in Neubabelsberg. Sie sind ohnmächtig geworden.«

»Das darf einfach nicht wahr sein!«, tönte es aus dem Hintergrund, »dass jeder Idiot auf das Gelände kann. Wir sind doch hier nicht auf dem Rummel! Was tun die eigentlich an der Pforte? Sollen unsere Darsteller jetzt für jeden Dahergelaufenen zum Freiwild werden?«

Grenfeld erhob sich langsam von der Liege und wollte protestieren, aber sein rechter Arm schmerzte zu stark.

»Sie haben einen kolossalen Schutzengel, es hätte nicht viel gefehlt und der Scheinwerfer wäre auf Ihrem Kopf gelandet. So hat die Eisenstange nur Ihren Arm gestreift.«

Grenfeld setzte sich auf und erblickte neben der jungen

Frau einen ebenso hageren wie zornigen Mittvierziger mit speckiger Schildmütze. »Wo sind Sie denn eingeteilt? Warum melden Sie sich nicht an der Pforte?«, bellte er wie auf dem Kasernenhof.

Grenfeld beschloss, ihn zu ignorieren, und wandte sich an seinen Schutzengel. »Ich bin nicht als Komparse hier. Grenfeld ist mein Name. Ich muss zu Erich Pommer, es geht um …«

»Ach, Sie sind das. Faber, würden Sie uns bitte allein lassen? Es stimmt, wir erwarten Besuch.«

Nachdem der dürre Kerl das Zimmer verlassen hatte, nicht ohne seiner Missbilligung Ausdruck verliehen zu haben, stand Grenfeld auf und zog umständlich sein Hemd an.

»Ich bin Mareike Sondt, die Assistentin des Produktionsleiters. Bitte verzeihen Sie Herrn Faber, er ist für die gesamte Komparserie zuständig und im Moment geht schon wieder alles drunter und drüber. Dann gehen ihm schon mal die Nerven durch. Herr Pommer ist nicht auf dem Gelände. Aber ich bin über alles unterrichtet und habe Sie bereits erwartet. Herr Gennat hat uns versprochen, das Ganze erst mal ohne viel Aufsehen zu regeln. Wahrscheinlich ist der Vorfall völlig belanglos, es gibt da nur einige Details, die uns beunruhigen.«

»Und welche?«, fragte Grenfeld, während er seinen Arm vorsichtig hin und her bewegte. Frau Sondt holte ein Papier aus ihrer Tasche und reichte es ihm. Dort stand in Maschinenschrift:

Nur wer sein Leben gibt, kann die Stadt gewinnen,
Wer nur in eitlen Gärten weilt, kann keinem Los entrinnen.
Du wirst als Erste dein Opfer bringen.

Ob's hilft, wer weiß es schon – uns stürzt ihr nie vom Thron.
Ihr wollt die Zeit anhalten? Nun gut, versucht es doch,
der Preis ist viel zu hoch für dich, du schöne Reine,
jetzt hast du noch die Wahl, der Spieler lässt dir keine.

Grenfeld blickte auf und sah die Produktionsassistentin fragend an.

»Brigitte Helm, unsere neue Hauptdarstellerin, hat dieses Papier am Sonntagabend zugesteckt bekommen.«

»Wo?«

»Wir hatten eine Regiebesprechung und waren anschließend im Uhu. Auf dem Gang zur Toilette sprach sie ein Bettler um Geld an und als sie ihm ein paar Münzen gab, überreichte er ihr diesen Zettel mit den Worten: ›Die erste Warnung, Schätzchen!‹.«

»Klingt nach einem üblen Scherz.«

»Frau Helm nahm das Ganze zuerst auch nicht sonderlich ernst. Sie trug uns das Gedicht anschließend mit übertrieben theatralischer Geste vor, doch niemand am Tisch konnte darüber lachen.«

»Weshalb?«

»Der Text ist merkwürdig. Er steckt voller Anspielungen. Im Grunde kann das nur jemand geschrieben haben, der das Manuskript von *Metropolis* kennt.«

»Wer ist mit ›Spieler‹ gemeint?«

»Auch so eine Andeutung. *Dr. Mabuse, der Spieler* aus dem Erfolgsfilm von Fritz Lang, nehmen wir an.«

»Und die ›eitlen Gärten‹?«

»Am besten, Sie lesen das Manuskript, dann können Sie sich selbst ein Bild machen.«

Mareike Sondt drückte Grenfeld eine Mappe in die Hand mit der Aufschrift ›Metropolis, von Thea von Harbou‹.

Grenfeld stand auf, atmete tief durch und antwortete etwas zu forsch: »Hören Sie, Frau … Sondt, vielleicht hat Ihnen Erich Gennat das verschwiegen, aber ich bin seit Januar nicht mehr bei der Polizei. Ich empfehle Ihnen, für Frau Helm Polizeischutz zu beantragen. Wir haben gute, erfahrene Kollegen im Präsidium, die …«

»Die morgen einem lieben Freund von der Berliner Morgenpost einen Tipp geben«, winkte sie ab. »Ich hatte gehofft, Sie könnten uns diskret helfen.«

Grenfeld fingerte unbeholfen an der Mappe herum. Dann drehte er sich zum Fenster und sah auf den Bauplatz hinaus, direkt auf das Domportal.

»Was ist eine Weltstadt? Eine schöne Frau mit einem strahlenden Gewand«, hörte er sich plötzlich sagen und erschrak.

»Sie haben den Film-Kurier gelesen über die Reise von Fritz Lang nach Amerika?«, fragte sie sichtlich überrascht.

»Ja. Und Metropolis wird Manhattan?«

»Metropolis wird eine Stadt, wie sie etwa im Jahr Zweitausend aussehen könnte, die Stadt der Zukunft, Mutter aller Städte.«

»Wie wollen Sie da draußen Wolkenkratzer mit fünfzig Stockwerken bauen?«

»Herr Grenfeld, haben Sie *Die Nibelungen* gesehen oder *Der letzte Mann*?«

»*Die Nibelungen*«, antwortete er unsicher. Den größten Teil des Films dürfte er damals jedoch verschlafen haben.

»Auf den vierzigtausend Quadratmetern Freigelände lassen unsere Kulissenbauer Kulturen aus aller Welt entstehen und wieder verschwinden. Wenn Sie in Richtung Süden gehen, stoßen Sie auf einen Stadtplatz mit Hotel, samt einer sechzig Meter hohen Häuserfront vom *Letzten Mann*. Im

Westen finden Sie Reste von riesigen Drachenwäldern mit Bäumen von bis zu zwei Metern Durchmesser, Burgmauern, Burgunderschiffe, Felsschluchten samt beweglichem Drachen aus dem Reich der Nibelungen. Für Metropolis müssen wir nicht alles nachbilden. Mit der neuen Spiegeltechnik können wir viele Bauten bei zwei Metern Höhe belassen und sie dann in den Hintergrund einer Filmszene einsetzen. In den Filmpalästen merken die Zuschauer nicht, dass es nur Modelle sind.«

»Und diese Kathedrale da draußen?«

»Brigitte Helm wird auf diesem Dach mit ihrem Verfolger kämpfen. Das kann man nicht durch Tricks darstellen. Die unter- und oberirdische Stadt, das Vergnügungsviertel, die Herzmaschine … all das müssen wir lebensgroß bauen.«

»Was ist mit den traurigen Gestalten da in den Katakomben?«

»Herr Grenfeld, kommen Sie schon, was soll ich nun Herrn Pommer sagen?«

»Pfeifen Sie auf die Presse. Schützen Sie dieses Mädchen. Ich bin heute völlig unbehelligt durch die Pforte gekommen. Das war kinderleicht. Es gibt genug Irre in dieser Stadt und die werden von diesen Themen angezogen wie die Motten vom Licht. Die meisten von ihnen sind keine Caligaris oder Mabuses. Sie streben keine Weltherrschaft an, sie wollen nur etwas vom Kuchen abhaben … wie wir alle.«

Mareike Sondt konnte ihre Enttäuschung nur schlecht verbergen. »Na gut, Herr Grenfeld, wir werden sehen. Ich begleite Sie noch zur Pforte, damit Sie mir nicht auf dem Gelände verloren gehen.«

Als der ehemalige Kommissar in seinen Wagen stieg, warf er die Mappe mit dem Manuskript auf den Beifahrersitz zu den leeren Weinflaschen. Er wischte sich die Schweißperlen von der Stirn und legte seinen Kopf auf das dunkelbraun gebeizte, glänzend polierte Lenkrad seines weißen Mercedes vom Typ 24/100/140 PS, den er im Dezember letzten Jahres zum ersten Mal auf der Berliner Automobilausstellung erspäht und übereilt bestellt hatte. Der Wagen war protzig und erregte mehr Aufmerksamkeit als ihm lieb war. Er hätte noch ein Jahr warten und dann den Roadster mit dem kürzeren Radstand kaufen sollen. Im Augenwinkel konnte er gerade noch Mareike Sondt sehen, wie sie ruhig gestikulierend auf den Pförtner einredete. Ein sinnloses Unterfangen, denn niemand würde den täglichen Strom von Komparsen, Arbeitern und Pressevertretern wirklich kontrollieren können. Dann blickte sie in seine Richtung und für einen kurzen Moment trafen sich ihre Blicke. »Es tut mir leid«, flüsterte er. »Ich muss mich selbst schützen. Es ist aus und vorbei! Ich lass mich da nicht hineinziehen!« Er hatte einen furchtbar trockenen Mund und für einen Augenblick kam ihm der Gedanke, die leeren Weinflaschen nach Resten zu durchsuchen. Er ließ den Motor an, spürte beim Schalten wieder den Schmerz im rechten Arm und dachte an das morgige Eifelrennen. Das hatte ihm der Dicke jedenfalls gründlich versaut.

2

19. Juni 1925, 1 Uhr,
Grunewald, Douglasstraße 63

Grenfeld war dabei, die ersten Seiten des Manuskripts zu lesen, obwohl er sich vorgenommen hatte, genau dies nicht zu tun. Vielleicht lag es an seinem schmerzenden Arm, vielleicht an seinem schlechten Gewissen, sich zu leicht aus der Affäre gezogen zu haben, vielleicht aber auch an der Tatsache, dass er sich – ganz gegen seine Gewohnheit – an diesem Abend jeden Alkohol versagt hatte. Er hatte im Bett zu grübeln begonnen, sich schlaflos von einer Seite auf die andere gewälzt und hatte ständig an das Bild dieser monoton marschierenden Arbeiter denken müssen. Im Rhythmus dieser Kolonne waren vor seinem geistigen Auge die Mordfälle der letzten zwei Jahrzehnte vorbeigezogen: Bild für Bild, Geschichte für Geschichte, Leiche für Leiche. Wütend war er aufgestanden, um sich das Manuskript aus dem Wagen zu holen. Es war eine laue Sommernacht, Grenfeld bezog die Liege auf seiner geliebten Terrasse und begann zu lesen:

Metropolis – eine hoch technisierte Großstadt mit gigantischen Wolkenkratzern wird von Johann Fredersen, einem mächtigen, kaltherzigen und skrupellosen Industriemagnaten regiert. Von seinem Büro im neuen Turm Babel, dem höchsten Punkt der Stadt, überwacht er akribisch alle Vorgänge seines Imperiums. Die Reichen, samt ihrer Söhne und Töchter, vergnügen sich in den Ewigen Gärten und genießen in ihren luxuriösen Wohnanlagen das pralle Leben im Überfluss. Über der Stadt: Dekadenz und rauschende Feste in den Amüsiervierteln, sportliche Ertüchtigung in den Stadien. Tief unter der Erde jedoch schuften tausende Arbeiter in einem unterirdischen Kraftwerk, der Herzmaschine, und fristen in grauen, gleichförmigen Mietskasernen ihr stupides Leben. Ohne Pause leisten sie in Zehnstundenschichten Schwerstarbeit bis an die Grenzen ihrer Kraft, nicht zuletzt, um den Schein der Glitzerwelt aufrechtzuerhalten. Einzige Hoffnung dieser ausgebeuteten Massen ist ein Proletariermädchen namens Maria, eine Predigerin des Friedens und der Verständigung. In den Katakomben, wo sich die Arbeiter heimlich versammeln, verheißt sie den Geschundenen, dass eines Tages ein Mittler erscheinen wird, der sie von ihrem Elend befreit. Diese Prophezeiung scheint nahe, als sich Freder, der Sohn des Diktators, in Maria verliebt und sich gegen seinen Vater stellt. Aus Angst vor einer drohenden Revolte in der Unterstadt sucht Fredersen seinen alten Rivalen, den genialen Erfinder Rotwang auf. Dessen neueste Schöpfung, ein Maschinenmensch, soll die friedsame Maria ersetzen und die Arbeiter zu einem gewaltsamen Aufstand anstacheln.

Es musste etwa fünf Uhr in der Früh sein, als Grenfeld plötzlich von seiner Liege aufschreckte. Er fröstelte und mittlerweile hatten sich weiße Nebelschwaden über den Rasen gelegt. Sein wirrer Traum von marschierenden Arbeiterkolonnen in grauen Overalls kam ihm wieder in den Sinn und plötzlich wusste er mit absoluter Gewissheit: Dieses Gesicht in den Katakomben gestern, das war Wilhelm Blume. Verdammt, dachte er, Blume ist doch längst tot!

Er stand auf und stolperte über zwei leere Weinflaschen, die er in der Nacht geleert haben musste. »Verdammt«, sagte er sich und spürte, wie die altbekannte Übelkeit in ihm emporkroch wie ein längst verjagtes Reptil.

19. Juni 1925, 8 Uhr, Polizeipräsidium, Alexanderplatz

Wie immer man sich das Büro eines Berliner Kriminalrats der Mordkommission auch vorstellte, Ernst Gennats Büro sah nicht so aus. Es war eine Mischung aus plüschig-gemütlichem Wohnzimmer und Gruselmuseum. An der Wand ein reichlich durchgesessenes, grünes Sofa, darüber ein präparierter Frauenkopf, den man einmal aus der Spree gefischt hatte. Links neben dem Sofa eine schwere Axt, einst ein Mordwerkzeug. Als Wanddekoration Fotografien männlicher und weiblicher Mörder sowie ein vergilbter Pharus-Plan von Groß-Berlin. Neben Schreibtisch und Aktenschränken zwei grüne Plüschsessel. Gennat war keineswegs erstaunt, als Grenfeld zur Tür hereinplatzte, nur um diese Uhrzeit hatte er nicht mit ihm gerechnet. Er sah fürchterlich aus, und das machte ihm ernsthaft Sorgen.

»Blume!«, platzte es aus ihm heraus. »Wilhelm Blume, kannst du dich erinnern?«

»Wie kann ich den vergessen? August vor drei Jahren, die Geldbriefträger-Morde, wochenlang Futter für die Presse. Weshalb fragst du?«

»Ich habe ihn gestern unter den Komparsen entdeckt – in Babelsberg.«

»Ich bin wirklich beeindruckt, zu was diese Filmleute heutzutage fähig sind. Tote auferwecken, damit tun selbst wir uns schwer. Der Mann hat, soweit ich weiß, nach seiner Verhaftung in Dresden Selbstmord begangen.«

»Gennat, es gibt keinen Zweifel, er war es, er war gestern in Babelsberg!«

Der Dicke erhob sich von seinem Schreibtisch und zum ersten Mal bemächtigte ihn eine gewisse Unruhe. Grenfeld mochte Probleme haben, an seiner Intelligenz und Urteilskraft jedoch hatte er noch keinen Tag gezweifelt. Er öffnete die Tür zum Vorzimmer und sage leise: »Trudchen, kannst du mir bitte die Akte eines gewissen ›Blume, Wilhelm‹ besorgen, du weißt schon, in unserer Kartei, und hol auch gleich Otto zu uns, der war damals bei der Verhaftung dabei.«

Grenfeld wusste, warum das Gesicht des Dicken starr und seine Lippen schmal wurden. Seit Jahren beklagte er den Missstand, dass es keine einheitliche Mordkommission gab. Die Fachinspektionen und deren Spezialdezernate arbeiteten völlig unkoordiniert nebeneinander her. Ermittlungsakten wurden nicht ausgetauscht, sondern verschwanden nach Abschluss eines Falles oder nach Einstellung der Fahndung in den Schreibtischschubladen der einzelnen Beamten. Und was schon in der Abteilung IV der Berliner Kripo nicht klappte, galt umso mehr für die Dokumentation der Fälle im ganzen Reich. Das zu ändern, war das große Lebensziel des Dicken. Als Gennat die Akte in den Händen hielt, murmelte er: »Schau, Robert, 17. August 1922, Selbstmord im Friedrichstädtischen Krankenhaus in Dresden. Kurz vor seiner Überführung ins Untersuchungsgefängnis ist es dem Angeklagten gelungen, sich mittels einer Rasierklinge, die er im Bruchband versteckt hatte, die Pulsadern aufzuschneiden.«

Als Otto Nagel eine halbe Stunde später verkündete, ein Anruf in Dresden habe ergeben, dass Blume damals den Selbstmordversuch überlebt habe, aus dem Krankenhaus fliehen und sich ins Ausland absetzen konnte, war es mit der Gelassenheit vorbei. Der Dicke war außer sich und tobte so, wie ihn seine Mitarbeiter nur selten erlebt hatten. Die Kommissare Arthur Hellriegel und Gerhard Kanther traten ein, sahen Grenfeld erstaunt an und versuchten, den wild gestikulierenden Gennat zu beruhigen. Hellriegel, erst letztes Jahr vom Hilfskommissar zum Kommissar befördert, redete beruhigend auf den Dicken ein. Man merkte, dass er früher einmal Pastor gewesen war. Grenfelds Aufmerksamkeit jedoch war von etwas anderem gefangen: Auf Gennats Schreibtisch lag eine Postkarte von der ›Exposition des Arts Décoratifs‹. Er nahm sie, drehte sie um und las:

Lieber Ernst Gennat,

ich mache mir große Sorgen um Robert. Ihr kennt euch nun schon so lange. Kannst Du vielleicht nach ihm sehen, während ich in Paris bin? Ich weiß einfach nicht mehr weiter. Ohne Aufgabe richtet er sich noch zugrunde! Vielleicht spricht er mit Dir. Wenn ich zurückkomme, reden wir.

Liebe Grüße,
Helen

Grenfeld spürte eine ungeheure Wut in sich aufsteigen. Das steckte also hinter dem plötzlichen Auftauchen des Dicken. Darum sollte er nach Babelsberg! Eine mildtätige Rettungsaktion für das verlorene Schaf, von der fürsorglichen Ehefrau eingefädelt. Es dauerte keine Sekunde und Grenfeld hatte sich die Akte von Blume geschnappt, das Foto herausgenommen und unter den verdutzten Gesichtern der diskutierenden Kommissare das Büro fluchtartig verlassen.

19. Juni 1925, 12 Uhr,
Neubabelsberg, UFA-Ateliers

Für die Fahrt nach Babelsberg brauchte Grenfeld auf der Avus nicht einmal die Hälfte der Zeit vom Vortag. Er fuhr viel zu schnell, hatte Hunger und konnte nicht mehr klar denken. Stattdessen stellte sich ein altbekanntes Gefühl ein, das ihn zwanzig Jahre treu begleitet hatte: Jagdfieber.

Wilhelm Blume, der Mörder der Geldbriefträger, war kein gewöhnlicher Krimineller. Er wechselte beständig Wohnorte, Länder, Berufe, Namen und bereitete der Berliner Kriminalpolizei jahrelang negative Schlagzeilen. Grenfeld beschäftigte noch etwas anderes. Blume, das verkannte Genie, tüftelte an technischen Erfindungen, schrieb mit unbändiger Leidenschaft Theaterstücke und hatte kurz vor seiner Verhaftung sogar ein Schauspiel auf einer Dresdner Bühne zur Aufführung gebracht. Gennat erklärte er damals, die Morde dienten nur dazu, seine Stücke berühmt zu machen. Das grandiose Filmprojekt, der literarische Stil dieser Morddrohung, die Gesellschaft von Prominenten … all das könnte zu Blume passen, vorausgesetzt, er weilte noch unter den Lebenden.

Auf dem UFA-Freigelände fand Grenfeld diesmal schnell seinen Weg zu den Katakomben. Als er die Halle betrat, wurde er enttäuscht. Statt der grauen Arbeiterkolonnen fand er lediglich den hageren, unfreundlichen Kerl von gestern, umringt von einer Gruppe Chinesen im Halbdunkeln stehen. Die meisten Scheinwerfer waren längst abgebaut. Nachdem Faber ihn bemerkt hatte, entgleisten seine Gesichtszüge zu einer ärgerlichen Grimasse. »Wie hat der Herr sich diesmal durch die Pforte geschmuggelt?«, brüllte er zu Grenfeld herüber und eilte auf ihn zu, wie ein kläffender Köter, der den Briefträger entdeckt hatte.

»Damit!«, konterte Grenfeld und zog seine alte Dienstmarke aus der Tasche. Im selben Moment wusste er, dass er einen Fehler begangen hatte. Sich jetzt als Polizist erkennen zu geben, würde seine Ermittlungsarbeit erheblich einschränken. Er hatte sich reizen lassen. Der Kasernenton verbunden mit diesem verächtlichen Gesichtsausdruck katapultierte ihn geradewegs in die emotionalen Zustände seiner Schulzeit zurück, die er hier am wenigsten brauchen konnte. Sobald Faber seine Marke sah, änderte er seine Haltung in eine gekünstelte Unterwürfigkeit, ohne jedoch den ironischen Unterton ganz zu verbergen. Grenfeld beschloss, ohne Umschweife zur Sache zu kommen. Er holte das Foto von Blume hervor und hielt es ihm unter die Nase. »Kann es sein, dass sich dieser Mann unter Ihren Komparsen befindet?«

Der Mann brach in ein höhnisches Gelächter aus. »Haben Sie eine Ahnung, wie viele Komparsen wir für diesen Film anwerben? Zum jetzigen Zeitpunkt brauchen wir ein paar tausend Kahlköpfe, Neger, Chinesen, Kinder. Diese Anzahl kann sich bei Herrn Lang im Oktober verdoppeln und im Dezember verdreifachen! Für mich schaut ein Gesicht wie das andere aus.«

»Ich habe den Mann gestern in der Arbeiterkolonne gesehen, in den Katakomben.«

»Bevor oder nachdem Sie ohnmächtig wurden?«, fragte Faber.

Grenfeld spürte, wie Wut in ihm aufstieg, und es würde nicht leicht werden, sie unter Kontrolle zu halten.

»Beantworten Sie einfach meine Frage«, sagte er bemüht kühl.

»Wie gesagt, ich kann mich an keine Gesichter erinnern!«

»Sie führen doch sicher Namenslisten?«

»Natürlich, die können Sie jederzeit im Personalbüro einsehen. Aber jetzt muss ich leider weiterarbeiten. Unsereins muss schließlich das Geld verdienen, wovon er lebt, nicht wahr? Das gilt auch für meine Schlitzaugen dort. Oder haben Sie noch eine Frage?«

Grenfeld hätte gute Lust gehabt, diesen Faber von der

Stelle weg aufs Präsidium zu schleppen, was angesichts seiner Position keinen Sinn hatte. Genauso sinnlos wie diese Namenslisten. Blume würde wohl kaum mit einem seiner früheren Namen in Erscheinung treten. So drehte er sich wortlos um und stieg die Steintreppen hinauf zur Oberwelt, wo ihn mittlerweile die strahlende Junisonne empfing. Und während sich seine Augen erst allmählich an das grelle Licht gewöhnten, bemerkte er in der Ferne die Silhouetten zweier Gestalten, die er in jeder Menschenmenge erkannt hätte: Hellriegel und Kanther, im Schlepptau Mareike Sondt. Grenfeld machte reflexartig kehrt, hastete die Steintreppe wieder hinunter zur Fliesenhalle, vorbei an Faber und der Chinesengruppe, den Gang entlang bis zu einer Treppe, die ihn weiter in die Tiefe führte. Der Wandputz wurde rauer, die Treppenstufen unförmiger, das Licht schwächer und er musste Acht geben, nicht zu stolpern. Am Ende öffnete sich der Raum zu einer Art Krypta, an deren Ende zehn hochstämmige, geborstene Holzkreuze aufgerichtet waren, in den Wänden zahllose Grabnischen mit Ikonen, in der Mitte ein Altar mit brennenden Kerzen. Obwohl Grenfeld wusste, dass alles, was er hier sah, nur das Ergebnis genialer Kulissenbauer war, konnte er nicht umhin, dieses Gewölbe mit einer gewissen Ehrfurcht zu betreten. Unwillkürlich nahm er seinen Hut ab, setzte sich auf einen Steinblock, atmete tief durch und schloss seine Augen. Er genoss die Stille, war es doch tatsächlich der erste Moment seit Gennats Besuch, an dem er ein wenig innehalten konnte.

»Was um alles in der Welt mache ich hier?«, haderte er mit sich selbst. »Ich jage einem Phantom hinterher, weil Helen mich für unterbeschäftigt hält. Lautes, eckiges, gieriges, zerfilmtes Berlin – in dir darf man alles, nur nicht ruhen. Selbst die Untätigen müssen hier im Schweiße ihres Angesichts untätig sein. Seit zwanzig Jahren jage ich in dieser Stadt Perverse, Verzweifelte, Raffgierige und Wahnsinnige, während sich immer mehr Menschen in Filmpaläste flüchten, nur um das zu sehen, was sie im eigenen Hinterhaus nicht wahrhaben wollen. Ich werde jetzt aufstehen, nach Hause fahren und ...« Grenfeld öffnete die Augen, weil er das Gefühl hatte, nicht mehr allein zu sein. Vor den Holzkreuzen, in der Mitte des Raumes, stand ein blond gelocktes Mädchen, eine Stola um die Schultern, die Augen zur Decke gerichtet, in der einen Hand ein Manuskript, die Arme einmal ausgestreckt, dann über der Brust verschränkt, so als probe sie verschiedene Gesten auf ihre Wirkung. Dies ist also Maria, schoss es ihm durch den Kopf, das Proletariermädchen, die Stimme der Arbeiter von Metropolis.

Grenfeld musste sich später eingestehen, von ihrem Anblick auf eine seltsame Art und Weise fasziniert, ja irritiert worden zu sein. Natürlich kannte er die makellos Schönen des Films, wie sie wöchentlich in den Filmzeitschriften zu bewundern waren. Diese Schönheit jedoch entzog sich jeder oberflächlichen Betrachtung, wechselte in Sekundenschnelle zwischen weich und hart, naiv und weise, fürsorglich und wild.

»He, Sie!«, rief das Mädchen unerwartet. »Kommen Sie doch mal in die Mitte. Ja genau, Sie. Nu machen Sie doch, wir haben nicht ewig Zeit, gleich kommen die anderen!« Sie wippte ungeduldig mit den Füßen und lachte schallend. »Na, Sie sind mir auch einer von der schnellen Truppe, was? Ja genau, einfach in die Mitte ... und nun knien Sie sich bitte hin!«

Grenfelds üble Laune war augenblicklich verflogen, als er die Erde unter seinen Knien spürte und die kräftige Stimme des Mädchens den gesamten Raum ausfüllte.

»Heute will ich euch die Legende vom Turmbau von Babel erzählen. So sagt der schöpferische Mensch: Auf! Lass uns einen Turm bauen, dessen Spitze bis an die Sterne reicht. Und an die Spitze des Turmes Babel wollen wir schreiben: Groß ist die Welt und ihr Schöpfer! Und groß ist der Mensch!«

»Wie soll ich Euch nennen?«, hörte sich Grenfeld plötzlich mit lauter Stimme sagen.

»Maria!«, tönte es vom Altar.

»Wie auch sonst«, antwortete Grenfeld, sich vage an den Text im Drehbuch von Thea von Harbou erinnernd.

Das blonde Mädchen erstarrte vor Überraschung, schüttelte sich dann vor Lachen und kam die Treppen des Altars hinunter auf den immer noch knienden Grenfeld zu. »Wissen Sie, wie lang mein Filmpartner, Gustav Fröhlich, diese Szene gestern üben musste? Ganze drei Stunden und am Ende hatte er wunde Knie! Sie sind vielleicht 'ne Wucht. Ihren Kniefall hätte Fritz Lang sofort akzeptiert. Woher kennen Sie den Text?«

»Frau Sondt hat mir das Manuskript überlassen, mein Name ist Grenfeld und ich … sagen wir mal … ermittle aufgrund dieser seltsamen Morddrohung.«

»Ach, das ist doch längst vergessen. Ich habe das nie ernst genommen. Sie etwa?«

Grenfeld stand umständlich auf, sah in die lebendig strahlenden Augen dieser jungen Frau und zögerte. Sollte er ihr von Wilhelm Blume erzählen und sie unnötig ängstigen? Da ergriff sie blitzschnell das Foto, das aus seiner Sakkotasche herausschaute, und musterte es neugierig. »Ist er das?«, fragte sie.

»Wer?«

»Na, der Erpresser oder Bösewicht?«

»Erkennen Sie ihn denn wieder?«

»Nein, im Uhu ging alles so furchtbar schnell und er hatte den Hut ins Gesicht gezogen.«

»Das ist Wilhelm Blume, ein Serienmörder. Ich glaubte ihn gestern unter den Komparsen gesehen zu haben.«

»Tut mir leid, ich habe in den letzten Wochen so viele neue Gesichter gesehen und so viele Menschen kennengelernt. Bei mir geht es erst im Juli so richtig los mit dem Dreh. Aber ich habe ja sonst nichts zu tun. Als die Oberin im Pensionat hörte, dass ich für die UFA arbeite, hat sie mich kurzerhand rausgeschmissen.«

Grenfeld nahm das Bild wieder an sich. »Sagen Sie mir bitte Bescheid, wenn Ihnen etwas Ungewöhnliches auffällt, Frau Helm.«

»Ungewöhnlich? Können Sie mir auf dem Gelände etwas zeigen, was *nicht* ungewöhnlich ist?«, antwortete sie lachend. »*Sie* können ja auf mich aufpassen!«

»Das werden vermutlich schon andere tun«, murmelte Grenfeld, denn im selben Moment betraten Hellriegel und Kanther die Krypta. Verschwitzt, staubig und offensichtlich übel gelaunt verloren sie kein Wort zu viel.

»Das Foto!«, befahl Hellriegel unmissverständlich.

»Ab heute keine Alleingänge mehr. Gruß vom Chef. Jetzt übernehmen wir«, brummte sein Kollege missmutig.

»*Ich* hab keinen Chef!«, erwiderte Grenfeld trotzig und steckte das Foto wieder ein. Er lächelte der Film-Maria zu, klopfte sich den Staub von der Hose und verließ langsam die Krypta mit der Gewissheit, nun endlich mit all dem nichts mehr zu tun zu haben. Zuerst würde er zum Seebad an der Krummen Lanke fahren, dann in der Gartenwirtschaft Paulsborn speisen und abends nach einer Runde um den Hundekehlesee mit einer Flasche guten Wein auf die schwarze Katze warten.

3

**22. Juli 1925, 23 Uhr,
Neubabelsberg, kleines Glasatelier**

Liebe Mutter,

ich schreibe Dir diesen Brief nur in Gedanken, um nicht ohnmächtig zu werden. In dieser engen Rüstung kann ich sowieso nicht schreiben. Und wenn ich fluche, dann bin es nicht ich, sondern diese Maschinen-Maria, zu der ich mich verwandeln muss. Das Imitat der guten Maria. Sie soll die Arbeitermassen zur Revolte aufstacheln und so dem Despoten einen Grund geben, den Aufstand niederzuschlagen. So steht es im Drehbuch. Warum hast Du damals nur mein Foto an Fritz Lang geschickt? Hättest Du es nie getan. Dann müsste ich nicht tagelang in dieser elenden, engen Sardinenbüchse stecken und könnte frei atmen, wie im Schülertheater auf der Naturbühne im Schlosspark Hirschfelde. Sie meinen es ja alle gut mit mir und haben da, wo es am meisten wehtut, etwas Holz weggeraspelt. Sie geben mir mit einem Strohhalm Saft zu trinken und kühlen mich sogar mit einem Föhn. Wenn es nur nicht so lange dauern würde! Irgendetwas stimmt mit meinem Körper nicht, denn es drückt und zwickt überall in dieser starren Enge. Dabei haben sie doch extra einen Gipsabguss von mir erstellt, in der Bildhauerwerkstatt flüssige Holzpaste aufgetragen und modelliert. Kann man denn in sechs Wochen so zunehmen? Ich hasse es, wenn sie draußen lachen und Späße machen. Erst gestern hat wieder jemand Geldmünzen in die engen Sehschlitze der Roboterrüstung gesteckt, sehr witzig! Ich sammle sie mittlerweile und kaufe mir in der Kantine Schoko-Katzenzungen. Fritz, Thea, Karl, Otto, Heinz und Rudi … sie sind alle lieb und wahnsinnig zugleich, wahnsinnig lieb. Am meisten von allen mag ich Fräulein Willkomm von der Kostümerie. Bei ihr kann ich mich ausweinen, wenn ich eine Szene zum zehnten Mal wiederholen muss. Ich hasse Fritz, wenn er sagt »nochmals« und »nochmals« und »nochmals«, obwohl ich vom groben Wandputz schon ganz aufgeschürft bin, weil mich Rotwang durch die felsigen Gänge jagt. Dann haben wieder alle Mitleid mit mir, vor allem Erich, der mit Otto die ganzen herrlichen Kulissen zaubert. Was war ich schüchtern, aber jetzt fühle ich mich immer sicherer und werde richtig frech. Auch ich verwandle mich jeden Tag in eine andere Brigitte. Neulich habe ich einen echten Kommissar vor mir niederknien lassen. Aber das ist eine andere Geschichte. Oh Mist, jetzt wird mir schlecht. Nur nicht ohnmächtig werden … wenn nur die Lampen nicht so heiß wären! Also weiter im Brief. Ich hoffe inständig, sie suchen für diese Holzrüstung ein Ersatz, nur für ein paar Stunden, aber Fritz ist dagegen. Dann müssten wir ein neues Modell bauen und das würde Zeit kosten und Zeit haben wir nicht … Was würden wohl meine Freundinnen vom Schülertheater sagen, wenn sie mich so sehen könnten? Die wollten auch alle zum Film. Wer will das nicht … und kaum jemand weiß, wie es ist, herrlich und schrecklich zugleich, schrecklich herrlich eben.

In Liebe, Deine (geteilte) Brigitte

2. September 1925, 10 Uhr,
Krumme Lanke

Zweieinhalb Monate später platzte die Bombe. Grenfeld hatte mit viel Mühe versucht, Gennat, die UFA und die Film-Maria zu vergessen. Über weite Strecken war es ihm sogar gelungen. Er kultivierte seine Einsamkeit, intensivierte seine Spaziergänge durch den Grunewalder Forst, telefonierte ab und zu mit Helen und beschäftigte sich ansonsten mit kleinen, regionalhistorischen Recherchen, die außer ihn wohl niemanden interessierten. Ab und zu meldeten sich Freunde und Bekannte seiner Frau, doch nur selten öffnete er die Tür. An jenen Abenden, an denen er nicht einschlafen konnte, nahm er das Manuskript von *Metropolis* zur Hand und las so lange auf der Terrasse, bis ihm die Augen zufielen. Die immer häufiger werdenden Reportagen über die Dreharbeiten in Helens Zeitschriften, die Woche für Woche ins Haus flatterten, ignorierte er weitgehend. Nur dann und wann, wenn er eines dieser Hefte durchblätterte und das Gesicht von Brigitte Helm sah, spürte er einen Anflug von schlechtem Gewissen. Noch öfter aber, wenn er wie heute im Café Waldschlösschen an der Krummen Lanke saß, seinem Lieblingssee, kam ihm die UFA wie ein ferner Traum vor. An diesem 2. September – er wollte gerade zahlen – standen mit einem Mal seine ehemaligen Kollegen vom Präsidium, Hellriegel und Kanther, vor ihm. Bevor er überhaupt ein Wort sagen konnte, hatten sie Platz genommen und sahen ihn an. Jegliche Ironie und jeglicher Sarkasmus, mit denen sie ihm begegnet waren, seit er aus dem Polizeidienst ausgeschieden war, waren verflogen.

»Jetzt ist es so weit«, sagte Kanther. »Dieser Irre hat Ernst gemacht. Gennat hat uns gebeten, dich gleich mitzunehmen. Wir fahren raus nach Neubabelsberg. Eine junge, blonde

Schauspielerin hat es erwischt. Der Chef selbst ist mit Otto vor Ort.«

»Tut mir leid«, schob Hellriegel nach. »Wir hätten dich gern in Ruhe gelassen, aber du kennst ja den Dicken.«

»Ist es die Helm?« Grenfeld überspielte seine Nervosität nur mäßig.

»Frau Sondt hat heute früh angerufen, sie sprach lediglich von einer jungen Schauspielerin.«

Wie betäubt stand der ehemalige Kommissar auf und beobachtete sich selbst, wie er zahlte und den Kollegen zu ihrem Wagen folgte.

»Wie habt ihr mich überhaupt gefunden?«, fragte er auf der Fahrt.

Kanther lachte. »Mein lieber Grenfeld, *wir* sind noch in der Abteilung IV.«

Er blickte aus dem offenen Fenster und während im warmen Fahrtwind das helle Grün des Waldes an ihm vorbeirauschte, sah er auf einmal in dieses junge, lebendige Gesicht, das zu ihm sprach: »*Sie* können ja auf mich aufpassen!«

Am Tatort war alles Routine. Ob in einem Filmatelier oder in einer grauen Mietskaserne unweit des Schlesischen Bahnhofs, die Bilder waren überall die gleichen. Konzentrierte Geschäftigkeit aufseiten der Ermittler – Bestürzung, Fassungslosigkeit und Neugier in den Gesichtern der Umstehenden. Absperrungen, Vermessungen, Befragungen und die Kriminaltechnik. Alles musste wie ein gut geöltes Räderwerk ablaufen, ansonsten bekam man es mit dem Chef zu tun. »Am Tatort wird nicht geredet, am Tatort wird gehandelt!« Gennats gebetsmühlenartig vorgetragene Maxime wurde immer mehr Wirklichkeit, davon konnte sich Grenfeld heute überzeugen. Und doch hatte dieser Schauplatz etwas besonders Skurriles. Die Leiche befand sich in einer hölzernen Roboterrüstung, deren Einzelteile erst mühevoll aufgebrochen werden mussten. Man hatte einen Meister von der Schlosserei kommen lassen, der die massiven Vorhängeschlösser aufgebohrt hatte. Als Grenfeld und seine Kollegen das Atelier betraten, war der Körper des Opfers unter einer Wolldecke verborgen. Wie im Traum bewegte er sich darauf zu und zog langsam die Decke weg. Es war nicht Brigitte Helm, dennoch empfand er keine übermäßige Erleichterung darüber. Es war eine Doppelgängerin der Helm: jung, blonder Wuschelkopf, burschikose Gesichtszüge, schmale, blutleere Lippen. Mit schwarzen Seidentüchern geknebelt, lag sie in trügerischer Friedlichkeit mitten in der Filmkulisse eines mittelalterlichen und doch futuristisch anmutenden Laboratoriums: Rundkolben mit einer violetten Flüssigkeit, Apparate mit Schalttafeln, Induktionsspulen, Transformatoren, fluoreszierende Röhren. Im Licht der großen Jupiter-Scheinwerfer, die man für die kriminaltechnische Untersuchung eingeschaltet hatte, glänzte ihre Haut silbern, so als wäre sie gerade eben mit Lack besprüht worden. Ein neues Bild in seiner Galerie des Grauens, die er Nacht für Nacht in seinen Träumen abschreiten würde.

Im selben Moment trat Gennat neben ihn. Er schwitzte und atmete schwer. Seine dicken Hände hielten eine Art Notizblock, mehrere lose karierte Blätter, die von einer Heftklammer mühevoll zusammengehalten wurden.

»Sie heißt Lotta Lindner und ist seit einigen Wochen Komparsin. Sie war als Doppelgängerin für die Helm im Gespräch. Aber da gibt es widersprüchliche Aussagen.«

»Dann ist sie Opfer einer Verwechslung?«

»Schwer zu sagen. Vielleicht eine weitere Warnung.«

»Die Todesursache?«

»Der Hinterkopf weist eine starke Verletzung auf, möglicherweise ist sie aber auch erstickt. Wenn unser Arzt an der Reihe war, wissen wir mehr.«

»Wer hat heute Bereitschaft?«

»Na wer wohl? Der alte Dr. Katz.«

Mit dem Gerichtsarzt vom kriminalärztlichen Bereitschaftsdienst verband Grenfeld seit Jahren eine altbewährte Hassliebe.

»Sicher ist nur, dass der Täter die Rüstung verschraubt hat und das Mädchen die ganze Nacht über darin eingeschlossen war. Zur Sicherheit hat er noch Vorhängeschlösser an die Scharniere montiert. Selbst wenn sie vor Einschluss noch gelebt hat, die Chancen, den Korpus von innen zu öffnen, gingen gegen null.«

»Wie habt ihr sie aufgefunden?«

»Der Täter hatte sie publikumswirksam auf den eisernen Thron drapiert. Kulissenarbeiter haben sie dann entdeckt, auf den Boden gelegt, den Helm abmontiert …«

»Und auch sonst den Tatort verwüstet und sämtliche Spuren verwischt«, ergänzte Robert bitter.

Gennat nickte resigniert.

Grenfeld kniete sich auf den Boden und beugte sich über die Leiche. »Die silberne Haut des Mädchens … was ist das? Ölfarbe?«

»Was auch immer das ist, dieser Lack dürfte sämtliche Fingerabdrücke zerstört haben.«

Grenfeld starrte auf den Körper des Mädchens und erinnerte sich an die vergoldeten Schaufensterpuppen bei Wertheim, die ihm Helen in der Vorweihnachtszeit gezeigt hatte.

»Wozu diese Rüstung und all der Hokuspokus hier gut sein sollen, hat man mir erklärt, aber ich habe so gut wie nichts verstanden. Hast du das Drehbuch gelesen?«

»Noch nicht ganz. Rotwang, ein okkulter Erfinder und Rivale des Diktators, hat diesen Maschinenmenschen in seinem Laboratorium erschaffen, eine falsche Maria sozusagen.«

»Erinnert mich doch stark an den Frankenstein-Roman.« Gennat schüttelte den Kopf. »*Die Nibelungen* habe ich ja noch begriffen, aber das ist mir zu toll. Robert, ich kann dich nicht zwingen, aber es kann nicht schaden, wenn du uns etwas unterstützt.«

»Als Therapie für mich oder als Gefälligkeit Helen gegenüber?«

Gennat lächelte und legte seine große Hand auf Grenfelds Schulter. »Das mit der Postkarte hätte gerade mir nicht passieren dürfen. Verzeih bitte, aber ich habe euch beide immer gemocht. Davon abgesehen, mir fehlen wirklich deine Fähigkeiten als Ermittler. Arthur Hellriegel steht ganz am Anfang, Tiefenbacher ist zwar promovierter Jurist, aber als Kriminaler noch in der Ausbildung. Spätestens übermorgen ist das hier der Aufmacher in allen Berliner Blättern und dann bekommen wir eine Menge Druck von oben.«

»Du wolltest doch, dass ich die Postkarte finde.«

Gennat grinste. »Ich spiele eben lieber mit offenen Karten.«

»Habt ihr die Helm observieren lassen?«

»So gut es ging. Unsere Leute waren abwechselnd an ihr dran. Und was diesen Blume betrifft: Wir haben an die hundert Komparsen befragt, aber keiner hat ihn erkannt. Du bist bisher der Einzige. Bist du dir wirklich sicher, dass er es war?«

»Ja!«

»Wir haben um 16 Uhr eine Besprechung mit der Produktionsleitung samt den Schauspielern, Filmarchitekten und dem Regisseur. Bist du dabei?«

»Ich möchte lieber einer Idee nachgehen. Hältst du mich auf dem Laufenden?«

»Wie du mir, so ich dir«, witzelte Gennat und verschwand in der Menge.

Grenfeld hatte gelogen. Er hatte keinen Schimmer, was er als Nächstes tun sollte. Er wusste nicht einmal, ob er etwas tun wollte, und das ärgerte ihn am meisten. Mittlerweile war der Tatort fotografiert und die Kollegen begannen mit der Sicherung der Fingerabdrücke. Dr. Katz wartete ungeduldig auf seinen Einsatz. Einem Impuls folgend, überwand Grenfeld die Absperrung und betrachtete den Tatort aus der Reihe der hintersten Zuschauer. Mittlerweile war im Atelier ein reges Kommen und Gehen. Komparsen, Bühnenarbeiter und Angestellte aus dem Verwaltungsgebäude drängten sich in das Atelier, um das schreckliche Ereignis mit eigenen Augen zu sehen. Er hat tatsächlich Ernst gemacht, dachte Grenfeld, er hat es inszeniert. Der Mord musste in den Kulissen von Rotwangs Laboratorium stattgefunden haben, im Roboterkorpus der Maschinen-Maria, von Scheinwerfern hell erleuchtet, vor den Augen der ganzen Belegschaft. Hatte er Brigitte Helm absichtlich verschont? Oder sie verwechselt? In welchem Zusammenhang stand das alles mit der Geschichte dieses Films? Mit einem Moment wurde Grenfeld klar, dass früher für derart ausführliche Überlegungen am Rande des Tatorts nie Zeit gewesen war. Das, was er jetzt tat, war Luxus. So nachlässig Gennat sich kleidete, so akribisch achtete er auf jedes Detail am Tatort und im Tatbestandsbericht. Im Zusammenspiel der Mannschaft hatte jeder seine Aufgaben, für freies Reflektieren blieb da keine Zeit. Ohne zu wissen warum, kramte er einen Block und einen Stift aus dem Sakko und schrieb:

Wesentlicher Bestandteil der Ermittlungsarbeit:
1. Ein Wechsel der Perspektiven: nah/fern
2. Absichtsloses Wahrnehmen des Tatorts

Robert Grenfeld fand keine besseren Begriffe für das, was er ausdrücken wollte. Er spürte nur, dass er endlich einmal das formuliert hatte, was wesentlicher Bestandteil seiner Arbeit war. Aber stimmte das denn? ›Absichtsloses Wahrnehmen der Szene‹ – wie konnte man etwas ohne jegliche Absicht wahrnehmen? Er richtete seinen Blick nochmals auf die Kulissen. Im Hintergrund eine schwarz überzogene Wand mit einem aufgemalten Pentagramm, in der Mitte der eiserne Thron, links große Röhrenscheinwerfer, rechts ein Holzpodest mit Filmkamera. Die Filmkamera!, schoss es Grenfeld durch den Kopf. Er drängte sich durch die Menge, überwand das Absperrseil und eilte auf Kanther zu, der gerade mit einem Beleuchter sprach.

»Kanther«, rief er atemlos, »siehst du die Kamera? Lass sie untersuchen! Wir sollten wissen, ob damit gefilmt worden ist!«

»Na, wenn du meinst«, erwiderte Kanther. »Ich werde mich darum kümmern. Sonst noch Anweisungen, Herr Kriminalrat?«

»Das genügt für heute, abtreten!«, scherzte Grenfeld und zum ersten Mal spürte er ein Gefühl der Erleichterung. Er drehte sich um, sah in die gaffende Menge und flüsterte: »Und dich, Blume, werde ich auch noch erwischen. Ich weiß, dass du da bist, nur nicht hier in diesem verdammten Babelsberg!« Der ehemalige Kommissar verließ das Atelier, eilte zur Pforte und bestellte sich ein Taxi zur Krummen Lanke.

3. September 1925, 11 Uhr, Polizeipräsidium, Alexanderplatz

Als er Gennats Büro betrat, war er ausgeschlafen und ungewohnt gut gelaunt. Die gesamte Ermittlungsmannschaft im Fall Babel – wie dieser von nun an genannt wurde – war seit dem frühen Morgen anwesend. Für einen kurzen Moment brandete Applaus auf, der offenbar ihm galt.

»Sollte der Geist des Kintopps nun auch in dieses ehrwürdige Gebäude Einzug gehalten haben?«, witzelte Grenfeld, weil er nicht wusste, wie er reagieren sollte.

Gennat nickte ihm kurz zu und ergriff dann wieder das Wort: »Ich fasse zusammen. Aufgrund der außergewöhnlichen Aufmerksamkeit, die dieser Fall in der Öffentlichkeit bereits jetzt spielt«, er hielt die Berliner Morgenpost in die Höhe, »ermitteln wir mit der großen Mannschaft samt Reservekommission. Robert Grenfeld wird uns unterstützen, allerdings im Hintergrund. Ich bitte alle Kollegen, diese außergewöhnliche Maßnahme zu akzeptieren. Ich muss freilich betonen, dass ich ohne die Entdeckung der Filmaufnahme und Wilhelm Blume als Hauptverdächtigen diesen Vorschlag niemals von unserem Chef, Herrn Dr. Weiß, abgesegnet bekommen hätte. Jetzt zu den vorläufigen Ergebnissen. Erstens: Grenfeld, du hattest einen guten Riecher. Der Täter hat tatsächlich das Opfer mit einem Stachow-Filmer aufgenommen, einer leicht zu handhabenden Kamera. Der kurze Ausschnitt hilft uns inhaltlich zwar nicht weiter, weil minutenlang nur der versilberte Körper der jungen Frau zu sehen ist, aber wir haben Fingerabdrücke. Zweitens: Dr. Katz hat bestätigt, dass die junge Frau mit einem Schlag auf den Hinterkopf getötet und erst dann in die Rüstung eingeschlossen wurde. Warum der Täter zusätzlich die Scharniere angebracht hat, ist mir schleierhaft. Vielleicht wollte er sichergehen, dass sie nicht überlebt. Drittens: Die Fingerabdrücke auf der Kamera stimmen leider nicht mit denen von Blume überein. Dennoch: Wir werden unter den Komparsen Handzettel mit dem Gesicht von Wilhelm Blume verteilen. Viertens: Das gestrige Gespräch mit der Produktionsleitung hat Folgendes ergeben: Die junge Frau war nicht als Doppelgängerin für die Hauptdarstellerin vorgesehen. Es wurde wohl darüber diskutiert, weil sich die Dreharbeiten in dem Korpus als überaus anstrengend gestalten, doch Herr Lang war dagegen. Das Opfer heißt Liselotte Lindner, der Vater ist Eigentümer einer Papierfabrik in Magdeburg. Sie ist vor einem Jahr von zu Hause abgehauen und in Berlin untergetaucht. Fünftens: Weder Brigitte Helm noch ihre Kollegen können sich einen privat motivierten Hintergrund vorstellen. Streit oder Auseinandersetzungen gab es – über das normale Maß hinaus – am Drehort nicht. Sechstens: Wir gehen davon aus, dass der Täter aus dem Umfeld der Dreharbeiten stammt, was natürlich keine wirkliche Eingrenzung darstellt. Die Handlung des Films und das Drehbuch sind mittlerweile kein Geheimnis mehr. Brigitte Helm ist bereits während der Produktion des Nibelungenfilms auf ihre Aufgabe vorbereitet worden. Ich brauche nicht zu erwähnen, wie viele Komparsen und Arbeiter sich am Drehort befunden haben. Siebtens …« Gennat tupfte sich mit einem Taschentuch den Schweiß von der Stirn und machte eine kurze Pause. »Die Helm bekommt natürlich weiterhin Personenschutz und wir sind mit einigen Kollegen in Babelsberg präsent. Die Aufgaben sind alle verteilt. Gibt es noch eine Anmerkung? … Dann darf ich allen Kollegen viel Erfolg wünschen bis zur nächsten großen Runde.«

Nachdem die Kommissare den heißen und stickigen Raum verlassen hatten, wandte sich der Dicke an Grenfeld: »Hast du dich entschieden? Bist du jetzt mit an Bord?«

»Vielleicht«, murmelte er ausweichend.

»Du solltest einen Nervenarzt aufsuchen«, sagte Gennat spöttisch. »Da draußen bei euch im Grunewald, da wohnt doch dieser … Abraham.«

»Nie gehört«, log Grenfeld. Erst letztes Jahr hatte er im Grunewald-Echo einen Artikel von Karl Abraham über sein ›Psychoanalytisches Institut‹ in der Potsdamer Straße gelesen. Helen hatte ihn darauf hingewiesen, worauf er den Artikel zunächst absichtlich überblättert hatte, um ihn spätabends heimlich zu lesen. Tatsächlich hatte er schon öfter daran gedacht, ob diese Neurosenlehre und Traumanalyse nicht auch für ihre Mordermittlungen hätten nützlich sein können, doch Begriffe wie ›Inzest‹ und ›Fetisch‹ hatten ihn abgeschreckt.

»Was will dieser Täter nur?«, unterbrach Gennat seinen Gedankenstrom. »Ich verstehe das einfach nicht. Bisher liegen keinerlei Erpressungsforderungen vor. Brigitte Helm war eine völlig unbekannte Pensionatsschülerin mit künstlerischen Ambitionen, wie sie heute viele siebzehnjährige Mädchen haben dürften. Der Vater ist verstorben, die Mutter alles andere als wohlhabend. Sie hat ein Foto ihrer Tochter an den Regisseur Fritz Lang geschickt, der nach einer jungen, unbekannten Darstellerin für seinen nächsten Film suchte.«

»Die Retterin des versklavten Volkes von Metropolis konnte kein Filmstar wie Claire Rommer oder Lil Dagover sein. Sie sollte aus dem Nichts kommen, nicht aus den ›eitlen Gärten‹ der Reichen«, ergänzte Grenfeld und zitierte die Warnung, die er mittlerweile auswendig konnte:

Wer nur in eitlen Gärten weilt, kann keinem Los entrinnen.
Du wirst als Erste dein Opfer bringen,
Ob es hilft, wer weiß es schon – uns stürzt ihr nie vom Thron.

Wer ist ›uns‹? Und wer sitzt auf dem Thron?, dachte Gennat laut und stöhnte. »Mir gefällt das nicht. Jeder handfeste Raubmord ist mir da lieber als dieses alberne Verwirrspiel.«

»Die Helm ist möglicherweise völlig uninteressant. Der Täter möchte die ganze Produktion treffen. Vielleicht sogar dem Film schaden? Doch wozu?«

»Die Frage ist, schaden solche Schlagzeilen diesem Film wirklich?«

»Gennat, du hast vollkommen recht. Ein Mord mitten in der Kulisse dieses Laboratoriums ist für diesen Film die beste Reklame, die man sich wünschen kann!«

»Wir müssen unbedingt noch einmal mit dem Produzenten sprechen. Bei unserem Treffen gestern ging alles sehr formell zu und die Runde war einfach zu groß, um etwas Handfestes zu erfahren. Im Übrigen scheint dieser Pommer Helen zu kennen. Könntest nicht du das übernehmen, vorausgesetzt, dein komplexes Innenleben lässt dies zu?«

»Einverstanden. Aber versprich dir nicht zu viel davon. Und woran arbeitet inzwischen der Herr Kriminalrat?«

»Samstag ist doch unser Polizeifest im Lunapark. Die Zeit läuft uns davon. Dieser Mord nimmt uns vollkommen in Beschlag, aber wir können das Fest nicht ausfallen lassen. Wir haben Anzeigen geschaltet, alle Zeitungen berichten darüber.«

»Warum denn ausgerechnet im Lunapark?«

»Wenn wir die Bevölkerung für unsere Sache gewinnen wollen, müssen wir auf sie zugehen. Das sind die wenigen Gelegenheiten, sie mit unserem Alltag vertraut zu machen, und vor allem: Misstrauen abzubauen. Wir haben sogar ein großes Spiel vorbereitet, bei dem jeder seine kriminalistischen Fähigkeiten erproben kann. Zwei Herren und eine Dame, die sich in der Zeit von 18 bis 21 Uhr auf dem Gelände aufhalten, sollen vom Publikum gesucht werden. Mit jeder Eintrittskarte wird auch ein dreifacher Steckbrief verteilt. Dem Gewinner winken tausend Mark Belohnung!«

4

3. September 1925, 14 Uhr,
UFA-Verwaltungsgebäude, Viktoriastraße 24

Als Grenfeld um 14 Uhr von Mareike Sondt am Empfang begrüßt wurde, hatte er ein flaues Gefühl in der Magengegend. Obwohl er finanziell unabhängig und im Grunde niemandem verpflichtet war, fühlte er sich bedeutenden Persönlichkeiten gegenüber immer etwas unsicher. Mit Helen hatte er viele Menschen des öffentlichen Lebens kennengelernt und häufig waren diese viel unkomplizierter und umgänglicher, als manch einer vermutete, doch jedes Mal beschlich ihn wieder dieses unbestimmte Gefühl der Unzulänglichkeit. Dies wiederum ärgerte ihn maßlos, sodass er bisweilen derart bestimmt auftrat, dass niemand auf die Idee kam, sein Verhalten entspränge einem mangelnden Selbstbewusstsein. Auf der anderen Seite musste er sich zugutehalten, dass er kaum einen Menschen kannte, der in den letzten Jahrzehnten mit Dirnen, Kleinkriminellen, Dienstmännern, Kriegsinvaliden, Gaunern, Betrügern, Schriftstellern, Kunstmalern und nun auch noch mit Produzenten gleichermaßen zu tun gehabt hatte wie er. Der Name Pommer – und das hatte er von Helen erfahren – wurde in der Branche mit besonderer Hochachtung genannt. Er galt als experimentierfreudig, mutig, geschäftstüchtig, hart sich selbst und anderen gegenüber, aber auch als begeisterungsfähig für künstlerische Ambitionen. Grenfeld wunderte sich deshalb nicht, als Erich Pommer zu ihnen trat, ihn mit einem festen Händedruck empfing und gleich zur Sache kam: »Herr Gennat hat mich unterrichtet, dass Sie sozusagen als freier Mitarbeiter für die Berliner Mordkommission ermitteln. Eine gute Sache, wie ich finde. In der UFA haben wir zwar fünftausend fest angestellte Mitarbeiter, um die kreativsten Köpfe muss ich aber von Film zu Film immer wieder neu kämpfen. Mir scheint, Herr Gennat ist da in der gleichen Situation?« Pommer lächelte vielsagend und bot Grenfeld einen Platz an, während er sich lässig auf die Kante seines Schreibtisches setzte. »Schießen Sie los. Je früher der Fall aufgeklärt wird, desto besser!«

»Wer profitiert vom Mord an der Komparsin?«

Für einen kurzen Moment schien Pommer überrascht. »Die Frage nach dem Profit stelle ich mir im Geschäftsleben jeden Tag. In diesem Fall muss ich allerdings passen. Wenn Sie darauf abzielen, dass ein Mord die Bekanntheit des Films ankurbelt, dann muss ich Sie enttäuschen. Die Reklame von *Metropolis* könnte nicht besser laufen. Die Filmzeitschriften bringen Woche für Woche Reportagen über den Fortgang der Dreharbeiten. Die Berichte über die gewaltigen Ausmaße dieses Filmprojekts tun das Übrige. Im Mai war Außenminister Gustav Stresemann in den Studios, im Juni der Boxer Jack Dempsey. Auch in den nächsten Monaten werden wir, zum Leidwesen der Mitarbeiter draußen in Babelsberg, laufend Vertreter der Presse und Prominente aus Politik und Kultur zu Gast haben. Aufbauend auf den Erfolg von *Mabuse* und *Nibelungen* ist das Gespann Fritz Lang und Thea von Harbou Garant für hohe Besucherzahlen. Eine bessere Reklame kann man sich also nicht wünschen.« Pommer war mittlerweile aufgestanden und zum Fenster gegangen. Mareike Sondt verfolgte weiter stumm das Gespräch.

»Warum haben Sie die Ermittler gedrängt, die Untersuchungen am Tatort vorzeitig zu beenden?«

Pommer drehte sich um. Sein Gesichtsausdruck war angespannt. »Das, was ich Ihnen jetzt sage, muss unter uns bleiben, Herr Grenfeld. Wir hatten gerade an diesem Tag eine potenzielle Investorengruppe auf dem Gelände. Ich hatte gehofft, sie vom Tatort so lange fernhalten zu können, bis Ihre Kollegen die Untersuchung beendet hatten, aber es kam, wie es kommen musste.«

»Sie haben es mitbekommen?«

»Natürlich. Die ganze Aufregung auf dem Gelände, so was lässt sich nicht verbergen. Es war ein sinnloses Unterfangen. Spätestens heute hätten sie es in den Zeitungen gelesen.«

»Und das bedeutet …?«

»Unsicherheit … Zweifel … nur ein Hauch davon und die Herren investieren in einen anderen Film. Was glauben Sie, welche Überzeugungsarbeit notwendig war, um eine unbekannte Pensionatsschülerin ohne jede Filmerfahrung zur Hauptdarstellerin eines millionenschweren Films zu machen!«

Grenfeld spürte eine innere Aufregung, stand auf und stellte sich neben Pommer. »Herr Pommer, noch einmal, wer profitiert von Ihren Schwierigkeiten?«

Für einen Moment war es ganz still im Raum, die Geräusche der Viktoriastraße drangen leise in den vierten Stock.

»Es ist noch zu früh«, sagte Pommer zögerlich.

»Zu früh für was?«

Mareike Sondt verließ plötzlich das Büro und schloss die Tür. Pommer kam nun ganz nah an Grenfeld heran. »Wie geht es Ihrer Frau? Ich habe gehört, sie lebt in Paris?«

»Was meinen Sie damit, zu früh?«

»Wir befinden uns in einem Wettrennen. Den Nibelungenfilm konnten wir noch mit Inflationsgeld herstellen und nun teuer verkaufen. Diese Zeiten sind vorbei. *Metropolis* ist mit 1,6 Millionen Reichsmark veranschlagt und vor zwei Wochen musste ich vom Aufsichtsrat eine weitere Million bewilligen lassen. Wir brauchen zusätzlich die Efa-Ateliers und die große Zeppelinhalle in Staaken. Die Lohn- und Baukosten explodieren.«

»Und weshalb solche Monumentalfilme?«

»Die UFA wird 1925/26 etwa sechzig Produktionen aufweisen können, aber die Amerikaner drängen vehement auf den Markt. Nächstes Jahr konkurrieren wir mit *Ben Hur*, einem der teuersten Filme aller Zeiten. Die einzige Möglichkeit, den deutschen Film wieder auf dem Weltmarkt durchzusetzen, besteht darin, anspruchsvolle Großfilme zu exportieren, die eine eigene künstlerische Note haben. Es ergibt keinen Sinn, amerikanische Massenware zu imitieren. Wir können die Niagarafälle nicht nachmachen, wir müssen unser eigenes Niagara finden.«

»Und da gibt es Zweifler?«

Pommer lachte laut auf. »Natürlich! Heute bin ich der Kapitän, aber es gibt genug Leute, die ziehen sofort die Reißleine, wenn es stürmisch wird.«

»Warum?«

»Weil sie weder Ahnung von Schiffen haben noch das Meer lieben. Man kann keine Kontinente erobern, wenn man Angst hat, vor die Tür zu gehen. Der Filmmannschaft vom *Letzten Mann* habe ich gesagt: Erfindet etwas Neues, auch wenn es verrückt wird! Und das haben sie getan. Sie haben die Kamera vom Stativ gelöst und filmen frei. Und das Resultat? Ich bekam etliche Telegramme aus den USA, in denen gefragt wurde, mit welchen neuartigen Kameras wir drehen. Wir können Hollywood nicht mit Finanzmitteln schlagen, sondern nur mit unseren Einfällen. Vor Kurzem hatte ich eine Auseinandersetzung mit einem meiner Regisseure, und wissen Sie warum? Er weigerte sich, Großaufnahmen zu drehen. Aus welchem Grund? Weil er Filmregie mit Theaterregie verwechselt! Das ist vorbei! Wir brauchen keine Bühnenkulissen, wie einst in den kleinen Dachateliers der Friedrichstraße. Das ist Vergangenheit! Fritz Lang und ich waren letztes Jahr in Hollywood, und ich sage Ihnen: Wir sind gut, aber wir stehen erst am Anfang. Wir haben nicht den Hauch einer Chance, wenn wir kleinkariert denken. Fritz Lang ist übrigens jemand, der das versteht.«

»Herr Pommer, das sehe ich ein, aber was meinten Sie um Gottes willen mit ›zu früh‹?«

»Reden wir Tacheles. Angenommen, jemand will den Film sabotieren und uns schaden. Der Zeitpunkt der Warnung kam viel zu früh. Die finanziellen Probleme, für die man mich und diesen Film verantwortlich machen könnte, beginnen erst jetzt. Brigitte Helm hatte diese Drohung aber bereits Mitte Juni erhalten, als die Produktionskosten noch kein Thema waren. Das Geschäftsjahr 1924/25 war äußerst erfolgreich. Auch unsere Aktionäre dürften mit sechs Prozent Dividende zufrieden sein. Wir führen unseren internationalen Expansionskurs fort und haben uns durch den Erwerb der Afifa Unabhängigkeit für das Kopieren unserer Filme erkauft.«

»Na gut«, sagte Grenfeld, der nicht alles nachvollziehen konnte.

»Ich kann mir jedenfalls keinen Grund vorstellen, warum jemand diesen Film verhindern will. Davon abgesehen, gibt es natürlich auch im Filmgeschäft Konkurrenz und Intrigen, aber Mord?«

Grenfeld spürte, dass die kostbare Zeit der Audienz unerbittlich ihrem Ende entgegenging. »Wenn Sie mich fragen, geht es hier um eine ganz persönliche Abrechnung, Neid, Eifersucht, so etwas in der Art.«

Mareike Sondt öffnete die Tür und Pommer wurde unruhig. »Ich muss in eine Sitzung, Herr Grenfeld. Wenn Sie noch Fragen haben, jederzeit wieder, aber ich muss los. Überreden Sie doch Ihre Frau, wieder für uns zu arbeiten. Wir sind immer auf der Suche nach neuen, ausgefallenen Kostümen für *Metropolis*.«

»Ja«, sagte Grenfeld, allerdings kreisten seine Gedanken nach wie vor um Pommers Ausführungen. »Einen Moment noch, Herr Pommer. Hat *Metropolis* eine politische Botschaft?«

Pommer lächelte. »Die schwierigste Frage zum Schluss. Methode oder Zufall? Also, ich würde sagen, für die Linken ist er unerträglich reaktionär, für die Rechten bolschewistisch, für unsere Geldgeber zu anspruchsvoll. Aber das gilt ja auch für die Bibel, nicht wahr?« Pommer verschwand und Grenfeld stand nun mit Mareike Sondt allein im Büro.

»Brigitte Helm hat nach Ihnen gefragt. Sie scheinen mit Ihren schauspielerischen Leistungen großen Eindruck auf sie gemacht zu haben.«

»Wie geht es ihr? Hat sie Angst?«

»Sie war in den letzten Tagen wirklich durcheinander, wie die ganze Mannschaft.«

»Ich werde sie besuchen«, versprach Grenfeld und merkte im selben Moment, wie lächerlich das klang. Kurz vor dem Ausgang drehte er sich nochmals um. »Frau Sondt, eine Frage noch. Wer hat alles von der Warnung gewusst?«

»Von diesem Gedicht? Nun, alle, die im Uhu am Tisch saßen. Wir haben Stillschweigen vereinbart, aber es dauerte keine Woche und die Neuigkeit machte die Runde. Dann kamen Sie und, nun ja, offenbarten, dass Sie von der Polizei sind. Von da an nahmen die Gerüchte zu.«

Grenfeld verfluchte zum wiederholten Male, dass er diesem Faber seine Dienstmarke gezeigt hatte, doch jetzt war es zu spät. Er bedankte sich und trat auf die sonnenüberflutete Viktoriastraße.

Grenfeld fuhr sofort zum Präsidium, um sich mit Gennat zu besprechen. Aber der Dicke war ausgeflogen, was selten genug vorkam. In seiner Lieblingskonditorei Café Josty am Potsdamer Platz verpasste er ihn offenbar um wenige Minuten. Der Ober murmelte etwas von Lunapark. Grenfeld wusste Bescheid: die Vorbereitungen für das Polizeifest. Auf der Terrasse trank er mehrere Tassen Kaffee und war unschlüssig, wie er den Rest dieses sonnigen Septembertages verbringen sollte. Lustlos blätterte er in einer liegen gelassenen Zeitung von letzter Woche, bis plötzlich ein kleiner Artikel mit der Überschrift ›Zeugen verschwinden‹ seine Aufmerksamkeit erregte. Die illegale, rechtsnationale Organisation Roßbach hatte einen Zeugen namens Kreuzfeld verschwinden lassen, der unvorsichtigerweise angekündigt hatte, in einem Prozess gegen sie aussagen zu wollen. Die Polizei wandte sich nun an die Öffentlichkeit mit der Bitte, das Gericht über den Verbleib von Kreuzfeld zu informieren. Grenfeld blickte von der Zeitung auf und verfolgte das geschäftige Treiben auf dem Platz. Die Elektrischen, Busse, Limousinen, Taxis, Pferdedroschken und Fahrräder … immer in Bewegung, überwacht vom Oberkieker, dem Posten auf dem neuen Verkehrsturm mit Uhr und elektrischer Ampelanlage. Die Menschen rinnen über den Asphalt, ameisenemsig, wie Eidechsen flink, dachte Grenfeld und konnte sich doch nicht mehr erinnern, wo er diese Zeilen gelesen hatte. Dann lachte er bitter auf. Dieser Zeuge würde sich nicht mehr lange bewegen. Die Öffentlichkeit fände ihn nach Wochen oder Monaten als Wasserleiche, doch dann würde der Herr schwerlich aussagen können. Seine Kollegen im Präsidium würden am Tatort nummerierte Blechschilder aufstellen, Spuren sichern, eine Akte anlegen und mit viel Glück den Mörder ermitteln, doch die Hintermänner dieser Organisation kämen wieder einmal davon. Grenfeld fröstelte plötzlich am ganzen Körper. Dunkle Regenwolken waren aufgezogen und tauchten den eben noch sonnigen Platz in ein schattiges Grau.

5. September 1925, 15.30 Uhr,
Polizeipräsidium, Alexanderplatz

Das Polizeifest fiel aufgrund des miserablen Wetters aus und wurde auf Sonntag, den 13. September verschoben. Als Grenfeld sein Glück im Präsidium versuchte, teilte ihm Gertrud Steiner mit, die komplette Mannschaft sei nach Hirschgarten ausgerückt – ein Leichenfund, fünfhundert Meter vom Bahnhof entfernt in einem Waldstück. Im Präsidium selbst war der Teufel los. Auf dem dunklen Korridor vor dem Branddezernat warteten junge, übel gelaunte Burschen mit struwweligen Haaren auf ihre Vernehmung. Bei einem von ihnen hatte man einen Zettel gefunden mit Adressen von Neuköllner Eckhäusern, was an sich kein Delikt dargestellt hätte, wenn nicht seit Wochen die Dachstühle von mittlerweile sieben dieser Bauwerke lustvoll abgefackelt worden wären. Die Ermittler tappten im Dunkeln und dem Chef der Kriminalpolizei, Regierungsdirektor Dr. Weiß, war nichts anders übrig geblieben, als auf dem Neuköllner Rathaus und der Emmauskirche Brandwachen zu postieren. Den Hausbesitzern wurde dringend empfohlen, die Türen ihrer Dachstühle mit neuen Schlössern zu sichern, was aber keine Abhilfe schaffte, denn die Täter knackten die alten wie die neuen mit professioneller Leichtigkeit.

Mit Widerwillen war Grenfeld nach Hirschgarten gefahren, doch irgendein obskures Pflichtgefühl trieb ihn an, Gennat über sein Gespräch mit Pommer Bericht zu erstatten. Je näher er zum Tatort kam, desto unruhiger wurde er. Die Scheibenwischanlage verlor den Kampf gegen den prasselnden Platzregen, durch die Ritzen zog der Wind und die beschlagenen Scheiben verwehrten ihm die Sicht. Dreimal fuhr er an den Albatros-Werken vorbei, bevor er endlich den Bahnhof fand. Nach der Unterführung tauchte auf der linken Seite, wie hinter dem Glas eines Aquariums, ein Schlösschen auf, daneben einige Tennisplätze. Im Rasthaus Waldburg hätte sein Ausflug enden können, doch er folgte dem unbefestigten Waldweg nach Norden, tiefer in den Forst Oberspree hinein. Aus der Ferne entdeckte er eine parkende Limousine am Wegrand. Zögernd hielt er an, stieg aus und folgte einem ausgetrampelten Pfad. Der Geruch von feuchter Erde, morschem Geäst und modriger Rinde bereitete ihn auf das vor, was ihn gleich erwartete: eine Leiche im nassen Unterholz, nummerierte Täfelchen auf dem Boden, triefnasse Kommissare hinter Absperrseilen mit Köfferchen, Maßbändern und Blöcken bewaffnet. Dazwischen Kriminalarzt Dr. Katz, der sich wie ein gefräßiges Tier über die Leiche beugte, gierig nach der kleinsten Hautabschürfung suchte. Kollege Kanther eilte ihm entgegen, grinste und eröffnete ihm, der Dicke sei mit Dr. Weiß vor fünf Minuten ins Präsidium zurückgefahren. Grenfeld fluchte leise. Dann konnte er nicht widerstehen. Vom Tatort magisch angezogen, überstieg er die Absperrung und näherte sich der Toten. Dr. Katz brauchte ihn nicht anzusehen. Nach gut fünfzehn Jahren der Zusammenarbeit kannte er Grenfelds Aura, Gang und Geruch.

»Kein Fall für dich, Grenfeld. Keine UFA, keine Schauspielerin, kein Hokuspokus in Silber! Zu trivial für dich«, knurrte er vor sich hin. Grenfeld lächelte. Manche Dinge änderten sich eben nie. Er hatte den alten Knurrhahn tatsächlich vermisst.

»Keine Bange, ich lass dir schon deine Ruhe«, sagte Grenfeld. »Will auch gar nichts wissen. Ist besser für den Schlaf.«

»Welcher Schlaf? Man merkt, dass du deinen Posten verlassen hast, mein Junge.« Dr. Katz grinste bösartig und trug besonders lustvoll seine bisherigen Erkenntnisse vor: »So um die sechzehn Jahre jung, ein Schuss in die linke Kopfseite, einen in die linke Brust, der Kopfschuss ging schräg durch die Schädeldecke, ein ungeübter Schütze, würde ich sagen, ein Sittlichkeitsverbrechen kann ich zum jetzigen Zeitpunkt ausschließen.«

Plötzlich stand Kanther neben ihm und schwenkte ein kleines Büchlein. »Wir haben ihr Adressbuch gefunden. Alles Adressen von bekannten Künstlern, Bildhauern und Malern. Hier, die Nummer der Akademie der Künste. Sie hat dort sicher Modell gestanden.«

Grenfeld nickte mechanisch. Er fragte sich, was ein sechzehnjähriges Mädchen in der Akademie der Künste zu suchen hatte, aber er wollte sich keinesfalls noch einen Fall aufhalsen lassen oder sich einmischen.

»Eigentlich wollte ich mit dem Dicken über den Babelsberg-Fall reden.«

»Kein Problem. Wir sind hier sowieso fertig. Die Leiche kann in die Gerichtsmedizin.«

Kanther zündete sich eine Zigarre an und blies den Rauch kunstvoll in die Luft, als wollte er durch eine rituelle Handlung die Geister von diesem Ort vertreiben. »Also, zu Babelsberg … Wie war es bei Herrn Pommer?«

»Tja, von diesem Geschäftsmann kann man einiges lernen, interessante Dinge über das Filmgeschäft, nur leider für uns wenig Verwertbares. Dieser Pommer hält ein persönliches Motiv, Rache aus Eifersucht, für wahrscheinlich. Habt ihr etwas Neues?«

»Alles Kleinkram. Die Farbe, mit der die Komparsin übersprüht wurde, ist Cellonlack, mit einem Anteil Silberbronze. Mit dem gleichen Zeug ist diese Rüstung lackiert worden, die aus gehärteter Holzmasse besteht. Mit dem Lack sieht das Ganze wie poliertes Eisen aus.«

»Wer braucht so etwas?«

»Die Tragflächen von Flugzeugen werden damit haltbarer und unempfindlicher gegen Wasser. Ebenso das Leder von Koffern und Handtaschen. Da gibt es viele Anwendungen.«

»Wo ist der Kanister und die Spritzpistole?«

»Verschwunden!«

»Achtet auf Ordnung und Sauberkeit, unser Täter. Und Wilhelm Blume?«

Kanther zuckte mit den Schultern, doch er verstand. »Wir haben Plakate aufgehängt, Handzettel verteilt, aber da draußen sind jeden Tag über tausend Menschen unterwegs, kostümiert, geschminkt, kahl rasiert.«

»Was ist mit dieser Lotta?«

»Sie wurde das ein oder andere Mal gesehen, wie sie in diese Rüstung gestiegen ist.«

»Aus welchem Grund?«

»Spaß, Neugierde … schwer zu sagen. Die Freundinnen dieser Lotta sind ungefähr so gesprächig wie unsere Leiche hier.«

»Wo hat sie gewohnt?«

»Bei einer ihrer Freundinnen, Lilli … den Nachnamen habe ich jetzt nicht parat, in der Memeler Straße am Schlesischen Bahnhof. Ansonsten Daueraufenthalt im Romanischen Café, in der Lunte … die einschlägigen Lokale für Backfische mit künstlerischen Ambitionen. Ab und an Serviererin auf den Terrassen im Lunapark.«

»Ich wäre so weit«, sagte Dr. Katz. »Wünsche den Herren angenehme Nachtruhe im Wald, oder wollten Sie mitfahren, Herr Kanther?«

Kanther lächelte gequält, verabschiedete sich und Grenfeld überkam eine unbändige Lust, in diesem Sturmwind dem Pfad weiter zu folgen. Er würde nass bis auf die Haut werden, auf dem Rückweg, an der Erpe entlang, vielleicht in die Dunkelheit geraten, doch am Ende des Tages würde er, erschöpft und frei, im Rasthaus Waldburg einkehren.

5

11. September 1925, 11 Uhr,
Friedhof Zehlendorf, Spandauerstraße

Liebste Lotta,

meine Hände zittern, ich kann mir kaum eine Zigarette anzünden. Jetzt biste sogar zu so einem Friedhof gekommen, inmitten der Leute, die in unserem Café immer auf der linken Seite sitzen durften – im Schwimmerbassin. Wer sind all die Menschen, die von dir Abschied nehmen? Ich sehe uns drei Mädels immer vor mir – im Romanischen Café, wo wir jede freie Minute verbringen, um von einer kleinen Rolle beim Film zu träumen. Wir sitzen schon am Vormittag auf der Außenterrasse und genießen immer ein wenig schuldbewusst die nur vom Klappern des Bestecks unterbrochene Ruhe mit Blick auf die Gedächtniskirche und das Café Regina. Wir bestellen Eier im Glas. Die Touristen sind noch nicht da. Spediteure frühstücken. Die Künstler, Artisten und Tanzmusiker schnarchen um die Wette. Die Gymnasiasten, Studenten und Schauspielschüler gehen längst ihrem Tagwerk nach. Lotta, du warst weder noch. Du warst eine freie Seele, eine Ausreißerin. Über deine Herkunft hast du nie gesprochen. Ich wette, sagte Mascha einmal, wovor du geflüchtet bist, da möchte ich gerne hin. Wir hatten manchmal nur Pfennige in der Tasche und saßen stundenlang an einem Kaffee, immer den ›Ausweis‹ fürchtend, die brutale Verbannung, weil wir nichts verzehrten. Ich höre dich jetzt noch flüstern: »Kommt Mädels, wir gehen jetzt ins Schwimmerbassin rüber, wo wir hingehören.« Schwimmerbassin, das

Ziel unserer Träume, wo an zwanzig Tischen all jene logieren, die es geschafft haben. Meist aber saßen wir im Raum der ›Nichtschwimmer‹, irgendwo an den siebzig Tischen rechts neben der Drehtür, und du und Mascha machtet euch lustig über jene, die vor Andacht vergingen, wenn einer kam, der einen Namen hatte. Als ob wir keine Namen haben, habt ihr gespottet und gingt frisch und frei vom Zeichner Dolbin zu Moritz Seeler von der Jungen Bühne, Freikarten schnorren, und dann zum Schach auf die Spielegalerie. »Jede Bahnhofshalle hat mehr Flair als das Rachmonische«, hast du geschimpft und bist doch geblieben und hast gewartet auf eine Chance, und jetzt bist du tot. Hätte nur Mascha diese verfluchte Anzeige nie gelesen: ›Ihre Bilder, sehr verehrte schöne Damen, gehören in den Wettbewerb: Wer ist die Schönste im ganzen Land? Werden Sie ein UFA-Star‹ – und ich war sofort Feuer und Flamme. »Lotta, so wie du aussiehst, jungenhaft schlank, kaum Busen, lange Beine, die nehmen dich sofort.«

Und dann wir, in dem grässlichen kleinen Glaskasten, mindestens zwanzig Damen und nur zehn Stühle. Männer mit Doppelkinn, dicke Zigarren im Mund, Hut im Genick, dumme Sprüche und Witze von wegen ›Frischfleisch‹. Tagesgage zwölf Mark, für bessere Sachen fünfzehn Mark. Ich habe euch nur einmal angeschaut und gewusst, was ihr denkt. »Wozu denn Badeanzüge?«, hat Mascha laut gefragt. Das Doppelkinn mit aufgekrempelten Ärmeln wie ein Fleischer grinste: »Ziehen Sie mal die Badepelle an, damit wir sehen, ob Sie sich auch für Revue-Szenen eignen.« Eine Stunde später mit dem Schwein alleine. »Ach so, die Dame gibt sich noch zugeknöpft; lassen Sie man, das gibt sich alles mit der Zeit, Kindchen. Zu fressen haste nichts, im Café kriegste nichts, zum Film willste und dann noch die Prinzessin spie-

len.« Und dann fuhr er mit seinen fetten Pfoten in meinen Ausschnitt. Und dann kamst du, Lotta. Mit schnellen Schritten auf den Dicken zu und ihm eine gelangt, dass man den Klatsch bis in den Gang hörte. Dann die Mascha, den Kleiderständer neben der Tür mit voller Wucht in das Aquarium mit der Stimme einer Furie: »Ich zeige euch alle an! Alle! Von wegen UFA, dass ich nicht lache. Ihr armseligen, schmierigen Gauner, ich bringe euch alle ins Tageblatt und dann nach Moabit.« Je mehr ich dich wegzog, desto rasender wurdest du. »Ihr Schweine. Mit den Hoffnungen dieser Mädchen treibt ihr euren Schindluder … da seid ihr an die Richtigen gekommen.« Der Rauswurf verlief nicht ohne Blessuren, aber was haben wir gelacht, so befreit fühlte ich mich lange nicht mehr und meine Bewunderung für dich wuchs ins Unendliche.

Mascha und ich (deine Lilli), wir werden dich nie vergessen!

Grenfeld war beeindruckt. So viele Menschen auf dem Friedhof Zehlendorf. Im Laufe seines Polizeidienstes hatte er unzählige Beerdigungen besucht und wie früher stand er auch heute etwas abseits und beobachtete die Trauergäste, die unterschiedlicher nicht sein konnten. Frauen und Männer möglicherweise aus der Komparserie, Filmleute, Neugierige, Literaten aus dem Romanischen Café, von denen Grenfeld einige erkannte. In der Mitte die mächtige Statur von Gennat, daneben einige Kollegen vom Präsidium und dann die Eltern aus Magdeburg. Grenfeld war gerade dabei, den Friedhof über die große Eichenallee in Richtung Ausgang zu verlassen, als er hinter sich immer lauter werdende Schritte auf dem Kies hörte. Er drehte sich um und sah zwei junge Frauen, von denen sich die eine sichtlich nervös umblickte.

»Sind Sie von der Polizei?«, flüsterte die andere kaum hörbar.

»Wer will das wissen?«

»Wir müssen es wissen!«

»Nicht mehr«, antwortete Grenfeld gereizt, »ich ...«

»Wir haben Sie aber in Babelsberg gesehen im kleinen Glasatelier, am Tag, als Lotta starb, zusammen mit den anderen Polizisten.«

»Früher war ich bei der Kriminalpolizei.«

»Wir wissen, warum Lotta sterben musste.«

»Wie bitte? Wer sind Sie denn?«

»Wir sind ... waren mit Lotta befreundet. Das ist Mascha und ich heiße Lilli.«

»Na, dann erzählen Sie mal!«

»Auf keinen Fall hier. Das ist zu gefährlich. Kommen Sie Sonntagabend ins ... Romanische Café, dort können ...«

»Doch nicht ins Romanische, da hört doch jeder mit!«, unterbrach Mascha aufgeregt. »Er soll in den Lunapark kommen um ... 20 Uhr.«

»Wohin?«

»In den Lunapark am Halensee.«

»Aber warum denn ausgerechnet da?«

»Wir treffen uns vor dem ... drehbaren Haus. Und bitte keine Polizei!«

»Wartet, weshalb keine Polizei?«

Ohne zu antworten, drehten sich die jungen Frauen um und eilten den Kiesweg zurück zur Trauerfeier.

»Weshalb immer ich?«, sagte sich Grenfeld und kannte doch die Antwort. Als er noch im Polizeidienst gewesen war, wandten sich Hinterbliebene und Zeugen oft an ihn und weniger an seine Kollegen. ›Der Herr Pastor wird gewünscht‹, spottete Kanther regelmäßig, wenn jemand am Telefon nur

Grenfeld persönlich sprechen wollte. Von Gennat kam stets der Spruch: ›Kriminalistik ist die Kunst der Menschenbehandlung.‹ Diesem Vertrauen konnte er in den seltensten Fällen gerecht werden und er hasste es, wenn er die Menschen mit ihrem Schicksal in den übel riechenden Mietskasernen zurücklassen musste, nachdem sie ihm ihr Herz ausgeschüttet hatten. Als Grenfeld seinen Wagen erreichte, fiel ihm ein, dass ausgerechnet am Sonntag das Polizeifest im Lunapark stattfinden würde. So hält der Alltag seine ganz eigene Art von Humor bereit, dachte er und wollte plötzlich nur noch weg. Heute Abend würde er Helens Ratschlag folgen und – wie sechzehntausend andere auch – in die Kaiserdamm-Arena pilgern, zum Boxkampf um den Meistertitel im Schwergewicht. Breitensträter gegen Samson-Körner. Der Kampf des Jahres! Und nichts und niemand, keine Leiche und kein Gennat würden ihn davon abhalten.

13. September 1925, 19 Uhr, Lunapark am Halensee

Als Grenfeld am Abend des 13. Septembers zum Lunapark fuhr, spürte er eine fiebrige Unruhe. Würden am Ende des heutigen Abends alle Fragen beantwortet sein? Er hatte gestern den Tag am Jungfernsee verbracht und die Krumme Lanke gemieden, um nicht wieder unerwartet auf seine Kollegen zu treffen. Den ganzen Tag über plagte ihn ein lästiges Schuldgefühl, das er schließlich am Abend in Rotwein ertränken wollte. Diese jungen Frauen kannten offenbar den Mörder. Er hätte etwas unternehmen müssen. Er hätte sie überzeugen müssen, sich an die Kollegen zu wenden.

Stattdessen stand er auf diesem Friedhof wie ein begossener Pudel und ließ sich von einer jungen Komparsin in den Lunapark bestellen. Grenfeld mochte sich gar nicht ausdenken, wenn er dort auf Gennat und Kollegen traf, während er auf diese Zeugin wartete. Er war einfach aus der Übung, sagte er sich und wusste, dass dies nicht die ganze Wahrheit war. Die ständige Sauferei forderte ihren Preis, machte ihn unkonzentriert und fahrig. Jede Kleinigkeit war ihm zu viel, ständig schlief er ein und die Farben dieser Welt reduzierten sich auf eine kleine Palette an Grautönen, selbst an diesem goldenen Septembertag. Er konnte die Fäden dieses Falles nicht mehr überblicken. Was war mit Wilhelm Blume? Hatte er sich das im Suff eingebildet, damals in den Katakomben? ›Bevor oder nachdem Sie ohnmächtig wurden?‹, hatte ihn dieser Faber gefragt und vielleicht hatte er am Ende recht, schließlich hatte außer ihm niemand Blume gesehen.

Sein Ärger über Helen wuchs von Tag zu Tag. Warum ließ sie ihn hier allein? Was hatte er ihr getan? Heute war wieder eine Postkarte im Briefkasten, aus Mailand, von einer internationalen Kunstgewerbeausstellung, mit ein paar hingeworfenen Zeilen.

Als Grenfeld schließlich den Lunapark erreichte, war seine Stimmung auf dem Nullpunkt. Heute, am Sonntag, war offensichtlich die Hölle los. Schon am Eingang musste er sich in eine der langen Warteschlangen einreihen. Mit der Eintrittskarte bekam er tatsächlich drei Steckbriefe samt einer Kontrollmarke für das Polizeifest in die Hand gedrückt. ›WER SIND DIE DREI?‹, stand in Großbuchstaben darüber. Wer einen der Flüchtigen erkannte, sollte ihm seine Marke in die Tasche stecken. Witzbolde, dachte er sich, denn eine der Beschreibungen hätte genauso gut auf ihn zutreffen können. Dann tauchte er in die Menschenmassen ein und ließ sich treiben. Wo er auch hinsah – fröhliche Ausgelassenheit an diesem lauen Septemberabend. Kinder mit staunenden Mündern vor Akrobaten; Paare schlenderten Arm in Arm oder saßen gemütlich auf den Hochterrassen neben den orientalischen Türmen; Wasserfälle, Springbrunnen, elektrisch betriebene Wägelchen rutschten über die Blechoberfläche des ›eisernen Sees‹. Damen kreischten laut, wenn sie mit der wackeligen ›Shimmy-Treppe‹ abwärts schwebten und ein Gebläse ihre Röcke in die Höhe hob. Für einen kurzen Moment wurde er neidisch und wünschte sich, mit Helen diese einfachen Freuden genießen zu können. Um den Stand der Berliner Mordkommission, umringt von Hunderten Neugierigen, machte er einen großen Bogen. Gennat und seine Kollegen hatten mittlerweile eine nicht geringe Berühmtheit unter der Berliner Bevölkerung erlangt. Er wunderte sich, dass nur zwei elegant gekleidete Kriminalkommissare hinter den Tischen zu sehen waren. Wo befanden sich die anderen Kollegen? Auf großen Plakaten stand: ›Finde den Täter. Entdecke dein kriminalistisches Talent!‹ Grenfeld suchte zunehmend verzweifelt zwischen Schaugeschäften, Karussells, Irrgärten und Lachkabinetten nach dem drehbaren Haus, einer weiteren Attraktion des Vergnügungsparks, von denen jährlich neue hinzukamen. Aber erst nach dem Teufelsrad, Grenfeld hatte noch immer die gellenden Schreie derer im Ohr, die von der Drehscheibe heruntergeschleudert wurden, sah er von fern ein um fünfundvierzig Grad gedrehtes Gebäude. Endlich hatte er es gefunden. Doch während er sich diesem Haus näherte, spürte er mit einem Mal, dass etwas faul war – etwas stimmte nicht. Die sonst überall wogende und vibrierende Menge blieb starr an einem Platz zusammengedrängt stehen. Das Bild einer verängstigen Schafherde war für ihn untrennbar mit einem

Tatort verbunden. Mit zittrigen Beinen rannte er auf diese Gruppe zu, die nach wie vor umgeben war von grinsenden Fratzen, eisverschmierten Mündern und hysterischem Lachen. Jene hatten noch nichts gesehen und amüsierten sich wenige Meter vom Körper einer jungen Frau entfernt, die sich nie mehr amüsieren würde, weil sie mit einem Messerstich aus dem Leben gerissen worden war.

Mechanisch drängte sich Grenfeld durch die Menschenmenge und sah das, was er den ganzen Tag über befürchtet hatte. Lilli konnte nie wieder erzählen, was sie über den Tod ihrer Freundin Lotta in Erfahrung gebracht hatte. Wie in Trance starrte Grenfeld auf die Tote, Zeit und Raum vergessend. So seltsam verdreht lag sie auf dem Asphalt, als hätte man ihren Körper als weitere Attraktion ausgestellt, passend zur Kulisse dieses gekippten Gebäudes. Die graue Asphaltoberfläche hatte sich geweigert, das dunkelrote Blut aufzunehmen. Es staute sich zu einem kreisrunden See, franste an den Rändern aus, nur zum schiefen Haus hin lief ein dünnes Rinnsal. Grenfeld konnte sich nicht erinnern, wenigstens einen einzigen Toten in den letzten Jahren friedlich in einem Ohrensessel aufgefunden zu haben wie Kollegen das hin und wieder behaupteten. Seine Leichen waren allesamt verrenkt, verdreht und verstaucht, horizontal, vertikal – wie auch immer –, Symmetrie war nicht ihre Botschaft an die Lebenden. Mit einem Mal überwältigte ihn ein unbändiger Ekel, auf all die oberflächlichen Belustigungen, auf die grinsenden und kauenden Münder, auf den Mandel- und Bratwurstgeruch, der jetzt zur unfreiwilligen Trauergemeinde herüberwehte. Dann bahnte er sich roboterhaft seinen Weg durch die Menge nach draußen. Er begann zu laufen und schließlich rannte er, ohne Rücksicht zu nehmen. Er spürte weder die Arme noch Schultern derer, die er anrempelte, hörte nur empörte Schreie, sah ein Eis auf den Boden fallen, ein Kind weinen und boxte sich seinen Weg in Richtung Ausgang.

Plötzlich wurde er mit einer brachialen Wucht an seinem Sakko gezogen, dass er Angst hatte, sämtliche Nähte könnten reißen. Ein Junge mit schokoladeverschmiertem Mund brüllte schrill: »Hier ist er! Der Verbrecher vom Polizeispiel! Festhalten!«, und steckte ihm hastig eine Kontrollmarke in die Tasche.

»Was willst du denn? Ich bin nicht der auf dem Steckbrief, Junge. Das ist ein Missverständnis!« Grenfelds Stimme wollte beruhigen, doch das Sommersprossengesicht verwandelte sich in eine kalte, hasserfüllte Fratze mit stecknadelgroßen Pupillen, aus denen einzig die Hoffnung auf tausend Mark Belohnung schimmerte. Mit aller Kraft klammerte sich der Junge an das Sakko, riss und zerrte wie besessen und begann, mit Faustschlägen seinen Rücken zu traktieren. Als Grenfeld endlich seinen Arm erwischte, stieß der Junge schrille Schreie aus und biss zu. Grenfeld spürte den Schmerz, zog seine Hand zurück und sah die Bissstelle sich mit Blut füllen. Links und rechts von ihm bildeten neugierige Gaffer schadenfroh grinsend ein Spalier. Dann spürte er, wie ein Kerl seinen linken Arm mit so einer Gewalt nach hinten bog, dass er Angst hatte, seine Gelenke würden ausgekugelt. Und während der Bub noch brüllte, dabei das Wort »Polizeispiel« immer und immer wieder, bis zur Unkenntlichkeit dehnte und der Unbekannte derart brutal an seinem Arm zerrte, platzte in ihm die bisher aufgestaute Wut. Sein rechter Ellenbogen schnellte zurück, bohrte sich blitzschnell in etwas Weiches. Nur kurz brauchte er in das erstaunte, aufgedunsene Gesicht seines Peinigers zu sehen, um zu erkennen, wo er seine rechte Faust platzieren musste: auf dessen dicker Nase. Dann ein Tritt gegen die Kniescheibe und der selbst ernannte Kommissar kippte nach hinten weg wie eine Reklamepuppe im Wind. Das entsetzte Gesicht des Jungen, der offenbar seinen Vater fallen sah, tat ihm leid, doch er musste das Überraschungsmoment nutzen, bevor die Masse zur Lynchjustiz überging. Hastig streifte er sein Sakko ab, an dem der Junge sich immer noch festkrallte, und begann zu rennen. Ungestüm durchkreuzte er eine Elefantenkarawane, Reklame für das Programm des Circus Krone, umrundete das Becken mit der Wasserfontäne und hastete die fünfhundert Treppenstufen der Terrassenanlage nach oben. Niemand schien ihm gefolgt zu sein. Er hatte endlich Zeit ausgiebig Luft zu holen, spürte den angenehmen Abendwind und schnappte sich eine Serviette von einem Tisch, um das Blut von der Hand zu wischen. Von hier oben konnte er die Elefanten beobachten, wie sie zum Springbrunnen mit der Wasserfontäne drängten. Am Rand der Wellenbahn erkannte er den Jungen, der ihn gebissen hatte, mit seinem Vater, der sich etwas Weißes gegen die Nase hielt. Wie Ameisendetektive irrten sie durch das Gelände, immer die zuckersüße Belohnung vor Augen, schockiert, dass der Täter des Polizeispiels sich derart handfest zur Wehr gesetzt hatte. Grenfeld dachte an Lottas Freundin Mascha. Er musste sie finden, bevor es zu spät war. Noch einmal ließ er seinen Blick über den Vergnügungspark schweifen, der jetzt im Licht der untergehenden Sonne seine Derbheit mehr und mehr zu verlieren schien, dann lief er los. Vor den Kassenhäuschen kamen sie ihm entgegen – die Kollegen der Berliner Mordkommission –, in ihren schwarzen Festtagsanzügen glichen sie Leichenfledderern, die zu ihrer Beute eilten. Für einen kurzen Moment sah er den Dicken mit überraschtem Gesicht, die Lippen seinen Namen formulieren, während er weiter zum Ausgang rannte, wo immer mehr Menschenmassen in den Park strömten. »Jetzt wird es ernst«, sagte er sich, im gleichen Augenblick bewusst, was für ein seltsamer Gedanke das war. Als ob er bisher an einem Spiel teilgenommen hatte, an einer Ferienunterhaltung zwischen den Badetagen am Wannsee. So versoffen bin ich noch nicht, dass ich nicht weiß, was jetzt zu tun ist, dachte er, als er endlich in der Margarethenstraße seinen Wagen erreichte.

Später konnte er sich nicht mehr erinnern, wie er zu diesem Café an der Tauentzien zu Füßen der Gedächtniskirche gefahren war. Die Fahrt war aus seinem Gedächtnis gelöscht. An die Rauchschwaden konnte er sich jedoch erinnern und die unglaubliche Hitze, die ihm dort, im Romanischen Café, entgegenschlug; und wie er Gesicht für Gesicht absuchte nach diesem jungen Mädchen, immer die Angst im Nacken, was passieren würde, wenn er sie dort nicht fand. Dann wusste er nämlich nicht mehr, was zu tun war und wo weitersuchen. Sollte er dann zu seiner Villa fahren und am Abend auf seiner Terrasse warten, bis auch ihre Leiche auftauchte? So weit weg konnte man die Kolonie Grunewald gar nicht bauen, noch die Mauern ihrer kostbaren Grundstücke, als dass ihn dieser Fluch nicht erreichen würde.

Nietz, der Portier des Cafés, hatte ihn natürlich längst erkannt, und Grenfeld war sich sicher, dass in dessen Kopf unschöne Bilder jener turbulenten Razzien getreten waren, die sie hier vor zwei Jahren jeden Mittag Punkt zwölf vor der Drehtür des Romanischen veranstaltet hatten. Schieber, Devisenhändler, Koks-Verkäufer und Anbieter pornografischer Bildchen wurden gewissenhaft gefilzt, die Phlegmatischsten und Pechvögel unter ihnen kurzerhand verhaftet und trotz lautem Protests auf den Mannschaftswagen verfrachtet. Und als Grenfeld jetzt genervt und verzweifelt zwischen den Träumern, Künstlern und Schnorrern umherirrte, bemerkte er, wie dieser Nietz, in vollkommener Unkenntnis seiner Not, mit dem Zeigefinger nach oben zur Spielegalerie deutete. Diese Geste dauerte kaum eine Sekunde und Robert war sich später nicht sicher, ob er sich den Fingerzeig nur eingebildet hatte. Dort oben jedenfalls, am Ende der Wendeltreppe, auf der Spielegalerie, zwischen den Schachspielern und ihren Kiebitzen, entdeckte er Mascha. Als sie ihn sah, erschrak sie heftig. Sie schien zu ahnen, dass im Lunapark etwas schiefgelaufen war. Grenfeld hörte sich selbst Erklärungen abgeben, doch der Lärmpegel war ungeheuer laut. Auf dem Gesicht der jungen Frau wechselte Unverständnis mit Entsetzen. Er gestikulierte, schrie, nahm sie bei der Hand und zog sie unsanft die Treppe hinunter, auf die Straße nach draußen. Ein Gewitter war im Anmarsch und es begann zu regnen. Erst im Wagen hatte er das Gefühl, in Sicherheit zu sein. Die junge Frau neben ihm weinte hemmungslos, schrie laut und schlug schließlich gegen das Armaturenbrett. Passanten blieben stehen und glotzten neugierig durch die Scheibe. Grenfeld ließ den Motor an und fuhr los. Er reihte sich in den pulsierenden Verkehr ein, ohne ein Ziel zu haben. So fuhren sie fast eine halbe Stunde quer durch die Stadt, ihr Schweigen nur von Maschas Weinkrämpfen unterbrochen. Am Wittenbergplatz, gegenüber dem KaDeWe, hielt er schließlich an. Dort spuckte die Untergrundbahn unentwegt Menschenmassen aus, die mit aufgespannten Regenschirmen in alle Himmelsrichtungen davoneilten.

»Mascha, wer immer das getan hat: Kennen die deinen Wohnort?«

Die junge Frau nickte. »Wir wohnen alle am Schlesischen

Bahnhof. Ich zur Untermiete in der Koppenstraße 38, Lotta und Lilli in der Memeler Straße 68.«

»Hast du eine Ahnung, wo du heute Nacht unterkommen kannst?«

Sie schüttelte den Kopf und fing wieder an zu weinen.

»Dann komm zu mir. Wir haben acht Zimmer, da ist erst mal genügend Platz, bis wir etwas anderes gefunden haben. Einverstanden?«

Mascha willigte ein und sie rasten so schnell wie möglich in Richtung Grunewald, öffneten das Tor und fuhren in die große Garage. Mittlerweile schüttete es in Strömen, das Gewitter hatte seinen Höhepunkt erreicht.

»Ich muss morgen früh nach Babelsberg, sonst schmeißen die mich raus. Das kann ich mir nicht leisten«, flüsterte Mascha nervös.

»Ich werde dich hinfahren!«

»Ich bin ganz durcheinander. Dann reden wir jetzt. Schlafen kann ich sowieso nicht.«

»Gut, dann von Anfang an!«

»Lotta hat alles herausgefunden.«

»Was hat sie herausgefunden?«, unterbrach Grenfeld ungeduldig.

»Sie geben sich den Anschein einer von der UFA beauftragten Statistenbörse und werben mit Zeitungsanzeigen weibliche Komparsinnen an. Schließlich suchen sie sich die Schwächsten aus, jene, die unbedingt auf das Geld angewiesen sind, keine Familie haben, von der Provinz nach Berlin gezogen sind oder unbedingt zum Film wollen. Sie versprechen dir eine Rolle, verlangen eine hohe Vermittlungsprovision gegen Vorauszahlung, gewähren einen großzügigen Kredit und lassen dich dann für sich arbeiten.«

»Aber nicht als Komparsen?«

»Manche schon, damit der Schein als Vermittlungsbüro gewahrt bleibt. Die sich nicht wehren, lassen sie woanders arbeiten.«

»Verstehe. In Bars und entsprechenden Häusern – so lange, bis der großzügige Kredit abgearbeitet worden ist, was so gut wie nie der Fall ist.«

»Sie müssen auch in anderen Filmen mitspielen.«

»Na klar. Schließlich wollten die Damen doch zum Film.«

Mascha nickte.

»Ehrlich gesagt, ganz neu ist das natürlich nicht. Meine Kollegen von der Sitte haben den ganzen Tag mit derartigen Fällen zu tun. Warum aber die grausamen Morde?«

»So jemand wie Lotta und Lilli hatten die noch nie erlebt. Beide wollten für eine Zeitung arbeiten und darüber berichten. Sie ließen einfach nicht locker, befragten andere Komparsen, bekamen im Romanischen Kontakte zu Zeitungsleuten und vor allem: Sie sammelten Beweise. Sie ließen sich einfach nichts gefallen. Dann räumten sie Lotta aus dem Weg.«

»Hast du Beweise für den Mord an Lotta? Gibt es Augenzeugen?«

»Nein, aber das liegt doch auf der Hand!«

»Ich weiß nicht. Diese Morde sind unglaublich spektakulär inszeniert. Eine solche Aufmerksamkeit kann doch nicht im Interesse dieser Bande sein.«

Mascha schaute auf einmal hilflos. »Na, vielleicht doch: Als Drohung für alle, die reden wollen?«

»Ich weiß nicht, solche Warnungen kann man diskreter aussprechen.«

Mascha wurde plötzlich wütend und schrie: »Ich weiß es doch auch nicht. Aber können Sie mir sagen, warum meine beiden Freundinnen getötet wurden? Was reden Sie denn? Das ist doch kein Traum gewesen heute, oder? Wollen Sie sagen, wir bilden uns das ein? Lotta und Lilli hatten Aussagen von Frauen, die wollten sie veröffentlichen! Glauben Sie, die brauchen noch einen anderen Grund?«

Grenfeld merkte, dass es keinen Sinn hatte, mit ihr zu diskutieren. Er war nicht überzeugt, ließ es sich jedoch nicht anmerken. »Du hast recht. Aber jetzt brauchst du erst mal Ruhe und morgen sehen wir weiter. Eine Frage noch: Wie kamt ihr dann doch zur UFA?«

»Lotta wollte beweisen, dass es auch so geht. Sie hat vor der Pforte der Ateliers so lange gewartet, bis Thea von Harbou kam und dann war sie nicht mehr zu bremsen. Die von Harbou war so nett und brachte uns zu Herrn Faber, der uns schließlich einstellte.«

Grenfeld zeigte ihr das Gästezimmer, holte Helens Nachtwäsche und stellte ihr eine Flasche Wasser und Kekse aufs Zimmer.

Anschließend ging er auf die Terrasse. Das Unwetter war vorüber. Er trocknete die Liege, legte sich darauf und nahm sich vor, in ein paar Minuten die Nummer des Polizeipräsidiums zu wählen. Er wollte nur kurz die Augen schließen, spürte noch das nasse Fell der schwarzen Katze und schlief sofort ein.

14. September 1925, 7 Uhr,
Grunewald, Douglasstraße 63

Der Eimer Wasser traf Grenfeld mit voller Wucht. Er schreckte auf und sah in die Gesichter von Kanther, Hellriegel und Otto Nagel. Er musste die ganze Nacht draußen auf der Liege verbracht haben.

»Gleich im Dreigestirn, welche Ehre«, frotzelte Grenfeld müde, doch an ihren Gesichtern sah er sofort, dass die Herren nicht zu Späßen aufgelegt waren.

»Wir haben das Gefühl, dass du uns etwas verschweigst«, fing Kanther an.

»Was vielleicht schwer verdaulich ist«, ergänzte Nagel.

»Also wollten wir dich erleichtern. Eine Beichte sozusagen«, schob Hellriegel nach.

»Ich weiß überhaupt nicht, was das soll. Ich wäre schon noch ins Präsidium gekommen. Also, was wollt ihr von mir zu nachtschlafender Zeit?«

»Vielleicht haben wir, im Gegensatz zu dir, Sonntagnacht geschuftet. Und weißt du wo? Im Lunapark. Da gab's zum Polizeifest eine Leiche als Zugabe für die Zuschauer! Noch eine Komparsin!«

»Und unter den Zuschauern warst du, Robert! Was für ein Zufall! Sogar dein Sakko hast du dort vergessen! Es wurde an unserem Stand von einem Jungen abgegeben, der behauptet, unser Täter auf dem Steckbrief hätte seinem Vater die Nase blutig geschlagen.«

»Unsinn!«

»Der Dicke hat dich gesehen.«

»Ich war dort zum Vergnügen, das ist doch meine Privatsache.«

In diesem Moment trat Mascha in Helens Nachthemd an die Terrassentür. Sie gähnte ausgiebig und blickte erstaunt auf die Versammlung. Grenfeld empfand ein ungeheures Vergnügen an den verblüfften Gesichtern seiner Kollegen, die abwechselnd zu ihm, dann wieder zu ihr sahen.

»Darf ich vorstellen, das ist … Mascha … sie übernachtet hier.«

Es dauerte keine zehn Minuten, bis alle Anwesenden in

der schwarzen Limousine saßen und zur Berliner Mordkommission ins Präsidium fuhren. Gennat machte seinem Spitznahmen ›Buddha vom Alex‹ alle Ehre und begrüßte Robert wie immer, keine Spur von Ärger oder Wut. Dagegen war das Klima unter den ermittelnden Kollegen merklich kühler geworden. Vom Applaus der letzten Woche war jedenfalls nicht viel übrig geblieben. Der Mord im Lunapark, unter den Augen der Kommissare, war für die Presse ein gefundenes Fressen, insbesondere das Ermittlungsspiel. Während die Bevölkerung fiktiven Tätern hinterherlief, konnte der wirkliche Mörder in der Öffentlichkeit eine junge Frau niederstechen und unentdeckt flüchten. Auch im Mordfall Babelsberg gab es keinerlei Fortschritte. Der öffentliche Druck nahm von Tag zu Tag zu.

Gennat sorgte dafür, dass man Mascha einen Kaffee brachte. Anschließend kamen alle Fakten auf den Tisch. Haarklein wollte Gennat wissen, was vorgefallen war. Ein Aufatmen ging durch die gesamte Mannschaft. Endlich eine Spur! Noch dazu eine, die der Öffentlichkeit gefallen dürfte. Ein schmutziger Menschenhändlerring, Drogen, Prostitution, Pornografie, alles dabei, was das Journalistenherz höher schlagen ließ und den Auflagen zuträglich war. Demgegenüber die armen, ausgebeuteten Komparsinnen, hilflos den Gaunern ausgeliefert. Grenfeld sah die Schlagzeilen förmlich vor sich. Gennat übernahm mit Gerhard Kanther und Otto Nagel höchstpersönlich das Verhör von Mascha, während Grenfeld im Büro von Gertrud Steiner ausharren musste. Doch eine Strafe für meinen Alleingang, dachte er. Es dauerte eine geschlagene Stunde, bis sich Gennats Bürotür öffnete und er hereingerufen wurde. Mascha wurde von Kanther zum Fremdenamt gebracht. Grenfeld nahm im grünen Sessel Platz und Gennat blieb, vertieft in eine Akte, auf dem Sofa sitzen.

»Was ist eigentlich mit dem sechzehnjährigen Mädchen aus Hirschgarten?«, begann er unsicher.

Der Dicke blickte auf. Seine blasse, verschwitzte Haut zeugte von mindestens drei durchwachten Nächten. »Ach, der Fall dieses jungen Malermodells. Ja, der hat sich tragisch entwickelt. Ihr Freund, ein einundzwanzigjähriger Mühlenarbeiter, hat sie aus Eifersucht erschossen, ist geflohen und dann plötzlich im Leichenschauhaus aufgetaucht. Dort hat er sich vor ihrer Leiche mit zwei Kugeln das Leben genommen.«

Wenigstens muss sie nicht in die Schaukästen der namenlosen Opfer im Parterre, dachte Grenfeld, sagte aber nichts.

»Also, zum Mord im Lunapark. Im Moment sieht es so aus, als hätten sich die drei Komparsinnen mit den Falschen angelegt. Die hatten vor, ihnen das Geschäft zu verderben.«

»Mir gefällt da einiges nicht«, druckste Robert herum.

»Vergessen wir deinen Alleingang. Das war großer Mist und das weißt du.«

»Ja, aber das meine ich nicht.«

»Sondern?«

»Erkläre mir doch Folgendes: Warum sollte die Bande diesen Mord an einer kleinen unbedeutenden Ausreißerin derart aufsehenerregend in Szene setzen? Da draußen in Neubabelsberg schaut die ganze Welt zu, das Gleiche im Lunapark. So etwas macht man ohne großes Aufsehen und lässt die Leiche dann in irgendeiner Baugrube der Untergrundbahn verschwinden.«

»Schon richtig«, sagte Gennat nachdenklich.

»Weiter. Was ist mit dieser Warnung an die Helm? Die passt nun mal haargenau zu diesem Mord. Du kannst mir doch nicht erzählen, dass diese Zuhälter das Manuskript von

Metropolis lesen und dann eine solche Warnung in Versform verfassen, noch dazu zu einem Zeitpunkt, als keine Bedrohung von diesen jungen Frauen ausging.«

»Alles richtig. Nur der Mord im Lunapark war offensichtlich dazu da, diese Lilli zum Schweigen zu bringen.«

Nun war es an Grenfeld zuzustimmen.

Für mehrere Minuten entstand im Büro des Kriminalrats eine Stille, die nur durch das Rattern der Hochbahn von der Dircksenstraße unterbrochen wurde. Gennat nahm einen Stift und zeichnete Sterne auf ein Papier. Dann schob er Grenfeld das Blatt zu. »Was siehst du?«

»Ein Sternbild, der große Wagen.«

»Ich sehe nur Sterne.«

»Du meinst, wir ziehen Verbindungen, die es nicht gibt?«

»Die es nicht zwangsläufig geben muss. Wir haben eine obskure Warnung und zwei Mordfälle.«

»Ja, möglicherweise haben wir es mit zwei Fällen zu tun.«

»Zu kompliziert für die Presse. Wir werden die Bande hochnehmen müssen und die Hauptverdächtigen anklagen: Anstiftung zur Prostitution, Menschenhandel, betrügerische Erpressung. Die Aussagen dieser Mascha geben einiges her. Ob wir ihnen die Morde nachweisen können, steht auf einem anderen Blatt. Wir werden nach Augenzeugen suchen, aber gegenüber der Öffentlichkeit können wir heute etwas Druck rausnehmen und das ist immer gut.«

»Ja, dann …«

»Bleibt nur noch eine Kleinigkeit. Gegen diese Mascha liegt von unserer Seite nichts vor, wir könnten sie vorerst wieder laufen lassen. Andererseits …«

»Ja?«

»Kann sie vorerst weiter bei dir wohnen? Nur zu ihrer Sicherheit.«

»Das ist nicht dein Ernst. Du willst sie weiter als Komparsin arbeiten lassen?«

»Sie besteht darauf und wir können es ihr schlecht verbieten. Außerdem braucht sie das Geld. Es ist doch nur für ein paar Tage, bis wir eine andere Bleibe gefunden haben. Wir bringen sie heute Abend bei dir vorbei.«

»Was wisst ihr über Mascha?«

»Tja, ihre Papiere sind allesamt schlecht gemachte Fälschungen, aber das ist ja nichts Außergewöhnliches. Damit soll sich das Fremdenamt rumschlagen. Nach eigenen Aussagen wuchs sie in einem Waisenheim auf, Eltern unbekannt, kam 1922 von Petrograd über Istanbul nach Berlin, zunächst ins Flüchtlingslager Wünsdorf bei Zossen. Sie vermeidet, warum auch immer, jeden Kontakt zu den Hilfsorganisationen ihrer Landsleute, hält sich mit gelegentlichen Theater- und Statistenrollen über Wasser, spricht fließend deutsch und französisch. Ihr wöchentlicher Kampf gilt ihrer Wirtin, die sie lieber heute als morgen vor die Tür setzen würde. Das Engagement bei *Metropolis* war ihre letzte Rettung, sonst wäre sie rausgeflogen ... Was ist nun, Robert?«

Grenfeld nickte müde, obwohl ihn der Gedanke, seine Einsamkeit aufgeben zu müssen, nicht gerade begeisterte. Was würde Helen dazu sagen?

Langsam schlenderte er durch die grauen Korridore des Präsidiums, bis die Rote Burg ihn wieder in das hektische, laute Berlin entließ.

21. September 1925, 21 Uhr, Grunewald, Douglasstraße 63

Es kam, wie es Grenfeld vorausgesagt hatte. Die Öffentlichkeit war vorerst zufriedengestellt. Man hatte die Drahtzieher des Frauenhändlerrings festgenommen und angeklagt. Und obwohl der erste Prozesstag auf den 18. Dezember datiert wurde, wollte man schnell zur Normalität zurückkehren. In Wirklichkeit war es zweifelhaft, ob man diesen Männern den Mord an den zwei jungen Frauen würde nachweisen können. Die Mordkommission suchte weiterhin mit Plakaten und Handzetteln nach Augenzeugen. Und auch das hätte Grenfeld voraussehen können: Mascha wohnte immer noch bei ihm und er fuhr sie so oft wie möglich zu den Dreharbeiten nach Babelsberg. Gennat stellte zwei Beamte ab, die Mascha auf Schritt und Tritt folgten und sogar nachts vor seiner Villa in der Douglasstraße Wache hielten. Was er nicht vorausgesehen hatte: Entgegen seinen Befürchtungen waren die Tage mit Mascha ausgesprochen angenehm verlaufen. Sie zog sich abends meist in Helens Bibliothek zurück, verfasste Gedichte und las sie ihm dann und wann vor. Seinen Rotweinkonsum musste er vor ihr nicht verstecken. An manchen Abenden trank sie ihn unter den Tisch. Er hatte oft das Gefühl, als wären seine Gedanken für sie ein offenes Buch. Für Grenfeld hingegen steckte die junge Russin voller Überraschungen. Eines Tages entdeckte er, dass sie im Gästezimmer auf dem Boden schlief. »Ich werde mich nie vom Mammon abhängig machen«, erklärte sie ihm trotzig. Mitten in der Nacht braute sie starken Kaffee, tapste durch das ganze Haus, Shakespeare rezitierend, und nicht selten fand er sie dann in Helens Arbeitszimmer, nackt eingerollt auf dem Boden schlafend, mit Zeitschriften übersät.

Wenn es das Wetter zuließ – wie am Abend dieses 21. Septembers –, saßen sie auf der Terrasse vor einem Kokskorb, mit heißem Grog, in dicke Wolldecken gehüllt, bewunderten den Sternenhimmel und plauderten über alles, was ihnen in den Sinn kam.

»Warum hast du bei der Mordkommission gekündigt?«, fragte Mascha in die Stille hinein.

»Das hatte viele Gründe«, antwortete Grenfeld ausweichend. »Wenn Gennat nicht gewesen wäre, hätte ich schon viel früher das Handtuch geworfen.«

»Du magst ihn, nicht wahr?«

»Ich habe noch nie gesehen, dass er einen Festgenommenen misshandelt hätte. ›Wer mir einen Beschuldigten anfasst, fliegt!‹, hat er immer gepredigt. Auf eine subtile Weise lässt er jedem seine Würde, sogar den Mördern.«

»Warum bist du dann gegangen?«

»Wir tauchen immer erst auf, wenn die Feier bereits vorbei ist. Der Täter war da, der Tod war da … nur wir kommen zu spät. Die einzigen Gäste, die wir noch antreffen, sind Maden, Fliegen und Zeugen ohne Erinnerungsvermögen. Ich konnte das nicht mehr ertragen. Außerdem …«

Er zögerte. Zu lange hatte er diese Gedanken für sich behalten. Nun hatten sie sich festgesetzt und lagen wie harter Asphalt auf seiner Seele.

»Mit immer perfekteren Methoden kommen wir immer mehr Tätern auf die Spur. Gut und schön. Doch die Wahrheit ist: Die sinnlosesten und grausamsten Taten, die politisch motivierten Tötungen und Fememorde bleiben ungesühnt, weil die Hintermänner und Geldgeber von den Staatsanwälten nicht verfolgt werden.«

Mascha nickte. »Natürlich, der berühmte Amnestieautomat: Pickt nach links und nickt nach rechts.«

Amnestieautomat … Grenfeld wunderte sich. Es gab kein Thema, über das diese Frau nicht irgendetwas Kluges zum Besten gab.

»Es braucht nicht viel, um in diesen Zeiten auf die andere Seite zu geraten. Was für eine Bestie denkst du dir, wenn du das Opfer siehst. Aber dann schnappst du den Täter und was für eine bedauernswerte Kreatur kommt da zum Vorschein.«

»Widerliche Kreaturen wie in der Roten Mühle!«, entgegnete Mascha leise.

Für einen kurzen Moment dachte Grenfeld, er habe sich verhört. Hatte sie tatsächlich Rote Mühle gesagt? Eine der heruntergekommensten Spelunken, in der sein Kollege Albert Fechmann beste Kontakte zur Berliner Unterwelt pflegte.

»Was um Himmels willen hast du in der Roten Mühle verloren?«

»Man macht vieles, wenn die Miete fällig ist, Robert.«

»Aber doch nicht in dieser grässlichen Absteige?«

»Wenn du es genau wissen willst: Ich singe obszöne Lieder, lasse das ein oder andere Kleidungsstück fallen, zeige ein wenig Haut, die Kerle grölen, und dann gehe ich mit ein paar Mark in der Tasche nach Hause.«

»Ein wenig Haut …«

»Na und? Ihr Kerle seid so einfach gestrickt.«

Grenfeld stand auf und wärmte sich an der Glut.

»Ab und zu mische ich ein anderes Lied darunter, dann wird es plötzlich still und keiner grölt und alle gaffen, dann habe ich es geschafft. Dann verwandeln sich diese widerlichen Kreaturen in – wie hast du gesagt – bedauernswerte Geschöpfe. Wenn ihre Gesichtszüge weich werden und das ganze Lokal verstummt … dann weiß ich, dass ich das Zeug zur Schauspielerin habe, und dieses Gefühl ist besser, als sich satt zu essen. Genau so ist es, wenn Brigitte Helm spielt.

Dann sind alle ganz still und die Kameras und Scheinwerfer vergessen!«

»Und Lilli und Lotta. Waren die auch dort?«

»In der Roten Mühle? Nein! Das hätte ich nie zugelassen. Die hätten das nicht überlebt. Für die war schon das Romanische ein Abenteuer.« Mascha merkte, dass Grenfeld schockiert war. Sie stand auf, streckte sich und lief unruhig auf der Terrasse hin und her, als wolle sie vor etwas weglaufen. »Ich bin froh«, sagte Mascha plötzlich, »nicht mehr ins Romanische gehen zu müssen.«

»Warum denn?«, fragte Robert überrascht.

»Alles Oberfläche. Für dich interessiert sich eh niemand. Du könntest zum Beispiel erzählen, deine Freundin ist heute gestorben und fünf Minuten später wechseln sie das Thema und erzählen von ihrem Engagement und dass Max Reinhardt sie auf einer Premiere gesehen hat.«

»Waren nicht auch einige Stammgäste auf dem Begräbnis von Lotta?«

»Schon. Dolbin zum Beispiel, ein lieber Wiener, lebt versuchsweise in Berlin, ständig auf der Suche nach Köpfen, die er porträtieren kann. Der ist wirklich nett. Er hat Lilli mal gezeichnet ... und dann Günther Birkenfeld, der mich in seinem Roman verewigen will. Alle sind *nett*, aber letztlich kreisen die meisten wie die Sterne dort oben um sich selbst.«

»Und in Babelsberg?«

»Das ist eine andere Welt. Unter uns Komparsen herrscht eine fabelhafte Atmosphäre, fast wie eine riesige Familie ist das. Was hab ich nicht schon alles für tolle Gespräche geführt in den langen Wartepausen. Keiner hält sich für etwas Besseres. Jeder ist froh, etwas Geld nach Hause zu bringen. Für viele Kinder ist es schon ein Glück, mittags eine warme Mahlzeit zu bekommen.«

»Kinder habe ich auf dem Gelände nicht gesehen.«

»Es sind Hunderte und täglich werden es mehr! Es spricht sich schnell herum, dass man dort was Anständiges zu Essen bekommt. Frau von Harbou bringt ihnen nachmittags Kakao und Kuchen, organisiert Bälle und anderes Spielzeug. Du müsstest das miterleben: Als abgemagerte, unterernährte Geschöpfe kommen sie aus dem Berliner Norden und nach einigen Wochen blühen sie richtig auf. Abgesehen von den Anzügen und Kleidchen aus grauem Leinenstoff, die immer dreckiger und verschlissener werden, weil sie überall auf dem Gelände herumtoben. Aber so sollen sie dann ja auch im Film wirken, armselig und bedauernswert, die Kinder aus der Unterstadt von Metropolis.« Maschas Stimme hatte plötzlich einen scharfen, sarkastischen Ton angenommen.

Aber wenn der Film abgedreht ist …, dachte Grenfeld.

»Bleiben sie in der Unterstadt oder besser in den Hinterhöfen. Das ist bei allem Schönen das Erbärmliche daran. Und die großen Schauspieler und Regisseure kehren wieder in ihre Villen und eitlen Gärten zurück.« Mascha richtete sich auf und machte eine theatralisch ausladende Handbewegung, seinen Garten und die Villa einschließend. Ihre Stimme war mit einem Mal schrill geworden.

Grenfeld zuckte unwillkürlich zusammen, was sie sofort bemerkte.

»Es tut mir leid, Robert, ich …«

»Hast du gerade ›eitle Gärten‹ gesagt?«

»Ja, ich glaube schon. Warum fragst du?«

»›Eitel‹ ist doch ein merkwürdiges Wort in Verbindung mit ›Garten‹.«

»Steht doch im Manuskript. Die Reichen der Oberstadt vergnügen sich in den eitlen Gärten mit schönen Gespielinnen. Ich war bei den Probeaufnahmen mit Gustav Fröhlich und Brigitte Helm dabei. Sie haben tatsächlich exotische Kraniche aus dem Berliner Zoo kommen lassen. Nur liefen die dauernd verschreckt auseinander, wenn sich die Kinderschar, dicht an Frau Helm gedrängt, an der Eingangspforte zeigte. Fritz Lang tobte, weil wir so lachen mussten.«

Grenfeld stand wortlos auf und eilte in Helens Arbeitszimmer, um das Manuskript zu suchen. Er fand es auf dem Fußboden und blätterte so lange, bis er die Stelle gefunden hatte. Dort stand ›ewige Gärten‹«. ›Eitle Gärten‹ kannte er nur aus der Warnung, die Brigitte Helm erhalten hatte. Nachdenklich ging er die Treppen hinunter durch das Wohnzimmer auf die Terrasse. Mascha hatte sich seine Wolldecke geschnappt und lag darin eingewickelt, die Augen geschlossen. Ihm gingen plötzlich so viele Gedanken durch den Kopf. Giftige Gedanken, die er am liebsten nicht zu Ende spinnen würde. Sein Kriminalergehirn lief auf Touren und fing ohne Erlaubnis an, Fragen zu produzieren. Warum war Mascha nicht mit Lilli gemeinsam in den Lunapark gegangen? War sie es nicht gewesen, die auf dem Friedhof darauf bestanden hatte, sich im Lunapark zu treffen? Warum hatte sie im Romanischen gewartet?

»Du warst nicht mit Lilli im Lunapark, warum eigentlich?«, fragte er direkt.

»Ganz einfach, ich konnte mir den Eintritt nicht leisten. So etwas soll es geben! Wir haben zusammengelegt und dann ging eben Lilli. Sie zahlt sowieso nur die Hälfte, weil sie dort serviert. Du kannst dir das vielleicht nicht vorstellen, aber auch die zwölf Mark für einen Theaterabend kann ich nicht aufbringen. Mein einziges Glück sind die Freikarten für die Junge Bühne.«

»Warum bist du bei den Probeaufnahmen in den Gärten dabei? Da spielen doch keine Komparsen mit, soweit ich weiß?«

Mascha öffnete die Augen und sah ihn triumphierend an. »Ich bin ab jetzt nicht mehr nur Komparsin. Ich habe eine richtige Rolle in *Metropolis*! Warte …« Sie sprang auf und verschwand im oberen Stockwerk. Nach einiger Zeit erschien sie in einem eng anliegenden, hochgeschlossenen, Beine und Taille frei lassenden dunklen Trikot. Auf dem Kopf ein Hut mit aufgeschlagener Krempe.

»In diesem Kostüm jagt mich Freder, also Gustav Fröhlich, durch den Garten. Ich bin seine Gespielin. Na, da bist du platt! Ich werde im Kino auf der Leinwand ganz groß erscheinen, wer hätte das gedacht! Hier, sie haben sogar schon ein Künstlerfoto von mir gemacht.« Mascha kam ganz nah an Grenfeld heran. Sie zitterte. »Und wie gefall ich dir?«

»Wer hat dir diese Rolle verschafft?«

»Kannst du nichts anderes als Fragen stellen? Ich dachte, du bist nicht mehr bei der Polizei?«

Grenfeld schwieg.

»Der Leiter der Komparserie hat mich vorgeschlagen.«

»Dieser Faber?«

»Ja, genau der. Woher kennst du ihn?«

Robert bekam ein flaues Gefühl in der Magengegend und sein Polizistengehirn ließ sich nicht mehr abstellen. »Wie kommt der Kerl dazu, ausgerechnet dich vorzuschlagen?«

»Ja, wie kommt der Kerl dazu?« Maschas Stimme hatte einen ironischen Klang angenommen. Sie stolzierte auf der Terrasse auf und ab. »Vielleicht hat er ein Auge auf mich geworfen? Aber da wäre ich nicht die Einzige. Er hat ja Auswahl. Hast du *daran* gedacht?«

»Du hast dich mit ihm eingelassen? Nur um diese Rolle zu bekommen?«

Mit einem Ausdruck der Verachtung hielt sie ihm ihr Künstlerfoto vors Gesicht, fixierte ihn für mehrere Sekunden und ließ es dann demonstrativ fallen. Ihre Gesichtszüge waren hart geworden. »Möglicherweise hat *er* erkannt, dass ich Talent habe.« Mascha sah ihn mit zornig funkelnden Augen an. Dann drehte sie sich um, warf ihren Hut auf den Boden und verschwand ins Haus. Kurz darauf hörte er die Haustüre lautstark ins Schloss fallen.

6

22. September 1925, 10 Uhr,
Grunewald, Douglasstraße 63

Robert Grenfeld hatte unruhig geschlafen und wachte schweißgebadet mit Kopfschmerzen auf. Wie so oft kam ihm die Szene vom Vorabend wie ein schlechter Film vor. Er stand auf, machte Frühstück und wollte Mascha wecken, um sie nach Babelsberg zu fahren, doch ihr Zimmer war verlassen. Ein Blick aus dem Fenster verriet ihm, dass seine Kollegen dies offenbar übernommen hatten. Ihr Fahrzeug stand nicht mehr auf der gegenüberliegenden Seite. Dafür hatte ein dicker Septembernebel Einzug gehalten und kündigte das Ende des Sommers an. Für einen kurzen Moment ärgerte er sich, weil Gennat ihm versprochen hatte, Mascha anderswo unterzubringen. Und nun? Lebte er hier mit einer Zeugin … oder mit einer Verdächtigen? Und wie er den Dicken kannte, überließ er nichts dem Zufall. Gennat hatte sicherlich nie vor, dieser Frau vor Abschluss des Falles ein Zimmer zu besorgen. Grenfeld sollte sie beschützen und währenddessen unter die Lupe nehmen. Das wurde ihm jetzt klar. Er nahm sich vor, nach dem Frühstück ins Präsidium zu fahren. Er hatte noch keinen Schluck Kaffee getrunken, da läutete das Telefon. Das ist bestimmt Helen, dachte er sich und nahm hastig den Hörer ab.

»Herr Grenfeld?«, meldete sich eine helle, unsichere Stimme. »Hier ist Brigitte Helm.«

»Ja, bitte?«

»Es ist wieder so weit.«

»Was ist so weit?«

»Der Pförtner hat mir heute früh einen Umschlag übergeben … mit einer weiteren, wie soll ich das nennen, Warnung?«

»Wer weiß davon?«

»Noch niemand. Ich … weiß auch nicht warum, aber ich dachte, ich rufe erst einmal Sie an, dann die Polizei.«

»Was schreibt er diesmal?« Grenfeld hörte am Ende der Leitung ein Rascheln.

»Ein Opfer ist schon starr und kalt,
wir spielten unsere Spiele,
ihr habt geplant und klug gedacht,
doch letzten Endes hat es nichts gebracht,
solange ihr es weitertreibt, das Große zu verderben,
ist es die heilige Pflicht, dafür zu sorgen,
dass alles dann zum Ende kommt,
auch wenn der Opfer viele.«

»Frau Helm, ich weiß, die Kollegen haben das bestimmt schon Hunderte Male mit Ihnen durchgesprochen. Aber haben Sie einen Verdacht, wer das sein könnte? Gibt es da jemanden, der eifersüchtig auf Ihre Rolle ist oder Ihnen schaden möchte?«

»Eifersüchtig? Ehrlich gesagt, im Moment haben alle nur Mitleid mit mir. Mit Fritz Lang zu drehen ist kein Spaziergang, wissen Sie, eher eine Folter. Nein, keine Ahnung. Ich habe einfach nur Angst oder Wut, manchmal beides.«

»Was machen die Kollegen vom Präsidium? Sorgen die für Ihren Schutz?«

»Hören Sie, Herr Kommissar, ich habe keine Angst um mich. Mittlerweile kann ich keinen Schritt mehr gehen, ohne dass mich Ihre netten Kollegen begleiten. Wenn aber meinetwegen jemand sterben muss, dann höre ich auf. Das habe ich auch Herrn Pommer gesagt. Das ist es nicht wert!«

Grenfeld speicherte diese Sätze tief in seinem Gedächtnis. Mit rotem Stift zweifach unterstrichen, legte er sie unter ›Bedeutsames‹ ab. Dieses siebzehnjährige Mädchen war verunsichert und wenn sie die Nerven verlor und ging, wäre Filmmaterial in einer Länge von zwanzig Fußballfeldern verschwendet worden. Interviews, Reklame, Zeitungsberichte … alles, womit man seit dem 22. Mai die Presse Woche für Woche gefüttert hatte … verlorenes Kapital. Je länger er nachdachte, desto schwerer wogen diese Sätze. Man musste diesem Mädchen nichts antun, man brauchte sie nur zu verunsichern.

»Herr Grenfeld, sind Sie noch dran?«

»Brigitte, sagt Ihnen der Name Mascha etwas? Eine junge Russin, sie spielt in der Szene der ewigen Gärten eine Gespielin von Freder, also von Gustav Fröhlich.«

»Die Mascha? Ja natürlich, das ist ein Kaliber, die ist wirklich gut!« Brigitte Helm klang überrascht. »Das findet übrigens auch Fritz Lang. Er hat entschieden, dass sie jetzt auch in der Yoshiwara-Szene mitspielt. Wir haben uns in den Drehpausen angefreundet.«

»Angefreundet?«

»Ja. Man kann herrlich mit ihr lästern und so wird vieles erträglicher.«

»Von wem ging das aus? Von Ihnen oder von ihr?«

»Von beiden, denke ich, oder … ich weiß das nicht mehr.«

»Warum wurde gerade sie für diese Rolle ausgewählt?«

»Herr Faber hat sie entdeckt und Lang wärmstens empfohlen. Aber warum fragen Sie denn nach Mascha?«

»Sie war mit den beiden ermordeten Komparsinnen eng

befreundet und ist eine mögliche Zeugin im Mordprozess. Wussten Sie das?«

»Was? Nein. Aber mir sagt niemand etwas, um mich nicht zu beunruhigen und von meiner Rolle abzulenken.«

»Macht Herr Faber das öfter? Ich meine, Empfehlungen auszusprechen?«

»Ehrlich gesagt, wir waren auch überrascht. Der hat genug zu tun, die Massen an Komparsen herbeizuschaffen, die Herr Lang benötigt. Allein für die Szene mit dem Turmbau zu Babel, die er in den Rehbergen dreht, will er tausend Komparsen, die bereit sind, sich den Schädel kahl scheren zu lassen. Herr Grenfeld, was soll ich denn jetzt tun?«

»Ich spreche mit Herrn Gennat und Sie informieren Ihre Leute. Im Moment können wir nicht mehr tun.«

»Ich bin so müde. Manchmal wünsche ich mir, ich hätte mich nie auf das Abenteuer eingelassen. Können Sie das verstehen?«

»Ja, ich glaub schon.«

»Und wann kommen Sie wieder vorbei?«

»So bald wie möglich. Ich muss jetzt das Präsidium anrufen. Bis dann.« Grenfeld legte auf und spürte eine ungeheure Wut in sich aufsteigen. Brigitte Helm war in diesem ganzen Spektakel das schwächste Glied und – wer auch immer die Täter waren – genau das schien Teil ihres perfiden Plans zu sein. Er musste sofort Gennat anrufen und ihm alles berichten. Zu tief steckten noch die Geschehnisse aus dem Lunapark in seinen Knochen. Noch einmal wollte er keinen Alleingang riskieren. Diesmal zeigte der ›Buddha vom Alex‹, wie er mittlerweile in der Berliner Öffentlichkeit genannt wurde, tatsächlich Nerven. Grenfeld hatte Ernst Gennat so mehrmals erlebt. Seine sonst warme und volle Stimme wurde auf seltsame Art monoton und kalt, als ob sein gesamter Organismus Energie für andere Zwecke benötigte. Die erneute Drohung sowie Roberts Verdachtsmomente Mascha gegenüber machten ihm hörbar zu schaffen. Durch das Telefon konnte er das schwere Atmen des Dicken vernehmen.

»Wir werden sie sofort ins Präsidium bringen lassen«, entschied er schließlich. »Diese plötzliche Nähe zur Hauptdarstellerin gefällt mir überhaupt nicht. Ganz abgesehen von der Roten Mühle. Die halbe Unterwelt des Berliner Ostens ist da versammelt. Das ist doch alles kein Zufall!«

»Gennat, lass mich mit ihr reden. Ich glaube, mir vertraut sie.«

»Ich bin mir ehrlich gesagt nicht ganz sicher, ob du das noch unvoreingenommen beurteilen kannst, Robert.«

»Unvoreingenommen? Was soll denn das heißen?«

»Kanther hat euch letzte Woche im Strandbad Wannsee gesehen. Ihr scheint euch, nun ja, blendend zu verstehen.«

»Da muss sich der Kollege getäuscht haben«, log Grenfeld. »Gib mir einfach einen Tag, dann könnt ihr sie von mir aus vernehmen.«

»Tut mir leid, Robert. Wir haben keine Zeit mehr. Wir müssen jetzt handeln. Und dann noch ein Ratschlag von mir: Ruf so bald wie möglich Helen an!«

»Warum denn Helen?«

»Sie hat sich gestern bei mir gemeldet und gefragt, welche Schauspielerin bei dir eingezogen ist. Mascha war offensichtlich ans Telefon gegangen.«

»Und?«

»Sie hat Gedichte rezitiert!«

»Wie bitte? Am Telefon?«

»Ein Sonett von William Shakespeare. Helen war sich nur nicht sicher, an wen sich dieses Liebesgedicht richtet. Ich soll dich fragen.«

»Verdammt Gennat, du bist mir was schuldig! Diese Frau läuft den ganzen lieben langen Tag durch unser Haus und trägt Gedichte vor. Du musst es Helen erklären. Als ob wir nicht schon genug Schwierigkeiten hätten.«

»Habe ich versucht, ich bin mir nur nicht sicher, ob sie mir glaubt. An deiner Stelle würde ich nicht mehr lange warten. Ruf sie an!«

22. September 1925, 11 Uhr,
Neubabelsberg, UFA-Gelände

Wie gerne wäre er jetzt auf der Fahrt nach Babelsberg zur Krummen Lanke abgebogen. Letzte Woche hatte er Mascha seine Lieblingsseen gezeigt. Sie waren den ganzen Weg von der Krummen Lanke über den Schlachtensee bis zum menschenleeren Strandbad Wannsee gewandert. Mascha, die seit Jahren nicht aus der Betonwüste herausgekommen war, jubelte wie ein Kind über jedes Stück Natur und schlief abends am Küchentisch vor Erschöpfung ein.

Gennat hatte nicht ganz unrecht. Noch vor einigen Jahren hätte er sich Hals über Kopf in diese Frau verliebt. Er hätte sich blenden lassen von dieser Wildheit, diesem unbändigen Hunger nach Leben und diesem Mut, alles Verlogene zu entlarven. Ganz abgesehen davon, dass er mit derartigen Stimmungsschwankungen nicht mehr mithalten konnte, spürte er bei ihr etwas, was ihm Angst machte: einen Abgrund an Zorn und Verzweiflung. Er musste sie finden, bevor Kanther und Hellriegel sie ins Präsidium schleppten. Doch als er mit Maschas Foto in der Tasche die Pforte zum UFA-Freigelände passierte, kamen ihm Zweifel, ob ihm das gelingen würde. Alles war größer, lauter und unübersichtlicher geworden. Scharen von Komparsen zogen durch das Gelände oder saßen auf dem Boden und warteten auf ihren Einsatz, Karten spielend, schlafend, kauend, scherzend. Und dann die Kinderhorden, von denen Mascha berichtet hatte. Sie kletterten halsbrecherisch auf die riesigen Bauholztürme und lieferten sich Verfolgungsjagden. Dazwischen in staubiger Montur die Kulissenbauer, ihre Gesichtshaut braun gegerbt, Bartstoppeln, kräftige Oberarme, auf den sandigen Boden spuckend, breitbeinig über irgendeinen Plan gebeugt, heftig gestikulierend. Alles, was man hier bestaunte und in den Filmpalästen zu sehen bekam, waren ihre architektonischen Meisterwerke. Eine Gruppe von etwa fünfzig Kahlköpfigen kam ihm entgegen. Sie strichen sich gegenseitig über ihre glatt rasierten Köpfe und lachten laut. Was für ein aussichtsloses Unterfangen, hier eine Komparsin finden zu wollen. Am Domportal blieb er kurz stehen. Schon beim ersten Mal hatte er diese Kulisse bewundert. Doch nun waren die Gerüste fast abgebaut, und obwohl er wusste, wie vergänglich diese Kathedrale war, genoss er den Anblick dieses Baus mitsamt seinen gotischen Formen und akribisch gefertigten Wasserspeiern. Er blickte sich um und für einen Moment erinnerte ihn die ganze Atmosphäre an den Rummel in seiner Heimatstadt. Tag für Tag war er als Kind zum Festplatz gepilgert und wünschte sich von ganzem Herzen, dass die Schießhalle mit der herrlich gemalten orientalischen Fassade, das Kettenkarussell mit den Schwänen und das Spiegelkabinett niemals verschwinden würden. Lachkabinett, Flohtheater, Feuerfresser und Fräulein Pauline, die stärkste Athletin und Kanonen-Königin der Gegenwart, die ein Kind nur heimlich bestaunen durfte, sollten für immer und ewig dort sesshaft werden. An einem Montag nach der Schule fand er den Platz leer vor, alles Leben war entwichen. Würde er sich ebenso leer und einsam fühlen, wenn der Film im nächsten Jahr abgedreht sein würde? Und was würde er dann tun? Weiterhin in einem Haus leben ohne Helen? Dieser ganze Fall war nur eine große Ablenkung von seinen eigentlichen Problemen, von denen seit Monaten kein einziges gelöst war. Warum kämpfte er eigentlich nicht um Helen? Warum fuhr er nicht einfach zu ihr? Grenfeld spürte, wie mit diesen Gedanken alle Kraft aus seinem Körper wich. Er fühlte sich müde und ausgelaugt. Plötzlich bemerkte er, dass ein muskulöser Mann neben ihm zur Kathedrale hinaufblickte. Grenfeld schätzte ihn Anfang sechzig, doch aufgrund seines athletischen Körperbaus und seines kahl rasierten Schädels konnte er sich leicht täuschen.

»Was werden Sie denn schreiben über unseren Dom?«, sprach ihn der Mann unvermittelt an.

»Schreiben?« Grenfeld fiel es schwer, sich zu konzentrieren.

»Na, Sie sind doch sicher einer von den, entschuldigen Sie den Ausdruck, Zeitungsfritzen, die hier seit Wochen auf dem Gelände herumstromern und Fragen stellen?«

»Der Bau erinnert mich an den Kölner Dom!«, sagte Grenfeld, nur um irgendetwas zu sagen.

»Mich können Sie alles fragen. Ich gehöre hier schon längst zum Inventar. Bin Kulissenbauer, aber eigentlich Mädchen für alles. Manchmal schlafe ich sogar hier. Ich war vor vierzehn Jahren dabei, als die Deutsche Bioscop von ihrem engen Atelier in der Chausseestraße 123 hierher ziehen musste. Das waren Zeiten: Die ersten Filme mit Asta Nielsen auf hundertdreißig Quadratmetern und stolz auf einige Quecksilberdampflampen. Wegen Platzmangel und Brandgefahr mussten wir schließlich raus aus der Stadt. Damals gab es auf dem Gelände nur eine alte Papierblumenfabrik, noch nicht einmal

Garderoben. Die Komparsen mussten in voller Kostümiere mit der Bahn kommen. Glauben Sie mir, ich habe schon viel erlebt, aber dieser Film hier schlägt alle Rekorde. Für die Turmbau-zu-Babel-Szene fordert Herr Lang sechstausend Komparsen, die sich kahl scheren lassen. Sechstausend für eine Minute Film! Welch ein Glück, dass wir über hunderttausend Arbeitslose in dieser Stadt haben, sag ich mal. Wegen der paar Drehtage, da lässt sich doch niemand kahl scheren, dessen Kinder nicht Hunger leiden. Aber Geld spielt hier ja anscheinend keine Rolle mehr. Und als sie dann sogar unter uns Kulissenbauern gefragt haben, da habe ich halt eingewilligt. Meine Frau hat gesagt, ich soll mich nicht so anstellen. Haare wachsen nach, Moneten für die Miete nicht.«

»Und was ergibt das alles für einen Sinn?«, platzte es aus Grenfeld heraus, dessen Stimmung sich zunehmend verschlechterte und der diese Frage am liebsten rückgängig gemacht hätte.

Der alte Mann blickte ihn überrascht an, bevor er schmunzelte. »Wissen Sie, dass Sie der Einzige hier sind, der sich diese Frage stellt?«

»Sollte man aber«, antwortete Grenfeld nach wie vor mürrisch.

»Da haben Sie recht. Die einen sind zu jung, die anderen zu begeistert, der Rest will einfach nur überleben und einige wenige wollen eine anständige Verzinsung ihres Kapitals. Da stellt man solche Fragen besser nicht.«

»Die Frage nach dem Warum sollte man sich stellen, wenn man jung ist«, hörte sich Grenfeld sprechen und hasste sich selbst für seinen oberlehrerhaften Ton, der dem Alten jedoch nichts auszumachen schien. Ganz im Gegenteil. Er wirkte amüsiert, hatte sich nun umgedreht und sah Grenfeld eindringlich an.

»Jeder große Dom des Mittelalters hatte eine Bauhütte. Babelsberg ist die Bauhütte für einen großen Traum und Herr Lang der Dombaumeister.«

»Na schön, was ich meine, ist: Vielleicht sollte man die Wirklichkeit da draußen nicht den anderen überlassen. Als die Arbeitslosen endlich auf die Straße gingen, um für bessere Lebensbedingungen zu streiten, sah man sich die Premiere von Caligari an. Der wahre Grusel, der ist da draußen!«

»Sie sind kein Journalist, nicht wahr? Und ich kein Kulissenbauer.« Der alte Mann seufzte tief. »Ich habe mal Architektur studiert, aber dann ist alles anders gekommen. Man sollte die Wirklichkeit nicht den anderen überlassen, sagen Sie. Aber wissen Sie, was ich denke: Man sollte die *Träume* nicht den anderen überlassen! Wenn es einen Sinn für diesen Aufwand hier gibt, dann diesen!«

Grenfeld ließ nicht locker. »Wer das Geld gibt, der bestimmt auch die Träume!«

»Ein wahrer Satz!« Der alte Mann grinste und wurde plötzlich unruhig. »Kommen Sie mit. Ich habe einen Auftrag in der Unterstadt bei den Wasserbassins. Wir können uns ja auf dem Weg dahin unterhalten. Wer das Geld gibt, bestimmt auch die Zeit.«

Der Exkommissar trottete neben dem Alten her, die entgegenkommenden Gesichter nach Mascha absuchend.

»Sie sind von der Polizei, oder?«

»Woher wissen Sie das?«

»Nur so eine Ahnung. Da laufen einige Ihrer Kollegen auf dem Gelände herum. Zu auffällig, wenn Sie mich fragen. Schlimme Sache, dieser Mord an der jungen Frau. Da stell ich mir allerdings die Frage nach dem Warum.«

Der alte Mann beschleunigte sein Tempo. Grenfeld

musste Acht geben, dass er mithalten konnte. »Kannten Sie das Opfer?«

»Nein. Wenn geprobt oder gedreht wird, bauen wir längst an einem anderen Platz. Die unterirdische Stadt der Arbeiter von Metropolis zum Beispiel, die komplett überflutet werden soll, ist seit gestern termingerecht fertig. Meine Kolonne arbeitet heute schon an der Fassade des Vergnügungstempels Yoshiwara. Die Unterstadt von Metropolis haben wir da drüben oberirdisch als Freibauten errichtet. Sie werden das gleich sehen. Ich muss nur die Wasserleitungen und Ventile überprüfen.«

»Kennen Sie diese Frau?« Grenfeld zog das Künstlerfoto von Mascha aus seiner Tasche. Der Alte schüttelte den Kopf. Grenfeld wunderte sich über sein Tempo und begann zu schwitzen. Schon von Weitem sah er jetzt die Häuserkulissen der Unterstadt von Metropolis. Der Alte führte ihn schließlich auf einen großen, freien, asphaltierten Platz, der von einem Labyrinth an Holzstegen umgeben war. In der Mitte befand sich ein Podest mit einem golden leuchtenden Gong von etwa zwei Metern Durchmesser.

»Das hier«, sagte der Alte nicht ohne Stolz in seiner Stimme, »wird alles überflutet. Am Ende dieser vier Straßen, die zentral auf diesen Platz zulaufen, sind Wasserbecken, sechs auf acht Meter mit jeweils hundertvierzig Kubikmeter Fassungsvermögen. Auf diesem Platz versammeln sich etwa fünfhundert Kinder, von Brigitte Helm mit diesem Gong herbeigerufen. Dann werden auf einen Schlag die Ventile geöffnet und der gesamte Platz geflutet. Da rechts hinter dieser Häuserfront ist ein fünftes Becken mit einer unterirdischen Leitung zum Versammlungsort. Sehen Sie diese kleinen Risse aus Asbestbrocken und Sägemehl? Durch diese Risse dringt das Wasser direkt durch den Asphalt. Frau Helm, also im Film die gute

Maria hat alle Hände voll zu tun, diese Kinder vor der Überschwemmung zu retten. Sie werden von ihr auf diesen Ponton gezogen und dann hinauf zur Oberstadt gebracht und gerettet. Das wird turbulent, aber Frau Helm dürfte nach drei Monaten Regiearbeit mit Fritz Lang nichts mehr wirklich erschüttern.«

»Kennen Sie sie?«

»Natürlich. Seit sie da ist, hat sie alle Herzen im Sturm erobert. Vor allem die Kinder sind ganz verrückt nach ihr. Ich heiße übrigens Heinrich Ziller, mit r, weder verwandt noch verschwägert mit unserem berühmten Maler.«

»Robert Grenfeld mein Name, freut mich. Warum versammeln sich auf dem Platz nur Kinder?«

»Kennen Sie die Geschichte von *Metropolis*?«

»Ich habe sie bis zur Hälfte gelesen.«

»Die Arbeiter der Unterstadt, aufgestachelt durch die falsche Maschinen-Maria, revoltieren gegen Fredersen, den Diktator, und zerstören die Maschinen. Alles explodiert und die Kühlleitungen der Unterstadt zerbersten. Zu spät denken sie an ihre Kinder, die in der Unterstadt unterzugehen drohen.«

»Was für ein Märchen«, murmelte Grenfeld in Gedanken und betrachtete die Häuserkulisse. Plötzlich packte ihn der Alte fest am Oberarm und sah ihn ernst an.

»Sie wollten doch den Sinn dieses Films verstehen? Die Erwachsenen machen Politik und ziehen in den Krieg, doch es sind immer die Kinder, die es ausbaden müssen. Und die Frauen sind es, die letztlich alles wieder aufbauen. So viel habe ich in meinem Leben verstanden und meine Frau würde mir beipflichten.«

Grenfeld war nicht mehr in Stimmung zu diskutieren, trotzdem sagte er: »Und Revolution ist verwerflich? Ist das die Botschaft?«

Der alte Mann lachte. »Ein anderes Mal, Robert, ich muss

jetzt nach den Ventilen sehen. Hat mich gefreut, dich kennengelernt zu haben.«

»Warte, Heinrich, nur einen Moment. Kennst du den Faber?«

Noch einmal kam Heinrich ganz nah an Grenfeld heran. »Dem geh ich aus dem Weg, wo ich nur kann. Mehr sage ich nicht!«

»Heinrich, ich bin nicht mehr bei der Polizei. Ich ermittle sozusagen … als Komparse.« Grenfeld wollte einen Witz machen, doch der Alte blieb ernst.

»Faber war einige Zeit im Zuchthaus Tegel. Warum, weiß ich nicht. Wenn du mich fragst, will das auch keiner genau wissen. Er ist ein Meister, wenn es darum geht, Personal zu organisieren. Außerdem ist er gewalttätig. Ich habe es schon erlebt. Ich möchte nicht wissen, was er sonst noch am Laufen hat. Nach oben aber, zur Produktionsleitung, immer höflich und willfährig.«

»Noch etwas, Heinrich, es dauert nur kurz.« Grenfeld zog das Foto von Blume hervor, das mittlerweile ganz zerknittert war.

Heinrich stöhnte auf. »Ich muss jetzt wirklich, mein Chef bekommt einen Wutanfall, wenn ich hier nicht fertig werde.« Er sah sich widerwillig das Bild an, dann zuckte er kurz zusammen. »Den habe ich schon mal gesehen!«

»Wo, in der Zeitung oder auf den Flugblättern? Denk nach!«

»Nein. Ich bin mir sicher. Draußen am Drehort Rehberge, Wedding, Afrikanische Straße, Richtung alter Schießplatz.«

»Was war dort?«

»Na, die Proben zur Szene ›Turmbau zu Babel‹. Die wird dort gedreht, wegen der Sanddünen. Dort haben wir nach dem Krieg im ersten kalten Winter immer Holz geschlagen. Heute ist da alles voller Sand. Ideal für diese Szene.«

»Heinrich, bitte. Wo hast du ihn gesehen?«

»Dort haben sich die tausend Kahlköpfigen versammelt. Wir mussten zuerst alle rasiert werden. Dann sollten wir einen haushohen Quader mit dicken Seilen durch den Sand schleppen.«

»Und unter tausend Komparsen ist dir dieser Mann aufgefallen?«, fragte Grenfeld zweifelnd.

»Nun ja, der Kerl saß direkt neben mir beim Rasieren. Ich weiß es deshalb, weil er sich lautstark mit dem Friseur herumstritt. Er wollte unbedingt einen dünnen Haarstreifen stehen lassen.«

»Und dann? Hat er etwas gesagt, wo er jetzt untergebracht ist?«

»Nein, nur eben dass alles eine große Schweinerei sei für das bisschen Geld und er es eigentlich nicht nötig hat. Er hat gesagt, dass er Schriftsteller ist. So was in der Art kennt man ja. Dann habe ich ihn aus den Augen verloren. Und ich verschwinde jetzt auch, endgültig.«

»Ich muss sofort dorthin!«

»Das ist sinnlos. Da ist keine Menschenseele mehr. Das war nur die Außenprobe. Der richtige Dreh wird im Oktober stattfinden.«

»Danke, Heinrich, du hast mir sehr geholfen. Ruf mich doch bitte an, wenn dir etwas Ungewöhnliches auffällt, ja? Hier ist meine Nummer.«

Der Alte drehte sich um und ließ Grenfeld allein auf dem großen Überschwemmungsplatz zurück. Er war zu aufgeregt, um nach Hause zu fahren. Einem Impuls folgend, lief er auf das Holzgerüst der Hochhauskulisse zu und begann, auf einer der vielen Sprossenleitern, nach oben zu steigen. Auf dem Dach angekommen, er schätzte die Höhe auf vierzig Meter, drang der aufdringliche Geruch von frisch geteerter

Dachpappe in seine Nase. Er richtete sich auf und ein frischer Septemberwind zerzauste sein Haar. Im Südwesten, zwischen den dunklen Wäldern, sah er die qualmenden Schornsteine der Lokomotivfabrik Orenstein & Koppel, im Westen die Häusersilhouetten von Nowawes und im Norden die Gärten der Siedlungshäuser von Neubabelsberg. Dazwischen, auf dem riesigen Freigelände, wuchsen die Gerüste der UFA-Bauten wie altertümliche Relikte orientalischer Siedlungen aus dem Märkischen Sand empor. Türme, Burgen, Festungsmauern, Hochhäuser ... und in der Mitte: das Große Glashaus mit der Kopierfabrik. Er genoss diesen Ausblick, und die Weite gab ihm das Gefühl, endlich wieder frei denken zu können. Er hatte doch keine Halluzination gehabt. Noch konnte er sich auf seine Sinne verlassen. Dieser Blume war wieder in Berlin, er brauchte Geld und verdiente es sich als Komparse bei *Metropolis*. Vielleicht war Mascha jetzt nicht mehr wichtig. Vielleicht hatte sie sich wirklich nur versprochen. Egal, er musste sich jetzt um seine Probleme kümmern, Helen anrufen und ihr alles erklären. Um Blume sollten sich die Kollegen kümmern. Das würde nicht einfach werden. Tausend Kahlköpfige in den Sanddünen, dazwischen irgendwo dieser Mann – die sprichwörtliche Nadel im Heuhaufen. Wenn seine ehemaligen Kollegen nur nicht wieder so auffällig in ihren Anzügen zwischen den Halbnackten herumrennen würden. Grenfeld musste bei dem Gedanken schmunzeln, weil das gesamte Kommissariat aus ehemaligen Offizieren und Akademikern bestand, viele waren promoviert. ›Adelsklub‹ nannten die Berliner längst ihre Kriminalpolizei. Wer sprach da noch die Sprache der Straße oder trug die Kleidung der einfachen Leute? Unten leuchtete der Gong in der Sonne. Eine Gruppe von Arbeitern tauchte auf und überquerte den Überschwemmungsplatz. Die Mittagspause war vorüber. Er wollte nicht weiterhetzen, noch nicht. Er legte sich auf den Rücken, beobachtete die vorbeifliegenden Wolken, schloss die Augen und unmittelbar darauf tauchte das Bild der junge Komparsin auf, wie sie – eingeschlossen in ihrem versilberten Panzer – nie wieder diesen Wind würde spüren können.

22. September 1925, 18 Uhr,
Grunewald, Douglasstraße 63

»Du hast dich ja schnell getröstet!« Helens Begrüßung am Telefon hatte den Charme eines Peitschenhiebs. »Temperamentvolle Russin, Schauspielerin, brünette Mähne, jünger und schlanker als ich – so hat mir der einfühlsame Herr Kriminalrat deine neue Freundin beschrieben.«

»Hör zu, Helen, ich hoffe, Gennat hat dir auch …«

»Noch dazu eine Shakespeare-Kennerin. Ich hoffe, sie überfordert dich nicht mit ihrer akademischen Bildung.«

»Ach was! Sie liest sich Tag und Nacht durch unsere Bibliothek, das ist alles!«

»Unsere Bibliothek?«

Grenfeld hatte sich vorgenommen, ruhig zu bleiben, doch Helens beißende Ironie machte es ihm nicht leicht. »Oh, ich vergaß, *deine* Bibliothek! Aber wenn wir ehrlich sind, müssen wir sagen: die Bibliothek deines Vaters, der unsere Villa finanziert hat, nicht wahr?«

»Ich wette, du hast keine Ahnung, wie schlau sie ist. Dieses Gedicht von der ewigen Liebe, das sie mir vorgetragen hat, Sonett 116, kann sich auf uns ebenso beziehen wie auf euch. Es kann aber auch das glatte Gegenteil bedeuten. Man rätselt bis heute, wen oder was Shakespeare damit gemeint hat.«

»Da muss ich passen. Auf diesen geistigen Höhen kann ein einfacher Kommissar nicht mithalten, aber das ist auch vollkommen egal. Sie ist eine wichtige Zeugin, der wir Unterschlupf gewährt haben.«

»Und dieser ›Unterschlupf‹, wie ihr es nennt, muss unbedingt in unserem Bett unter deiner Decke sein?«

Grenfeld schwieg. Dann legte er auf. Er zündete sich eine Massary-Zigarette aus Helens Vorrat an, schlenderte durchs Wohnzimmer auf die Terrasse. In fünf bis zehn Minuten würde sie wieder anrufen, das kannte er von damals. Ein alt bekanntes Spiel: Je länger der Rückruf auf sich warten ließ, desto mieser die Lage. Und die Lage war mies. Eine geschlagene Stunde später klingelte das Telefon. Helens Stimme klang jetzt gefasst.

»Das ist doch alles dummes Zeug. Erzähl mir einfach, was los ist!« Sie hörte zu, stellte wiederholt Fragen und für einen Augenblick lang war es wie früher, wenn er vom Präsidium nach Hause kam und über einen schwierigen Fall berichtete. Und wie früher endete das Ganze mit einem ihrer berühmten Ratschläge, »unverbindlich und ohne Garantie«, wie sie stets hinzufügte. »Hör zu, Robert. Nach meiner unmaßgeblichen Meinung habt ihr Männer euch alle von dieser Mascha einlullen lassen. Ich komme ungern auf dieses dumme Gedicht zurück. Aber wer so etwas tut, ist entweder hoffnungslos naiv oder grandios berechnend. Sie muss gewusst haben, dass es mein Lieblingssonett ist. Sie hat es aber mit einer so feinen Ironie vorgetragen, dass …«, Helen atmete einmal tief durch. »Sie hat es verändert, weißt du, so als wollte sie sagen, *eure* Liebe ist zeitlich begrenzt.«

»Das will nichts heißen! Sie will Schauspielerin werden, sie trägt den ganzen lieben langen Tag etwas vor: auf Russisch, auf Deutsch, auf Französisch. Da kommt schon mal was durcheinander.«

»Ich sag doch, du verstehst das nicht. Die letzte Strophe des Gedichts heißt: ›Ist dies Irrtum der sich an mir bewies, hat nie ein Mensch geliebt, nie schrieb ich dies.‹«

»Ja, und?«

»Sie hat mir Folgendes vorgetragen: ›Das ist der Irrtum, der sich an dir bewies, nie hat ein Mensch geliebt, so schreib ich dies.‹ Sie wollte mich provozieren. Sie wollte sagen, ich habe dich nie geliebt, weil ich dich verlassen habe. Das ist die Botschaft. Verstehst du?«

»Ist ja nicht ganz abwegig«, knurrte Grenfeld vor sich hin.

»Wie bitte? Ich hab dich nicht verstanden. Sprich lauter!«

»Na ja, diese Drohungen an die Helm bestehen ebenso aus Wortspielereien und Andeutungen. Vielleicht hast du recht und es war tatsächlich Mascha.«

Nach einer langen Pause sagte Helen: »Ich muss leider zugeben, ich bin ein wenig befangen.«

Grenfeld schmunzelte. Sie war eine ehrliche Haut. Sie war eifersüchtig und wollte Mascha doch nicht belasten. Er wünschte sich, sie wäre jetzt hier und er könnte sie umarmen.

»Da ist noch etwas anderes. Etwas, an das ich von Anfang an gedacht habe.« Helens Stimme klang jetzt erregt. »Vielleicht denkt ihr einfach zu kleinkariert. Was weißt du über die finanziellen Interessen hinter diesem Monumentalfilm? Selbst hier in Paris pfeifen es die Spatzen von den Dächern: Die UFA ist in ernsthaften Schwierigkeiten. Und die da in Babelsberg kümmern sich um Kostümvarianten, Kopfrasuren und Wasserventile. Aber das ist Fritz Lang, wie er leibt und lebt. Und Pommer ist vom gleichen Virus angesteckt. Wenn ich morgen da auftauche und überzeugend vortrage, dass ich einen neuen Kleiderstoff in Paris entdeckt habe mit silbernen Metallfäden vom Mond, dann kann ich eine Menge Geld verdienen. Und Mascha kann die Szene in ihren eitlen

Gärten gleich nächstes Jahr noch mal drehen, dann hat auch sie was davon. Meines Erachtens haben die Herren noch nicht begriffen, dass die Inflation zu Ende ist und jeder Drehtag richtig Geld kostet.« Helen hatte sich in Rage geredet.

»Ganz die Bankierstochter«, witzelte Grenfeld.

»Hier mein Vorschlag, unverbindlich und ohne Garantie. Rede mit meinem Vater. Der ist vom Aufsichtsrat der UFA Anfang des Jahres beauftragt worden, eine interne Revision durchzuführen, die heute keiner mehr zur Kenntnis nehmen will. Vielleicht kommt ihr dann weiter … und du musst keine hübschen Komparsinnen mehr bei dir übernachten lassen.«

»Helen, ich habe dir doch erzählt …«

»Weiß ich doch, außerdem ist sie nicht dein Typ. Brigitte Helm schon eher, wenn ich mir so die Magazine ansehe.«

»Bist du verrückt? Die ist ja noch eine Schülerin!«

»Eine Schülerin? Sie wird sicher ein zukünftiger UFA-Star und mimt schon jetzt die Femme fatale. Aber ernsthaft: Rede mit meinem Vater. Du darfst ihn nur nicht offiziell vernehmen oder etwas notieren, dann sagt er nichts. Und lass die Politik aus dem Spiel. Das regt ihn nur auf.«

»Einverstanden … möglicherweise kann ich damit Gennat endlich weiterhelfen.«

»Du hast ihm schon weitergeholfen, darum hält er ja so große Stücke auf dich. Und danach kommst du zu mir, Robert, und wir reden endlich. Was macht eigentlich dein Freund Alexej? Besuch ihn doch mal wieder und schaut euch einen Boxkampf an! Früher habt ihr keinen Kampf ausgelassen!«

Grenfeld kritzelte spiralförmige Gebilde auf einen Papierblock und dachte an den Meisterschaftskampf in der Kaiserdamm-Arena. »Wenn alles zu Ende ist, Helen! Wenn das alles hier zu Ende ist.«

7

25. September, 20 Uhr,
Grunewald, Douglasstraße 63

Mascha war seit Tagen wie vom Erdboden verschluckt. Das hatte er nicht erwartet. Auch die Kollegen vom Präsidium hatten sie vergeblich in Babelsberg gesucht. Und Grenfeld erlitt einen Absturz. In den letzten beiden Tagen hatte er sich in seiner Villa verschanzt und den Vorrat an Spirituosen erheblich dezimiert. Erst ignorierte er das Klingeln des Telefons, später legte er den Hörer zur Seite. Er schaffte es nicht einmal, seine tägliche Runde um den Hundekehlesee zu gehen. Er nahm die letzte Flasche Château Cheval Blanc aus dem Weinkeller, torkelte in das Zimmer, das Mascha bewohnt hatte, ließ sich auf das Bett fallen und stierte auf die wenigen Habseligkeiten, die sie zurückgelassen hatte. Vorsichtig öffnete er den Karton mit der Aufschrift ›Jacob Reiss, Schuhfabrikation feiner Ball- und Gesellschaftsschuhe, Landsberger Allee 111, Friedrichshain‹ und betrachtete lange die glänzenden Schuhe, die extra für die Gartenszene angefertigt worden waren. Am Boden des Kartons lag ein Ausweis der UFA-Ateliers, daneben ein Notizbuch mit russischen Eintragungen. Das ganze Zimmer war mit Büchern und Zeitschriften aus Helens Bibliothek übersät: Gedichte von Paul Boldt, der Film-Kurier mit einem Bericht über die Dreharbeiten in den Katakomben, die Wochenendbeilage Ulk mit einer Karikatur zur Amnestiepraxis. Unter dem Bett entdeckte er den Band mit Shakespeares Sonetten. Mascha hatte offenbar, wie ein trockener Schwamm, alles gleichzeitig aufgesogen. Dann griff er nach einem dicken Schmöker, der aufgeschlagen auf ihrem Kopfkissen lag, eine Sammlung deutscher Gedichte. Die Überschrift: ›Andreas Gryphius: Es ist alles eitel‹ war rot markiert, darunter las er:

Du siehst, wohin du siehst, nur Eitelkeit auf Erden.
Was dieser heute baut, reißt jener morgen ein:
Wo itzund Städte stehn, wird eine Wiese sein.
Auf der ein Schäferskind wird spielen mit den Herden:

Was itzund prächtig blüht, soll bald zertreten werden.
Was itzt so pocht und trotzt ist morgen Asch und Bein
Nichts ist, das ewig sei, kein Erz, kein Marmorstein.
Itzt lacht das Glück uns an, bald donnern die Beschwerden.

Der hohen Taten Ruhm muß wie ein Traum vergehn.
Soll denn das Spiel der Zeit, der leichte Mensch bestehn?
Ach! was ist alles dies, was wir für köstlich achten,

Als schlechte Nichtigkeit, als Schatten, Staub und Wind;
Als eine Wiesenblum, die man nicht wiederfind't.
Noch will, was ewig ist, kein einig Mensch betrachten!

Eitelkeit war jeweils dick unterstrichen und am Rand neben Städte war ›Metropolis‹ gekritzelt. Für einen kurzen Moment schämte sich Grenfeld. Möglicherweise hatte sie das Wort ›eitel‹ hier aufgeschnappt. Dann kamen ihm Zweifel. Vielleicht war ihr aber das Gedicht längst bekannt und sie hatte die Drohung im Stil dieses Gedichts verfasst? Das war möglich. Plötzlich wusste er, was zu tun war. Er nahm einen letzten Schluck aus der Flasche, zog sich an, fuhr den Wagen aus der Garage und raste mit überhöhter Geschwindigkeit in Richtung Rote Mühle am Schlesischen Bahnhof. Einer Eingebung folgend, hielt er in der Potsdamer Straße an. Er war betrunken, so viel war ihm klar, und intuitiv wusste er, dass er in diesem Zustand nicht allein in dieses Lokal gehen sollte, vor allem nicht als ehemaliger Kriminalkommissar. Er ging daher auf einen Kiosk zu und bat um ein Telefon. Gennat war noch im Präsidium, wo sollte er sonst sein. Grenfeld redete wirr, aber der Dicke hatte schnell kapiert und versprach Kriminaloberwachtmeister Albert Fechmann als Verstärkung zu schicken. »Jawohl, Herr Oberkommissar«, salutierte Grenfeld dümmlich und legte auf. Er hatte nicht einmal Geld eingesteckt und versprach dem Besitzer, die Groschen an einem anderen Tag vorbeizubringen, doch der winkte müde ab. »Lassen Sie mal lieber Ihren Wagen stehen, sonst können Sie bald niemandem mehr etwas bringen.«

Grenfeld fuhr weiter, allerdings war ihm selbst in seinem Zustand bewusst, wie dumm es wäre, mit seinem protzigen Sechs-Liter-Wagen ausgerechnet in die Gegend um den Schlesischen Bahnhof zu fahren, dem verruchtesten Viertel Berlins. Grenfeld kannte hier die Straßen zur Genüge. Er hatte sich immer vorgestellt, wie die armen und arbeitsuchenden Flüchtlinge aus dem Osten am Schlesischen Bahnhof ankamen und auf schäbige Absteigen und düstere Kaschemmen, auf zweifelhafte Büros zur Stellenvermittlung, auf Straßenprostitution und billige Vergnügungslokale trafen. Er stellte seinen Wagen am Engelbecken vor der Michaelkirche ab und lief zu Fuß weiter über die Spreebrücke. In der vagen Hoffnung, durch die Frischluft wieder nüchtern zu werden, machte er einen Umweg über die Lange Straße. Vor Hausnummer 88 stellten sich unweigerlich Erinnerungen an die Leichenfunde des Lustmörders Carl Großmann ein. Hier in seiner Wohnung hatten sie ihn vor vier Jahren verhaftet, nackt und blutbesudelt, die Leichenteile noch im Kochherd, doch der einstige Kommissar weigerte sich vehement, die grausigen Details in seinem Kopf auftauchen zu lassen. Nun bog er rechts in die Koppenstraße ein, wo Mascha zur Untermiete wohnte. Mit jedem Schritt wurde sein Kopf klarer und seine Zweifel größer, ob es eine gute Idee war, ausgerechnet mit Fechmann in der Roten Mühle zu erscheinen. Albert Fechmann hatte zwar ausgezeichnete Beziehungen zur Berliner Unterwelt, die schweren Jungs hatten Respekt vor ihm und als imposante Erscheinung war er der Schwarm vieler Strichmädchen. Aber weil er nicht lange fackelte, wenn es darum ging, mit seiner Pistole für klare Verhältnisse zu sorgen, bewegte er sich ständig am Rande eines Disziplinarverfahrens.

Als Grenfeld kurz vor 22 Uhr endlich in der Mühlenstraße 49, keine sechzig Meter vom Schlesischen Bahnhof, angekommen war, beschloss er, nicht auf seinen Kollegen zu warten. Vielleicht lag es daran, dass er sich seit Monaten nur noch als Einsiedler in der Villenkolonie Grunewald aufgehalten hatte, vielleicht an dieser fröhlich betriebsamen Atmosphäre in Babelsberg, an die er sich langsam gewöhnte, der Schock kam heftig und ohne Vorwarnung. Durch den beißenden Qualm hindurch sah er eine alternde, fast nackte Akrobatin, die sich auf einem schmalen Biertisch unter lautem Gegröle und Gejohle verrenkte. Das alte Kellergewölbe war brechend voll und die Stimmung bereits gereizt. Das Publikum: kleine Gangster, Zuhälter, Kokaindealer und Kontrollmädchen, also jene Prostituierten, die sich registrieren ließen. Der Geruch von Moder, Bier und Schweiß beherrschte die Luft. Rot überhitzte Köpfe drehten sich zu Grenfeld und schrien ihm Unverständliches zu. Er reagierte nicht gleich, da trat jemand mit dem Stiefel so heftig gegen die halb offene Tür, dass sie mit einem lauten Knall ins Schloss fiel.

»Peng, die Schupos kommen!«, schrien alle unisono, dann wieder grölendes Gelächter. An einen Sitzplatz war nicht zu denken, also drängelte Grenfeld zur Theke und bestellte ein Bier. An der Wand prangte das Wappen mit den Initialen irgendeines Ringvereins. Nach einigen vergeblichen Versuchen schaffte es die Akrobatin, auf dem schmalen Biertisch eine Brücke zu machen. Ihr Kopf sah direkt in Roberts Richtung, dann schrie jemand »Furzgas!«, und das Gejohle begann von Neuem. Die Frau tat ihm leid und er dachte an Mascha. In dieser Spelunke konnte sie unmöglich auftreten, sie musste eine andere Mühle gemeint haben. Von allen Treffpunkten der Berliner Unterwelt empfand er diesen Ort als den traurigsten. Selbst im Hundejustav beim Stettiner Bahnhof oder im Blauen Strumpf lag ein Funken Würde in der Luft, doch hier roch alles nach hochexplosiver Bosheit und Verlorenheit. Grenfeld trank hastig sein Bier aus und bestellte beim Oberkellner – alle riefen ihn »Karl« – 'ne Molle und 'n Korn. Die Akrobatin kam auf ihn zu, er sah ihr kurz in die Augen, roch den Schweißgeruch unter ihrem knappen Kostüm, dann verschwand sie im Hinterzimmer. Jack, der Entfesselungskünstler wurde angekündigt. Er sprang auf einen anderen Biertisch, hob demonstrativ Polizeihandschellen in die Luft und begann, sie sich umständlich anzulegen. Das Bier floss in Strömen und das Getöse nahm merklich zu. Da und dort sah Grenfeld, wie man dem Oberkellner ein Zeichen gab, ein Tippen mit dem Zeigefinger an den Nasenflügel. Grenfeld wusste, dass sich Karl als Kokshändler noch etwas dazuverdiente. Der Entfesselungskünstler begann, sich umständlich aus Arm- und Fußfesseln zu befreien. Nachdem er die Fußfesseln gelöst hatte, macht er tiefe Verbeugungen in alle Richtungen. Doch statt Applaus schrien einige »Scheiße«, »Müll« und »Dreck«. Gegen seinen Willen musste Grenfeld plötzlich lachen. Das Bier und der Restalkohol entfalteten ihre Wirkung. Er dachte unwillkürlich an eine Vorstellung von Dada-Künstlern, die er vor Jahren einmal gesehen hatte. Helen hatte ihn zu einem Vortrag überredet, doch statt der erwarteten langweiligen Rede traten einige Dada-Künstler auf die Bühne und beschimpften das Publikum auf das Heftigste. Auf Transparenten stand ›Liebe Gier-affen: G(ier) afft nicht so blöde!‹ Den ganzen Abend hatten sie sich dann gestritten. Wie eine Furie beschwerte sich Helen über diese Verrückten, während er sich köstlich amüsiert hatte.

Mittlerweile hatte dieser Jack ernsthafte Probleme beim Lösen seiner Handschellen und sogleich brandete eine tumultartige Stimmung auf. Einige erhoben sich und gingen torkelnd auf den Künstler zu, pfiffen und schrien aus Leibeskräften. Im letzten Moment öffneten sich die Handschellen und die Männer schwankten enttäuscht zurück auf ihre Plätze. In diesem Augenblick betrat Albert Fechmann die Kneipe. Grenfeld hatte gehofft, er würde nicht mehr kommen. Zum einen, weil er selbst für eine polizeiliche Aktion schlichtweg zu betrunken war, zum anderen, weil er überzeugt war, dass Mascha sich im Namen des Lokals geirrt haben musste. Für einen kurzen Augenblick sah er in den Gesichtern einiger Männer ein nervöses Flackern. Bedeutungsvolle Blicke wurden gewechselt. Fechmann erkannte seinen ehemaligen Kollegen, doch beide zeigten keine sichtbare Reaktion. Stattdessen blieb er am anderen Ende des Tresens stehen und begrüßte den Ober per Handschlag und mit Schulterklopfen.

Grenfeld war mit diesen Beobachtungen so beschäftigt,

dass er erst jetzt bemerkte, wie eine Frau auf die kleine Holzbühne am Ende des Raumes kletterte. Es war Mascha, doch sie schien in dieser Umgebung so unwirklich. Hatte sie tatsächlich bei ihm gewohnt? Hatten sie gemeinsam gefrühstückt und über *Metropolis* philosophiert? Das hautenge Kostüm zeigte mehr, als es verdeckte, und während sie einige obszöne Lieder sang, brüllten die Männer Anzüglichkeiten auf die Bühne, was Mascha mit einem eisigen Blick quittierte. Von Lied zu Lied wurde das Johlen lauter, und von Strophe zu Strophe verwandelte sich ihre Körperhaltung in jene der Maschinen-Maria. Mascha ahmte die Zuckungen und wilden Gesten der Helm nach. Ihr Ausdruck nahm fratzenhafte Züge an, die Augen zu Schlitzen verengt. Kein Zweifel. Das war die falsche Maria, wie sie im Bordell Yoshiwara vor den Reichen der Oberstadt tanzte. Er beobachtete das Publikum. Manche begannen spöttisch zu lachen, andere starrten hilflos gaffend auf die Darbietung, einige sprangen auf und machten eindeutige Bewegungen. Robert blickte kurz zu Fechmann hinüber, doch der glotzte fasziniert zur Bühne. In seinem Kopf begann es zu arbeiten. Mascha verkörperte die Rolle der Helm bis ins Detail. Aber warum? Wollte sie diese Rolle übernehmen? Plötzlich nahm er eine Veränderung im Raum war. Eine eigentümliche Stille war eingetreten. Mascha stand wie eingefroren auf der Bühne und starrte das Publikum an. Minutenlang. Dann begann sie, mit einer tiefen Stimme das bekannte Dirnenlied zu singen:

In Berlin, da bin ich gewesen,
Habe gesehen die blühende Welt.
Meinen Namen, den darf ich nicht nennen,
Denn ich bin ja ein Mädchen für Geld.

Ich tat meiner Schwester drauf schreiben:
Liebe Schwester, ich kehre nicht zurück.
Meine Ehre ist längst schon verkuppelt,
In der Heimat, da find' ich kein Glück.

Ach Mutter, ach herzliebe Mutter,
Verstoße doch nicht dein unglücklich Kind.
Unterm Herzen hast einst mich getragen,
Für das Gute, da war ich zu blind.

Genau, wie es Mascha vorhergesagt hatte. Im Raum war es nach wie vor totenstill. Sekunden, Minuten – Grenfeld verlor jedes Zeitgefühl. Er war beeindruckt. Er kannte niemanden, der so etwas fertigbrachte. Niemanden. Da und dort hatte er sogar Kerle gesehen, die mit ihrer Hand verschämt ihr Gesicht verdeckten. Sie hatte diese Knastbrüder und Zuhälter tatsächlich berührt. Stolz trat Mascha von der Bühne ab und ging – nicht wie Grenfeld es erwartete – in den Hinterraum, sondern direkt zur Ausgangstür. Dann brandete frenetischer Applaus auf. Die Männer trommelten mit der Faust rhythmisch auf die Tischplatten, pfiffen und schmissen Schnapsgläser an die Wand. Grenfeld gab Fechmann ein Zeichen und war gerade im Begriff ihr zu folgen, als er von Karl unsanft am Arm gepackt wurde.

»Sie haben da was vergessen, junger Mann«, sagte dieser ohne sichtliche Regung.

Verdammt, dachte Grenfeld, der kein Geld dabeihatte und hilflos zu Fechmann schaute. Dieser gab dem Keller einen Wink. Grenfeld drängelte sich zur Türe, stürmte die Treppen hinauf zum Ausgang und sah Mascha gerade auf der Mühlenstraße in Richtung Stralauer Platz gehen. Als sie seine Schritte hörte, drehte sie sich ruckartig um. Sie hatte geweint.

»Oh, der Herr Kommissar. Was verschafft mir die Ehre? Wollen Sie mich verhaften?«

»Mascha, wo warst du denn, ich habe mir Sorgen gemacht.« Grenfeld kam sich plötzlich lächerlich vor.

»Sorgen? Ausgehorcht hast du mich! Mir das Wort im Mund herumgedreht und mich verdächtigt! Was soll ich denn gemacht haben? Etwa meine Freundinnen umgebracht? Während ich im Romanischen sitze?« Ihre schrille Stimme hallte über die ganze Straße. »Ich warte Stunde um Stunde, dass ich hier von irgendeinem Gauner eines Rattenvereins abgestochen werde und das Einzige, was du mir entgegenbringst, ist Misstrauen!«

»Wenn man Angst hat, abgestochen zu werden, dann ist dies hier der denkbar ungünstigste Ort. Wo hast du denn die letzten Tage übernachtet?«

»Auf jeden Fall nicht in deiner feinen Villengegend, sondern da, wo die meisten Menschen in dieser Stadt hausen, für die ihr ja nur Verachtung übrig habt …«

»Ich verachte niemanden!«

»Ach ja, genau, das hatte ich ja ganz vergessen. Die Herren Kommissare feiern ja Feste mit den Ringvereinen und verkehren im Bordell Mulackritze. Die können dort seelenruhig ihre Reviere unter sich aufteilen, wo wer welches Schutzgeld erpressen kann und welche Rieke für wen am Laufen ist.«

Grenfeld wurde es langsam zu bunt. »So ein Quatsch! Ich war noch nie in der Mulackritze.«

»Du willst wirklich wissen, was *eitel* ist? Eure ganze feine Grunewalder Gesellschaft, mit euren repräsentativen Festen und Wohltätigkeitsfeiern in euren Landhausvillen, die so groß sind, dass man zehn Familien darin unterbringen kann! Weit, weit weg vom brodelnden Elend der

Stadt, abgeschirmt vom Ortschutz Grunewald. Dein protziger Wagen, ohne den du keinen Schritt mehr außer Haus machst, während andere sich das Fahrgeld zur Maloche vom Mund absparen. Und eure feinen Töchter, die jetzt so vornehm leise reden und wie aufgeregte Hupfdohlen von einer Lokalität zur nächsten flattern, um einen Aperitif zu nehmen, Seezunge nach Pariser Art speisen und neuerdings so seltsam die Nase rümpfen, wenn man nicht ganz auf der Höhe der Zeit ist. All das ist eitel *und* ewig, dafür sorgen eure Kreise schon!«

»Was geht mich das alles an, Mascha? Ich …«

»Das ist es ja, dich geht überhaupt nichts mehr an! Du …«

»Jetzt ist Schluss mit dem Plauderstündchen, Kleine. Du kommst jetzt mit zum Alex, sonst ziehen wir andere Seiten auf.« Fechmann war plötzlich aufgetaucht und packte Mascha am Arm, die lauthals zu kreischen anfing. Es dauerte keine drei Minuten und sie waren von Gästen aus der Roten Mühle umlagert, die sich draußen die Füße vertreten wollten.

»Was wollen die Figuren denn von Ihnen, Fräulein? Kann man behilflich sein?«

Die Kommissare sahen sich an. Genau das hatten sie in diesem Viertel vermeiden wollen.

»Wir leihen uns die Dame nur für 'ne Weile aus, keine große Sache«, versuchte Fechmann zu beruhigen und zeigte wie beiläufig seine Polizeimarke.

»Das Fräulein will aber offensichtlich nicht ausgeliehen werden«, donnerte unbeeindruckt ein Muskelpaket mit Kapitänsmütze und trat vor. »Und wenn eine nicht will, soll man sie nicht zu ihrem Glück zwingen. Das sagte schon der große Philosoph Muskel-Paule.« Die Menge johlte und der Redner, offenbar vom Applaus befeuert, legte nach: »Dieses Fräulein hat gerade so göttlich und frei gesungen wie ein Wildvogel. Und wenn ich mich nicht irre, dann hat sie diesen verlorenen Mob da unten, zu dem ich mich selbst zähle, für kurze Zeit das Gefühl gegeben, eine Seele zu besitzen. Wer so etwas kann, den sperrt man nicht in einen Käfig! Schon gar nicht in eure düstere Zwingburg am Alex!«

Fechmann sah zu seinem Wagen, dann zu Grenfeld, schließlich zur Menge, die sich stetig um ein paar Neugierige vergrößerte. Seine Pupillen flackerten unruhig. Grenfeld wusste, an was er dachte: an seine entsicherte Pistole, an eine Schlägerei, an seinen Chef, an seinen instabilen Zustand, und all das musste blitzschnell abgewogen werden. Plötzlich lachte er schallend und rief: »Na, da hat der Muskel-Paule doch mal recht. Einer Dame soll man nichts aufzwingen.« Dann ließ er Mascha los, deren Augen noch immer vor Zorn funkelten. »Komm mit«, raunte er Grenfeld zu und schlenderte betont lässig zum Wagen.

»Einen Moment«, erwiderte Robert, ging auf Mascha zu und erst als sein Gesicht fast das ihre berührte, flüsterte er: »Hinter all deinen vielen Worten höre ich nur eines: Gebt mir die Rolle der Maria, nicht wahr?«

»Falsch!«, zischte sie. »Ich *bin* Maria!«

Fechmann ließ den Motor an. Muskel-Paule baute sich neben ihm auf wie ein dunkler Berg und für kurze Zeit glaubte Robert, in Maschas Gesicht neben Verachtung auch eine Spur Mitleid zu entdecken. Dann stieg er ein und sie fuhren los.

Fechmann wollte in der Mühlenstraße nicht wenden und so fuhren sie schweigend weiter, überquerten die Oberbaumbrücke und erst als sie die Cöpenicker Straße zurückfuhren, räusperte sich Fechmann und es klang wie eine Entschuldigung.

»Tut mir leid. Die kriegen wir schon noch. Morgen, spätestens übermorgen.«

»Wenn es dann nicht zu spät ist …«, murmelte Grenfeld.

»Das ist nicht mehr mein Revier. Außer Koks-Karlchen kenn ich da keine Seele mehr. Im Blauen Strumpf wäre das nicht passiert«, fügte er gequält hinzu. »Du kennst meine Situation, Robert. Bei mir schauen die Schreibtischhelden doppelt so genau hin. Wegen dieser Kleinen möchte ich mir kein neues Verfahren einhandeln.«

»Ja, ist besser so«, sagte Grenfeld wenig überzeugend und schwieg. Er war müde, enttäuscht und wollte nicht reden.

»Übrigens, um diese Mascha würde ich mir keine Sorgen machen, Robert. Die hat mächtige Freunde in irgendeinem Ringverein, da kannst du Gift darauf nehmen.«

»Freunde?« Grenfeld war erstaunt. »Diese drei Frauen haben sich mächtig unbeliebt gemacht, würde ich sagen! Zwei von ihnen sind deswegen tot.«

Fechmann stöhnte. »Denk doch mal nach. Ja glaubst du denn, deine Mascha könnte hier ohne Beschützer seelenruhig im Schlesischen Viertel herumspazieren, große Reden halten und ihre Lieder zum Besten geben? Nach meiner Erfahrung arbeiten die Figuren dieser dubiosen Statistenbörse, die wir noch einsitzen haben, auf eigene Rechnung. Ich habe das Gennat immer gesagt. Ein Rattenverein, der nichts an die großen Ringvereine abgibt und in aller Öffentlichkeit junge Frauen hinrichten lässt, dessen Tage sind hier in der Stadt gezählt. Das wird sich über kurz oder lang selbst erledigt haben. Bis heute haben wir gegen die Burschen keine handfesten Beweise, keine Fingerabdrücke, keinen Augenzeugen … nichts. Wir lassen sie frei und dann regeln die das unter sich. Glaub mir, ich habe da meine Erkenntnisse!«

»Und welche …?«

Fechmann bremste unsanft und hielt direkt hinter Grenfelds Wagen am Engelbecken vor der Michaelkirche. Er würgte den Motor ab. »Im Juni haben sich alle namhaften Berliner Ringvereine getroffen, um die Revieraufteilung abzusprechen. Gewaltsame Auseinandersetzungen in der Öffentlichkeit, wie jüngst mit Titten-Edi, wird es nicht mehr geben. Wenn eine Rieke überläuft, wird das jetzt intern geregelt. Diese Morde, noch dazu im Lunapark, passen da nicht ins Konzept.«

»Und das soll funktionieren?«

Fechmann stöhnte wieder. »Die Zeiten haben sich geändert, Robert. Was vor über dreißig Jahren mit Muskel-Adolf im Scheunenviertel begann, als Verein ehemaliger Strafgefangener zum Zwecke der Resozialisierung«, Fechmann lachte laut auf, »ist heute zu einem mächtigen Netz krimineller Vereinigungen geworden. Im Präsidium haben wir nachgezählt und kommen auf über siebzig Ringvereine mit Tausenden von *ehrenwerten* Mitgliedern, passiv und aktiv. Die kann man nicht mehr vom Hinterzimmer aus kontrollieren. Im Grunde haben die sich da ein Unternehmen geschaffen, das sie nicht mehr führen können.«

»Die hatten regen Zulauf in den letzten Jahren.«

»Natürlich, du und ich … wir wissen, warum. Feuchte Wände, feuchte Decken, ein dunkles Loch im dritten Hinterhaus, kein Geld zum Heizen, die Kinder unterernährt, und wenn du dann noch vorbestraft bist, bist du raus aus dem großen Spiel dieser Stadt. Und was bieten die Vereine? Brot, Arbeit, Schutz, und bis du dich umschaust, steckst du drinnen im Sumpf. Die Anwälte, die sie ihren Mitgliedern zur Verfügung stellen, kann nicht mal ich mir leisten, selbst wenn meine reiche Erbtante sterben sollte.«

»Und die Polizei mittendrin!«

»Ach, Robert, hör doch auf. Die alte Diskussion. Du siehst das viel zu verbissen. Selbst Gennat ist in diesem Punkt unkompliziert.«

»Das wäre ich auch, wenn ich auf deren Vereinsbälle das Polizeiorchester dirigiere und der Polizei-Vize mit der Aktien-Mieze einen flotten Tanz aufs Parket legt. Das ist doch absurd!« Grenfeld war plötzlich hellwach.

»Und wie hätten wir solche Bestien wie diesen Carl Großmann geschnappt? Jahrelang ist dieser kranke Schlachtergeselle hier rumgelaufen mit seinem abgewetzten Köfferchen voll Kurzwaren und hat die ganze Gegend mit seinen Haarspangen, Knöpfen und Schnürsenkeln versorgt. Sein Vorstrafenregister passte in keine zehn Aktenordner und immer wieder gab es Anzeigen von Frauen und Beschwerden von Anwohnern. Erst als die Ringvereine unruhig geworden sind, kam der entscheidende Hinweis zu seiner Verhaftung!«

»Keine Leistung ohne Preis, Albert. Das weißt du. Und die Falle schnappt langsam aber sicher zu. Die haben mittlerweile ein Netz von Gefälligkeiten über diesen Polizeiapparat gespannt – das ist zum Grausen. Vor Prozessbeginn werden kurz mal die Akten manipuliert, Alibis organisiert …«

»Reg dich doch nicht so auf, Robert. Das wird sich sowieso alles von selbst regeln. Ich sag nur: Schutzgelder von den Berliner Geschäftsleuten, Massenschlägereien, Morde und die Meinung der Öffentlichkeit wird kippen.«

»Und was weißt du über diese Mascha?«

»Ach so, ja … einer der Verhafteten hat letzte Woche eine Aussage gemacht, um ihre Glaubwürdigkeit als Zeugin zu unterminieren. Reine Dummheit, wenn du mich fragst, denn jetzt hat er seine Leute erst richtig belastet. Mascha hätte ihnen gedroht und im Auftrag des Großen Rings ein

Ultimatum übergeben. Deine Wildkatze ist also nicht so schutzlos, wie du denkst.«

»Möglich. Die Frau hat viele Gesichter. Und was ist mit den ermordeten Freundinnen?«

»Sind doch nur von ihr benutzt worden. Laut meinen Gewährsleuten harmlose Backfische. Und was ist mit dir? Bist du wieder mit im Boot? Gennat wird ab Januar die neue zentrale Mordinspektion aufbauen. Und mit Dr. Weiß als Kripochef haben wir, glaube ich, seit April nicht die schlechtesten Karten.«

Grenfeld fuhr langsam nach Hause und musste mit aller Kraft seine Augen offen halten. Welch ein Glück, dass die Berliner Straßen alle mit dem Lineal gezogen waren. Wenn diese Aktion etwas Gutes hatte, dann das: Er wusste jetzt, dass er nie mehr ins Präsidium zurückkehren wollte. Und dieser Fall Babel … was hatte Albert so weise gesagt? Das würde sich alles von selbst regeln. Und wenn sich eh alles von selbst regelte, was tat er dann seit Juni? Und für wen? Er konnte ebenso gut morgen seine Koffer packen und zu Helen fahren, wo immer sie jetzt war. Mailand, Paris … alles war besser, als sich im Herbst in dieser leeren Villa den Verstand wegzusaufen.

Aber da war noch dieser Termin, den Helen mit ihrem Vater für nächste Woche vereinbart hatte. Ausgerechnet mit seinem Schwiegervater. Warum hatte er sich das nur aufschwatzen lassen? Schon jetzt graute ihm vor diesem Treffen. Hermann würde ihn wieder behandeln wie ein exotisches Tier im Berliner Zoo, mitleidig, neugierig und mit gebührender Distanz. Helen hatte ihm nicht einmal von seiner Kündigung erzählt. Die Mordkommission war das Einzige, was ihn ein wenig beeindruckt hatte: Nosferatu, Mabuse,

Caligari – die dunkel schimmernde Unterwelt eben. Dass die Mabuses heutzutage Muskel-Adolf hießen, Koks-Justav, Feilen-Paule oder Knochenbrecher-Atze ... davon hatte er sicher keine Ahnung.

Robert dachte an Heinrich und die Domkulisse und all die Menschen, die für diesen Film arbeiteten, Kostüme entwarfen, Mauern verputzten, Gerüste herstellten, Haare rasierten. Diesen Film möchte ich noch sehen, dachte er. Für einen Moment fielen Grenfeld die Augen zu, jedoch widerstand er der Versuchung, sie einfach zuzulassen.

8

25. September 1925, 0 Uhr,
Neubabelsberg, Schlafbaracke

Heinrich Ziller hatte einen gesunden Schlaf. Nach der ganzen Plackerei auf dem Filmgelände fiel er meist völlig erschöpft auf seine Pritsche, die sie notdürftig in einer Baubaracke aufgestellt hatten. Ein paar Wäscheleinen mit Wolldecken außen herum, ein Hocker als Nachttisch und fertig war das komfortable UFA-Hotel. Es lohnte sich einfach nicht mehr, mit der Bahn nach Hause zu fahren. Das Arbeitstempo war erhöht worden. Unter riesigen Scheinwerfern klopfte und hämmerte seine Kolonne jetzt bis spät in die Nacht. Das Domdach mit den fratzenhaften Wasserspeiern war geschafft. Der Glockenturm mit der Wendeltreppe und der mannshohen Glocke war weitgehend fertig. Trotzdem waren sie mit den Kulissen im Verzug. Bevor sie in der Zeppelinhalle in Staaken mit dem Bau der Herzmaschine von Metropolis beginnen konnten, mussten wenigstens im Rohbau die Fassade von Yoshiwara und die dazugehörige rechte Straßenseite mit den Häuserfronten fertig sein. Verputzen und asphaltieren konnten die anderen. Die Nervosität nahm von Tag zu Tag zu und damit die Streitereien. Otto Hunte und Fritz Lang schrien manchmal so laut, dass selbst die Zimmerleute zu klopfen aufhörten. Erich Kettelhut versuchte dann zu schlichten, was ihm meistens gelang. Heute jedoch wälzte sich Heinrich hin und her und konnte nicht einschlafen. Er kannte auch den Grund. Hatte er die Ventile der Wasserbecken auch wirklich fest zugedreht? Nicht auszudenken, wenn bei der morgigen Probe der Überschwemmungsszene mit Brigitte Helm und den fünfhundert Kindern das Wasser bereits auf den Stadtplatz gelaufen wäre. Er konnte sich lebhaft den Tobsuchtsanfall von Fritz Lang vorstellen, wenn er warten musste, bis Tausend Kubikmeter neu aufgefüllt waren. Heinrich stand auf. Er hörte den Regen auf das Barackendach prasseln, aber es hatte keinen Sinn. Bevor er die Ventile nicht überprüft hatte, würde er keinen Schlaf finden, aussichtslos. Dabei ginge er jede Wette ein, dass alles in bester Ordnung war.

Es ist das Alter, dachte er sich, früher hätte ich mit den anderen gefeiert und wäre das Risiko eingegangen. Um Mitternacht war das Gelände verlassen und nur eine Notbeleuchtung ließ die fertigen Kulissen in einem trüben Gelb erstrahlen. Heinrich schimpfte, denn die Holzplanken, die überall als Behelfsgehwege ausgelegt waren, wurden glitschig und der Weg zur Unterstadt war weit. Im Lichtkegel seiner Taschenlampe konnte er jetzt die Schlammpfützen und Bäche sehen, die sich überall gebildet hatten und … Nägel. Er ärgerte sich, denn gestern hatte die ganze Kolonne vier Stunden Baustopp, weil die Nagelversorgung ins Stocken geraten war. Er nahm eine Abkürzung über das Stadion der Söhne von Metropolis, lief über die achtspurige Aschenbahn und näherte sich so von hinten dem Stadtplatz mit den Häuserbauten der Unterstadt, deren Umrisse schemenhaft zu erkennen waren. Sein Knie schmerzte wieder. »Gleich ist es geschafft«, sagte er sich, während er stehen blieb, um seine beschlagenen Brillengläser zu säubern. Plötzlich hörte er ein blechernes Geräusch. Er wunderte sich, denn eigentlich gab es hier nur an einem einzigen Ort Blech: Die Abdeckung seiner Wasserbehälter. Er hatte sie unbedingt mit einem dicken Vorhängeschloss verschließen wollen, damit die Kinder nicht auf die Idee kämen, dort einzusteigen. Er streifte seine Kapuze ab und lauschte. Die Stoffbahnen, die mit Eisenringen an den Drahtseilen über der Stadt befestigt waren, flatterten im Wind und schienen einen Höllenlärm zu machen. Vielleicht hatte er sich getäuscht und es waren die Eisenringe, die er stattdessen vernommen hatte. Er überquerte den Stadtplatz mit dem Gong in der Mitte und lief nun die Straße hinauf zum ersten Wasserbecken. Hier gab es keine Beleuchtung, weshalb Heinrich sich auf den schwachen Lichtkegel seiner Taschenlampe verlassen musste. Da war es wieder, unverkennbar. Es klang so, als ob jemand ein Vorhängeschloss aufbrechen wollte. Heinrich rannte nun das letzte Stück zum Wasserbehälter, doch dort konnte er niemand entdecken. Das Geräusch kam von weiter rechts, vom zweiten Bassin also. Er schlich vorsichtig um die Hinterwand der Holzkulisse herum und näherte sich mit kleinen Schritten dem zweiten Wasserbecken. Und da sah er ihn. Eine Gestalt kniete auf dem Abdeckblech und hantierte mit einer Art Rohrzange, daneben standen mehrere Kanister. Heinrich stellte keine langen Überlegungen mehr an. Er richtete seine Taschenlampe auf den Kerl, brüllte aus Leibeskräften »Was soll das?« und rannte los. Er hielt die Rohrzange und das aufgebrochene Schloss fest im Blick, dann stürzte er. Er versuchte sich an den Hosenbeinen des Mannes festzuhalten, spürte jedoch einen dumpfen Schlag gegen seine Schädeldecke. Er hob den Kopf und sah, wie die Stiefel des Mannes vor ihm hin und her marschierten. Die Kanister verschwanden aus seinem Blickfeld, stattdessen tropfte sein Blut auf den nassen Boden, vermischte sich augenblicklich mit dem schlammbraunen Regenwasser und bildete kleine Rinnsale. Er versuchte sich aufzurichten, wollte sehen, wer ihn niedergeschlagen hatte, doch es gelang nicht. »Lass mich Metropolis fertig bauen«, stöhnte er, da schritten die Stiefel auf ihn zu. Für eine kurze Zeit sah er nur die Stiefel vor sich, sonst nichts. Gutes Schuhwerk, dachte er noch, gibt's bei Leiser, echte Korkzwischensohle, Lammfellfutter, dickes Leder, nicht gerade billig. Das Blut tropfte jetzt schneller. Er schloss die Augen und wartete, bis der Mann ein zweites Mal zuschlagen würde. Entfernt hörte er die Eisenringe im Wind klappern, dann die quakenden Frösche vom Teich, unten beim Zoo. Erdal, schoss es ihm durch den Kopf, solche Stiefel müssen gepflegt werden. Die Kopfschmerzen wurden stärker, und als seine Stirn den nassen Schlamm berührte, gab er auf und eine warme Welle der Gleichgültigkeit schwappte über ihn. Warum schlägst du nicht endlich, dachte er empört, wurde ohnmächtig und tauchte in das gnädige Dunkel ein.

9

26. September 1925, 10 Uhr,
Grunewald, Koenigsallee 98

Die Begegnung mit seinem Schwiegervater Hermann von Sternberg verlief völlig anders, als es sich Grenfeld ausgemalt hatte. Er war mit einem derartig schlechten Gefühl aufgestanden, dass er mehrmals überlegte, ob er den Besuch nicht kurzfristig absagen sollte. Das Anwesen seines Schwiegervaters in der Koenigsallee war – verglichen mit ihrer Villa – ein Palast. Schon das säulenartige Portal ließ eher an ein Bankgebäude denn an ein Wohnhaus denken. Die Hausangestellte öffnete und führte ihn durch dunkle Flure ins Arbeitszimmer, wo bereits der Hausherr hinter einem riesigen Schreibtisch mit einer dampfenden Zigarre wartete. So weit erfüllten sich Grenfelds Erwartungen bis ins Detail. Doch was jetzt kam, verschlug ihm die Sprache. Hermann stand auf, kam auf Grenfeld zu und umarmte ihn. Dann legte er die Hand auf seine Schulter und sagte: »Ich freue mich wirklich, dass wir uns wiedersehen, wenn auch zu einem geschäftlichen Anlass, wie mir meine Tochter zu verstehen gegeben hat. Setzen wir uns an den runden Tisch. Ich glaube, du wolltest immer Tee?«

Grenfeld war, ob der Umarmung, so platt, dass er nur nicken konnte, und ehe er richtig Platz genommen hatte, fuhr Hermann fort: »Ich will nicht lange um den heißen Brei herumreden. Das ist nicht meine Art. Ich weiß, Helen ist ausgezogen und ihr habt euch vorübergehend getrennt. Auf Zeit sozusagen. Mich geht das alles nichts an, ich kann aus Erfahrung sagen, dass meine Tochter nicht gerade einfach ist, im alltäglichen Umgang meine ich. Davon abgesehen, meine Frau wäre, hätte es die Moral damals zugelassen, schon Hunderte Male ausgezogen … und das zu Recht. So hat sie geschwiegen, manchmal wochenlang. Die Zeiten haben sich geändert. Heute geht jeder seines Weges und ich weiß nicht, was besser ist. Mehr werde ich zu diesem Thema nicht sagen, denn ich bin ein alter Mann und muss zugeben, dass ich so manches nicht mehr verstehe. Die alte Ordnung löst sich auf, sogar das Theater ist mir fremd geworden. Ungebundene Moden, lose Sitten, eine Konfusion, aus der sich erst langsam eine neue Gesellschaft wird bilden müssen. Das Einzige, was bleibt, sind Zahlen und Bilanzen. Da macht mir so leicht keiner etwas vor. Robert, du wolltest etwas über die finanzielle Situation der UFA wissen. Aber zu welchem Zweck?«

Robert Grenfeld beschloss ebenso mit offenen Karten zu spielen und schilderte den ganzen Fall bis zum heutigen Tag. Nur dass Mascha bei ihm eingezogen war, sparte er aus. Während er erzählte, holte Hermann aus einer Mappe einige Briefe hervor und breitete sie aus.

»Vertrauliche Mitteilungen ohne Absender«, murmelte er. »Normalerweise wandern die bei mir in den Papierkorb, doch das hier …« Er blätterte die Papiere durch und schüttelte den Kopf. »Das hier ist wirklich außergewöhnlich. Vertrauliche Protokolle von Vorstandssitzungen, Gesprächsnotizen, Bilanzentwürfe. Ich möchte nicht verhehlen, dass mich das sehr interessiert hat. Bleibt das unter uns?«

»Ehrlich gesagt, es handelt sich um zwei Mordfälle, da kann ich nichts versprechen …«

»Na gut, die Briefe hat es nie gegeben und ich werde alles abstreiten, sollte ich gefragt werden. Zu dir nur so viel. Die

UFA steckt ordentlich in der Misere. Nicht, dass wir so etwas nicht schon längst geahnt hätten, aber der Vorstand hat es immer wieder geschafft, den Aufsichtsrat zu beruhigen und die Lage zu beschönigen.«

»Und diese anonymen Papiere? Wer könnte der Absender sein?«

»Ich bin sicher, die kommen aus der UFA selbst. Es gibt da einige Köpfe, die mit der gegenwärtigen Situation unzufrieden sind. Solche Blaupausen gehen durch viele Hände. Heutzutage muss ja alles doppelt und dreifach archiviert werden.«

»Sind die Zahlen echt? Ich dachte immer, die UFA feiert einen Erfolg nach dem anderen. Es gibt keinen Monat, in dem nicht ein neuer Filmpalast eröffnet wird. In der Zeitung stand: Der UFA-Palast am Zoo soll nach seiner Renovierung über zweitausend Zuschauer fassen!«

»Natürlich, über vierzig Millionen Kinobesuche in diesem Jahr, allein in Berlin! Allerdings, jeder kleine Geschäftsmann weiß, am Ende zählt nur der Gewinn. Und wenn ich diese Zahlen mit meinen bisherigen Beobachtungen zusammenbringe ...«, er machte eine Pause, »marschiert die UFA mit über dreißig Millionen Reichsmark Schulden geradewegs der Pleite entgegen, und zwar in gewaltigen Schritten.«

»Und die Ursachen?«

Hermann stöhnte und schloss die Augen. »Ich möchte dich nicht mit ökonomischen Vorträgen langweilen.«

»Versuch es wenigstens. Ich will das verstehen!«

»Na gut, erster Punkt: Die UFA war von Anfang an ein Homunkulus mit dem Ziel, nationale propagandistische Interessen zu bedienen. Die tatsächlichen Beteiligungsverhältnisse – vor allem das Engagement des Deutschen Reiches und der Deutschen Bank – wurden deshalb streng geheim gehalten. Ein natürlich gewachsenes Unternehmen ist etwas anderes. Entsprechend wurde auch gewirtschaftet. Zudem wollte man von Anfang an die konservative Elite durch kulturell wertvolle Filme gewinnen. Fröhlich wurden Unternehmen, Kopierwerke, Kinos, Lizenzen, Stars und Regisseure eingekauft. Noch heute findest du alle betrieblichen Abteilungen doppelt und dreifach vor, weil nach dem Zukauf anderer Unternehmen nicht zentralisiert wurde. Stattdessen telefonieren die Angestellten den ganzen Tag, um Vorgänge abzugleichen. Selbst der Vertrieb tritt nicht als Einheit auf und verspielt so seine gute Verhandlungsposition. Zweitens: Die Amerikaner versorgen längst zweiundneunzig Prozent des Weltmarktes, der deutsche Marktanteil sinkt stetig. Seit 1921 wurden die Handelsbeschränkungen für ausländische Filme Jahr für Jahr gelockert. Glaubst du, die Amerikaner kümmern sich um einen Film d'Art mit künstlerischen Ambitionen? Die haben längst ihre Filme im Inland amortisiert, das Auslandsgeschäft ist reiner Gewinn. Robert, Film ist eine sehr kurzlebige Ware mit einem hohen Absatzrisiko. Wenn ein Fallschirm innerhalb der ersten Minuten nicht aufgeht, bist du tot. Wenn ein Film innerhalb der ersten dreizehn Wochen nicht bereits die Hälfte des gesamten Einspielergebnisses erzielt hat, ist er ein Flop. Ich schätze Pommer sehr, glaub mir, aber er und seine Regisseurfreunde träumen noch immer davon, dass Kunst und Masse vereinbar sind. Drittens: Die Zeiten haben sich geändert. Lustbarkeitssteuer, mangelnde Unterstützung durch die Republik, verunsicherte Investoren durch die instabile politische Lage, die günstigen Produktionsbedingungen der Inflationszeit – aus und vorbei. Die Ausgabenseite jedoch steigt Jahr für Jahr an. Jeder einfache Kaufmann weiß, das geht nicht lange gut. Wenn ich mir hier allein die Kosten für die Beförderung …«

»Und *Metropolis*?«

»Rettung oder Ruin würde ich sagen. Pommer braucht eine Million nach der anderen. Ich kann das beim besten Willen nicht beurteilen. Die Fachwelt ist beeindruckt. Die ganze Welt redet mittlerweile davon. Exzellente Werbe-Dramaturgie: Politiker, Künstler, Sportler, Journalisten … alle werden täglich gefüttert mit Bildern aus Babelsberg: Brigitte Helm hier, Gustav Fröhlich da, Heinrich George dort. Mir scheint, als setze man alles auf eine Karte. Ein Glücksspiel.«

»Und die Morde?«

Hermann stand umständlich auf, ging einige Schritte durch das Zimmer, öffnete eine Zigarrenkiste und zündete sich eine Partagás an. »Nicht weit von hier«, murmelte er, »also fast vor meiner Haustüre, starb Walther Rathenau von Maschinengewehrkugeln durchlöchert.« Er drehte sich zu Robert und nahm einen kräftigen Zug. »In diesen Zeiten ist jede Schweinerei möglich. Aber wem erzähle ich das? Du bist bei der Mordkommission.«

»Was würde geschehen, wenn der Film jetzt scheitert?«

»Im Moment sucht man verzweifelt nach Investoren: Wirtschaftsunternehmen, Banken, Kapitalgeber eben. Die Pleite eines Großfilms dieses Formats würde den Kaufpreis der UFA ins Bodenlose sinken lassen. Die bisherigen Personalkosten, Mietgelder, Bauten et cetera – verloren. Ganz zu schweigen vom Gesichtsverlust der deutschen Filmwirtschaft, die es ohnehin viel zu spät geschafft hat, ihre Stars aufzubauen.«

»Und dann …?«

»Konkurs!«

»Und dann …?«

»Aufkauf durch amerikanische Investoren, die eine günstige Gelegenheit wittern, ihre Marktposition noch weiter auszubauen oder ... deutsche Interessenten.«

»Wer genau?«

»Tja, wer kauft schon ein marodes Unternehmen? Aber das ist alles Spekulation, Robert. Was ist denn mit diesen Ringvereinen? Ihr habt doch die Täter verhaftet?«

»Schon ...«, antwortete Grenfeld ausweichend, stand auf, ging zum Fenster und betrachtete die herrliche Parkanlage mit ihrer Dreiteilung: Links ein geometrisch gestuftes Rasenparterre mit Fontänenbecken, in der Mitte eine Fläche mit altem Wald und Parkbaumbestand samt Naturgarten, rechts der Küchengarten mit den Treibhäusern. Er versuchte sich vorzustellen, wie Helen dort ihre Nachmittage verbracht hatte.

»Helen liebte jeden einzelnen Baum«, sagte Hermann plötzlich, als könnte er seine Gedanken lesen. »Vielleicht zieht es sie deshalb nach Ascona.«

»Ascona? Ich dachte, sie ist in Mailand?«

Hermann stöhnte wie unter einer großen Last. »Eine Tante von ihr hat sich dort vor vielen Jahren niedergelassen, um mit ein paar, sagen wir mal, Sonderlingen, eine Art ... Naturheilanstalt aufzubauen. Bei ihr will sie den Winter verbringen. Ich hoffe nur, sie lässt sich nicht anstecken von diesen Verrückten auf dem Monte Verità, wie sie diesen kleinen Hügel westlich von Ascona großspurig nennen.«

Robert zuckte ratlos mit den Schultern.

»Vegetarier, Naturalisten, Nudisten, Pazifisten, Anarchisten ... was weiß ich nicht alles. Stell dir vor, hier in Berlin gibt es Hunderttausende, die nicht wissen, wie sie ihre Kinder satt bekommen sollen, und die machen sich Sorgen, dass Fleisch und Salz ihrem Körper schaden und laufen barfuß durch die Gegend! Ich gebe es zu, für derartige Ideen bin ich einfach zu alt.«

Grenfeld musste unwillkürlich grinsen. Die Bankierstochter Helen, die sich schon über die Dadaisten so aufgeregt hatte und nicht ohne ihren riesigen Kleiderkoffer verreiste, nackt auf den Wiesen tanzend? Das konnte er sich beim besten Willen nicht vorstellen.

»Gibst du mir Bescheid, wenn du Neuigkeiten von der UFA hast?«

»Solange mein Name aus dem Spiel bleibt, Robert.« Hermann begleitete Grenfeld bis an die Türe, plötzlich fragte er: »Helen hat etwas von Drohbriefen erzählt. Wie sehen die aus?«

Robert zog seinen Notizblock aus der Tasche und las die letzte Drohung vor:

»Ein Opfer ist schon starr und kalt,
wir spielten unsere Spiele,
ihr habt geplant und klug gedacht,
doch letzten Endes hat es nichts gebracht,
solange ihr es weitertreibt, das Große zu verderben,
ist es die heilige Pflicht, dafür zu sorgen,
dass alles dann zum Ende kommt,
auch wenn der Opfer viele.«

»Der Opfer viele«, wiederholte Hermann nachdenklich. »Bisher gab es zwei. Das klingt mehr als beunruhigend.«

10

26. September 1925, 14 Uhr,
Ascona, Monte Verità

Das Erste, was Helen auf die Nerven ging, war die Abwesenheit von Lärm. Dabei hatte sie sich in Paris und Rom nichts mehr gewünscht als einen Augenblick der Ruhe. Doch jetzt tauchte sie in etwas ein, was ihre Tante Mariana ›das vollkommene Willkommensgeschenk des Monte Verità an die Getriebenen der Welt‹ nannte: Stille. Diese jedoch löste in ihr die widersprüchlichsten Gefühle aus. Genau genommen war sie nicht vorbereitet auf das, was sie hier erwartete. Ihr Vater hatte sie vor Tante Mariana gewarnt. Ein Familienmitglied, das den größten Teil seines Vermögens in eine ›vegetabile Cooperative‹ von Pazifisten, Nudisten und sonstigen Aussteigern investierte, musste als geisteskrank eingestuft werden und bedurfte einer Behandlung. Armer Papa, dachte Helen, schob die Vorhänge ihres Schlafzimmers beiseite und staunte, wie der sich auflösende Nebel die überwältigende Aussicht auf den Lago Maggiore und die Brissago Inseln freigab. Ihr Blick fiel auf die riesigen Kleiderkoffer in ihrer kleinen Kammer, die sie seit Tagen nicht geöffnet hatte. Helen lachte laut auf, als sie daran dachte, wie ihre Tante und deren Freunde auf dem Bahnhof in Ascona erschienen, mit wallenden Gewändern, wilden Bärten, zum Teil barfuß, als wären sie dem Nibelungenfilm von Fritz Lang entsprungen. Sie musterten amüsiert ihre Koffer, die fast so groß waren wie die Lichthütten, die sie im Sommer auf dem Hügel bewohnten. Helen konnte nicht anders und fragte nach dem

Film, der hier gedreht wurde. Für einen Moment waren alle verblüfft, doch dann lachten sie so frei und kindlich, dass ihr Sarkasmus im Bruchteil einer Sekunde zerschmolz. Ein großer Bär mit schwarzem Kaftan umarmte sie, hob sie kurzzeitig in die Luft und gab ihr einen feuchten Kuss auf die Stirn und von da an schien sie vollkommen akzeptiert. Auf dem Weg zu einem Eselskarren feixten sie laut, wie denn der Film heißen müsse, und der Bär sagte: »Was gut? Was schlecht? Nur eines: echt!« Umso erstaunlicher war: Kaum einer der herumstehenden Dorfbewohner schien sonderlich erstaunt über die Aufmachung der Gruppe.

»Du hättest im Sommer kommen sollen, oder noch besser ... vor über zehn Jahren, als Gusto Gräser noch mit Hermann Hesse in seiner Grotte saß, jetzt haben sich hier die gleichen Philister breitgemacht, wie du sie in Berlin oder Schwabing triffst! Es ist chic geworden, für ein paar Monate nach Ascona zu kommen, ein wenig auf Anarchie zu machen und die Naturmenschen zu suchen, die es längst nicht mehr gibt.«

Der große Bär verzog angewidert sein Gesicht, und nachdem er die Koffer auf den Karren gehievt hatte, liefen sie neben dem Esel bergaufwärts.

»Wir sind die Letzten auf der Arche Noah. Alle anderen sind wieder zurück in die Großstadt und besuchen den Berg ab und zu aus Sentimentalität«, rief Helens Tante.

»Was ist mit der Naturheilanstalt?«, fragte Helen. Das Leben der Tante hatte immer schon für angeregte Gespräche zu Hause gesorgt.

»Henri Oedenkoven und Ida Hoffmann haben vor Jahren aufgegeben. Die neuen Besitzer haben das ganze Anwesen kurzerhand in ein Hotel verwandelt, bieten Kostümbälle mit Hummer, Gänseleber und Kaviar an«, erklärte der Bär genervt.

»Der Berg lässt sich nicht betrügen. Sie werden kein Glück haben mit ihrem Vorhaben. Die Menschen reisen nicht hierher, um das zu finden, was sie zu Hause haben«, sagte die Tante kämpferisch. »Hesse, die Rewentlow, Mary Wigman – die alle kamen damals hierher, um etwas zu finden, was sie in der Großstadt vermissten: Licht und Luft, Bewegung und Freiheit für Körper und Geist.«

»Nicht zu vergessen Erich Mühsam«, brummte der Bär.

»Habt ihr etwas von ihm gehört?«, fragte die Tante.

»Er ist im Dezember letzten Jahres begnadigt worden und lebt jetzt in Berlin«, antwortete ein großer, schlanker Mann mit grauer Mähne, der als Einziger großstädtisch gekleidet war. Helen hatte das Gefühl, als starre er sie unentwegt an.

»Wir kommen gleich an der Parzivalwiese vorbei. Dort war Sonnenbaden angesagt – nackt. Ich kann dir sagen, das war vielleicht eine Aufregung bei den Einheimischen. Heute haben sie sich längst an die Verrückten gewöhnt.«

»Und Mary Wigman war wirklich hier?«, fragte Helen.

»Natürlich. Viele der großen Tänzerinnen haben hier mit dem Ausdruckstanz experimentiert. Alles war so neu und aufregend.«

»Kennt ihr den Film ›Wege zu Kraft und Schönheit‹? Mary Wigman ist darin zu sehen!« Helen konnte kaum noch sprechen. Ihr Körper rang heftig nach Atem. Sie konnte sich nicht mehr erinnern, wann sie das letzte Mal ohne Fahrstuhl oder Taxi eine solche Anhöhe hatte überwinden müssen. Selbst bei Wertheim und Tietz hatten sie nun Rolltreppen. Ihrer Tante, sie mochte vielleicht sechzig Jahre alt sein, schien das keinerlei Schwierigkeiten zu bereiten.

»Helen, wie geht es deinem Mann, dem Kommissar?«

»Gut«, log sie. Allerdings spürte Helen instinktiv, dass in dieser Umgebung eine Lüge nicht lange Bestand haben würde und machte augenblicklich eine Kehrtwende. »Also, wenn ich ganz ehrlich sein soll – miserabel. Er hat den Polizeidienst aufgegeben und ertränkt gerade alles Übel der Welt in Rotwein, bemitleidet sich und verschanzt sich seit Januar in seiner Burg.«

»Politische Polizei?«, fragte der große Graue misstrauisch.

»Kriminalpolizei.«

»Kommt auf das Gleiche heraus«, frotzelte er.

Helen ärgerte sich, wollte aber nicht diskutieren und schwieg. Der steinige Weg mündete nun in eine geteerte Straße und sie konnte hangaufwärts ein Hotel sehen, in das sie liebend gerne eingezogen wäre. Ein Bugatti, dessen Insassen die Gruppe neugierig und belustigt musterten, brauste an ihnen vorbei.

»Dein Robert soll nach Ascona kommen«, brach die Tante das Schweigen. »Der Berg wird ihm guttun. Alle sind willkommen, die auf der Suche sind, nicht wahr, Jakob?« Die Tante schaute den Grauen streng an. »Wir haben uns abseits von der alten Naturheilanstalt weiter oben angesiedelt, dort, wo die Kastanienwälder anfangen. Wir versuchen so zu leben, wie es Gusto Gräser gepredigt hat, ohne Geld, ohne Strom und fließend Wasser, einfach, doch mit allem, was dieses Paradies hier zu bieten hat.«

»Und ohne Spitzel der Polizei!«, zischte der Graue.

Helen war nun seit zwei Wochen auf diesem Berg und es verging kein Tag, an dem sie sich nicht vornahm, zu flüchten oder zumindest in das Hotel überzusiedeln, das sie oft sehnsüchtig betrachtete. In dem einfachen Holzhaus, das ihre Tante bewohnte, hatte sie sich die ersten Tage wie ein fremdes Wesen gefühlt, das beständig fror, auch wenn sie mehrere Schichten Kleidung übereinander trug. Nach den mehrstündigen Wanderungen durch die Kastanienwälder und romantischen Felslandschaften schlief sie erschöpft vor dem Holzofen ein. Ständig sammelten alle etwas: Nüsse, Wurzeln, Pflanzen, Rinde. Und selbst die Kinder gaben Erklärungen ab, wozu dieses und jenes gut sein sollte. Die Tante erzählte viel von den Anfängen, wie sie in München vor fünfundzwanzig Jahren zu einer Gruppe junger Idealisten gestoßen war, fest entschlossen, der Welt des Scheins den Rücken zu kehren und eine Kolonie im Süden zu gründen. Als sie Jahre später nach Ascona gereist war, war sie erstaunt gewesen, was diese Siedler aus dem kärglichen, verwilderten Hügel von dreieinhalb Hektar geschaffen hatten. Ein unwiderstehlicher Anziehungspunkt für allerlei Sonderlinge, Anarchisten, Naturmenschen und Sinnsuchende war entstanden. Doch schon früh hatte sich die Gruppe in jene gespaltet, die es ernster meinten mit der Rückkehr zur Natur, und jenen, die für wohlhabende Sommerfrischler ein Sanatorium einrichteten und es mit der gesunden Lebensweise nicht so genau nahmen.

Helen war viel zu viel mit sich selbst beschäftigt, um sich für die inneren Angelegenheiten dieser Kolonie zu interessieren. Sie dachte an Berlin, an Robert und an diese mysteriösen Mordfälle, mit denen er es, dank ihrer Einmischung, zu tun hatte. Eines Abends begann sie plötzlich darüber zu sprechen. Wie so oft in den letzten zwei Wochen hatten sich alle in der Gemeinschaftshütte versammelt, lasen Bücher und Pamphlete und diskutierten darüber. Als Stille eintrat und keiner etwas sagte, sprudelte es aus ihr heraus: Robert, der Alkohol, *Metropolis*, die Morde, die Ermittlungen. Sie hätte sich dafür ohrfeigen können. Was wusste sie von diesen Menschen hier? Was erwartete sie sich von diesen Weltverbesserern, oder wie ihr Vater sagen würde, Spinnern? Pazifisten, die sich nicht einmal auf eine gemeinsame Lebensweise einigen konnten und selbst an diesem herrlichen Fleck Glaubenskriege entfachten? Je mehr Helen darüber nachdachte, desto mehr geriet sie in Rage. Nur aus Höflichkeit ihrer Tante gegenüber hatte sie die letzten Tage geschwiegen, doch die asketische Lebensweise griff ihre eigene Welt auf das Heftigste an. Warum um alles in der Welt auf Dinge verzichten, die das Leben angenehm machten? Was war schlecht an Mode, an Kleidern, an Schönheit, am Überfluss? Wer mochte denn den Menschen Entbehrung predigen? Jetzt, wo etwas Hoffnung nach der Inflation einkehrte. Was hatte sie nicht alles für Namen gehört von Besuchern, die hier ein und aus gingen? Barone, Grafen, Fürsten, die gelangweilten Söhne und Töchter von Industriellen und Bankiers, die im wunderschönen Tessin über die Anarchie resümierten und Grundstücke aufkauften. Wollten die den Menschen im Berliner Norden allen Ernstes die Askese verkaufen? Das hätte sie zur Sprache bringen sollen. Schon längst. Doch was tat sie? Sie kehrte ihr Innerstes nach außen und berichtete von den Mordfällen in Babelsberg und von Robert, der aus ihnen genauso wenig schlau wurde wie sie. Sie erzählte schnell und hektisch, manches nur beiläufig, anderes wieder ausführlich. Aber als sie zum Drehbuch von *Metropolis* kam, spürte sie, wie sie plötzlich die ungeteilte Aufmerksamkeit der Gemeinschaft hatte. Obwohl die Zeitungen und Zeitschriften seit Monaten voller Bilder und Berichte von den Dreharbeiten waren, kannte hier oben keiner diesen Film. Als sie ihre Ausführungen beendet hatte, blieb es minutenlang still und man hörte nur das Knistern des Feuers im Kamin. Erst jetzt sah sie den Grauen hinten im Halbdunkel des Raumes stehen. Er musste während ihrer Erzählung gekommen sein. Sie konnte sein Gesicht nicht ganz erkennen, glaubte jedoch, darin ein zynisches Lächeln bemerkt zu haben. Dann prasselten die Fragen von allen Seiten auf sie ein.

»In diesem Film geht es also um die revoltierende Arbeiterschaft, die sich in einer unterirdischen Stadt Tag und Nacht für die Privilegierten zugrunde schuftet, eingeschlossen von grauen, eintönigen Bauten und Maschinen?«

»Ja.«

»Die Menschen, Sklaven dieser Maschinen, zerstören diese und befreien sich?«

»Ja.«

»Aber das ist ja unglaublich. Wer von den vergnügungssüchtigen Berliner Ladenmädchen möchte denn dafür an der Kinokasse bezahlen? Und das wird von der UFA gedreht? Was sagt da die Zensur?« Helens Tante schaute ungläubig.

»*Metropolis* dürfte der teuerste Film werden, der je gedreht worden ist. Seit Monaten sind alle Zeitungen und Zeitschriften voll davon.«

»Wenn ich es mir recht überlege, dann ist das unsere Botschaft. Gusto Gräser läuft zurzeit im Stuttgarter Land herum und verteilt Traktate, auf denen das Gleiche steht. Ich bin wirklich fassungslos.«

Allgemeines Gemurmel erfüllte den Raum. Der Graue trat einen Schritt nach vorn.

»Du hast etwas Entscheidendes vergessen, liebe Helen«, sagte er in scharfem Ton.

Helen blickte ihn an und sah wieder dieses zynische Lächeln.

»Diese Maria. Was für eine Rolle spielt sie?«

Helen ahnte, worauf er hinauswollte, und antwortete ausweichend. »Sie stellt sich auf die Seite der Arbeiter in der Unterstadt.«

»Das ist nicht das, was ich meine, Helen.«

Sie ärgerte sich über den oberlehrerhaften Ton des Grauen und antwortete kurz: »Dann sag, was du meinst!«

»Maria hält die Arbeiter von einem Umsturz ab, um sie mit den Herrschenden zu versöhnen, nicht wahr?«

»Ich würde sagen, sie schafft eine gewaltlose Revolution.«

»Ich würde sagen«, antwortete der Graue, jedes Wort genüsslich ausdehnend. »Dieser Film ist ein einziges kitschiges Beruhigungsmittel für die ausgebeuteten Massen. Kein Wunder, dass dieses Werk genügend Kapitalgeber findet. Für eine erfolgreiche Verdummung des Volkes ist kein Film zu teuer.«

Helen hatte keinen Anlass, *Metropolis* in irgendeiner Weise zu verteidigen, doch die schnoddrige Art, mit der dieser Jakob dieses gewaltige Filmvorhaben abkanzelte, machte sie wütend.

»Vielleicht warst du schon zu lange nicht mehr in einem Kino. Aber angesichts der Romanzen oder Historienschinken, die in den letzten Jahren gedreht wurden, ist dieser Film von Fritz Lang eine Revolution an sich!«

»Da kann ich natürlich nicht mithalten, Gnädigste. Während Sie in Paris und Mailand Ihr Geld ausgegeben haben, habe ich die letzten Jahre in Festungshaft verbracht. In Niederschönenfeld stand den Gefangenen leider kein Filmpalast zur Verfügung.«

»Dann ergibt es wohl auch wenig Sinn, mit Ihnen über Filme zu diskutieren«, antwortete Helen in ihrer unnachahmlich direkten Art.

Der Graue trat wieder zurück in die Dunkelheit des Raumes, und während nun eine lebhafte Diskussion unter den Siedlern losbrach, hörte Helen eine Tür ins Schloss fallen. Sie nahm die Stimmen im Raum wie unter einer Glocke wahr. Der Bär, dessen Namen sie sich nicht merken konnte, hielt gerade ein flammendes Plädoyer für die Botschaft des Films, der Holzofen zog nicht richtig ab und beißende Rauchschwaden waberten durch das morsche Gebälk der Hütte. Die vielen Kerzen hatten den Raum aufgeheizt und Helen schwitzte zum ersten Mal seit ihrem Aufstieg. Sie verließ den Raum, und als sie in die kühle Nachtluft hinaustrat, sah sie den Grauen, an die Hüttenwand gelehnt, eine Zigarette rauchen. Sie hatte gehofft, für einige Minuten allein sein zu können und so stand sie schweigend und genoss den kühlen Wind, der vom See heraufkam.

»Tut mir leid«, sagte der Graue, »aber als Anarchist sind meine Erfahrungen mit der Polizei nicht die besten, wenn Sie das nachvollziehen können.«

Helen schwieg hartnäckig. Sie wollte einfach ihre Ruhe.

»Ich gehöre nicht zu dieser Kolonie, ich bin hier nur Gast.« Der Graue wollte offenbar reden.

»Da haben wir ja was gemeinsam«, antwortete Helen kurz angebunden.

»Im Gefängnis verlernt man die Konversation. Man sagt, was man denkt, oder schweigt.«

»Warum waren Sie in Haft?«

»Ich habe den Kriegsdienst verweigert, dafür saß ich fünf Jahre. Weil ich in München für die Räterepublik gekämpft habe ... weitere fünf Jahre. Nur um diesen Verrückten Hitler freizulassen, haben sie kurzerhand eine Amnestie erfunden. Sonst säßen wir heute noch hinter Gittern. Dafür läuft der Mörder von Kurt Eisner jetzt wieder frei herum. Da hilft auch keine Mordkommission, verstehen Sie? Und warum sind Sie hier?«

»Das Gleiche wollte ich Sie fragen.«

»Ich bin müde. Darum bin ich hier.«

Helen wollte gerade wieder die Tür zur Gemeinschaftshütte öffnen, da packte sie der Graue unsanft am Arm. »Bleiben Sie noch etwas. Nur ein wenig. Mit Ihnen kann man wenigstens plaudern. Nicht nur über Wiedergeburt, Kräuter und derlei Unsinn. Ich bin seit Jahren Materialist.«

»Dass Sie sich da nur nicht in mir täuschen.«

Der Graue schaute fragend, doch Helen schwieg. »Hören Sie, dieser Film …«

»Habe ich verstanden, Opium für das Volk. Geben Sie sich keine Mühe!«

»Ja, schon, aber mein Gedanke war ein anderer. Der Zusammenbruch der UFA, sollte Ihre Einschätzung zutreffen, wäre auch für andere Kreise nicht uninteressant.«

»Nämlich …?«

»Der rechtsvölkischen Presse ist die UFA schon lange ein Dorn im Auge. Statt vaterländische Interessen zu vertreten, verrät sie diese an das Ausland. Hat Ihr werter Gatte in diese Richtung schon mal ermittelt oder sind solche Gedanken für einen Aufstieg im Polizeiapparat kontraproduktiv?«

»Können Sie eigentlich noch ohne Ihren dummen Sarkasmus auskommen? Das geht mir langsam auf den Geist!«

»Wenn Sie empört sind, wirken Sie besonders attraktiv.«

Helen öffnete wütend die Tür zum Gemeinschaftsraum. Morgen würde sie abreisen, so viel war sicher.

»Ihr Vater …«, hörte sie den Grauen plötzlich leise sagen und erst dachte sie, sich verhört zu haben.

»Was ist mit meinem Vater?«

»Spielt doch keine unerhebliche Rolle bei der UFA.«

Helen spürte, wie sich eine immer stärker werdende Verwirrung in ihrem Kopf ausbreitete. Wie kam dieser Mann auf ihren Vater? Hatte sie von ihm erzählt, oder die Tante? »Mein Vater spielt überhaupt keine Rolle. Er ist im Ruhestand, ich weiß nicht, was das alles mit meinem Vater zu tun haben soll.«

Der Graue lachte schallend. »Die Bescheidenheit der Mächtigen, sieh an. Vom Urteil ihres Vaters hängt es entscheidend ab, ob noch weitere Millionen in diesen unseligen Film fließen.«

»Woher wissen Sie das alles?« Helens Stimme klang nun schrill.

»Ich finde, das ist eine verantwortungsvolle Aufgabe für jemanden in diesem Alter, letztlich auch eine – wie soll ich sagen – riskante.«

»Riskant? Was soll denn daran riskant sein?«

Der Graue schien die Aufmerksamkeit von Helen zu genießen und zog besonders lange an seiner Zigarette. »Das ist natürlich rein spekulativ, aber wer unschuldige Komparsinnen umbringt, der macht auch vor einem Vertreter des Großkapitals nicht halt. Ich an Ihrer Stelle würde auf meinen Vater einwirken, dass …«

In diesem Moment ging die Tür auf und der Bär kam heraus. Er spürte sofort, dass etwas nicht in Ordnung war, ließ sich jedoch nichts anmerken. »Wollt ihr beide nicht wieder hereinkommen? Wir haben ein Nachtmahl …«

Helen schob mit einer Hand den Bär zur Seite und packte nun den Grauen am Arm. Ihre Stimme zitterte: »Wollen Sie meiner Familie drohen? Worauf soll ich einwirken?«

»Ich fürchte, Sie haben mich da missverstanden. Wenn Sie Ihre Angelegenheiten schon vor wildfremden Menschen ausplaudern, dann doch um einen, sagen wir, Ratschlag zu erhalten, nicht wahr? Und von diesen Menschen da drin, so herzensgut sie auch sein mögen, können Sie keinen erwarten. Die haben sich doch, mit Verlaub, von der irdischen Realität längst verabschiedet. Aber es ist spät geworden. Ich für meinen Teil werde mich verabschieden, ich bin furchtbar müde«, sagte der Graue mit einer gekünstelten Verbeugung und verschwand in der Nacht.

»Wer ist das?«, flüsterte Helen, als der Graue außer Sichtweite war.

»Komischer Kauz. Er stand vor Wochen plötzlich vor unserer Tür. Hat sich als Freund Erich Mühsams vorgestellt. Aber ehrlich gesagt, mit dem warmherzigen, humorvollen Mühsam hat der nichts gemein. Mir hat er erzählt, er sei als Journalist für die Konferenz in Locarno akkreditiert und wolle bis dahin bei uns wohnen. Ich frage mich nur, wie man mit dieser Vergangenheit eine Akkreditierung erhält. Ehrlich gesagt, ich glaube ihm kein Wort. Heute erzählt er dies, morgen das. Manches klingt einfach zu einstudiert. Anarchist ist der sicher keiner. Deine Tante ist viel zu gutmütig.«

»Er hat meinem Vater gedroht«, flüsterte Helen.

»Lass uns ins Warme gehen«, sagte der Bär, ohne Helens letzten Satz gehört zu haben.

Helen schlief in dieser Nacht unruhig und wachte mehrmals auf. Das alte Holzhaus war voller Geräusche und sie bildete sich ein, die Holztreppe knarren zu hören. Dann und wann dachte sie daran, die alte Kommode vor ihre Türe zu schieben, doch sie erinnerte sich an die Spinnweben, die sie am ersten Tag dort entdeckt hatte, und so blieb sie liegen und grübelte. War ihr Vater wirklich in Gefahr? Für die finanziellen Angelegenheiten ihres Vaters hatte sie sich bisher nur am Rande interessiert. Und dann diese Anspielung. War das wirklich eine Drohung oder nur ein gut gemeinter Rat? Sie stand auf, trank etwas Wasser und ging vorsichtig zum Fenster. Hinter den Bergen wurde der Horizont bereits heller und kündigte den nächsten Morgen an. Kein Tag in den letzten zwei Wochen ohne Fluchtgedanken und gleichzeitig spürte sie, wie der ganze Ballast und die Unruhe des Reisens von ihr abfielen. Sie ging zurück ins Bett. Während sie die Decke über den Kopf zog, dachte sie an die Premiere von Revue Nègre, die sie unbedingt am 2. Oktober im Théâtre des Champs-Elysées in Paris sehen wollte.

Erst als ihre Tante gegen Mittag die Tür vorsichtig öffnete, wachte sie auf.

»Der Graue ist weg«, flüsterte sie. »Er muss in aller Früh abgereist sein.«

»Dann bleibe ich noch«, murmelte Helen verschlafen.

»Der Bär war heute schon unten im Dorf und hat mit Mühsam telefoniert.«

Helen richtete sich auf.

»Er kennt diesen Jakob nicht und deinen Vater habe ich übrigens mit keinem Wort erwähnt.«

11

2. Oktober 1925, 10 Uhr,
Grunewald, Douglasstraße 63

Die letzten Tage waren so ruhig und ereignislos verlaufen, als hätte es nie einen Fall Babel gegeben. Mehrmals hatte Robert Grenfeld versucht, den Dicken zu erreichen, doch entweder ließ er sich verleugnen oder er war ständig unterwegs, was er allerdings ernsthaft bezweifelte. Aufgrund seiner Leibesfülle trieb es den Dicken nur noch selten aus seinem Büro hinaus. Grenfeld fühlte sich allein gelassen, abgeschnitten von den Ermittlungen und dennoch konnte er sich nicht aufraffen, zum Präsidium oder zum Café Josty zu fahren, wo er den einen oder anderen Kollegen hätte antreffen können. Auf seinen langen Spaziergängen, die er wieder aufgenommen hatte, versuchte er vergeblich die vielen Einzelteile zu einem großen Ganzen zu verbinden und schmerzlich wurde ihm bewusst, wie isoliert er in diesem Fall war. Als er am zweiten Oktober von einem seiner Ausflüge nach Hause kam und den übervollen Briefkasten öffnete, fand er einen Brief von Helen aus Ascona. Mit der Berliner Morgenpost und dem Grunewald-Echo unter dem Arm schlenderte er um das Haus in den Garten und öffnete den Umschlag im Gehen. Er hatte gerade die ersten Zeilen gelesen, als er vor Schreck die Post fallen ließ. Kanther, Hellriegel und, er traute seinen Augen nicht, Mascha saßen auf seiner Terrasse wie zu einem heiteren Kaffeekränzchen im Hochsommer.

»Gruß vom Chef, du kannst jetzt deinen Ruhestand genießen!«, rief Gerhard Kanther ihm schon von Weitem zu.

»Die Sache ist gegessen. Alles vorbei«, ergänzte Hellriegel trocken, als er näher kam. Mascha schaute nur grußlos auf und stierte dann weiter auf die Steinplatten der Terrasse.

»Ihr habt Wilhelm Blume?«, fragte Grenfeld überrascht.

»Blume – was willst du denn immer mit deinem Blume? Der hat doch längst Lunte gerochen und ist über alle Berge. Zwanzig Schupos hat der Dicke bewilligt bekommen, um ihn am Drehort in den Rehbergen zu suchen. Aber ehrlich gesagt, Blume ist jetzt zweitrangig!«

»Willst du uns nicht in deine bescheidene Hütte lassen?«, fragte Hellriegel.

Grenfeld öffnete die Terrassentür und die beiden kamen ins Wohnzimmer, Mascha dagegen blieb draußen sitzen, als wäre sie versteinert.

»Was ist mit ihr?«, fragte Grenfeld.

»Wir haben deine wilde Taigablume schon seit Tagen in der Mangel. Gestern hat sie endlich geplaudert. Aber auch das ist Nebensache.«

»Lasst euch doch nicht alles aus der Nase ziehen«, flehte Robert und sah zu Kanther.

»Also, deine Mascha ist nicht rein zufällig auf diesen Mädchenhändlerring gestoßen, wie sie immer behauptet hat. Sie war von den Ringvereinen – sozusagen als Spionin – auf diesen Rattenverein angesetzt. Sie sollte herausfinden, ob die Gerüchte stimmen, dass diese Bande in die eigene Tasche arbeitet. Um gar nicht erst aufzufallen, nahm sie ihre zwei Freundinnen als Köder mit …«

»Für die es bekanntermaßen weniger gut ausging, weil die auf die dumme Idee kamen, diese Gauner auch noch zu erpressen, und das Ganze geriet außer Kontrolle«, ergänzte Hellriegel.

»Wie du weißt, war die Beweislage aber so dünn, dass wir die Verdächtigen dieses Mädchenhändlerrings freilassen mussten. Keine Zeugen und lupenreine Alibis.«

»Was wiederum die Öffentlichkeit über alle Maßen empörte. Nur: Die Wut richtete sich gegen das kriminelle Gebaren der Ringvereine im Allgemeinen. Die Presse tönte ins selbe Horn und …«

»Das ließ sich der Ring natürlich nicht gefallen. Sie suchten und fanden Zeugen, die eindeutig den Täter vom Lunapark wiedererkannten. Dann purzelte auch sein Alibi und gestern bekamen wir den Täter mit einem lupenreinen Geständnis auf einem Silberteller präsentiert.«

»Für beide Morde? Lunapark und Babelsberg?«

»Er hat beide gestanden, immerhin!«

»Ich kann mir lebhaft vorstellen, wie die Zeugenaussage zustande kam«, sagte Grenfeld sarkastisch.

»Typisch, ihm wäre es natürlich lieber, die Mörder kämen, von Gewissensbissen geplagt, ins Präsidium gekrochen«, spottete Hellriegel.

»Ja, der Geständniszwang und das Strafbedürfnis des Unbewussten.« Kanther nahm eine dozierende Haltung an.

Grenfeld wusste, worauf die beiden anspielten. Er hatte letztes Jahr einen Vortrag über Kriminologie und Psychoanalyse gehört und unvorsichtigerweise tags darauf im Präsidium davon berichtet. »Geschenkt, Kollegen. Ich frage mich nur, warum überlassen wir eigentlich nicht den Verbrecherbanden die Polizeiarbeit? Wie man sieht, verstehen die ihr Handwerk weit besser.«

»Lass uns nicht wieder davon anfangen«, wiegelte Hellriegel ab.

»Wir haben die Fingerabdrücke verglichen, Robert. Für den Mord im Lunapark gibt es bereits Übereinstimmungen.«

»Und für Babelsberg? Die Fingerabdrücke auf der Kamera?«

»Tja, das ist der einzige Wermutstropfen. Die stimmen dummerweise nicht mit dem Geständigen überein.«

»Und was ist mit Mascha?«

»Wie man es dreht und wendet, für die Morde kann sie nicht belangt werden. Es liegt außer der Falschaussage nichts gegen sie vor. Sie wird in Moabit aussagen, aber das ist reine Formsache.«

»Und jetzt kommst du ins Spiel«, Hellriegel sprach hastig und sah auf seine Uhr.

»Nein!«, sagte Grenfeld entschlossen. »Nicht schon wieder!«

»Es ist doch nur für ein paar Wochen … und dein Haus ist groß genug.«

»Ich bin doch kein Hotel für gefährdete Zeuginnen. Dann nehmt sie doch so lange in Haft.«

»Wir haben dazu keinen Grund! Bei dir ist sie sicher!«

»Haftgründe kann man schaffen. Waren ihre Papiere nicht gefälscht?«

Mittlerweile war Mascha ins Wohnzimmer gekommen und blickte ausdruckslos in die Runde. Sie sah schrecklich aus. Jede Leidenschaft oder Wut war aus ihren Augen gewichen. Als sie Grenfeld anschaute, lächelte sie kaum wahrnehmbar.

»Was ist mit den Drohungen gegen die Helm?«

»Wir gehen davon aus, dass sie keine Bedeutung für unseren Fall haben, sondern eher persönlichen Motiven entspringen. Neid, Eifersucht … viele Schauspieler würden sich so eine Hauptrolle erträumen. Und dann nimmt der Lang ausgerechnet eine unbekannte Schülerin.«

Grenfeld spürte, dass seine Kollegen aufbrechen wollten. Für sie war der Fall erledigt und der Papierkrieg begann.

Darauf legte der Dicke jetzt größten Wert. Robert zögerte. »Helens Vater hat anonyme Mitteilungen erhalten, die finanzielle Lage der UFA betreffend.«

Kanther und Hellriegel sahen ratlos durch ihn hindurch. »Ein heiß umkämpftes Geschäft, diese Filmbranche. Aber was hat das mit uns zu tun?«, fragte Hellriegel. Er stand auf, nahm ein Bild von Helen und ihm in die Hand und betrachtete es neugierig. »Was ist jetzt mit ihr? Kann sie hier bleiben?«

Grenfelds Blick fiel auf Mascha, die schon wieder auf der Terrasse saß und die kleine schwarze Katze streichelte. Schließlich nickte er und begleitete die beiden Kommissare nach draußen zu ihrem Wagen.

»Gennat lässt dich übrigens schön grüßen. Er wollte eigentlich selbst kommen, aber im Moment ist viel los. Die Brandstiftungen bereiten uns nach wie vor Kopfschmerzen, die Leute sind nervös und gereizt. Ständig erreichen uns Verdächtigungen und Falschmeldungen, aber das ist ja kein Wunder: Neuerdings laufen unsere Aufrufe zur Wachsamkeit sogar in Laufschrift auf den großen Lichtreklametafeln in der Stadt.«

Während er auf der Douglasstraße stand und beobachtete, wie der schwarze Wagen sich entfernte, versuchte er sich vorzustellen, dass der ganze Fall vorbei war, doch ein Gefühl der Erleichterung wollte sich nicht einstellen. Er dachte an Helen und war plötzlich so neugierig, was sie ihm geschrieben hatte. Vielleicht gibt es noch eine Möglichkeit, dachte er. Vielleicht führe er einfach zu ihr, wo immer sie sich aufhielt. Von ihm aus zu den Naturmenschen. Hauptsache weg aus dieser Stadt. Er schlenderte nachdenklich in den Garten, fand eine leere Terrasse vor, lief ins Haus, schrie nach

Mascha. Niemand antwortete ihm. In der Küche fand er Helens Brief. Auf dem Umschlag stand gekritzelt:

Lieber Robert,

alles ist anders, als es scheint. Glaube nur nicht, dass Lotta gesühnt ist. Werde ihren Mörder finden. Fahr zu deiner Frau, solange noch Zeit ist! Bringe ihr das Sonett Nr. 116, besser: lern es auswendig, denn für euch hat es Gültigkeit! Für mich schon längst nicht mehr.

Deine Mascha

5. Oktober 1925, 10 Uhr, Deutsche Bank, Zedernsaal, Mauerstraße 39

Hermann rieb seine Augen vor Müdigkeit und ließ sie für eine Weile geschlossen. Eine Eigenart, die er sich früher niemals in einer Aufsichtsratssitzung erlaubt hätte. Er dachte an Helen und ihren seltsamen Brief, den sie ihm aus Ascona geschrieben hatte. Sie war beunruhigt. Das hatte er zwischen den Zeilen lesen können. Und alles nur wegen irgendeines heruntergekommenen Vagabunden, der, weiß Gott woher, eine Nachricht über ihn und die UFA aufgeschnappt hatte. Plappern und hetzen. Das war die größte Errungenschaft des neuen Zeitalters. Selbst auf den Straßen und Plätzen fühlte sich jeder bemüßigt, seine Meinung der Öffentlichkeit kundzutun. Hermann öffnete die Augen, denn er wusste, dass sich beim nächsten Tagesordnungspunkt die Stimmung der Anwesenden schlagartig verändern würde. Es ging um eine weitere Million Reichsmark, die Erich Pommer für seinen Film *Metropolis* beantragen wollte. Und dann würde er einige Papiere herumgehen lassen müssen. Es war seine Pflicht, den Aufsichtsrat vor der miserablen Finanzsituation zu warnen, auch wenn genau das von seinen anonymen Informanten so beabsichtigt war. Er wartete nur noch auf den richtigen Zeitpunkt. Das hatte er in all den Jahren gelernt: Auf den richtigen Zeitpunkt kam es an. Dann flatterte die Forderung auf den Tisch: Eine weitere Million für jenen Film, der Hollywood das Fürchten lehren sollte. Die Stimmung war angespannt. Sie hatten keine Wahl, dachte Hermann. Was sollten sie auch tun? Fritz Lang feuern? Wer würde dann diesen Film fertigstellen? Die Summe verweigern und die bisherigen zweieinhalb Millionen Reichsmark in den Sand setzen? Erich Pommer feuern? In solchen Situationen beobachtete er gern die Verhaltensweisen um ihn herum. Er sah die roten Gesichter, die Äderchen auf der Stirn seines Nachbarn, Zornesfalten, Kopfschütteln, schmale Lippen. Zahlen flogen durch den Raum wie Tennisbälle und der Vorsitzende mahnte zur Besonnenheit. Fragen tauchten auf und gingen eigenartigerweise ebenso schnell wie unbeantwortet wieder unter. Warum sechstausend Komparsen für eine Filmszene von fünf Minuten? Warum acht Tage Trickaufnahmen für zehn Sekunden? Fünfundzwanzigtausend Komparsen, fünfunddreißigtausend Paar Schuhe, Kostüme für zweihunderttausend Mark, fünfzig eigens für *Metropolis* entworfene Automobile, die neuen Mitchell-Kameras aus Amerika für zehntausend Dollar, die Zeppelinhalle in Staaken … Hermann war angespannt. Er griff in seine Mappe und befühlte die Papiere. Die Zeit war reif, den Mitgliedern des Aufsichtsrats einige Zahlen zu präsentieren, die das ganze Ausmaß der Katastrophe verdeutlichen würden. Und diese Misere war mit *Metropolis* allein nicht zu erklären. Vielleicht, so dachte er später, lag es an der Langsamkeit seines Alters, vielleicht an einer Vorahnung. Bevor er die Papiere aus der Mappe nehmen konnte, wurden überraschend andere Unterlagen durchgereicht. Ein finanzieller Rettungsplan, ein Ausweg. Hermann fand den Tagesordnungspunkt nicht. Er putzte seine Brille und versuchte, die kleine Schrift des ihm vorliegenden Vertragsentwurfs zu entziffern. 16,8 Millionen Reichsmark zu 7,5 Prozent Zinsen von Hollywood als Hypothek auf das UFA-eigene Bürogebäude am Potsdamer Platz. Als Gegenleistung stimmte die UFA der Gründung eines gemeinsamen Filmverleihs mit Metro-Goldwyn-Mayer und Paramount zu.

»Die Details?«, hörte er sich laut sagen. »Wie lauten die Bedingungen der Amerikaner?«

Ehe er eine Antwort bekam, blätterte er durch die Unterlagen und beugte sich nach vorn. Die UFA verpflichtete sich, in ihren Kinos für mindestens 75 Prozent der Spielzeit Filme aus dem gemeinsamen Verleih zu zeigen, während die Amerikaner jedoch Filme ablehnen konnten, die dem Zuschauergeschmack nicht entsprächen. Hermann blickte auf und spürte, wie seine linke Hand die ganze Zeit seine Mappe krampfhaft umklammert hielt. Er zog die Hand zurück. Sie schmerzte. Niemals würde er jetzt diese Zahlen vorlegen und sich zum Steigbügelhalter für diesen Knebelvertrag machen lassen. Wer hatte ihm die Papiere zugeschickt und zu welchem Zweck? Während die Diskussion um ihn herum an Lautstärke zunahm, lehnte er sich erschöpft zurück.

27. Oktober 1925, 11 Uhr,
Berlin, Rehberge, Afrikanische Straße

Grenfeld war enttäuscht. Nicht dass er erwartet hätte, Heerscharen von Polizisten am Drehort Rehberge vorzufinden, welche die tausendeinhundert kahl geschorenen Komparsen nach Wilhelm Blume überprüften, aber so weit er es überblicken konnte, war außer einigen Schupos, die gelangweilt in den Sanddünen herumstanden, kein einziger Kommissar weit und breit zu sehen. Anwohner und Kinder aus den Mietskasernen im Wedding ließen sich dieses Spektakel nicht entgehen und mischten sich unter die Kahlgeschorenen, die nur mit einem Lendenschurz bekleidet auf ihren Einsatz warteten. Ein kalter Ostwind blies den feinen Flugsand der Dünen samt den geschorenen Haarbüscheln in die Menschenmenge, die sich nun nach und nach zu einem langen Zug formierte. Auf einer hölzernen Brücke erkannte Grenfeld Fritz Lang in Reitstiefeln mit einem riesigen Megafon, rechts von ihm knieten zwei Kameraleute, die konzentriert auf den langen Zug der Komparsen starrten. Die Anweisungen und Korrekturen schienen kein Ende zu nehmen, bis die Menschenschlange schnurgerade vor der Holzbrücke ausgerichtet war. Dazwischen, mit grauem Kopfverband und eingegipstem Arm, Heinrich Ziller, der nervös gestikulierend die nackten Oberkörper mal hier, mal dort hinschob, oder Komparsen zum Rasurplatz schickte, wenn ihre Schädel nicht glatt genug waren.

»Einfach unermüdlich, unser Heinrich«, tönte es plötzlich von hinten.

Grenfeld drehte sich um und sah Mareike Sondt mit einem Klemmbrett unter dem Arm. Sie lächelte und er fragte sich, wie man unter diesen Umständen so ruhig und ausgeglichen bleiben konnte. »Zwei Wochen hielt er es im Krankenhaus aus, dann wollte er wieder arbeiten. Er ist einfach mit dem Film verheiratet.«

»Und was vermuten Sie?«, fragte Grenfeld, nachdem die Produktionsassistentin ihm von dem Vorfall an den Wasserbassins erzählt hatte.

»Wir haben immer mehr Diebstähle auf dem Gelände. Es hat sich herumgesprochen, dass Baumaterial und Werkzeuge nachts nicht eingeschlossen werden. Warum dann aber ausgerechnet die Abdeckungen der Wasserbehälter gewaltsam geöffnet wurden, das kann sich keiner erklären. Und was tun Sie hier? Der Fall ist doch hoffentlich gelöst? Ein weiterer Mord mit den entsprechenden Verzögerungen könnte uns das Genick brechen.«

Robert sah sie fragend an.

»Wenn Pommer gehen muss, werde ich auch gehen!«

Er hob die Augenbrauen.

»Gerüchte, alles nur Gerüchte«, Mareike winkte ab. »Aber sagen Sie mal, wollen Sie sich nicht kahl scheren lassen?«

Grenfeld kam sich lächerlich vor, als er wieder einmal das abgegriffene Foto von Wilhelm Blume hervorholte und es ihr vor die Nase hielt, doch sie nickte verständnisvoll und zeigte auf die Holzbrücke. »Alle tausend Komparsen müssen dort unter der Brücke mit der Kamera hindurchmarschieren, und zwar genau sechs Mal. Genügend Zeit, um ihn zu finden, vorausgesetzt, er ist wirklich hier.«

»Der ganze Zug muss sechs Mal unter diese Holzbrücke hindurch? Wozu?«

»Sechstausend Statisten konnten wir beim besten Willen nicht auftreiben. Später im Kino merkt niemand, dass die Gesichter sich wiederholen. Glatzköpfig und ohne Kleidung sehen sie in der Masse alle gleich aus.«

Ja, dachte Grenfeld, genau das ist mein Problem.

»Ich schicke Ihnen Heinrich, zur Unterstützung«, schlug Sondt vor, als ob sie seine Gedanken lesen konnte. »So kann er sich wenigstens etwas schonen.«

Man hätte die Sondt viel mehr in die Ermittlungen einbeziehen müssen, dachte Grenfeld, als er auf der Holzbrücke Platz nahm. Weder Fritz Lang noch die Kameraleute nahmen Notiz von ihm. Grenfeld konzentrierte sich auf die Köpfe, die Reihe für Reihe unter ihm vorbeizogen. In den hinteren Reihen lachten einige, andere blickten sich um und winkten. Die Stimmung glich eher einem Volksfest. Rechts neben ihm fluchten die Kameraleute und Lang brüllte durch das Megafon. Der Zug hielt an. Dann ging es weiter. Jetzt hatten alle, wie vom Drehbuch gefordert, ihre Köpfe gesenkt, sahen ernst und abgekämpft aus, doch Grenfeld konnte von oben beim besten Willen keine Gesichter erkennen. Er sprang die Holzbrücke hinunter und rannte ans Ende der Schlange, dorthin, wo alle ihre Köpfe wieder hoben. Heinrich Ziller hatte wohl den gleichen Gedanken, denn er stand schon da und winkte ihm von der anderen Seite zu. Schädel um Schädel, Gesicht für Gesicht tauchte nun vor Grenfeld auf und verschwand wieder. Manche hatten das Bedürfnis, sich ihren Nachbarn links und rechts mitzuteilen, andere blieben weiter stumm, konzentriert oder vor Erleichterung lächelnd.

Was wird die Zukunft für all diese Menschen bereithalten?, dachte Grenfeld plötzlich. Würden sie sich nach Jahren an diesen Tag erinnern? Ihren Kindern und Enkeln davon erzählen? Oder wird die Zeit auch diesen Film verwehen – wie den Flugsand der Rehberge, der den Berlinern so lange als Scheuermittel für ihre Dielen gedient hatte? Wie lang würde diese wilde Dünenlandschaft so bleiben? Schon nächstes Jahr sollte hier ein Volkspark entstehen, ein Notprogramm gegen die Arbeitslosigkeit, wie Grenfeld erst kürzlich gelesen hatte. Er sah zu Heinrich hinüber, der starr in die Reihen blickte. Er musste das Bild von Blume im Kopf gespeichert haben. Unter tausend wildfremden Gesichtern das Eine erkennen, welches er vor Wochen flüchtig gesehen hatte. Der Zug hielt an. Wütende Appelle durch das Megafon. Statisten waren auf ihrem Rückweg ins Kamerabild gelaufen. Und weiter ging es. Gesichter … Köpfe … Reihen … jede Reihe fünfzehn Personen … siebzig Reihen … alles begann zu verschwimmen … der Wind nahm zu … dieser verdammte Sand, dachte er und merkte, wie seine Aufmerksamkeit nachließ. Grenfeld erschrak, weil Heinrich ihm plötzlich die Hand auf seine Schulter legte. Seine Hand zitterte, das konnte er spüren. Ohne Worte zeigte er auf eine Gestalt, dessen Kopf noch tiefer als alle anderen gesenkt war.

»Der will nicht, dass sein Gesicht gefilmt wird«, flüsterte Heinrich.

Grenfeld nickte und war sofort hellwach. In derselben Sekunde fasste er einen Entschluss. Sollte dieser Kerl nicht Wilhelm Blume sein, würde er morgen in aller Frühe Berlin verlassen und nach Ascona fahren. Er würde sich hier nicht weiter zum Narren machen. Unterdessen nahm ihm Heinrich das Foto aus der Hand und betrachtete es kurz. Ungeduldig fieberten sie darauf, dass dieser Mann aufblicken würde, doch der drehte wie die anderen nach rechts ab, begann schneller zu gehen.

»Aufschließen!«, hallte es über den ganzen Platz. »Schneller aufschließen!«

Heinrich drängte sich als Erster durch die Menge. Grenfeld folgte ihm. »Hast du gesehen? Er hat auf seinem Schädel einen dünnen Haarstreifen stehen lassen. Er ist nicht vollkommen glatt rasiert. So erkennen wir ihn.«

Zum ersten Mal dachte er daran, ob Blume unter seinem Lendenschurz eine Waffe trug. Seine lag im Küchenschrank. Zwischen den schwitzenden Oberkörpern, durch die sie sich hindurchzwängten, konnte Grenfeld jetzt den einen Hinterkopf erkennen. Sie kamen ihm näher, obwohl er schneller als alle anderen ging. Ahnte er, dass sie nach ihm Ausschau hielten? Das war kaum zu vermuten. Neben den Komparsen hielten sich unzählige Filmleute, Journalisten und Neugierige auf dem Gelände auf, die sich in nichts von Grenfelds Äußerem unterschieden. Und Hermann, abgesehen von seinem Verband, sah wie ein Statist aus. Der Verband allerdings ... Grenfeld dachte einen Moment an die Möglichkeit, dass es Blume gewesen sein könnte, der Heinrich niedergeschlagen und ihn nun erkannt hatte. Er schätzte ihre Entfernung zum Unbekannten auf maximal zehn Meter, da hörte er die Stimme von Fritz Lang durch das Megafon: »Eine halbe Stunde Drehpause.« Schon lösten sich die Reihen auf und strömten chaotisch auf den Versorgungsplatz zu. Sogleich wurden beide an den Rand gedrängt und hatten jeden Sichtkontakt mit dem Unbekannten verloren. Heinrich drehte sich kurz zu Grenfeld und auf seinem Gesicht spiegelten sich Ärger und Enttäuschung zugleich.

»Wir hätten ihn schnappen können«, stöhnte Heinrich, dessen Kopf ihn jetzt offenbar wieder schmerzte.

»Hast du erkannt, wer dich niedergeschlagen hat?«

»Nein, leider. Aber was hat das mit Blume zu tun? Glaubst du, dass er es war?«

»Ich weiß nicht. Und die Statur? Die Stimme? Irgendetwas Auffälliges?«

»Er muss kräftig gewesen sein, wenn er die dicken Schlösser alleine geknackt hat. Auch seine Stiefel waren riesig und dieser Mann ist schmächtig. Mehr weiß ich wirklich nicht.«

Sie beschlossen, unterschiedliche Richtungen einzuschlagen. Heinrich würde am Versorgungs- und Rasurplatz suchen und Grenfeld wollte auf die hufeisenförmig verlaufenden Dünen steigen, um einen besseren Überblick auf das Gelände zu haben. Mehrmals sank er beim Besteigen der großen Düne ein und verfluchte seine ledernen Halbschuhe, die sich mehr und mehr mit Sand füllten. Oben angekommen, blies ihm der kalte Wind ins Gesicht, weshalb er sein dünnes Jackett zuknöpfte. Er sah den Strom der Kahlgeschorenen sich noch immer zum Versorgungsplatz bewegen, wo sich vor der Kaffeeausgabe eine neue Menschenschlange gebildet hatte. Auf der Holzbrücke diskutierten Lang und die Kameraleute aufgeregt miteinander und weit hinten zwischen den Journalisten und Zuschauern glaubte er, Heinrich mit seinem Verband erkennen zu können. Er drehte sich in Windrichtung und sah auf der anderen Seite der Düne ein Kiefernwäldchen, das im kalten Winter 1919 von der Bevölkerung wohl auf wundersame Weise verschont geblieben war, dazwischen türkis schimmernd das Wasser des Möwensees und die verwitterten Holzhütten der Kleingartenanlagen. Weit hinten mussten die Schießübungsplätze liegen, wo er als junger Polizist seine ersten Schüsse abgegeben hatte. Er genoss plötzlich die Einsamkeit und verspürte wenig Lust, sich wieder hinunter in das Getümmel zu stürzen. Er würde das Gelände erkunden, vielleicht zu den Schießplätzen wandern und über den neuen Goethepark zurück zum Wagen gehen. Abends würde er ein paar Sachen packen und morgen die Stadt in Richtung Tessin verlassen. Als er noch einmal auf das Drehgelände hinuntersah, beschlich ihn das unangenehme Gefühl, Heinrich im Stich gelassen zu haben. Schnell wandte er sich um und begann die Sanddüne zum Kiefernwäldchen hinunterzusteigen. Es dauerte nicht lang, da entdeckte er eine Spur. Jemand musste vor ihm die Düne überquert haben – barfuß. Grenfeld folgte den Fußabdrücken. Sie führten direkt in das Kiefernwäldchen, wo der Sandboden einem weichen morastigen Untergrund wich. Die Spuren waren hier noch besser zu erkennen. Grenfeld fluchte abermals über seine Schuhe, denn die Nässe drang durch die dünnen Sohlen. Gedämpft nahm er die Stimme von Fritz Lang wahr, die Pause für die Komparsen war wohl zu Ende. Er hatte gehofft, schon bald die Kleingartenlauben zu erreichen, doch vor ihm lag ein größeres Stück Sumpflandschaft, durch die sich ein schmaler Pfad schlängelte. Längst hatte er die Spur verloren. Wären nur seine nassen Schuhe nicht gewesen. Robert vergaß für einen Augenblick, was ihn hierher getrieben hatte, denn er liebte dieses einsame, absichtslose Gehen in unbekannten Landschaften, bei denen er noch nicht wusste, was ihn hinter der nächsten Kurve erwartete. Irgendwann einmal musste dieser Pfad direkt zur Laubenkolonie geführt haben, mittlerweile, von hohen Gräsern und Schilf überwuchert, war er kaum zu erkennen, wurde immer undeutlicher und endete schließlich vor einem Sumpfloch, sodass sich Grenfeld entschloss, quer durch das Unterholz in Richtung Kleingartensiedlung zu marschieren. Völlig erschöpft und verschmutzt erreichte er die ersten Hütten, deren Fassaden einst liebevoll mit Schnitzereien verziert, heute, von ihren Besitzern verlassen, dem langsamen Verfall trotzig widerstanden. Mehrmals rüttelte er an Türen in der Hoffnung, sich im Schutz einer Hütte für kurze Zeit ausruhen zu können, doch sie waren alle verriegelt oder mit Latten vernagelt. Noch unentschlossen, ob er seinen Weg fortsetzen wollte, schlenderte er durch die Siedlung, als er plötzlich Rauch aus dem Kamin einer dunkelgrün angestrichenen Hütte wahrnahm. Er verspürte den starken Impuls, diesen Rauch einfach zu ignorieren und umzukehren, doch noch stärker war sein Wille, sich selbst zu beweisen, dass die Jagd nach diesem Geldbriefträgermörder ein großer Irrtum war. Trotzig lief er auf die Gartenlaube zu, riss die Türe ohne Vorsichtsmaßnahmen auf und trat ein. Ehe er die Waffe wahrnahm, die auf ihn gerichtet war, wusste er, dass er einen Fehler begangen hatte. Er hätte diesen Rauch übersehen sollen. Kein Zweifel. Diese kleine, drahtige Gestalt mit dem runzligen Gesicht, kahl geschoren, mit einer Wolldecke umhüllt, auf einem Stuhl in der Ecke des Raumes lauernd, war Wilhelm Blume, auch wenn er mit dem gut aussehenden Lebemann auf dem Fahndungsfoto nicht mehr viel gemeinsam hatte.

»Du gibst nicht auf, nicht wahr?«, sagte der Mann mit einer überraschend zittrigen Stimme.

Grenfeld atmete tief aus und eine seltsame Ruhe überkam ihn. Ja, er spürte sogar einen plötzlichen Anflug von Heiterkeit in sich aufsteigen. Er hatte sich nicht geirrt. Seine Wahrnehmung und seine Instinkte waren intakt, trotz des Alkohols.

»Dabei war alles völlig unnötig! Ich habe niemanden umgebracht.« Blume wartete wieder, bis der Kommissar etwas entgegnete, aber dessen hartnäckiges Schweigen schien ihn zu verunsichern. »Völlig unnötig, hörst du!«

Grenfeld sah durch das trübe Fensterglas nach draußen. Er spürte die wohlige Wärme des gusseisernen Ofens und wusste, dass er jetzt etwas sagen musste. Allerdings hatte er keine Lust, denn es war sinnlos. Blume würde ihn töten, er hatte nichts zu verlieren. Doch dann – ohne seinen Blick vom Himmel draußen abzuwenden – sagte er: »Ich hätte noch so gern diesen Film gesehen, denn ich frage mich, ob er jemals fertig wird.«

Blume lachte durchdringend. »Der Mann hat Sorgen!«

Der ehemalige Kommissar redete weiter und dachte, dass er das vom Dicken gelernt hatte, dieses Palavern in ausweglosen Situationen. »Jemand will diesen Film verhindern. Ich weiß nur nicht wer und warum. Auch das würde ich gerne erfahren.«

Blume stand hastig auf, die Wolldecke fiel zu Boden und Grenfeld schwatzte weiter, als ob sie gemeinsam beim Nachmittagskaffee saßen.

»Vor allem diese Brigitte Helm, sie spielt so tapfer. Sie hätte es verdient, im neu renovierten UFA-Palast vor zweitausend Zuschauern zu brillieren.«

Zornig stieß Blume mit der linken Hand ein Wasserglas von der Anrichte und schrie: »Was glaubst du denn? Ich hätte diesen Film auch noch gerne gesehen! Aber du zerstörst alles!«

Grenfeld wandte sich jetzt vom Fenster ab und sah Blume zum ersten Mal direkt in die Augen. »Da sehe ich keine Schwierigkeiten. Du tötest mich, wie einst deine Geldbriefträger, vergräbst mich in einem Sumpfloch da draußen und dann wanderst du zurück zum Drehplatz.«

Blume spuckte auf den Boden. »Wenn du nicht mehr auftauchst, haben sie den Beweis. Dann werden sie keine Ruhe mehr geben und mich so lange jagen, bis sie mich gefasst haben. Und ich will nirgendwo mehr hin, nie mehr!«

»Da fällt mir ein«, Grenfelds Tonfall wurde spöttisch, »die Sumpflöcher sind doch keine so gute Idee. Nächstes Jahr werden sie hier einen Volkspark errichten, spätestens dann graben sie mich wieder aus.«

»Mit dir stimmt doch etwas nicht!«

»Ich mach dir einen Vorschlag. Im Wald bei Hirschgarten im Erpetal, da hatte ich neulich zu tun. Am Rand der Heide, unter einer großen Rotbuche, da kannst du mich verscharren. Die Erde dort ist feucht und weich.«

»Da willst du also begraben werden«, zischte Blume ironisch.

»Du solltest meinen Wagen nehmen. Mit der Bahn wirst du mich schwerlich transportieren können.«

»Du bist tatsächlich meschugge geworden!«

»Mag sein, Blume, das mag wirklich so sein. Dann verrate mir wenigstens noch die Wahrheit. Hast du diese Lotta im Atelier umgebracht?«

»Wozu sollte ich sie umgebracht haben? Ich habe niemanden umgebracht! Ich bin krank. Ich werde das Ende dieses Films nicht miterleben.«

»Du kannst es mir sagen ... jetzt, wo für uns beide das Ende gekommen ist.« Grenfeld nahm sich einen Stuhl und setzte sich. Er zog betont ruhig seine Schuhe, dann seine Strümpfe aus und suchte unbeholfen nach einem Platz, um sie zu trocknen. Plötzlich sprang Blume auf und ging – die Waffe nach wie vor auf Grenfeld gerichtet – langsam auf den Küchentisch zu, auf dem eine schwarz glänzende Reiseschreibmaschine stand, mit orangefarbenem Schriftzug ›Monica‹ darauf. Er riss das Papier aus der Maschine, legte es in eine daneben befindliche Mappe und verstaute sie in der Schublade. Er wischte sich mit der Waffe in der Hand den Schweiß vom Gesicht und baute sich, wie ein Boxer im Ring, breitbeinig und mit angespannter Muskulatur vor Robert auf. »Du hast mich nicht verstanden. Dieser Film ist ... genial, ein Vermächtnis. Ein Vermächtnis an dieses Zeitalter. Ich würde ihn nie gefährden. Niemals! Nur sein Ende ist großer Kitsch. Und weißt du auch, warum?«

Selbst in dieser Lage hatte Grenfeld nicht die geringste Lust, mit einem Mörder über einen Film zu diskutieren. Also blieb er stumm.

»Die Menschheit folgt lieber der falschen Maria, dieser Maschinen-Maria. Sie werden die Täuschung nicht erkennen, sich vom Zauber blenden lassen! Sie werden alles zerstören und dann wird Metropolis untergehen. So sollte das Ende dieses Films sein. Alles andere ist sentimentaler Kleister.«

»Und wenn schon. Ist es nicht das, was die Leute sehen wollen? Kitsch?«, murmelte Grenfeld. Dann sah er Blume herausfordernd an. »Bringen wir es zu Ende. Ich bin müde.«

Es war offensichtlich, dass Blume mit Roberts Kaltblütigkeit überfordert war. Er ähnelte einem kranken, gehetzten Tier, das in die Enge getrieben worden war und nun eine Entscheidung treffen musste. Er schwitzte, seine Hände zitterten, ständig rieb er seine Oberschenkel und unruhig sah er immer wieder aus dem Fenster, als ob er jemanden erwartete. Auf einmal schien die Zeit in der Hütte stehen zu bleiben. Blume hatte seine Entscheidung getroffen. Er wurde ruhig. Langsam beugte er sich über den Tisch und legte die Waffe so behutsam neben die Schreibmaschine, als könnte sie gleich losgehen.

»Ich werde jetzt zurückgehen zu den Dreharbeiten. Ich brauche das Geld für Medikamente.« Er stand auf, die Waffe lag nun in Grenfelds Reichweite. »Entweder du knallst mich ab oder ich helfe dir, die wahren Täter zu finden. Das ist mein Angebot an dich. Ins Gefängnis gehe ich nicht und töten werde ich auch nicht mehr. Das ist vorbei.« Blume lächelte unsicher, unschlüssig, was nun passieren würde. Grenfeld sah die Waffe, die Schreibmaschine, dann die abgemagerte Gestalt. Schließlich nickte er, kaum wahrnehmbar, doch Blume verstand, drehte sich um und ging zur Türe.

»Bleib stehen!«, rief Grenfeld gequält.

Blume drehte sich um.

»Damals in Dresden. Wie gelang dir die Flucht?«

»Ich musste nicht flüchten, nach einigen Monaten wurde ich Nutznießer einer dieser politischen Amnestien. Ungerechtfertigterweise muss ich sagen, aber sollte ich da protestieren? Im Übrigen kamen noch eine Menge anderer Leute frei, die es noch weniger verdient hatten.«

»Niemals, das glaube ich nicht! Welche Amnestie?«

Blume kam wieder einen Schritt auf Grenfeld zu. »Du kannst das ruhig nachprüfen. Als mich jemand von der Journaille besuchen wollte, kamen sie in Erklärungsnot und erfanden auf die Schnelle das Märchen vom Selbstmord. Alle Blätter haben die Geschichte geschluckt. Alle!«

»Noch eine Kleinigkeit. Warum hast du mich nicht erschossen?«

»Ich habe doch gesagt, dass ich nicht mehr töten werde. Nie mehr.«

Grenfeld sah Blume zweifelnd an.

»Es war dieser Film. Am Anfang wollte ich nur etwas Geld verdienen, aber dann ... du wirst es mir sowieso nicht glauben.«

»Du verlangst viel von mir, Wilhelm Blume, also versuch es!«

»In diesen Katakomben. Da standen wir alle vor diesen Holzkreuzen. Ja, was soll ich sagen. Zuerst war es nur furchtbar langweilig ... die ewige Warterei, die Kameraeinstellungen, die stickige Luft ... doch dann kam dieses Mädchen, die Helm, du kennst sie doch?

»Ja.«

»Ich weiß ja, dass sie das alles nur gespielt hat, dass alles genau so im Drehbuch steht, doch als sie zu sprechen anfing und ihre Hände hob, da wusste ich, dass ich mein ganzes Leben auf der falschen Seite verbracht habe ... und dass ich jetzt auf die andere Seite muss, solange noch Zeit ist.«

Grenfeld sah Blume mit einem spöttischen Gesichtsausdruck an.

»Aber das Beste kommt noch. Am Ende des Drehtages kommt der große Fritz Lang zu mir und fragt, wo ich die Schauspielerei erlernt habe und warum ich hier nur als Komparse arbeite. Meine Ergriffenheit sah so echt aus ... wenn der wüsste, wie recht er hat.«

Grenfeld schlug mit der Faust auf den Tisch. »Das ist ja eine rührselige Geschichte. Fast wie in einem deiner Theaterstücke! Ich glaube dir nicht ein verdammtes Wort, Blume! Das Einzige, was daran wahr ist und was ich hoffe, ist, dass du todkrank bist!«

Blume zuckte mit den Achseln und schloss die Türe hinter sich. Grenfeld blickte aus dem Fenster, wie die dünne Gestalt hastig, nur mit einer Wolldecke über den Schultern, den Weg zum Set zurückeilte. Plötzlich drehte sich der mehrfache Mörder um und winkte dem ehemaligen Kommissar, als wären sie schon seit langer Zeit Verbündete.

27. Oktober 1925, 20 Uhr,
Grunewald, Douglasstraße 63

Es musste so kommen. Wochenlang hatte sich der Dicke nicht gemeldet, jedoch ausgerechnet an diesem Abend rief er an. Und dabei hatte Grenfeld Glück. Wäre er in voller Leibesfülle erschienen, er hätte ihm nichts vormachen können. Dazu kannten sie sich zu lange. Dabei hatte er Gennat wieder einmal unterschätzt. Natürlich hatte er in den Rehbergen unter den Komparsen einige Spitzel postiert und dabei war seine Anwesenheit, wie sein plötzliches Verschwinden, nicht unbemerkt geblieben. Grenfeld blieb jedoch hart, berichtete von seinem Ausflug zu den ehemaligen Schießständen und verlor weder ein Wort über die Kleingartensiedlung noch über seine Begegnung mit Wilhelm Blume. Als er auflegte, zog der Zweifel wie eine gewaltige dunkle Wolke über ihn. Er hatte diesen mehrfachen Mörder einfach laufen lassen. Doch nicht nur das. Er hatte sich dessen rührselige Geschichte angehört. Wilhelm Blume als todkranker, reuiger Sünder in den Katakomben der Unterwelt von Metropolis. Einem versoffenen Kommissar konnte man solche Märchen offenbar auftischen, ja, ihm konnte man sogar eine Waffe vor die Nase legen und sich dann in aller Ruhe aus dem Staub machen. Grenfeld zog die Schuhe aus und ließ sich ins Bett fallen. Nachdem er die Augen geschlossen hatte, sah er sofort die Spuren im Sand, die alte Hütte mit dem Rauch, Blume, unablässig redend, schwitzend, mit seinen dünnen Armen gestikulierend. Er öffnete die Augen, ging zum Fenster und blickte auf die verlassene Straße hinaus, um sich gleich wieder hinzulegen. Hoffentlich würden die Bilder ihn bald in Ruhe lassen. Doch stattdessen tauchten neue, absurdere Bilder auf. Blume als Prediger auf einer Kanzel, hoch oben im Dom, darunter die Kahlköpfigen in Reihen, die Schädel gesenkt, daneben aufgebahrt die toten Geldbriefträger, die beiden Komparsinnen und … Helen. Wasser drang von den Seitenwänden herein, erst einige Rinnsale, dann Bäche und schließlich brachen die Mauern. Hoch oben auf der Kanzel hielt Blume triumphierend einen Gegenstand in die Luft und schwenkte ihn … ein Ventil. Das zerschundene Gesicht von Heinrich Ziller tauchte auf, das zu schreien versuchte. Grenfeld schreckte hoch. Schweißgebadet saß er einige Minuten aufrecht, bevor er ganz wach wurde. Nur das nicht, dachte er und sprang aus dem Bett, nur keine Albträume mehr! Er zog sich hastig ein frisches Hemd an und nahm seine Waffe aus dem Küchenschrank. Er hatte bereits die Haustüre zugeworfen, da fiel ihm etwas ein. Er schloss die Türe auf und suchte verzweifelt den Brief von Helen, der unauffindbar blieb. Schließlich rannte er zum Weinkeller hinunter und nahm eine Flasche Kognak aus dem Regal. Er nahm einen tiefen Schluck, der ihn schüttelte. Angewidert ließ er sie stehen. Erst als er den Motor seines Mercedes anließ und auf die Straße hinausfuhr, wurde er ruhiger, auch wenn er keinen Plan hatte, wohin er wollte.

Es war fast Mitternacht. Der ehemalige Kommissar fuhr ziellos durch die taghell erleuchteten Straßen. Wie lange war es her, dass er mit Helen aus war, tanzen, lachen, sich amüsieren? Er wusste es nicht mehr, er hatte es vergessen. Wie ein Tourist starrte er verwundert auf den nicht enden wollenden Strom von Paaren und Gruppen, die im Gewimmel des pulsierenden Verkehrs die Gehsteige der Tauentzienstraße bevölkerten, eingesogen und ausgespuckt von den jeweils angesagtesten Lokalitäten mit den grell blinkenden Lichtreklamen, lachend, torkelnd, müde oder aufgedreht. ›Nacht, Tauentzien, Kokain‹ singen die Coupletsänger in den Charlottengrader Cabarets. Dort im russischen Bären servieren ehemalige Offiziere aus Adelsfamilien und im Ruscho spekulieren sie an der schwarzen Börse. Er würde eine Weile durch dieses Viertel wandern, sich einen Drink genehmigen und dann auf den erlösenden Schlaf hoffen. In der Motzstraße, nicht weit vom Kakadu, einer kleinen, russischen Bar abseits der Touristenströme, hielt er schließlich an. Hier konnte er sicher sein, nicht auf seine ehemaligen Kollegen zu treffen.

Das Kakadu war bis vor ein paar Jahren als florierender Umschlagplatz für Kokain berüchtigt, doch seit Alexej Jaschtschenko den Laden übernommen und außer einem russischen Tagesgericht und seinem selbst gebrannten Wodka nichts zu bieten hatte, waren die früheren Gäste abgewandert und es war ruhig geworden. Keine fünf Häuser weiter, im Russki Ugolok, konnte man bei ungarischer Musik ausgezeichnet speisen, doch Grenfeld hatte im letzten Dienstjahr diese einsame Bar als Ort seines allmählichen Rückzugs auserwählt. Die spärlichen Gäste, meist Schriftsteller, Philosophen und Maler, diskutierten ausschließlich auf Russisch, wovon er kein Wort verstand. Nur Dienstag war Hochbetrieb, da tagte der ›große Kakaduorden‹, eine bunte Künstlergruppe, die, trotz divergenter politischer Auffassungen zum Sowjetregime, irgendeinen gemeinsamen Nenner höherer Ordnung gefunden hatten. Alexej hatte ihm bisweilen die hitzigen Debatten über Suprematismus, Expressionismus und Eklektizismus übersetzt, doch Grenfeld hatte jedes Mal abgewinkt. Er war glücklich, in dieser fremden Welt als einsamer, taubstummer Beobachter geduldet zu sein.

Jaschtschenko servierte ihm kommentarlos, als wäre er nie weg gewesen, sein Lieblingsgericht Wareniki, halbmondförmige Teigtaschen, dazu den üblichen Wodka.

»Du schaust schlecht aus, mein Freund«, murmelte er. »Wo warst du die ganze Zeit? Bist du hinter den Brandstiftern her?«

»Brandstifter?«

»Mein Gott, liest du keine Zeitungen? Seit Wochen fackeln sie ein Eckhaus nach dem anderen ab!«

»Ach so, nein. Ich hab im Moment andere Sorgen. Helen ist ausgezogen, ich bin nicht mehr Polizist und habe gerade einen Mörder laufen lassen.«

»Muss alles drei kein Unglück sein«, erwiderte Alexej lächelnd und schob Grenfeld das Glas hin. »Alles eine Frage der Perspektive, wie im Schach.«

»Außerdem muss ich aufhören zu saufen!«, erwiderte Grenfeld und schob das Glas beiseite.

»Das allerdings ist Unglück – für mich«, klagte er. »In der Motzstraße hat schon wieder ein russischer Laden eröffnet, das Tabarin. Bald gibt es hier mehr Lokale als Emigranten!«

»Du Armer, dann lass den Wodka stehen, es reicht auch, wenn ich morgen damit aufhöre. Ich brauche eine Kerosinlampe. Kannst du mir eine besorgen?«

»Wo willst du denn mitten in der Nacht hin?«

»In die Rehberge. Einen Mörder zum Reden bringen.«

»Um diese Uhrzeit? Ich dachte, du bist nicht mehr bei der Polizei? Bist du jetzt Privatermittler?«

»Um Gottes willen, wie kommst du denn auf so was?«

»Das ist doch nicht abwegig. Viele ehemalige Polizisten arbeiten als Detektive.«

Grenfeld trank hastig sein Glas Wodka aus und hob wortlos zwei Finger in die Luft. Jaschtschenko schüttelte verständnislos den Kopf, verschwand in der Küche und kam kurze Zeit später mit einer verrosteten Lampe und einem zweiten Wodka zurück.

Robert trank das zweite Glas in einem Zug, nahm die Lampe und drückte Alexej die Hand. »Wünsch mir viel Glück und schreib es an. Morgen erzähl ich dir alles.«

»So warte doch, nicht immer so eilig. Vor einer Stunde war eine junge Russin hier, die sich nach dir erkundigt hat. Was für ein Weib!«

»Mascha? Sie weiß, wo ich wohne!«

Der Wirt zuckte mit seinen Schultern. »Ihren Namen hat mir die Schöne leider nicht verraten. Sie hatte es genauso eilig wie du. Tag wie Nacht, in dieser Stadt sind alle immerwährend auf der Flucht. Vor was?, frage ich dich. Vor was?«

»Du wirst langsamer, mein lieber Alexej, das ist alles.« Grenfeld grinste boshaft und verschwand.

Wie Mascha seine Lieblingskneipe entdeckt hatte, war ihm schleierhaft. Möglich, dass er sie einmal erwähnte, während sie bei ihm gewohnt hatte. Wahrscheinlicher aber war, dass der Ringverein, dem Mascha offensichtlich angehörte, über jeden Kommissar im Präsidium genauestens Buch führte: Vorlieben, Schwächen, bevorzugte Aufenthaltsorte. Deswegen war Grenfeld auch nicht erstaunt, als er in der Motzstraße schon von Weitem eine weibliche Gestalt sah, die sich rauchend an seinen Wagen lehnte. Erst jetzt fiel ihm auf, dass sein Mercedes direkt vor dem neu eröffneten Lokal Tabarin stand, von dem Jaschtschenko gesprochen hatte.

»Steig schon ein«, befahl Grenfeld missmutig, ohne ihren Gruß zu erwidern.

»Darf man den Herrn Kommissar wenigstens fragen, wohin die Reise geht?«, fragte Mascha spitz. Robert warf die Lampe kommentarlos auf den Hintersitz und schwieg. Während der rasanten Fahrt durch die Stadt in Richtung Wedding starrte er auf die Fahrbahn und würdigte sie keines Blickes. Sollte sie doch auftauchen und wieder abhauen, ganz, wie es ihr beliebte. Sie war ihm nichts schuldig. Er hatte Gennat einen Gefallen getan und sie bei sich wohnen lassen. Das war alles. Je länger sie schweigend neben ihm saß, desto wütender wurde er. Am Ende der Müllerstraße bog er scharf nach links in den Spandauerweg, vorbei an den ehemaligen Kasernen und Schießanlagen, bevor er scharf bremste. Die Kleingartenlaube musste auch von hier zu erreichen sein, ohne nachts den Weg durch Sumpf und Sanddünen nehmen zu müssen. Es hatte leicht zu nieseln begonnen und Nebelschwaden breiteten sich auf dem feuchten Gelände aus. Er nahm die Grubenlampe vom Hintersitz, zündete sie ungeduldig an und öffnete, ohne sich umzudrehen, das schwere, schmiedeeiserne Tor zum alten Schießstand. Grenfeld hörte die Autotür hinter sich ins Schloss fallen, dann hastige Schritte, die ihn nur ahnen ließen, dass auch Mascha wütend war. Der Weg würde nicht angenehm werden. Längst hatten sich Büsche und Gräser durch den Untergrund gekämpft und die langen Mauerreihen des Schießstandes waren größtenteils eingestürzt.

»Sturer, alter Mann!«, hörte Grenfeld sie hinter sich fluchen.

»Gnädigste müssen mir nicht folgen. Ich nehme aber an, ein Muskel-Adi von irgendeinem Ringverein hat dich geschickt, um auf dem Laufenden zu sein.«

»Glaubst du allen Ernstes, ich bin deren Laufbursche? Ich will mit dir reden und glaub mir, dafür gehe ich kein geringes Risiko ein!«

»Kein Wunder, warum lässt du dich auch mit diesen Ganoven ein?«

»Hätte ich eine Villa im Grunewald und einen reichen Mann, dann bräuchte ich deren Hilfe nicht.«

»Verschon mich mit der Frontkämpferbund-Ansprache wie neulich vor der Roten Mühle!«, knurrte er und beschleunigte seinen Gang. Äste schnellten ihm nun ins Gesicht und Nässe drang durch seinen Mantel hindurch bis zu seinem Hemd. Er war genau in der richtigen Stimmung, um Blumes Zunge zu lockern.

»Aber wenn du willst, dann lass uns reden! Dieses arme Schwein, das deine Freunde ins Polizeipräsidium getrieben haben, ist nicht Lottas Mörder, nehme ich an?«

»Verdammt, Robert, warte doch auf mich!«

Grenfeld ging eine Spur langsamer, ohne sich jedoch umzudrehen.

»Nein, das ist er wahrscheinlich nicht«, zischte Mascha außer Atem.

»Und was haben deine Freunde ihm angeboten, damit er lebenslänglich ins Zuchthaus wandert?«

»Das war kein Unschuldslamm. Er hat Lilli umgebracht, so viel ist sicher!«

»Was ist mit Lotta?«

»Das weiß kein Mensch. Den Mord hat er doch nur gestanden, weil man ihm versprochen hat, seine Familie zu versorgen ...«

»Und der Ring damit aus der Schusslinie gerät?«

»Weil es keiner von unseren Leuten war, das weißt du genau. So etwas ist gegen die Statuten.«

»Das Märchen von den ehrbaren Ringmitgliedern. Ich frage mich nur, warum du dann Angst hast, mit mir zu reden.«

»Du bist nicht käuflich, ein Dickkopf und unberechenbar. Deshalb ist es gefährlich, mit dir zu reden.« Mascha zog an seinen Schultern, stampfte auf und schrie: »Jetzt bleib endlich stehen und hör zu!«

Grenfeld drehte sich um und blickte in ihr zornverzerrtes Gesicht.

»Die Rolle dieser Maria, natürlich hätte ich sie gern gespielt. Sie ist mir wie auf den Leib geschneidert. Ich hab einfach mehr erlebt in meinem Leben als *sie*. Ich weiß, was es heißt, zwei Seelen in einer Brust zu haben, die sich uneins sind.«

»Weiter!«

»Aber deswegen bringe ich doch niemanden um!«

»Nur da und dort einen Drohbrief an die Hauptdarstellerin, das zeigt auch seine Wirkung. Irgendwann verliert das Mädchen dann die Nerven und …«

»Glaubst du im Ernst, ich würde derart armselige, manierierte Verse im Stil von Dr. Mabuse in die Welt setzen? Jetzt werd ich dir mal was sagen. Erstens: Das hat keine Frau geschrieben. Zweitens: Das ist ein blutiger Anfänger, ein Freizeit-Dichter. Jeder Schnorrer im Romanischen könnte dir bessere Verse schreiben. Wenn schon, dann würde ich ein bekanntes Gedicht verfremden.«

»Wie die Sonette Shakespeares?«

»Ach was! Ich würde etwas aus den Nibelungen nehmen. Aber jetzt verrate mir endlich, was wir hier in dieser gottverlassenen Gegend suchen!«

»Blume.«

»Du hast ihn also gefunden?«

»Ja. Ein armer, kranker Mann, der auf sein Ende wartet und noch diesen einen Film sehen will, der sein Leben verändert hat. So oder ähnlich wollte er es mir gestern weismachen.«

»Und jetzt hast du Zweifel?«

Grenfeld lachte bitter, drehte sich um und ging weiter in die Dunkelheit hinein. Sie hatten in der letzten halben Stunde mindestens drei Weggabelungen passiert und jedes Mal war er nur einem vagen Gefühl gefolgt. Er hatte keine Ahnung, wo sie sich befanden. Umso überraschter war er jetzt, als durch den Nebel die Umrisse der ersten Gartenlauben auftauchten.

»Bleib hinter mir!«, flüsterte er und zog seine Waffe.

Grenfeld hatte es insgeheim befürchtet. Blume war nicht mehr zurückgekehrt. Die Hütte sah genau so aus, wie er sie gestern verlassen hatte. Die Reiseschreibmaschine stand mitten auf dem Küchentisch, sogar seine Socken hingen noch über der Stuhllehne. Die ganze Spannung fiel auf einmal von ihm ab und er fühlte sich wie ein dummer Schuljunge, der verheißungsvoll zu einem Treffpunkt bestellt und versetzt wurde. Mascha stand unschlüssig im Raum, dann setzte sie sich auf die zerschlissene Ottomane und stützte ihren Kopf mit beiden Händen auf den Küchentisch ab. Sie war durchnässt, sah müde und abgespannt aus.

»Er hat etwas geschrieben«, sagte sie und deutete kraftlos auf die alte Schreibmaschine.

»Früher, während seiner Flucht, verfasste er einige Theaterstücke. Sah das immer als seine eigentliche Bestimmung an. Bei seiner Verhaftung im Sommer vor drei Jahren hat er behauptet, die Morde an den Geldbriefträgern nur deshalb begangen zu haben, um seine Werke unsterblich zu machen.« Während Grenfeld im Küchenschrank mehrere Flaschen Bier fand, öffnete Mascha die Tischschublade und zog eine Mappe hervor.

»Kannst du dich noch an die Titel erinnern?«

»Eins hieß Fluch der Vergeltung, glaube ich. Aber wie gesagt, es waren mehrere. Eines davon ist sogar in London aufgeführt worden.«

»Mord in Metropolis?« Mascha hob eine maschinenbeschriebene Seite in die Höhe und sah ihn triumphierend an.

»Mord in was?« Grenfeld unterbrach seine Suche nach einem Flaschenöffner und nahm ihr das Papier aus der Hand.

»Anscheinend ein Drehbuch. Von ihm selbst verfasst. Hier geht es weiter. Das müssen so an die fünfzig Seiten sein.«

»Heute Nachmittag hat er behauptet, *Metropolis* sei kitschig und müsse einen vollkommen anderen Verlauf nehmen. In Wirklichkeit würden die Menschen der falschen

Maria bis in den Untergang folgen. Eine Versöhnung zwischen den Massen der Unterstadt und dem Ausbeuter sei ein Märchen.«

Mascha zog langsam ihre nasse Kleidung bis auf ihr Unterhemd aus, ohne ihren Blick vom Manuskript zu lösen. Nachdenklich betrachtete sie Grenfeld, wie er sich, mit einer geöffneten Bierflasche in der Hand, am Ofen zu schaffen machte.

»Robert?«

Er versuchte gerade ein Stück Zeitung zu entzünden.

»Robert!«

Grenfeld merkte, dass Mascha etwas entdeckt haben musste. »Er schreibt an einer neuen Version von *Metropolis*. Er hat den Mord an Maria beschrieben und wie sie erschlagen von den Einwohnern der Stadt aufgefunden wird … alles!«

Er setzte sich neben Mascha und starrte auf die maschinenbeschriebenen Seiten. Sie griff nach seinem Arm. »Er will den Film retten. Er ändert nicht nur das Drehbuch, er greift in den Film ein!«

»Indem er am Ende die gute Maria umbringt?«

Mascha packte nun seinen Arm so fest, dass er schmerzte. »Das Böse muss triumphieren. Alles andere ist Kitsch, so hat er es dir doch verkündet!«

»Ich frage mich nur, ob er eine Stachow bedienen kann?«, murmelte Grenfeld.

»Was? Wer?«

»Das kannst du nicht wissen. Der Täter hat die erschlagene Lotta gefilmt.«

»Er ist wahnsinnig! Er will den ganzen Film verändern!«

»Und sich unsterblich machen!«

Der ehemalige Kommissar versuchte vergebens, das bittere Gefühl des Versagens zu bekämpfen, das sich, vom

Bauch her kommend, seinen Weg zum Kopf bahnte. Er hatte sich, wie einst die Geldbriefträger und Witwen, von Blumes Geschichten einlullen lassen, hatte mit einem Mal Mitleid bekommen mit dem kleinen, hageren Mann, der wie eine Katze mehrere Leben zu haben schien. Er sah Blume vor sich, wie er ihm zugewinkt hatte und verschwunden war. Er hatte ihn laufen lassen und dieser Gedanke quälte ihn.

Erst jetzt bemerkte Grenfeld die Stille, die nur durch das Knistern des Feuers unterbrochen wurde. Mascha hatte ihren Kopf auf den Küchentisch gelegt und ihre Augen geschlossen. Die Zeit stand endlich still. Er dachte an seinen Freund Alexej. Das würde seiner russischen Seele gefallen. Die Zeiger der Zeit anhalten, für einen langen Moment die rasende Betriebsamkeit unterbrechen und der Molochmaschine ein Schnippchen schlagen.

Mascha atmete gleichmäßig, bald würde sie einschlafen. Als er sie mit einer Wolldecke sanft zudeckte und ein Kissen unter ihren Kopf schob, flüsterte sie: »Stille, du bist das Beste von allem, das ich je gehört.«

Es war ihm plötzlich egal, für wen sie arbeitete und warum sie immer wieder aus dem Nichts in sein Leben trat. Sie war eine Schiffbrüchige, die verzweifelt Halt suchte, wie die anderen Hunderttausend Gestrandeten in dieser Stadt. Sie gründeten Verbände, Hilfsorganisationen, Verlage, Zeitungen, Restaurants und Literaturzirkel. Sie stritten sich erbittert, ob man in die Heimat zurückkehren, das neue Regime anerkennen oder bekämpfen sollte. Und während die meisten von ihnen längst nach Paris weitergereist waren, hielt sich Mascha von ihren Landsleuten fern, schloss sich einem Ganovenverein an, lief einem ausrangierten Kommissar hinterher und war auch sonst in keine von Grenfelds bekannten Schubladen einzuordnen. Er konnte ihr nicht trauen, aber er begann sie zu mögen.

12

28. Oktober 1925, 11 Uhr,
Potsdamer Platz, Café Josty

Zum ersten Mal seit ihrer Bekanntschaft bemerkte Grenfeld eine gewisse Kälte in Gennats Begrüßung. Auch während seiner Berichterstattung, die er auf seiner Fahrt von der Kleingartenlaube zum Potsdamer Platz mehrmals im Geist durchgegangen war, änderte sich dies nicht. Ganz im Gegenteil. Gennats Reaktionen waren distanziert und Grenfeld verstand die Botschaft. Es war pures Misstrauen, das ihm heute vom Dicken entgegenschlug. Nur die Ursache war ihm schleierhaft. Vielleicht war es ein Fehler, Mascha mitzunehmen? Sie hatten die Nacht gemeinsam in der Gartenlaube verbracht und waren, ohne sich umzuziehen, vollkommen verdreckt und übermüdet beim Café Josty angekommen. Gennat rührte seine obligatorische Torte nicht an, die ihm der Ober wortlos zum Kaffee servierte. Allein das hatte er noch nie erlebt und verhieß nichts Gutes. Selbst das Manuskript, welches Mascha auf den Tisch legte, konnte den Dicken nicht sonderlich beeindrucken. Seine Fragen, insbesondere jene an Mascha, waren gespickt mit Ironie und Sarkasmus. War er gekränkt, dass Grenfeld hinter seinem Rücken ermittelte und ihm Blume verschwiegen hatte?

»Hör zu, Robert. Für mich ist das Ganze, ehrlich gesagt, nicht sonderlich überzeugend. Wir haben einen Täter, der die Morde gestanden hat. Wir wissen mittlerweile auch, dass Blume aufgrund eines groben Fehlers entlassen wurde.

Ich bin nach wie vor darüber empört, doch das gehört jetzt nicht hierher.«

Kanther verschlang unterdessen gierig den Kuchen seines Chefs.

»Blume ist todkrank und unserer Meinung nach nicht mehr gefährlich. Was soll dieses Geschreibsel beweisen? Dieses Manuskript zeigt nur, dass Blume den Mord darin verarbeitet hat, mehr nicht. Das hätte jeder tun können. Schließlich …«

»Aber hören Sie! Er ist wahnsinnig!«, unterbrach Mascha und spielte nervös mit ihren Locken. »Und genau deshalb hat er das Manuskript verfasst, um alles in die Tat umzusetzen! Er will sich ein Denkmal setzen!«

»Heißt das, du zweifelst am Geständnis eures Täters?« Es schien, als ob Gennat absichtlich so laut sprach. Mascha schwieg und blickte aus dem Fenster.

Kanther sprach mit vollem Mund. »Robert, wir brauchen Beweise. Habt ihr wenigstens irgendeinen Hinweis auf die Drohgedichte gefunden? Nein? Dann sehen wir keinen Anlass, ihn zu verhaften. Die Fingerabdrücke von Blume stimmen einfach nicht mit denen vom Tatort überein. Wie gesagt, der Fall ist für uns abgeschlossen.«

Seinem Kollegen sah man an, dass er liebend gern den Kuchen aufgegessen hätte, aber Gennat war bereits an der Drehtür und ließ mit einer flüchtigen Geste den verdutzten Grenfeld samt Mascha am Tisch zurück. Kanther blickte Grenfeld an und folgte seinem Chef. Robert spürte eine explosive Mischung aus Schuldgefühlen und Wut in sich aufsteigen. Er sprang auf, stürzte durch die Drehtür und rannte den beiden hinterher.

»Gennat! Du weißt genau, dass Mascha das in der Öffentlichkeit nicht zugeben kann! Der Mörder von Lilli hat den

UFA-Mord doch nur gestanden, weil der Ring es so wollte. Die versorgen seine Familie, während er einsitzt. Wenn sie das hinausposaunt, ist sie morgen tot.«

»Spreche ich jetzt mit ihrem Anwalt oder mit ihrem Liebhaber?«

»Die Sache ist viel zu ernst für solche Spielchen! Übernimmst du die Verantwortung, wenn Blume wieder mordet?«

»Genau das solltest du mal deine neue Freundin fragen. Denn ... ohne ihre Aussage könnten wir den Fall sowieso nicht wieder aufrollen.«

»Hast du gewusst, dass sich Blume in den Rehbergen versteckt hält?«

»Woher sollte ich?«

»Aber dass er todkrank ist und in Berlin als Komparse arbeitet?«

»Ja. Da gab es Hinweise, aber ...«

»Und warum erzählst du mir das nicht? Kannst du mir das verraten?«

Gennat gab Kanther ein Zeichen zum Aufbruch. Dann trat er ganz dicht an Grenfeld heran: »Wir hatten eine Abmachung, Robert. Wer ermittelt denn seit Wochen hinter meinem Rücken, immer auf eigene Faust? Ich erinnere dich nur an den Lunapark, die Rote Mühle, jetzt Blume, und warum plötzlich diese Mascha wieder mit dir herumzieht, ist mir ein Rätsel! Hast du dich schon einmal gefragt, warum sie dir auf Schritt und Tritt folgt? Das ist alles außer seriöse Polizeiarbeit.«

»Wenn ich mich recht erinnere, habt ihr mich gebeten, sie aufzunehmen!«

»Sie sollte bei dir wohnen und nicht mit dir in einem Mordfall ermitteln.«

»Aber, das …«

»Ich gebe dir jetzt einen guten Rat: Fahr zu Helen. Das ist das einzig Richtige im Moment! Überlass den Fall Babel uns!« Gennat stieg in den schwarzen Dienstwagen und Kanther blinzelte ihm durch die Scheibe vielsagend zu.

Grenfeld kehrte ins Café zurück und als hätte er es erwartet, fand er den Platz verlassen vor. Der Ober drückte ihm einen Zettel in die Hand mit den Zeilen:

Liebster Robert.

Die wollen Blume da raushalten! Warum auch immer! Von denen ist keine Hilfe zu erwarten! Komm Freitag um 19 Uhr zum Dreh nach Babelsberg!

Mascha.

28. Oktober 1925, 14 Uhr,
Staaken, Zeppelinhalle

Heinrich Ziller war exotische Drehorte gewöhnt, aber das hier verschlug ihm die Sprache. In dieser fünfundvierzig Meter hohen Fertigungshalle hatte man noch bis zum Ende des Krieges jene Zeppeline gebaut, die ihn schon immer begeisterten. Hier sollten also in den nächsten Wochen die Molochmaschinen von Metropolis entstehen, die im Film durch den Aufstand der Arbeiter zur Explosion gebracht wurden. Seit dem Niederschlag war er heute zum ersten Mal ohne Kopfschmerzen aufgewacht und hatte sich wie ein Kind auf die Baubesprechung in Staaken gefreut. Die Architekten Hunte, Kettelhut und Vollbrecht standen im Halbkreis und diskutierten mit den Monteuren und dem leitenden Ingenieur vom nahe gelegenen Gaswerk über die Möglichkeit, mittels einer Lokomotive den Dampf durch Rohrleitungen zur Molochmaschine zu leiten. Sie sollte schließlich den großen Dieselmaschinen gleichen, wie sie in den Maschinenräumen von Überseeschiffen zu finden waren. Neben ihm standen Monteure, die jahrelang beim Zeppelinbau gearbeitet hatten und erzählten Anekdoten über ihre Überseefahrten bei Eiseskälte in schwindelerregenden Höhen. Heinrich sah zur Decke. Unter der Eisenkonstruktion hingen die großen Montagebühnen an Drahtseilen befestigt. Er war erleichtert zu hören, dass die Zeppelin-Mannschaft die Arbeiten dort oben übernehmen würde. Heinrich nahm die Brille ab, beugte sich über den Konstruktionsplan und studierte die Einzelheiten jedes Bauteils der zwanzig Meter hohen Molochmaschine, die er mit seinem Trupp würde fertigen müssen. Er war offenbar für die Sockel und die Treppen verantwortlich, die so stabil sein mussten, dass sie das Gewicht von mehreren hundert Komparsen aushielten.

»Na, Heinrich, achtzehntausend Quadratmeter Fläche, das sind schon andere Verhältnisse als im engen Glashaus in Babelsberg?«, hörte Ziller Uhu hinter sich sagen, ein Kollege, der aufgrund seiner großen Brillengläser so genannt wurde. »Jetzt kann der Lang bis zu achtundzwanzig Meter hoch hinaus und das alles hier mit dem Rundhorizont. Und die Beleuchter können auch endlich mal zaubern, was sie wollen!«

»Allerdings, aber sag mal, wo ist denn der glühende Riesenrachen dieses Maschinenungeheuers, der die Arbeiter verschlingt? Kann ich hier im Plan nirgends finden.«

»Den bauen wir direkt daneben und spiegeln ihn auf. Das ist auf dem Plan da drüben.«

Heinrich notierte sich die Maße und betrachtete die menschenfressende Maschine. Uhu trat von einem Fuß auf den anderen.

»Aber die Explosion ist 'ne ganz andere Sache. Ich fürchte, so wie die sich das am grünen Tisch ausgedacht haben, wird es nicht funktionieren. Das fliegt uns glatt um die Ohren!«

»Und die Komparsen?«, fragte Heinrich.

»Tun mir jetzt schon leid. In dieser Hundekälte hier, laut Drehbuch wieder mit Lendenschurz, kahl geschoren und nackt, wie in den Rehbergen.«

Plötzlich dachte Heinrich an den Kommissar und spürte in seiner rechten Hosentasche das Bild von Wilhelm Blume. Er hatte immer wieder nach diesem Gesicht Ausschau gehalten, aber die Komparsen kamen meist erst, wenn seine Kulissen standen. Und dann war er längst in einem anderen Atelier. Seit er niedergeschlagen wurde, hatte er ein ungutes Gefühl, vor allem wenn er nachts über das Gelände ging. Er war wachsam, sah sich die Arbeiter in seiner Umgebung genauer an und ab und zu hatte er den Eindruck, dass einer da nicht hingehörte. Neulich erst in der Unterstadt hantierte jemand an den Rohren herum, und als er ihn ansprach, zog dieser seinen Ausweis hervor – ›Bausicherungsamt, wir überprüfen die Statik‹. Heinrich zuckte mit den Achseln. Es war unmöglich, bei den Tausenden von Arbeitern, den Gewerken und Fremdbetrieben herauszufinden, ob jemand wirklich zum Film gehörte.

»Hör mal, Uhu, schon mal, was von einem Bausicherungsamt gehört?«

»Ne, was soll denn das sein?«

»War neulich einer auf dem Gelände, mit einem Ausweis.«

»Noch nie gehört, Heinrich. Bis jetzt sind wir immer noch selbst für unsere Statik verantwortlich, nicht wahr?«

Heinrich nickte und mit einem Mal spürte auch er die Eiseskälte dieser Halle. Nochmals würde er nicht mehr die Komparserie auffüllen, auch wenn es dafür Extra-Geld gab. Er dachte an Freitag, die Überschwemmungsszene, und hoffte inständig, dass seine Ventile funktionierten.

**30. Oktober 1925, 18 Uhr,
Psychoanalytisches Institut, Potsdamer Straße 29**

Es war von Anfang an eine überaus absurde Idee gewesen, hierherzukommen, dachte Grenfeld und wartete angespannt auf Dr. Löhns. Aber Grenfeld wusste auch, warum er hier war: Helen. Sie hatte ihn angerufen, um ihm fröhlich zu verkünden, über Weihnachten nach Berlin kommen zu wollen, möglicherweise zu bleiben, vorausgesetzt, er würde seine Alkoholexzesse samt seines Lebensüberdrusses – wie sie sich ausdrückte – in den Griff bekommen. Seinen Lebensüberdruss ... so etwas konnte nur Helen sagen, als ob man eine Stimmung in ein Einweckglas packen und dann in den Keller stellen konnte. Er kam sich bereits albern genug vor auf einer Liege im Behandlungszimmer des Psychoanalytischen Instituts. Sich vorzustellen, Einweckgläser mit Gefühlen in seinem Weinkeller zu lagern, löste in ihm einen plötzlichen Heiterkeitsanfall aus. Er musste kichern und konnte minutenlang nicht mehr aufhören. Irgendwann wurde er still, streckte sich so gut es ging aus und betrachtete das Ölbild an der gegenüberliegenden Wand. Vier Badende in einem See, der ihn an die Krumme Lanke erinnerte. Grenfeld richtete sich auf und war für einen Augenblick lang irritiert. Diese Wochen der Freiheit an der Krummen Lanke, die langen Wanderungen, die Einsamkeit … wie sehr hatte er all das genossen. Keine Toten, Verbrannten, Vergifteten, Erschlagenen … keine Todesnachrichten mehr für jene, die eh nichts mehr vom Leben zu erwarten hatten. Die Tür ging auf und Dr. Löhns stand vor ihm: elegant, gepflegt, kleine Statur, lächelnd, fast wie ein Gastgeber einer Abendgesellschaft.

»Gefällt Ihnen das Bild?«

»Nun ja. Es erinnert mich an etwas.«

»An was?«

Grenfeld registrierte amüsiert, wie rasch Dr. Löhns auf den Punkt kam und dachte an seine eigene Vernehmungstaktik. »An die Leichtigkeit, die Unbeschwertheit dieses Sommers. Wie heißt der Künstler?«

»Raoul Dufy, allerdings verstehe ich zu wenig von Kunst, Herr Grenfeld. Mein Vorgänger hat das Bild in Paris auf einer Auktion ersteigert und seitdem hängt es hier in der Praxis. Aber nun zu Ihnen. Sie wollten zu Karl Abraham? Kennen Sie ihn?«

»Meine Frau Helen hat ihn im Haus ihres Vaters kennengelernt. Er wohnt doch bei ihr in der Bismarckstraße, gleich um die Ecke.«

»Bei ihr?«

»Ich meine natürlich in der Nähe Ihres Geburtshauses.« Grenfeld wunderte sich noch über den Unsinn, den er hier von sich gab, während Dr. Löhns diesen Versprecher sicherlich längst als Fehlleistung registriert und gedeutet hatte.

»Herr Abraham ist leider im Moment schwer erkrankt. Er hat seine Behandlungen eingestellt. Es war also die Idee Ihrer Frau hierherzukommen, Herr Grenfeld?«

»Um ehrlich zu sein, ja.«

»Und Sie selbst, wie denken Sie darüber?«

»Tja, ich möchte nur keine Albträume mehr haben, das ist alles.«

»Albträume welcher Art?«

»Dass ich, wie soll ich sagen …«, Grenfeld zögerte, »ständig zu spät komme.«

Dr. Löhns zückte einen Notizblock, wartete und schwieg.

»Es ist immer das Gleiche. In meinen Träumen komme ich erst, wenn das Unglück schon geschehen ist … ich fürchte, es ist banal. Eben das Schicksal meines Berufs: Wir tauchen immer erst dann auf, wenn die Leiche kalt ist.«

»Haben Sie zufällig letzten Monat in der Vossischen den Artikel von Freud über die prophetische Bedeutung des Traums gelesen?«

»Prophetische Bedeutung?«, wiederholte Grenfeld verwirrt.

»Professor Freud vertritt die Ansicht, dass es keinen prophetischen Traum gibt, zumindest keine empirischen Belege dafür. Ausnahmsweise stimme ich ihm da nicht zu. Aber verraten sie mich nicht.«

»Wissen Sie, so komisch das klingt. In einer Mordermittlung haben wir ständig mit derartigen Dingen zu tun, aber es bleibt zu wenig Zeit, sich mit solchen Phänomenen zu befassen. Die meisten von uns spüren, dass an einer Sache was faul ist, haben aber keine Beweise. Heute wird so viel Wert auf Dokumentation und Beweissicherung gelegt, aber letztlich ist es irgendein Bauchgefühl, das uns weiterbringt.«

»Sehr schön, Herr Grenfeld. Ich weiß nicht, was Sie über die Psychoanalyse wissen. Sie ist ja in gewissen Kreisen in Mode gekommen. Auf der anderen Seite wird natürlich auch viel Unsinn darüber verbreitet. Ich selbst bin der einzige Quereinsteiger am Institut, denn ich bin ursprünglich Geologe.«

»Sie sind kein Nervenarzt?«

»Nein, wir nennen das Laienanalyse. In Wien und Amerika, auch an diesem Institut nicht unumstritten, aber solange Professor Freud hinter uns steht …«

»Hören Sie, wenn ich gewusst hätte, dass ich einen Termin mit einem Geologen habe, hätte ich nicht im dritten Stock zehn Minuten mit mir gerungen, ob ich weitergehen soll. Ich bin heilfroh, nicht bei einem Irrenarzt gelandet zu sein.«

Dr. Löhns lachte herzlich. »Als Geologe vergleiche ich das Unbewusste mit einem tiefen See, der erforscht werden will. Die untersten Schichten werden zwei Mal im Jahr aufgewühlt, kommen nach oben und das ist gut so. Das hält den See gesund und ist aufwühlend zugleich. Etwas, was viele Patienten in ihren Träumen erleben. Ich werde mich jetzt hinter Sie setzen, mit dem einzigen Zweck, Sie bei Ihrer Expedition nicht abzulenken. Lassen Sie sich überraschen, was Sie dort entdecken werden …«

»Und wie soll ich das anstellen?«

»Erzählen Sie alles, was Ihnen durch den Kopf geht, frei und ohne Einschränkung.«

»Was genau?«

»Was Ihnen in den Sinn kommt. Normalerweise bemühen wir uns, in einer Konversation den roten Faden zu behalten, nicht vom Hundertsten ins Tausendste zu kommen, störende Nebengedanken oder Einfälle abzuweisen. Nicht so hier. Stellen Sie sich vor, Sie sitzen in einem Zugabteil am Fenster und beschreiben alles, was an Ihnen vorüberzieht. Genauso beschreiben Sie, was *in* Ihnen vorüberzieht.«

Grenfeld zögerte. Der Mann hatte Nerven. Zum einen dachte er an so viel, dass er sich nicht entscheiden konnte, wo er beginnen sollte. Zum anderen war es ihm peinlich, alles auszuplaudern, was ihn beschäftigte. Dann schloss er die Augen und die Bilder vor seinem geistigen Auge reihten sich aneinander wie bunte Perlen an einer Kette, deren Ende im Dunkeln lag. Zu seiner Überraschung tauchte sofort das Rasthaus Waldburg auf. Sie hatten schon geschlossen und er stand völlig durchnässt vor der Türe. Sie brachten ihm ein Handtuch und ein trockenes Hemd, servierten geräucherten Fisch, Kartoffeln, Butter und Wein. Die Kinder standen um ihn herum und sahen neugierig zu, wie er sich umzog. Schließlich wurde zu seiner Verwunderung ein Abendgebet gesprochen. Bis Mitternacht saß er in der Wirtsstube und während draußen der Regen gegen die Fenster trommelte, hörte er den Geschichten eines Mannes zu, der vor zweiundzwanzig Jahren dieses Wirtshaus aufgebaut hatte. Es lag Frieden in dieser Stube und er wollte, dass dieser Abend nie zu Ende ging. »Lassen Sie die Kinder in den nächsten Tagen nicht nach draußen!«, hörte er sich dann sagen, wunderte sich noch, wie blechern seine Stimme klang, als er wie beiläufig von dem Mord an dem sechzehnjährigen Mädchen ganze fünfhundert Meter entfernt berichtete. Und er sah in den Augen dieser Wirtsleute Angst einsickern, wie schwarze Tinte eines umgefallenen Tintenfasses auf einer weißen Tischdecke. Konnte er nicht einmal seine Leichen draußen vor der Tür belassen?

Nachdem er sich verabschiedet hatte, sah er die Kinder oben im Turm ihre Nasen an das Rundbogenfenster drücken. Die Gesichtsfarbe der Frau war blass geworden.

»Erzählen Sie ruhig weiter«, hörte er jetzt die Stimme Dr. Löhns und wunderte sich, diese Erinnerungen tatsächlich laut ausgesprochen zu haben. Dann schloss er wieder die Augen und dachte an die Straßenfegerkolonnen, die im Sommer an der Wasserpumpe ihre Besen reinigten und die Schulkinder mit Wasser bespritzten. Er hörte die jauchzend empörten Schreie der Kinder und beneidete beide Gruppen, wie einfach doch das Leben sein konnte. Dann sah er Lichter unter Wasser, das Tauchen, nachts in der Sachseschen Flussbadeanstalt und wie Helen ihm unter Wasser mit ihrer Lampe Worte signalisierte. Als Schüler in der Spree, es war verboten und darum so reizvoll, sah er sich an einem anliegenden Kahn hinunterklettern und durch den Fluss kraulen, nur knapp an den Dampfern vorbei, anschließend mit nasser Hose auf den warmen Steinstufen, die Frachtkähne mit Holz, Kohle, Sand und Kies beobachten.

Grenfeld verstummte. Er drehte sich um und sah Dr. Löhns ins Gesicht. »Das ist ja ein tolles Durcheinander. Können Sie mir das erklären?«

»Haben Sie Geduld mit sich. Es ist, wie ich es Ihnen gesagt habe, die unteren Schichten kommen nach oben. Erzählen Sie mir von Ihrem letzten Albtraum.«

13

30. Oktober 1925, 21 Uhr,
Neubabelsberg, Freigelände

So viel hätte Grenfeld gar nicht trinken können, um derart benommen Auto zu fahren, wie er es nach seiner ersten Stunde bei Dr. Löhns tat. Zuerst wäre er fast in einen Milchwagen der Meierei Bolle gefahren, dann hätte er beinahe einen stehenden Bus gerammt. Er war froh, heil vor dem Pförtnerhaus der UFA in Babelsberg angekommen zu sein. Als er sich dem Drehort der Überschwemmungsszene näherte, dachte er für einen Moment, er befände sich mitten in seinem Traum. Im Hintergrund, von hellen Scheinwerfern bestrahlt, die grauen Hochhauskulissen der Unterstadt von Metropolis, davor das Wasserbassin mit Hunderten von lärmenden Kindern. Auf einer Steganlage vor dem Gong Brigitte Helm als Maria, daneben Fritz Lang, der ihr mit ausgestreckten Armen ein letztes Mal demonstrierte, wie sie die Kinder aus den Fluten retten sollte. Ein unwirkliches Bild umrahmt von den dichten Nebelschwaden auf dem Gelände, die im Scheinwerferlicht grell weiß leuchteten. Heinrich Ziller wanderte unruhig am Beckenrand entlang, offenbar auf ein Signal wartend. Grenfeld ging ganz nah an den Rand des leeren Bassins. Ihm wurde schwindlig, sodass er sich auf den Beckenrand setzen musste. Bald würden die Wassermassen, wie im Drehbuch beschrieben, den Platz mitsamt den Kindern in Sekundenschnelle überspült haben. Er sah die Rippen der unterernährten Berliner Straßenkinder, die Füßchen hin und her wippend, ungeduldig, frierend. An die vierzig

Mal hatten sie in den letzten Wochen diese Szene geprobt. Am Anfang war das Wasser noch angewärmt worden, später blieb es eiskalt. An das Ölgemälde im Behandlungszimmer dachte er jetzt, an die vier Badenden, dann an seinen Traum, an die Wasserfluten, die einstürzenden Mauern und schließlich sah er die Leichen vor sich, wie sie im Uhrzeigersinn drehend, schnell vom Strudel des Abflussloches erfasst, unbarmherzig in die Tiefe gesogen wurden. Nur jetzt nicht ohnmächtig werden, dachte er, und mit einem Mal überfiel ihn eine unbestimmte Unruhe.

»Robert!« Mascha stand plötzlich neben ihm und starrte ihn an. »Was ist mit dir? Du bist ja kreidebleich! Warum kommst du so spät?«

»Wieso spät?«, stammelte Grenfeld und sah die Leichen im Wasser treiben.

»Wir waren hier um 19 Uhr verabredet. Schon vergessen? Hör zu, ich bin gestern noch einmal zur Gartenlaube gefahren und habe sie auf den Kopf gestellt.«

»Wie bitte? Du alleine?«

»Stell dir vor, ich habe den zweiten Teil des Manuskripts gefunden. Weitere hundert Seiten. Es ist wirklich fantastisch.«

Grenfeld konnte sich beim besten Willen nicht auf Mascha konzentrieren und sah durch sie hindurch. Jetzt hörte er die Stimme von Fritz Lang. »Noch drei Minuten bis zur Aufnahme. Alle Kinder sammeln sich vor dem Gong!«

»Was ist mit den Kindern?«, fragte Grenfeld laut.

»Was meinst du?«

»Die Kinder, was geschieht mit ihnen in der Überschwemmungsszene? In diesem zweiten Teil, was steht da?«

»Da gibt es keine Überschwemmung.«

»Sondern?« Grenfeld schrie nun.

»Ein Feuerinferno. Die Unterstadt von Metropolis brennt bis auf die Grundmauern nieder und viele kommen darin um!«

Für einen kurzen Moment konnte sich Grenfeld beruhigen, dann sah er Heinrich Ziller. Irgendetwas stimmte mit ihm nicht. Er sah verwirrt aus, beugte sich immer wieder über den Beckenrand. Grenfeld stand auf und rannte zu ihm hinüber.

»Noch zwei Minuten. Achtung, Aufnahme!«

»Heinrich, was ist los? Alles in Ordnung?«

»Ich weiß nicht, irgendetwas ist hier faul, Herr Kommissar! Ich kann beschwören, dass ich die unteren Ventile gestern Abend kontrolliert habe. Alle waren verschlossen.«

»Robert?« Mascha war ihm gefolgt.

»Ja, und? Was bedeutet das? Wenn die Ventile offen sind, meine ich?«

»Das ganze Wasser kommt auf einmal, zu schnell!«

»Ist das gefährlich?«

»Na ja, die Kinder würden …«

Mascha packte Grenfeld an der Schulter und flüsterte ihm ins Ohr: »Robert! Hier riecht es so seltsam … nach Öl oder Benzin.«

Für den Bruchteil einer Sekunde sah er Dr. Löhns, wie er mit übereinandergeschlagenen Beinen ausdruckslos in seinen Notizblock schrieb, während er von seinem Traum erzählte, dann sprang er hinunter ins Becken und rannte zum Gong.

»Kein Wasser! Aufhören! Sofort aufhören!« Er hatte das Gefühl, als ob seine Stimme im schrillen Ton der Sirene und im Geschrei der Kinder unterging. Mit einer unbändigen Wucht schoss jetzt das Wasser aus dem Boden und schleuderte die präparierten Asbeststücke wie Geschosse in alle

Richtungen. Der Asphaltboden brach in Sekundenschnelle auf wie zerberstendes Eis. »Verdammt, Heinrich …«, brüllte er, dann stolperte er über einen Brocken und fiel hin. Jetzt konnte er den Kerosingeruch ganz deutlich wahrnehmen. Er sah die Füßchen der Kinder, wie sie im aufspritzenden Wasser angerannt kamen, hörte irgendwen ins Megafon brüllen und spürte, wie jemand ihm aufhalf.

»Aus dem Becken! Sofort raus, Kinder!«, hörte er Mascha von hinten, doch auch ihre Stimme ging erbarmungslos im Getöse unter. Dann griff er ins Sakko und zog seine Pistole hervor, zielte auf die großen Aggregate der Quecksilberdampfleuchten und schoss. Die Glasröhren zerbarsten mit einem ohrenbetäubenden Knall und während eine große schwarze Rußwolke nach oben stieg, rieselten Tausende Funken wie in einem Feuerwerk zu Boden. Jetzt erst sah er mit Befriedigung, wie die Menge auseinanderstob, die ersten Kinder auf die Stege kletterten. Er schoss nochmals, immer wieder, durch das Wasser kräftig nach vorn watend. Die Kinder flüchteten vor ihm. Er sah die Angst in ihren Augen und das tat so gut. »Ja, haut ab«, flüsterte er, »bringt euch in Sicherheit.« Dann sah er die brennende Tonne, auf der asphaltierten Bahn zwischen den Hochhäusern auf das Becken zurollen. Das also war ihr Plan. Grenfeld sah nach rechts. An den Gerüsten hingen Trauben von Kindern, die es geschafft hatten. Er drückte noch einmal den Abzug seiner Pistole, doch das Magazin war leer. Irgendeine Gestalt näherte sich ihm von hinten, und während er sich ruckartig umdrehte, sah er etwas Dunkles auf seinen Kopf zurasen, kurz darauf hörte er ein Knacken, ihm wurde schwarz vor Augen und er ging zu Boden.

31. Oktober 1925, 20 Uhr,
Bohnsdorf, Erholungsheim Hedwigshöhe

Vorsichtig öffnete er die Augen, doch was er da sah, gefiel ihm ganz und gar nicht. Seine Kollegen Kanther, Hellriegel und Tiefenbacher standen um ihn herum. Vielleicht konnte er seine Augen so lange geschlossen halten, bis sie abgezogen wurden, aber er wusste, wie sinnlos dieser Wunsch war. Sie würden bleiben. Er hatte einen trockenen Mund und pochende Kopfschmerzen.

»Geht nach Hause, Kinder. Der schläft schon den ganzen Tag. Das kann dauern. Löst mich morgen früh ab und gut ist es. Na, macht schon.« Kanther musste bemerkt haben, dass Grenfeld langsam wach wurde. Nach einem kurzen Gemurmel von Verabschiedungen hörte Robert, wie die Türe ins Schloss fiel, und war mit seinem ehemaligen Kollegen allein.

»Bemüh dich erst gar nicht, ich weiß, dass du mich hörst.«

»Was ist mit den Kindern?«, fragte Grenfeld leise und versuchte vergeblich, sich aufzurichten.

»Soweit ich weiß, gab es nur ein paar Verletzungen im Gedränge beim Erklettern der Gerüste. Das ist aber schon alles.«

»Und wem habe ich das hier zu verdanken?«, Grenfeld zeigte auf seinen Kopfverband.

»Ein herbeigerufener Schupo dachte, du schießt auf die Kinder.«

»Habt ihr das Schwein?«

»Wen?«

»Na, wen wohl? Blume natürlich! Ihr wolltet uns einfach nicht glauben, nicht mal sein Drehbuch hat euch interessiert!«

»Blume war nicht vor Ort. Er hat ein Alibi.«

»Ein Alibi? Von wem denn?«

»Von uns höchstpersönlich. Wir haben ihn gestern Tag und Nacht im Präsidium verhört. Er kann unmöglich letzte Nacht das Kerosin in die Tanks gefüllt haben.«

»Und warum verhört? Ich dachte, ihr habt kein Interesse mehr an ihm. Der Fall sei abgeschlossen?«

»Entspann dich! Blume war es auf keinen Fall. Außerdem war der Anschlag dilettantisch ausgeführt. Unsere Leute glauben, das mit dem brennenden Becken hätte sowieso nicht funktioniert.«

Grenfeld richtete sich mühsam auf.

»Man macht sich allerdings Sorgen um *dich*«, sagte Kanther kühl.

»Um mich? Na, da bin ich aber gerührt, wer denn?«

»Ganz oben. Um deinen Geisteszustand, deine Trinkgewohnheiten, deine Alleingänge. Ich hab gehört, du bist bereits in ärztlicher Behandlung. Die Schießerei auf die Scheinwerfer. Das hätte leicht schiefgehen können. Kerosin im Wasser, da reicht ein Funke und …«

»Einspruch, Euer Ehren. Ich dachte, das sei alles nicht so gefährlich gewesen? Da müsst ihr euch schon entscheiden!« Grenfeld hatte ein- oder zweimal derartige Situationen erlebt und wusste, dass jede Argumentation sinnlos war. Man hatte offenbar beschlossen, ihn kaltzustellen. Er störte, warum auch immer. »Weiter!«, sagte Grenfeld gequält.

»Man ist der Meinung, du stellst eine wachsende Gefährdung dar und manche glauben … Kokain spielt dabei eine Rolle. Gerüchte nur, aber lieg ich da falsch?«

»Wie bitte? Wer behauptet denn so was?«

»Ich hatte heute Morgen die Anweisung, dich festzunehmen und zu verhören.«

»Nur zu, was hindert dich daran?«

»Du bist ein Held!« Kanther klappte die Berliner Morgenpost auf und las pathetisch mit lauter Stimme. »›Ehemaliger Kommissar rettet Hunderten von Film-Kindern das Leben im Feuerinferno. Was tut eigentlich unsere Polizei?‹« Er warf die Zeitung auf Grenfelds Bett. »Da ist noch etwas …«

»Ja?«

»Ich muss sagen, das hat mich sehr überrascht! Ausgerechnet der Moralapostel unter uns Kollegen!«

»Mein Gott, mach es nicht so spannend, Kanther!«

»Du hast neuerdings offenbar namhafte Freunde im Vorstand des großen Rings. Die haben für dich gebürgt und – sagen wir mal – einiges in die Waagschale geworfen.«

»Das ist doch Schwachsinn! Ich brauche keine Kriminellen, die für mich bürgen. Ich habe mit denen nichts zu tun, aber auch gar nichts!«

In diesem Moment klopfte es und Mascha betrat zögernd das Zimmer. Kanther lächelte säuerlich und hob die Augenbrauen: »Natürlich nicht, wie kommen wir nur darauf? Keinen Kontakt mehr zur Unterwelt. Dann noch gute Besserung, Robert.« An der Türe drehte er sich noch einmal um: »Letzte Warnung vom Dicken: Halt dich jetzt aus allem raus. Hau ab! Anderseits müssen wir dich aus dem Verkehr ziehen. Und das würde mir, nach all den Jahren, leidtun. Wirklich!«

Mascha kam mit einer Rose und mehreren Zeitungen auf ihn zu. Sie legte die Blume auf das Bett, gab ihm einen Kuss auf den Mund, betrachtete ihn schweigend und sagte dann feierlich: »Zum ersten Mal bist du nicht zu spät gekommen, Robert.«

»Mascha, kannst du mir mal verraten, wo ich hier bin?«

»Genesungsheim Hedwigshöhe in Bohnsdorf auf dem Buntzelberg. Im Trakt der alten Unternehmervilla – damit der feine Herr sich nicht umstellen muss.«

»Um Gottes willen, was soll ich denn hier?«

»Du hast nur eine Gehirnerschütterung, nichts Schlimmes. Sie wollten euch bei den Ordensschwestern von der Presse abschirmen.«

»Euch?«

»Heinrich Ziller. Er wird im Haupthaus behandelt. Den hat es wesentlich schlimmer erwischt – zumeist Brandverletzungen. Er hat sich in letzter Sekunde vor die brennende Tonne geworfen.«

»Davon hat mir Kanther nichts gesagt. Stattdessen wollte er mich festnehmen!«

»Ich weiß.«

»Hast du deine Leute vom Ring eingeschaltet?«

»Sagen wir so, die sind nicht ganz uninteressiert daran, dass der Fall endlich aufgeklärt wird. Die Presse beginnt schon wieder, die Ringvereine für alles verantwortlich zu machen.«

»Ich versteh überhaupt nichts mehr. Blume bekommt ein Alibi von meinen eigenen Leuten, obwohl er in seinem dümmlichen Drehbuch alles vorwegnimmt, und ich werde wie ein Krimineller behandelt. Kann mir das jemand erklären? Hat man denn denjenigen gefasst, der die brennende Tonne ins Rollen gebracht hat? Hat man überhaupt jemanden festgenommen?«

Mascha zuckte mit den Schultern. »Ich denke, du solltest dir überlegen, wem du vertraust … und für wen du ermittelst. Wenn du zwischen den Stühlen sitzt, wird dich in dieser Stadt niemand schützen.«

Grenfeld lachte höhnisch auf und stöhnte. »Vor wem soll ich denn geschützt werden? Ich besitze kein Juweliergeschäft, von dem eure ehrenwerten Mitglieder Schutzgelder erpressen könnten.«

»Jetzt hör mir bitte zu! Wer auch immer die Dreharbeiten sabotiert, dem haben wir vorerst einen Strich durch die Rechnung gemacht. Ich glaube nicht, dass der oder die das hinnehmen!«

»Und was ist deine Rolle in diesem Spiel, wenn ich fragen darf?«

»Dafür ist es noch zu früh, Robert.«

Grenfeld schloss die Augen und sah plötzlich das Ölbild mit den Badenden. Mascha hatte recht, zum ersten Mal war er nicht zu spät gekommen und allein das war es wert, für einige Zeit den Sündenbock für seine ehemaligen Kollegen zu spielen.

14

**2. November 1925, 14 Uhr,
Grunewald, Wallotstraße**

Hermann von Sternberg atmete tief die frische Herbstluft ein und betrachtete voll innerer Genugtuung die stattlichen Villen entlang der Wallotstraße, von denen er die meisten Bewohner persönlich kannte oder gekannt hatte. Jede Woche machte er es sich zur Aufgabe, die Bewohner der Villen vor seinem geistigen Auge erscheinen zu lassen. Den Spaziergang von seinem Haus bis zum Bahnhof Grunewald ließ er sich bei keinem Wetter nehmen, seit sein Arzt ihm regelmäßige Bewegung verordnet hatte, weil er immer wieder über ein Stechen in der Brust geklagt hatte. Doch heute hatte er sich vorgenommen, vor der außerordentlichen Aufsichtsratsbesprechung im Polizeipräsidium vorbeizusehen. Nach dem Artikel in der Berliner Morgenpost über den Feueranschlag wollte er Robert besuchen, allerdings hatte ihm niemand am Telefon verraten, in welchem Krankenhaus er untergebracht war. Vor dem Haus mit der Nummer zehn blieb er kurz stehen und betrachtete die eleganten Rundgiebel. Hier wohnte Oskar Grün mit seiner Familie, den er als Besitzer des Eisenhüttenwerkes in Schöneweide dann und wann beraten hatte. Vor fünfzehn Jahren stand das Haus zum Verkauf, doch damals hatte er gezögert und war zu spät gekommen. Das Nachbargebäude Nummer zwölf war vom selben Architekten erbaut worden, erinnerte ihn aber in seiner Wuchtigkeit an sein eigenes Heim, das ihm heute ein wenig zu monumental vorkam. Den ganzen Vormittag hatte er sich mit den Finanzen der UFA herumgeschlagen, einer Angelegenheit, die ihm mehr Kraft und Zeit abverlangte, als er es sich je hätte vorstellen können. Die Zahlen sahen einfach beängstigend aus und bisher wollte das niemand in seiner ganzen Bedeutung zur Kenntnis nehmen, wie überhaupt das Filmgeschäft nach Regeln ablief, die ihm trotz seiner langjährigen Erfahrung ein Rätsel blieben. Warum um alles in der Welt redete niemand mit Fritz Lang Tacheles? Der gesamte Vorstand war nicht in der Lage, diesem Mann Ausgabendisziplin beizubringen, ein Zustand, den er in seiner Bank niemals geduldet hatte. Stattdessen sollte nun ausgerechnet ein entschlussfreudiger Mann geopfert werden, dem Hermann als Einzigem zutraute, den deutschen Film langfristig konkurrenzfähig zu machen: Erich Pommer. Niemals würde er befürworten, dass Pommer zum Sündenbock gemacht werden würde. Genauso wenig wie diesen Totalausverkauf der UFA an die Amerikaner, den sie der Öffentlichkeit als genialen Schachzug unterjubeln würden. Heinrich blieb kurz vor Hausnummer neunzehn, der einstigen Villa des Vizepräsidenten des Amts- und Landgerichts Moabit, Dr. Linde, stehen, und versuchte sich abzulenken, indem er sich an den aktuellen Besitzer erinnerte. Dann ging er zügig weiter, vorbei an der weißen Villa am Ende der Wallotstraße und wunderte sich über den schwarzen Wagen mit laufendem Motor, in dem zwei Männer mit Lederkappe saßen und ihm nachsahen. Er bog rechts in die Erdener Straße ein und blickte wie immer zu jenem Platz in der Koenigsallee, wo Walther Rathenau vor drei Jahren erschossen worden war, und wie immer begann in seinem Kopf das Schmählied: ›Auch Rathenau, der Walther, erreicht kein hohes Alter, knallt ab den Walther Rathenau, die gottverfluchte …‹

Abrupt beschleunigte er seinen Gang, als wollte er dieses Mal den Hasstiraden entkommen, doch das letzte Wort – ›Judensau‹ – holte ihn mit einer gewaltigen Wucht wieder ein. Gerade als er die Erbacher Straße überquerte, nahm er hinter sich ein Motorengeräusch wahr, das ihn offenbar schon seit Kurzem begleitete. Er lief zügig und hoffte, der Wagen würde überholen, doch nachdem dieser im Schritttempo hinter ihm herfuhr, blieb er stehen und drehte sich ruckartig um. Es war der schwarze Wagen, der ihm vor der weißen Villa aufgefallen war. Er hielt zunächst, fuhr jedoch augenblicklich weiter, nachdem Hermann die Straßenseite gewechselt hatte und mit schnellen Schritten weiterging. Er war nicht nur irritiert, sondern verspürte sofort Angst. Instinktiv hatte er die Straßenseite gewechselt, um schnell zum Haus Nummer acht zu kommen, wo der Verleger Samuel Fischer wohnte. Regelmäßig waren sie sich bei ihren Spaziergängen durch das Viertel begegnet. Er musste jetzt Mitte sechzig sein, so wie er selbst.

»Herr von Sternberg?«

Die Stimme hinter ihm klang von Anfang an unsympathisch, und Hermann drehte sich nur widerwillig um. Zum Haus Nummer acht waren es noch dreißig Meter. In diesem Moment bremste der schwarze Wagen rechts von ihm, der Fahrer stieg aus und sprang auf ihn zu.

»Was wollen Sie? Ich habe es eilig«, sagte Hermann mit gereizter Stimme und versuchte weiter zu gehen.

»Aber das ist doch kein Hinderungsgrund für einen kleinen Plausch unter Filmfreunden. Wir begleiten Sie einfach ein Stück des Weges. Wohin soll es denn gehen?«

Die zwei Männer nahmen ihn in die Mitte und schlossen sich seinem schnellen Tempo an. »Ein wenig langsamer, Herr von Sternberg, man könnte ja meinen, Sie sind auf der Flucht. Dabei wollen wir doch nur ein wenig über Ihre Tochter plaudern.«

»Meine Tochter?« Hermann blieb ruckartig stehen.

»Ja, genau«, sagte der Fahrer. »Wir machen uns ehrlich gesagt Sorgen um sie.«

»Sie scheint uns, wie sollen wir sagen, in falsche Kreise geraten zu sein, in Ascona«, fuhr der andere fort.

»Pazifisten, Nudisten und Anarchisten, die alle Moral hinter sich gelassen haben. Ich bitte Sie, das ist kein Umgang für eine junge Dame aus begütertem Hause.«

»Was reden Sie da? Was geht Sie meine Tochter an? Verschwinden Sie oder …«

»Schauen Sie, hier liegt offensichtlich ein Missverständnis vor. Wir verschwinden nicht einfach so, nur weil Sie das wollen. Wir sind nicht einer Ihrer kleinen Bankangestellten! Tatsächlich werden wir überhaupt nicht mehr verschwinden aus dieser Republik. Andere werden verschwinden, die gegen uns arbeiten.«

»Was auch völlig unbegründet wäre, denn wir wollen Ihre Tochter ja beschützen.«

»Gehen wir weiter, Herr von Sternberg. Sie möchten sicher zum Haus Nummer acht, nicht wahr?«

»Was wollen Sie von mir?«

»Jetzt hat er es verstanden. Ich habe es dir gesagt, Paul, dass hinter diesen Villen nicht nur Geld, sondern auch Einsicht zu finden ist.«

»Wir wollen Ihre – sagen wir – Überzeugungskraft.«

»Richtig, Einsicht und Überzeugungskraft, dort wo sie im Moment am nötigsten sind: Im Aufsichtsrat der UFA, beispielsweise.«

»Der UFA? Was haben Sie denn mit der UFA zu schaffen? Wer schickt Sie?«

»Sie meinen, was hat ein ungebildetes Pack wie wir mit der Welt des Films zu schaffen? Schauen Sie, auch das ist ein Irrtum. So, jetzt sind wir vor Hausnummer acht. Wir können gern davor pausieren ... oder sollen wir läuten? ... Samuel Fischer ... ein Freund von Ihnen?«

Hermann war verwirrt. Was sollte er tun? Klingeln? Um Hilfe rufen? Sie hatten ihn an seinem schwächsten Punkt getroffen und das wussten sie. Er dachte an Helen und ihre Begegnung mit diesem seltsamen Besucher.

»Ein Freund von Rathenau, nicht wahr? Hat ihm aber auch nicht viel genützt«, flüsterte der Fahrer ihm leise ins Ohr.

»Wem die Stunde geschlagen hat, der ist immer allein«, kicherte der andere und schob ihn weiter vorwärts.

»Ja, und warum war er allein? Weil er sich jedem Schutz widersetzt hat. Und da sind wir schon bei unserem Angebot. Ihrer Tochter stößt in dieser rauen Umgebung nichts zu und Sie befürworten die Verträge mit den Amerikanern und den Rausschmiss Pommers.«

»Da haben Sie den Falschen erwischt. Ich habe nur beratende Funktion, bin weder stimmberechtigt noch sitze ich im Vorstand!«

»Links oder rechts?«, unterbrach dieser Paul, als sie die Trabener Straße erreicht hatten.

»Der Herr will sicher nach links zum Bahnhof. Schau, Paul, hier hast du ein Beispiel für die Art von Bescheidenheit, welche in solchen Kreisen anzutreffen ist. Da solltest du dir eine Scheibe von abschneiden. Paul prahlt nämlich damit, dass er einen Menschen mit einer Hand erwürgen kann. Doch zurück zum Geschäft. Ja, Sie sind ein alter Mann, und gerade deshalb wissen Sie so gut wie wir, dass die richtigen Beziehungen mehr Wert sind als Argumente. Geld hört eben auf Geld. Glauben Sie, wir könnten mit dem Direktor der Deutschen Bank im Restaurant Horcher zu Abend essen, oder, wie sagt man in Ihren Kreisen, dinieren? Noch nicht. Sie aber schon. Jetzt noch!«

Das Geräusch eines vorbeifahrenden Zuges riss Hermann mit einem Mal aus seiner Passivität. Bei der Polizei würde man ihn fragen, wie die beiden ausgesehen haben. Er musste handeln, die Oberhand gewinnen, herausfinden, wer hinter den beiden steckte.

»Dann sagen Sie mir wenigstens, warum ich für den Verkauf sein soll? Wer sollte davon profitieren? Wenn Sie schon so viel wissen, dann sicher auch, dass dies das Ende der UFA wäre, ein Irrsinn, der Ausverkauf des deutschen Films. Wer auch immer Sie geschickt hat, davon wird niemand profitieren!«

»Bla, bla, bla, jetzt haben wir aber genug geredet. Das war überhaupt das Problem, dass in der Heimat alle nur gequasselt haben, während die Soldaten draußen verreckten. Maul halten und weitermachen, war die Devise und … Herr von Sternberg, denken Sie daran, wir *sind* im Krieg. Und noch etwas: Sollten Sie die Polizei mit hineinziehen wollen, können Sie Ihre Tochter gleich als toten Silberfisch aus dem Lago Maggiore bergen.«

Die beiden Männer machten kehrt und gingen die Trabener Straße zurück, ohne sich noch einmal umzusehen. Hermann schwitzte, zitterte und umfasste mit beiden Händen das kunstvoll geschmiedete Eisentor einer Landhausvilla. Eine ockergelbe Wolke von Scham legte sich über ihn. Er hätte sich wehren müssen, er hätte schreien müssen, er erkannte sich selbst nicht wieder. Erst jetzt wurde ihm bewusst, wo er sich befand, Hausnummer sechzehn, die einstige Tanzschule von Isodora Duncan. Auch sie war schon auf diesem Berg in Ascona gewesen, dachte er und sah Helen vor sich. Und auf einmal sickerte ein neuer, ein ungeheurer Gedanke in seinen alten Schädel, dass möglicherweise all die jungen Spinner, wie er sie immer genannt hatte, die auf diesem Berg was auch immer suchten, angesichts dieser Verrohung die bessere Wahl getroffen hatten.

15

3. November 1925, 16 Uhr,
Bohnsdorf, Erholungsheim Hedwigshöhe

›Der soziologische Horizont der meisten Menschen ist klein wie der Boden einer Konservenbüchse.‹ Grenfeld musste laut auflachen, als er diesen Satz in der Sonntagsbeilage seiner Zeitung las. Er hatte eigentlich vorgehabt, so bald wie möglich seine Konservenbüchse, das Krankenzimmer, zu verlassen. Vielleicht war es diese vollkommene Stille, die er hier fand, vielleicht aber auch das überraschend freundlich zurückhaltende Wesen dieser Ordensschwestern, die Grenfeld dazu bewogen, seine Entlassung immer wieder zu verschieben. Zudem hatte er keine Ahnung, was geschehen würde, wenn er den Schutzmann passierte, der vor seinem Zimmer, zu welchem Zweck auch immer, auf und ab ging. Bei jedem Toilettengang grüßte dieser unbeholfen mit »Herr Oberkommissar«, nahm trotz Kriegsverletzung eine stramme militärische Haltung an und sah bald verlegen auf die Bodenfliesen. Heute würde Grenfeld ihm ein Stück Kuchen vorbeibringen, was ihn noch mehr in Verlegenheit bringen dürfte. Mit ausgeliehenen Pantoffeln schlurfte er zum Rundbogenfenster der einstigen Villa und sah lange auf die in einer Reihe gebauten einfachen, aber farbenfrohen Genossenschaftshäuser der Gemeinschaftssiedlung hinunter. Zu was Menschen alles fähig sind, wenn sie zusammenhalten, dachte er. Dann griff er zum Manuskript von Wilhelm Blume, das Mascha ihm zur Lektüre überlassen hatte, und blätterte widerwillig durch die eng beschriebenen Seiten. Teil zwei endete auf Seite hundertsiebzig, kurz nach Beschreibung dieses Feuerinfernos, welches die halbe Stadt von Metropolis vernichtete. Einen dritten Teil hatte Mascha in der Gartenlaube nicht gefunden. Hatten ihn die Kollegen mittlerweile aufgestöbert? Oder befand er sich noch im Geist dieses kranken, einsamen Mörders, der so gerne ein berühmter Schriftsteller geworden wäre? Grenfeld begann lustlos auf irgendeiner Seite zu lesen, wurde allerdings schnell in die fantastisch absurde Welt von Blume hineingesogen. Die Bewohner von Metropolis, Reiche wie Arbeiter, lebten unter einer Art Glaskuppel, deren Ausgang eines Nachts von Maria entdeckt wurde. Außerhalb dieser Kuppel waren die Lebensbedingungen weit besser als innerhalb, doch sowohl Ausbeuter als auch Ausgebeutete leugneten die Existenz einer Welt außerhalb der Kuppel. Ein Geheimbund, deren einziger Zweck darin lag, die Macht in der Kuppel zu übernehmen, fürchtete die Entdeckung dieser Freiheit und entschied, diese Maria zu beseitigen. Mord, Terror und Anschläge sollten Reiche wie Arme schwächen, in einen gegenseitigen Vernichtungskrieg verwickeln und schließlich beide willig in die Arme dieser neuen, ordnenden Kraft treiben.

Nach einer Weile legte er das Drehbuch auf die Seite und studierte nachdenklich das Muster der Stuckverzierungen an der Decke. Für einen Moment widerstand er dem Impuls, dieses fantastische Geschreibsel vom Bett aus in den Papierkorb zu werfen. Auf der anderen Seite: War nicht *Metropolis* selbst ein einziges kitschiges, absurdes Märchen? Ein okkulter Erfinder namens Rotwang, der in seinem Laboratorium ein Duplikat der guten Maria schafft, eine Liebesgeschichte zwischen dem Sohn des Diktators und der armen, unschuldigen Maria. Der einzige Unterschied bestand darin, dass Blume nicht Thea von Harbou war und weder mit Fritz Lang verheiratet noch mit Erich Pommer befreundet war. Blumes Unsinn würde wohl niemals in die Annalen der Filmgeschichte eingehen.

Er musste eingeschlafen sein, denn sowie er die Augen öffnete, war es in seinem Zimmer düster geworden. Das Manuskript war auf den Boden gefallen, doch als er es aufheben wollte, erkannte er die Umrisse einer Gestalt am Fenster.

»Ich wollte dich nicht wecken, Robert«, sagte die Gestalt mit gedämpfter Stimme. »Du hast so tief und fest geschlafen … und ich musste nachdenken.«

»Hermann! Was machst denn du hier?«

»Ich brauche deinen Rat, vor allem als Kriminalist. Ich bin an einen Punkt angekommen, wo ich nicht mehr weiterweiß, und das kam in den letzten Jahrzehnten, trotz Krieg und Inflation, nicht oft vor. Das kannst du mir glauben.«

»Gibt es Neuigkeiten?«

»Na ja, wie man es nimmt. Man hat mir auf offener Straße gedroht, am helllichten Tag!«

Grenfeld schaltete die Lampe ein. Hermanns Gesicht wirkte müde und fahl. Die Souveränität des alten Mannes war mit einem Mal verschwunden.

»Dann dachte ich, gehst du zu deinem Schwiegersohn ins Präsidium, der ist schließlich Kommissar, und da erzählte mir dieser berühmte Gennat, du bist schon im Januar aus dem Dienst ausgeschieden.«

»Lass dir alles erklären, Hermann …«

»Lass gut sein, Robert. Du wirst deine Gründe haben. Aber gerade jetzt hätte ich jemanden im Präsidium gebraucht, dem ich trauen kann.«

»Was ist passiert?«

»Wenn ich mich in den nächsten Wochen gegen den Hinauswurf Pommers und gegen die Verträge mit den Amerikanern ausspreche, wird man meine Tochter Helen nicht mehr ›beschützen‹, was immer das heißt.«

»Wie bitte? Wo ist Helen?«

»Sie ist schon längst wieder in Paris. Sie soll bei Freunden von uns in der Schweiz untertauchen, sicherheitshalber. Ich hatte sie angefleht, gleich gestern abzureisen, aber sie bestand partout darauf, noch die Revue einer Josephine Baker zu besuchen. Ich erwarte heute Nacht ihren Anruf und habe ihr geraten, Weihnachten nicht nach Berlin zu kommen.«

»Hast du mit Gennat gesprochen?«

»Robert! Du musst mir etwas versprechen. Erzähle keinem Menschen davon. Niemandem. Auch nicht deinen Kollegen. Soweit ich diese Leute einschätzen kann, sind sie zu allem fähig. Weißt du noch – dieser seltsame Besucher bei Helens Tante in Ascona? Meine anonymen Berichte? Das ist alles kein Zufall!«

Grenfeld stand auf und ging zum Fenster. »Hermann, das ist alles eine Nummer zu groß für uns. Wir müssen Gennat einschalten. Er ist im Moment nicht gut auf mich zu sprechen, aber ich kenne ihn nun zwanzig Jahre, ich vertraue ihm.«

Im Zimmer war es still geworden. Die Nachttischlampe konnte das Zimmer nur spärlich beleuchten.

»Ich fahre zu Helen. Ich kann sie jetzt nicht allein lassen!«

»Um Gottes willen, Robert, ich brauche dich hier. Würde mich nicht wundern, wenn man dich beschattet.«

»Sind das die neuen Methoden eures Vorstands?«

»Nein, völlig ausgeschlossen. Auf Vorstandsebene wird mit harten Bandagen gekämpft. Es werden Tatsachen verheimlicht, Zahlen manipuliert, Bilanzen schöngefärbt, um Posten geschachert, aber solche Typen … nein, ausgeschlossen. Das traue ich keinem Mitglied zu, weder einem im Aufsichtsrat noch einem im Vorstand.«

»Das Ausland?«

Hermann winkte müde ab. »Die UFA ist so gut wie pleite. Derartige Risiken einzugehen, wäre völlig überflüssig. Es wird wohl oder übel auf einen Ausverkauf hinauslaufen. Da geht es nur noch um vertragliche Details.«

»An wen denkst du dann?«

»Politisierte Wirrköpfe, Geheimbünde, die Geister der letzten Jahre eben ... da gehören diese Gestalten hin. Aber die Zielrichtung ergibt keinen Sinn. Ob völkisch national, rot oder anarchistisch – die Demontage der UFA mit gleichzeitigem Ausverkauf der Reste an den kapitalistischen Westen. Das steht in keinem Parteiprogramm. Was liest du da übrigens?«

»Blume.«

»Wie bitte?«

»Mein Hauptverdächtiger: Komparse, Schriftsteller, Einzelgänger, Mörder, todkrank, protegiert durch die Polizei ... schreibt an einem, wie er meint, besseren Drehbuch von *Metropolis*. In seinem Geschreibsel geht es um einen Geheimbund, der *Metropolis* durch Anschläge zermürben will.«

»Romane sind nicht meine Welt. Ich habe schon immer lieber Börsenberichte studiert. Hör mir gut zu. Hier ist der Schlüssel für mein Schließfach im Bahnhof Friedrichstraße. Dort werde ich die Ergebnisse meiner Revision deponieren. Sollte mir etwas zustoßen und Helen ist in Sicherheit, dann veröffentliche alles. Hast du mich verstanden?«

Plötzlich klopfte es an der Tür und Mascha trat ein.

»Was wirst du jetzt tun, Hermann? Ich meine in den Gremien?«

Hermann blickte auf Mascha und Grenfeld sah, dass er zögerte. »Ich hätte große Lust, an die Öffentlichkeit zu gehen. Die ganze Erpressung – alles an den Kiosk! Ich warte nur noch, bis Helen in Sicherheit ist. Was diese Minderbemittelten nicht wissen: Ich habe mit meinem Leben längst abgeschlossen. Ich bin bereit zu gehen, aber dann nehme ich so viele wie möglich von diesen Spinnern mit. Die werden sich noch wundern, wie gefährlich ein alter Mann werden kann, wenn er nichts mehr zu verlieren hat!«

Grenfeld sah Mascha an und sagte: »Schluss mit dem Krankenbett. Ich will nach Hause. Begleitest du mich?«

»Kein schlechter Zeitpunkt. Der Kollege da draußen weilt gerade im Land der Träume und ich bin mit deinem Wagen da. Vergiss das Manuskript nicht.«

»Dann los!«

3. November 1925, 19 Uhr, Aschingers Bierquelle, Friedrichstraße 79A

Auch wenn es einen Umweg bedeutete, Grenfeld wollte unbedingt wieder das Herz der Stadt spüren, einmal die Friedrichstraße hinauf- und wieder hinunterfahren. Nach Tagen im Krankenzimmer das pulsierende Leben in sich einsaugen: blinkende Leuchtreklame, turbulenter Verkehr, ein nie enden wollender Strom von vergnügungssüchtigen Passanten. Ecke Mohrenstraße, vorbei am hell erleuchteten Kaffeehaus Imperator Diele, vorbei am Grand Café National, Ecke Jägerstraße. Erst auf Höhe der Georgenstraße, vor dem Eckhaus mit dem weiß-blauen Karomuster des Restaurants Aschinger, bremste er scharf, denn ein kolossales Hungergefühl bemächtigte sich beider. Mit Hochgenuss aßen sie Löffelerbsen, heißen Speck, Bierwurst und Kartoffelsalat, grinsten sich an, und, als hätten sie eine Vereinbarung getroffen, verloren sie keine einzige Silbe über die Vorkommnisse der letzten Wochen. Der Kellner musste den Brotkorb drei Mal nachfüllen und kam kaum mit der Bierbestellung hinterher. Es müsste ewig so weitergehen, dachte Grenfeld, Mord und Anschlag, Erpressung und Intrige sollen hinter Bierdunst, Zigarrenqualm und Bratwurstdampf bis zur Unkenntlichkeit verblassen und dann in einer großen Terrine voll Erbsensuppe versinken! Und Mascha, mit ihrem senfverschmiertem Schmollmund, deren Hand unentwegt zum Brotkorb greift, soll nie wieder aufhören zu grinsen.

Noch auf der gemeinsamen Fahrt nach Hause hegte er die leichtsinnige Hoffnung, diesen seligen Zustand des Vergessens in die Douglasstraße hinüberzuretten. Doch es kam alles anders. Der Fall lauerte direkt vor seiner Haustüre. Dort war ein riesiges Blumenbukett mit einer meterlangen Stoffbahn abgelegt, auf der hundert Filmkinder ihre Namen geschrieben hatten. ›Mit Dank an den Herrn Kommissar für unsere Lebensrettung!‹, stand darunter. Grenfeld war sprachlos und tief berührt. Als sie jedoch die Türe aufsperrten und ins Wohnzimmer gingen, konnte der Kontrast nicht größer ausfallen. Das Glasfenster zum Garten war eingeschlagen, Bücherregale umgeschmissen, jedes einzelne Buch zerfleddert, Seiten herausgerissen, das Sofa aufgeschlitzt. Im ersten Stock sah es noch schlimmer aus. Helens Arbeitszimmer war verwüstet, im Schlafzimmer waren die Matratzen durchstochen. Papiere, Unterlagen, Zeitschriften – alles türmte sich in wildem Durcheinander auf den Gängen.

Robert und Mascha sahen sich sprachlos an. Das warme Aschinger-Gefühl war mit einem Schlag verpufft und machte einer stahlgrauen Nüchternheit Platz.

»Das Manuskript«, sagte sie bestimmt. »Blume wollte es sich zurückholen. Ich bin mir sicher, er hat nur dieses Exemplar und daran hängt doch sein Leben.«

Wie von Sinnen packte er Mascha am Handgelenk und zog sie mit den Worten »Jetzt reicht es!« die Treppe hinunter hinaus zum Wagen.

»Nicht wieder in die Rehberge, bitte!«, rief Mascha, doch sie kannte Grenfeld zu gut, um zu wissen, dass er sie längst nicht mehr hörte.

»Als ob du in den Rehbergen wohnst, Freundchen«, flüsterte er leise vor sich hin. »Du hast noch nie in einer Gartenlaube gehaust. Alles Theater! Ich hätte es wissen müssen.«

3. November 1925, 21 Uhr,
Hotel Adlon, Unter den Linden 1

Mascha war alarmiert. Sie kannte ihn gut genug, um zu wissen, dass in seinem Zustand alles möglich war. Man war in sein letztes Reservat eingedrungen und das war ihm heilig. Die rasante Fahrt war das eine, doch als er währenddessen unter seinem Fahrersitz eine Waffe hervorholte, bekam sie Angst. Er hielt direkt vor dem Adlon, wartete nicht, bis der Page die Tür öffnete, sondern eilte zur Rezeption und knallte seine Polizeimarke auf die blank polierte Mahagonioberfläche des Empfangs.

»Grenfeld, Kriminalpolizei, ist in der letzten Zeit diese Person bei Ihnen abgestiegen?« Er zeigte dem verdutzten Portier das zerknitterte Foto. »Der Mann ist mittlerweile einige Jahre älter. Er sieht krank aus, abgemagert und er hinkt etwas«, fügte Robert ungeduldig hinzu, als der Portier nicht sofort reagierte.

»Würden Sie bitte nach hinten kommen in das Personalbüro. Ich möchte gern unseren Empfangschef konsultieren.«

»Wozu? Verraten Sie mir einfach, ob dieser Mann hier abgestiegen ist. Ja oder nein. Das kann doch nicht so schwer sein?«

Der Portier setzte eine leidende Mine auf, als hätte ihn Grenfeld gerade körperlich attackiert, und deutete mit einer flehenden Handbewegung nach hinten.

Robert stöhnte und ging mit Mascha in das angrenzende Büro. Er wippte mit seinem Fuß und spielte unentwegt mit der Pistole unter seinem Mantel. Mascha war froh, als der Empfangschef endlich auftauchte.

»Herr Kommissar, welche Freude, Sie nach so langer Zeit wieder einmal in unserem Haus begrüßen zu dürfen. Was ist denn mit Herrn Gennat? Haben Sie ihn in der Roten Burg gelassen? Und wen haben wir da? Weibliche Verstärkung? Endlich hat auch die Polizei die Zeichen der Zeit begriffen. Was kann ich für Sie tun?«

Als Grenfeld ihm das Foto zeigte, sah dieser fassungslos auf.

»Aber das ist doch dieser Wilhelm Blume, der hier im Haus einen Geldbriefträger erdrosselt hat. Im Dezember 1918 oder Januar 1919, wenn ich mich recht erinnere? Das waren Zeiten. Hatten damals nicht die Spartakisten Ihr Präsidium besetzt? Wissen Sie, ich war damals Portier und musste mit Herrn Gennat nach Dresden fahren, um den Mann zu identifizieren. Aber sitzt der nicht im Gefängnis? Sagen Sie mir nicht, dass die Bestie ausgebrochen ist und dann die Chuzpe besitzt, wieder in unserem Haus zu logieren!« Mittlerweile hatte der Portier ein dunkelrotes, in

Leder gebundenes Gästebuch auf den Schreibtisch gelegt und las mit lauter Stimme: »Zimmer 401, das Eck-Appartement im vierten Stock. Der Herr hat sich wirklich sehr verändert, aber wie der Herr Kommissar bemerkte, er sieht jetzt krank und abgemagert aus. Deswegen habe ich ihn auf diesem Foto nicht erkannt, obwohl er eine Zeit lang jeden Tag um fünf Uhr zum Tanztee erschienen ist.«

»Tanztee, soso!« Grenfeld schüttelte verärgert den Kopf. »Unter welchem Namen hat sich denn der Herr diesmal eingetragen? Als Baron Dostojewski?«

»Karl Sommerfeld.«

Grenfeld lachte schallend und sah Mascha an. »Als er im Hotel seinen dritten Mord begangen hatte, residierte er hier noch als ›Baron von Winterfeld‹. Was für eine Frechheit!«

»Wollen Sie denn ohne Verstärkung nach oben?«, fragte der Empfangschef besorgt.

»Keine Bange. Meine Kollegin kennt sich in solchen Kreisen ausgezeichnet aus und ist mir im Gebrauch ihrer Waffe weit überlegen.«

Der Portier hüstelte verlegen und sah unsicher zwischen Grenfeld und seinem Chef hin und her. »Da ist noch etwas, Herr Kommissar, was ich nicht ganz verstehe. Die Rechnung für das Appartement 401 geht – nun ja – direkt an das Polizeipräsidium, Abteilung I A.«

In Grenfelds Kopf begann es zu arbeiten. Seit Mai dieses Jahres galt die I A offiziell als politische Abteilung des neuen Landeskriminalpolizeiamts.

»Ich würde dann doch gerne Herrn Adlon hinzuziehen, die Angelegenheit …«

Grenfeld ließ den verdutzten Empfangschef stehen, lief zackigen Schrittes durch die monumentale Empfangshalle aus Marmor und sprang eilig, immer zwei Treppen auf einmal, nach oben. Mascha folgte ihm unsicher. Die Eleganz dieser Räume verschlug ihr die Sprache und wie betäubt hastete sie durch die Gänge, vorbei an irritierten Gästen, von denen es in dieser Umgebung keiner eilig zu haben schien. Sprachfetzen zahlreicher Nationen drangen an ihr Ohr, während sie kaum mit Grenfelds Tempo mithalten konnte. Maschas Angst schien begründet, denn als sie das Appartement mit der Nummer 401 erreichten, klopfte er zweimal, und nachdem Blume geöffnet hatte, schlug Robert ihm mit der Faust ins Gesicht. Blume stolperte rückwärts und fiel auf den Boden. Seine Nase fing sofort an zu bluten. Grenfeld öffnete die Balkontüre, und ehe Blume sich aufrichten konnte, schleppte er ihn auf den schmalen Balkon hinaus und schlug seinen Kopf gegen das Eisengitter.

»Verdammt, Robert«, kreischte Mascha, packte ihn an der Schulter und versuchte ihn wegzuziehen.

Grenfeld wehrte Mascha ab, zog seine Waffe und drückte sie Blume an die blutende Schläfe. »Du kommst nicht in das Gefängnis, oh nein! Das garantiere ich dir, denn deine Organe werden es bis dahin nicht schaffen, wenn du von diesem Stockwerk auf das Pflaster unten aufgeschlagen bist. Und jetzt rede! Erzähl mir alles, jeden kleinen Furz über diese ganze verdammte Babelsberg-Geschichte! Rede!«

Hilflos versuchte Blume, so gut es ging, das Blut abzuwischen, das mittlerweile über die Lippen direkt in seinen Mund lief. Mascha sah sich kurz in der komfortablen Suite um und entdeckte die Monica-Reiseschreibmaschine aus der Gartenlaube. Sofa, Tisch und Teppich waren mit beschriebenem Papier übersät.

»Mein werter Grenfeld, ich dachte«, begann Blume stockend und kaum hörbar, »damals in der Laube ... wir hatten doch eine Vereinbarung.«

»Du bist in mein Haus eingedrungen, Blume. Ich kann mich nicht erinnern, dass wir so etwas vereinbart haben!«

»Niemals! Das war ich nicht! Ehrenwort!«

Mit einem Ruck und ohne ein Wort der Ankündigung hob Grenfeld den dünnen Körper über die Brüstung, sodass die Füße in der Luft zappelten, der Oberkörper jedoch wie elastischer Gummi über dem Geländer hing. Mascha fing an zu schreien und zerrte an Grenfelds Sakko.

»Hier die neue Vereinbarung. Ich gebe dir zehn Sekunden. Solltest du bist dahin keine glaubhafte Beichte begonnen haben, lass ich einfach los. Schade um dein Manuskript. Fangen wir an: zehn ... neun ... acht.«

Blume röchelte und ruderte mit seinen dünnen Armen, sodass es den Anschein hatte, er könne jeden Augenblick das Gleichgewicht verlieren. »Ich sage alles, hör auf, du verdammter Idiot!«, schrie Blume mit letzter Kraft und seine Stimme hallte über den ganzen Pariser Platz.

Grenfeld ließ nach und Blumes Körper fiel wie ein entleerter Sack vor dem Balkongitter in sich zusammen. Benommen sah er auf Mascha, als erhoffte er von ihr ein Ende dieses bösen Traumes, dann mit angewiderter Miene auf Robert, der ihn nicht aus den Augen ließ.

»Ich frage mich«, flüsterte Blume mit ironischem Unterton, »ob ein ehemaliger Kommissar, also eine Zivilperson ohne Amt, überhaupt befugt ist, gegen mich mit einer derartigen Gewalt vorzugehen. Das Verhör bei Herrn Gennat hingegen, und das ist immerhin ein Kriminalrat ...«

Grenfeld hielt seine Pistole neben Blumes Schläfe und drückte ab. Der Schuss war ohrenbetäubend und hallte über den kompletten Vorplatz. Fast zeitgleich riss er Blume erneut nach oben, hob ihn wie ein Ringer über die Brüstung und begann laut von sieben abwärtszuzählen. Dann klopfte es an der Tür.

»Die Tür, sperr sie ab, Mascha, mach schon!« Sie war unschlüssig und drehte den Schlüssel dennoch um, worauf draußen vor der Tür laut gerufen wurde. Bei zwei wimmerte Blume plötzlich wie ein kleines Kind, worauf ihn Grenfeld erneut hinunterließ. Blume hustete und röchelte. »Verdammt, ich bin ein Spitzel … für euch … politische Abteilung … wenn ich enttarnt werde, wandere ich wieder in den Knast.«

»Ein Spitzel? Beweise!«, schrie Grenfeld. »Beweis es mir!«

»Die haben mir alles das hier bezahlt. Das Adlon könnte ich mir doch nie leisten. Die Rechnungen gehen direkt ans Präsidium. Das könnt ihr nachprüfen!«

Vor der Tür war Gepolter zu vernehmen.

»Und das Märchen von der Amnestie?«

»Wie du sagst, ein Märchen. In Wirklichkeit wurde ich von Anfang an als Spitzel angeworben.«

»Das hätte mir Gennat gesagt!«

Blume lachte hysterisch. »Ja, glaubst du denn, die posaunen das im ganzen Präsidium herum? Seit drei Jahren liefere ich ihnen wertvolle Erkenntnisse.«

»Beweise, Blume! Beweise!«

»Die Sache mit dem Ku-Klux-Klan dieses Jahres, das war mein Verdienst. Davon wussten nur ganz wenige!«

»Ku-Klux-Klan? Was soll der Unsinn?«

»Prüf es nach! Ein Geheimbund nach amerikanischem Vorbild, vierhundert Mitglieder in der Stadt, sechshundert außerhalb. Wir haben sie auffliegen lassen – nach Paragraf 128: Geheimbündelei.«

»Was ist mit deinem Drehbuch? Warum hast du das Feuerinferno vorausgesagt?«

»Ein neuer Auftrag, eine neue Gruppe. Ich höre, was sie sagen, was sie planen. Ich bin doch nur ein kleines Licht. Wenn ich auffliege, bezahl ich mit meinem Leben.«

»Du hast vom Anschlag auf die Kinder gewusst und nichts dagegen unternommen? Wegen deines Drehbuchs?«, unterbrach Mascha mit scharfem Ton.

»Ich konnte doch nicht ahnen, wie sie es ausführen würden. Das Drehbuch ist mein Lohn, eine Gegenleistung für meine Dienste. Sie haben mir versprochen, dass es Herrn Pommer vorgelegt wird!«

»Wer sind die? Sag schon!«

»Ich habe es meinem Kontaktmann schon Tausend Mal gesagt. Das sind Wirrköpfe. Die haben kein politisches Programm, sondern veranstalten Wehrübungen auf Exerzierplätzen!«

»Blume, hör zu! Ich lass dich jetzt in Ruhe unter einer Voraussetzung: Ab jetzt berichtest du *mir*! Hast du mich verstanden?« Grenfeld hörte das Schloss der Türe knacken und im selben Moment drangen fünf blau uniformierte Schupos mit Tschakos und Gummiknüppeln in das Appartement. Als sie Grenfeld mit der Waffe sahen, blieben sie ruckartig stehen. Er registrierte ihre schlecht sitzenden Uniformen, ihre roten Wangen und ihre für diese Stadt harmlos aussehenden Gesichtszüge. Es waren ihre klaren, wachen und unverbrauchten Augen, die ihm verrieten, dass sie maximal seit einem halben Jahr in der Hauptstadt ihren Dienst verrichteten und noch nie ein Hotel dieser Kategorie betreten hatten. Es war ihnen anzusehen, dass sie die Situation schlecht einschätzen konnten und das war ein Versuch wert. Im Hintergrund tapste der Empfangschef sichtlich nervös von einem Bein auf das andere, weil es ihm peinlich war, die Schupos gerufen zu haben.

»Meine Herren«, tat Grenfeld erleichtert. »Sie kommen gerade richtig. Man merkt eben, ohne die Schutzpolizei kommen auch wir vom Morddezernat nicht aus. Verhaften Sie diesen langjährig gesuchten Mörder, sein Name ist Wilhelm Blume. Er gibt sich hier als Karl Sommerfeld aus. Hier ist sein Foto.« Grenfeld übergab einem der beiden Beamten das Bild und mit einem Wink zu Mascha bewegte er sich gelassen, aber zielstrebig zur Tür.

»Den Rest erledigen Sie hier bitte allein. Wir müssen zu einem weiteren Tatort. Dann noch gutes Gelingen und machen Sie unverzüglich Herrn Kriminalrat Gennat Meldung von Ihrer vollzogenen Verhaftung!«

Mascha folgte Grenfeld, der mit festem Schritt und unbewegter Miene zum Aufzug marschierte, und wunderte sich immer mehr über die Dreistigkeit dieses Mannes, den sie lange unterschätzt hatte.

Mascha sah zu Robert hinüber, der schon wieder in sich gekehrt, mit starrem Blick und überhöhtem Tempo durch die nassen Straßen Berlins raste.

»Ich glaube ihm«, sagte er schließlich, als habe er seine Überlegungen zu einem Ende gebracht.

»Da hat er ja Glück gehabt«, antwortete Mascha ironisch.

»Diese seltsame Ku-Klux-Klan-Geschichte. Ich hab davon in der Zeitung gelesen.«

»Er vielleicht auch!«

»Ich weiß nicht warum, aber ich glaube ihm. Die haben ihn von Anfang an als Spitzel eingesetzt, Preußische Staatspolizei. Sie haben ihn in der Hand. Wenn er nicht kollaboriert, wandert er wieder in den Knast, lebenslänglich. Er ist intelligent, kann verschiedene Rollen einnehmen, ist wandlungsfähig, hat Fantasie, beherrscht Fremdsprachen, alles Fähigkeiten, die ein Spitzel braucht.«

»Und das Drehbuch?«

»Das ist der Knackpunkt. Das versteh ich noch nicht. Er hat etwas von einer anderen Gruppierung erzählt.«

»Er berichtet nicht alles, unvollständig oder zu spät. Dann passiert es und er hat Stoff für sein Drehbuch.«

»So muss es sein, Mascha. Ein lebendiges, sich fortentwickelndes Drehbuch, das auf wahren Fakten beruht. Kein Wunder, dass er *Metropolis* als Kitsch bezeichnet. Er hat die Wirklichkeit!«

»Und warum schreitet die Polizei nicht ein?«

»Auch das ist mir ein Rätsel! Möglicherweise wissen meine Kollegen überhaupt nicht, dass Blume ein Spitzel ist. Das würde mich nicht wundern. Die Konkurrenz zwischen den Abteilungen ist groß, quasi ein Abgrund. Und dann haben sie ja einen geständigen Täter. Was will man mehr?«

»Was passiert jetzt mit Blume?«

»Die Verwirrung kann ich mir lebhaft vorstellen. Gennat wird stinksauer sein und die Herren von der politischen Abteilung in Erklärungsnot! Am Ende wird man ihn freilassen müssen.«

»Und du?«

»Willst du es wirklich wissen?«

»Würde ich sonst fragen, Robert?«

»Mir geht es zum ersten Mal seit Monaten phänomenal! Und ich weiß nicht einmal, warum. Vielleicht wird Gennat mich verhaften lassen, aber das ist mir schnuppe!«

»Und Blume? Hättest du ihn wirklich fallen lassen?«

»Ach, Mascha, du bist Mitglied der größten kriminellen Vereinigung Berlins, schon vergessen? Was macht ihr, Schach spielen?«

»Jetzt verrate ich dir etwas: Im Herbst vor zwei Jahren, fast auf den Tag genau, haben sie im Scheunenviertel die ostjüdischen Händler zum Sündenbock für die Inflation erklärt. Ich war in der Grenadierstraße. Ich hab gesehen, wie sie Menschen, die selbst in Russland alles verloren hatten, aus ihren Häusern gezerrt und ihre Läden geplündert haben. Der Ring … hat sich nie daran beteiligt. Einbruch, Kokain, Prostitution … na gut, aber Mord war immer ein Tabu.«

»Die Zeiten werden sich ändern, Mascha. Links und rechts von euch entstehen die Rattenvereine, die sich an keinen Ehrenkodex mehr halten, die eine Komparsin wie Lilli abstechen, weil sie lästig wird. Und dann? Was willst du dann machen? Ich versteh dich nicht, du hast so viel Talent!«

»Von Talent wird man nicht satt. Im Übrigen hat die Polizei damals nicht gerade viel getan, um die Opfer zu schützen! Statt des Mobs wurden alle Juden, die sich wehrten, im Hof des Polizeipräsidiums wie Vieh eingepfercht und misshandelt!«

Grenfeld fuhr rechts an die Seite und hielt an. »Mascha, ich frage dich jetzt das zweite – und letzte Mal! Was ist deine Rolle im Ring?«

»Willst du mich auch aus dem vierten Stock werfen?«

Grenfeld griff zur Beifahrertür und stieß sie auf. »Vertrauen gegen Vertrauen. Ich muss es wissen, sonst gehen wir ab heute getrennte Wege. Ich meine es ernst.«

Mascha dachte kurz nach und schlug die Tür wieder zu. »Na, um was soll es schon gehen – im Filmgeschäft geht es um viel Geld.«

»Aber Mascha, das ist doch nicht die Welt eurer Kleinganoven.«

»Wie du sagst, die Zeiten ändern sich. Die Ringvereine nehmen immer mehr Geld ein, das irgendwo reingewaschen werden muss. Mehr weiß ich nicht, ich bin doch nur ein kleines Licht.«

»Und als ihr gerade dabei ward, Fuß zu fassen, gab es dieses Problem.«

»Probleme! Zuerst dieser Rattenverein, dann die Morde und mit nichts von beiden hatten wir etwas zu schaffen.«

»Nicht zu vergessen das Missgeschick mit deinen Freundinnen, die du als Köder benutzen wolltest?«

Mascha starrte auf den Boden und schwieg.

»Und dieser Faber?«

»Wie kommst du denn auf den?«

»Das ist doch einer von euch, wenn ich mich nicht ganz täusche?«

»Faber ist ein Schwein, der den Komparsinnen an die Wäsche geht. Mehr weiß ich nicht über ihn.«

Grenfeld ließ den Motor an. »Jetzt werden wir mal Heinrich Ziller einen Krankenbesuch abstatten.«

»Um diese Uhrzeit?«

»Den ganzen Tag im Krankenbett, der kann doch nachts eh nicht schlafen! Und dann muss ich mir eine neue Bleibe suchen. Nach Hause kann ich im Moment nicht mehr.«

16

3. November 1925, 22 Uhr,
Haus Potsdam, Potsdamer Platz

Der Filmproduzent Erich Pommer stand am Fenster seines Büros und beobachtete die rot-weißen Lichter des pulsierenden Verkehrs, die wandernden Leuchtbuchstaben der Reklame, die ›Sind's die Augen, geh‹ zu Ruhnke‹, ›Sei schön durch Elida‹, ›Weiße Zähne durch Chlorodont‹ verkündeten. Er hatte das Licht gelöscht, weil ihm die Augen schmerzten und die Dunkelheit seiner derzeitigen Stimmung am besten entsprach. Nur die Schreibtischlampe beleuchtete kegelförmig den hundertsten Entwurf der Vertragsunterlagen, die ihm sein derzeitiger Widersacher und Aufsichtsratsvorsitzende Emil Georg von Strauß hatte zukommen lassen. Vor dem Schreibtisch lag zerknüllt die Neue Leipziger Zeitung. Außer sich hatte er dort lesen müssen, er trage mit seiner ›Gigantomanie‹ keine geringe Mitschuld an der desaströsen Lage der UFA. Zu lange war er im Geschäft, um nicht zu wissen, dass im Machtkampf eine neue Runde eingeläutet worden war. Seine Widersacher begannen, die Presse zu füttern, und das war nur der Anfang. Im Büro nebenan hörte er, wie die gute Seele, Mareike Sondt, endlich die Tür absperrte, um in ihren wohlverdienten Feierabend zu gehen. Er musste an die Diskussion denken, die er soeben mit seinem Freund Fritz Lang geführt hatte. Fünfzig futuristische Miniaturautos würden speziell für *Metropolis* entworfen werden, dabei war das Modell der Straßen und Hochhäuser noch nicht einmal in Arbeit. Falls dieses so weit war, musste jedes einzelne Fahrzeug Millimeter für Millimeter bewegt und fotografiert werden, damit im fertigen Film der Eindruck eines fließenden Verkehrs entstand.

Fritz Langs Begeisterung war ungebrochen – nach all den Tagen und Nächten. Pommer hatte versucht, ihm den Ernst der Lage deutlich zu machen, dass sie ihn zum Sündenbock stempeln würden – doch vergeblich. Lang hatte ihm zugehört, mit seinem Monokel gespielt, aber im Geist war er bei seinen achtzig Kameraeinstellungen und der Überschwemmungsszene, die nach sechs Wochen endlich abgedreht war. Sechs Wochen für zehn Minuten Film! Sie hatten die Szene tatsächlich bereits eine halbe Stunde nach dem Feueranschlag gedreht. Lang hatte argumentiert, endlich hätten die Kinder den richtigen Ausdruck von Angst in ihren Gesichtern. Pommer wunderte sich nicht, dass es am Drehort immer wieder zu heftigen Auseinandersetzungen kam. Ein Streik unter den Komparsen würde das Ende dieses Films bedeuten.

Dann zog er aus einem Stapel Unterlagen die Besetzungsmappe von *Metropolis* hervor. Er öffnete sie und betrachtete lange das Foto von Brigitte Helm. Sollte diese tapfere junge Frau die Nerven verlieren, dann würde sich dieser millionenschwere Traum in Luft auflösen, dessen war er sich sicher.

Der Produzent beobachtete, wie Mareike Sondt das Gebäude verließ, die Straße überquerte und zur Haltestelle ging. Wann würde er dieses Haus verlassen? In wenigen Wochen war es so weit. Die Amerikaner würden anreisen und die Verhandlungen über das gegenseitige Abkommen beginnen. Der mächtigste europäische Filmkonzern kapitulierte vor den amerikanischen Größen. Und er selbst, der immer darum gekämpft hatte, die Absatzchancen des deutschen Films im Ausland zu steigern, sollte mit dabei sein, gute Miene zum bösen Spiel machen und das Ergebnis als ›Abwehrschlacht um das deutsche Vaterland‹ verkaufen. Bis zur letzten Minute hatte er gehofft, Koalitionen gegen diese Entscheidung schmieden zu können, doch er hatte von keiner Seite Unterstützung erhalten. Ihn wunderte wirklich, dass der Bankier Hermann von Sternberg ihn im Stich gelassen hatte. Noch vor wenigen Wochen hatte er in ihm einen einflussreichen Verbündeten gegen den Ausverkauf gesehen. Von Sternberg kannte Eugen Strauß, den Finanzvorstand, und was weit wichtiger war, seinen Bruder Emil Georg von Strauß, den Direktor der Deutschen Bank und Vorsitzenden des Aufsichtsrats. Beide Bankiers, Literatur- und Opernfreunde saßen auch hin und wieder gemeinsam im Restaurant Horcher bei einem delikaten Nachtessen. Doch seit gestern schwieg von Sternberg beharrlich und nickte zur Überraschung aller jeden kritischen Punkt ab, der zur Diskussion stand. Womit hatte man ihn bestochen? Pommer überlegte, ob er sich wieder an den Schreibtisch setzen sollte, entschied sich jedoch dafür, nach Hause zu gehen. Er nahm Mantel und Hut, knipste die Schreibtischlampe aus, schloss die Bürotür zweimal ab und schlenderte langsam den Gang entlang. Im Aufzug hallten die Worte von Strauß aus der gestrigen Sitzung wider: ›Ich würde Ihnen empfehlen, eine nicht so kühne Sprache zu führen. Ihr Vertrag als Direktor der UFA ist von mir noch nicht erneuert worden!‹ Pommer hatte gelächelt und an die Paramount-Studios gedacht, die ihn seit Jahren als Produzenten abwerben wollten. Weitaus lieber erinnerte er sich an die Schauspielerin Pola Negri, die gerne mit ihm in Amerika drehen wollte. Pommer ging am Pförtner vorbei, hinaus auf die nasse Straße. *Metropolis* war auch sein Kind. Er hatte noch nicht aufgegeben.

3. November 1925, 23 Uhr, Krankenaus St. Hedwig, Große Hamburger Straße 5

Die Ordensschwester am Nachtschalter protestierte, doch Grenfeld hielt ihr wortlos seine Dienstmarke vor die Nase und fragte mit steinerner Miene und Befehlston nach dem Zimmer des Patienten Ziller. Heinrich freute sich tatsächlich, dass er noch zu so später Stunde Besuch bekam, da ihm das Nichtstun und Rumliegen zusetzte. Zu Maschas Verwunderung begann Grenfeld, ohne zu zögern, Heinrich in die gesamte Faktenlage des Falles einzuweihen, nicht einmal die Szene im Adlon ließ er aus. Es war offensichtlich, dass Grenfeld seine eigene kleine Truppe aus Privatermittlern zusammenstellte. Heinrich war sofort hellwach, richtete sich im Bett auf und gab seinerseits eine ziemlich detaillierte Personenbeschreibung des obskuren Kontrolleurs, den er Tage vor dem Anschlag erwischt hatte: groß, hohe Stirn, schmale Gestalt, engstehende Augen, leicht schielender Blick, dicke Brille.

Mascha sah zum ersten Mal, dass Grenfeld sich Notizen machte.

Robert hielt inne und sah Heinrich durchdringend an. »Bist du dir sicher, dass er geschielt hat?«

»Ganz sicher. Er nahm für einen Moment seine dicke Brille ab und rieb seine Augen. Da habe ich es bemerkt.«

»Was ist dir sonst noch aufgefallen, denk nach!«

»Ich denke Stunde um Stunde darüber nach, aber ich kann beim besten Willen nicht mehr sagen. Die Polizei hat mich das auch schon Hunderte Male gefragt, aber ich war die Woche vor dem Anschlag in Staaken. Wir bauen dort die Molochmaschine. Ich bin sicher, dass alle anderen Mitarbeiter vor Ort befragt worden sind. Arbeitest du nicht mehr mit der Mordkommission zusammen, Robert?«

»Eine lange Geschichte, Heinrich. Sagen wir mal, wir arbeiten parallel. Was der eine übersieht, sieht der andere. Auf deine Beobachtungen sind wir auf jeden Fall angewiesen.«

»Wer macht so etwas? Wer zündet Menschen an? Kinder? Das frage ich mich die ganze Zeit. Sie haben mir diesen riesigen Korb gebracht mit Genesungswünschen ... die ganze Mannschaft war hier, sogar Pommer persönlich.«

»Ist er in Gefahr?«, fragte Mascha plötzlich laut in den Raum hinein und erschrak, weil sie ausgesprochen hatte, was sie nur denken wollte.

Grenfeld sah Heinrich an, dann Mascha. »Ist der Ring wirklich an einer Aufklärung interessiert?«, fragte er zögernd. »Können deine Leute hier für Sicherheit sorgen?«

Sie nickte.

»Dann sollten sie das tun, bevor es zu spät ist.«

»Du weißt, was das bedeutet?«, fragte sie leise.

Er nickte langsam und fühlte sich elend.

4. November 1925, 1 Uhr,
Koppenstraße 38

Grenfeld hörte das ruhige, gleichmäßige Atmen von Mascha und spürte, wie sich die Sprungfedern des alten Sofas unangenehm in seinen Rücken bohrten. Er würde nicht schlafen können. Sein Körper verlangte nach Alkohol. Der ganze Tag lief wie ein Film vor seinem geistigen Auge ab und langsam fragte er sich, ob er alles nur geträumt hatte. Es war ohne Zweifel ein Fehler gewesen, den Ring um Hilfe zu bitten. Zwanzig Jahre hatte er widerstanden, Schmiergelder oder irgendwelche Vergünstigungen anzunehmen, und war damit im Präsidium nicht immer auf Verständnis gestoßen. Doch wenn seine Kollegen nicht fähig waren, für die Sicherheit von Kindern und alten Leuten zu sorgen, war es ihm egal. Er würde irgendwann dafür bezahlen müssen. Durch den Türspalt drang Licht und er hörte das Klappern des Geschirrs aus der Küche der Vermieterin, die offenbar mitten in der Nacht kochte. Ein Glück, dass das Loch im Fenster nur notdürftig mit Lumpen und Zeitungspapier geflickt war, denn so drang wenigstens etwas frische Luft in den kleinen Raum, der immer mehr nach Kohl roch. Er hatte versucht, seine Bestürzung zu verbergen, als sie ihn in dieses abgewohnte Hinterzimmer geführt hatte, doch Mascha hatte es natürlich bemerkt. In wie vielen dieser Zimmer hatte er in den Anfangsjahren Befragungen durchgeführt, umringt von Kindern, während Moder und Essensgeruch in seine Nase gedrungen war. Warum hatte er Mascha hier nie vermutet? Grenfeld wusste es nicht. Seit seiner Heirat mit Helen übertrug man ihm überwiegend Fälle in den wohlhabenden Gegenden, bei Intellektuellen, Geschäftsinhabern, Neureichen … wohl in der Überzeugung, dass einer wie er mit diesen Leuten besser zurechtkam. Er hatte das immer bezweifelt. Die Opfer in den Villen waren genauso bestialisch zugerichtet, es gab keinen Unterschied. Er versuchte sich umzudrehen, aber die Rückenlehne des Sofas roch unangenehm und so verharrte er in seiner Lage. Mit dem Geruch kroch auch die Angst in ihm hoch. Was, wenn letzten Endes doch der Ring hinter den Anschlägen steckte? Wenn sie so die UFA zwingen wollten, ihr Geld anzunehmen, zu kooperieren? Kurz vor dem Verkauf der Filmstudios hatten solche Ereignisse sicher eine katastrophale Wirkung auf die Verhandlungen. Und Mascha … war nur dazu da, ihn unter Kontrolle zu halten. Die zerstörte Wohnung … jetzt hatte sie ihn sogar schon nachts unter Beobachtung. Warum war sie überall dabei? In den Rehbergen, in Babelsberg, im Adlon und heute bei Heinrich im Krankenhaus. Natürlich war er einsam, natürlich war er froh, sie als Gefährtin an seiner Seite zu haben. Der alte Kommissar als treudoofes Schaf. War das der Grund, warum Gennat ihn plötzlich wie einen Aussätzigen behandelte? Was, wenn er vollständig auf der falschen Fährte war? Wenn Blume log? Für einen Moment dachte er daran, aufzustehen und zu gehen. Doch dann legte sich die Müdigkeit wie eine bleierne Decke über ihn. Heute würde er nirgendwo mehr hingehen. Heute nicht.

4. November 1925, 8 Uhr,
Grunewald, Koenigsallee 98

Hermann lehnte sich zurück und schloss die Augen. Er hatte nicht schlafen können und stattdessen die ganze Nacht Akten gewälzt. Gestern um 23 Uhr hatte er den lang ersehnten Anruf erhalten. Helen war bei Freunden der Familie an einem sicheren Ort in Zürich untergebracht. Den Bediensteten hatte er die Woche freigegeben. Jetzt hatte er die große Villa für sich und schnell breiteten sich überall Berge von Aktenordern aus, die er sich aus der UFA-Verwaltung hatte kommen lassen. Wie ein Hund hatte er gelitten, als er in der außerordentlichen Aufsichtsratssitzung zu allen Widersprüchen des geplanten Abkommens hatte schweigen müssen. Pommer hatte ihn mehrmals versucht zu kontaktieren, doch jedes Mal hatte er sich verleugnen lassen. Hatte es ihn am meisten geschmerzt, nicht zu seinem Wort stehen zu können, so fühlte er sich nun frei und voller Energie, fast wie in jungen

Jahren. Man hatte ihn herausgefordert und genau dies zeigte ihm, dass er noch nicht überflüssig geworden war. Natürlich war auch ihm bewusst, dass die Schulden der UFA ein Ausmaß erreicht hatten, das ein Abkommen mit ausländischen Investoren unumgänglich machte. Weder der Staat noch die Deutsche Bank oder die Industrie zeigten das erforderliche Engagement zur Rettung ihrer nationalen Filmproduktion. Der Gedanke jedoch, dass er am helllichten Tag, ganz nah am Ort der Ermordung Walther Rathenaus, von Ganoven und zwielichtigen Gestalten genötigt wurde, ›sein Maul zu halten‹, erfüllte ihn mit einem Ausmaß an Rebellion, das er schon lange nicht mehr in sich gespürt hatte. Jetzt würde er genau das Gegenteil tun. Mit zitternder Hand und qualmender Zigarre schrieb Heinrich eine Liste der Rache.

Erstens: Anruf bei Dr. Bernhard Weiß, seinem Parteifreund, seit April neuer Kripochef, Leiter der Abteilung IV und Mitglied der Deutschen Demokratischen Partei, in der viele liberale Juden des Bildungsbürgertums ihre Heimat gefunden hatten. Bei dieser Gelegenheit würde er sich für seinen Schwiegersohn einsetzen.

Zweitens: Unterrichtung aller Mitglieder des Aufsichtsrats über die Hintergründe seines Schweigens.

Drittens: Anruf beim Chefredakteur der Vossischen Zeitung. Das Motto: Alles ans Licht!

Viertens: …

Hermann stand auf, ging zum Fenster und sah in den Garten. Er hatte in der Buchführung Unregelmäßigkeiten entdeckt. Ausländische Filme waren jahrelang überteuert eingekauft worden. Wenn es stimmte, was er vermutete, dann floss schon jahrelang Schmiergeld – zulasten der UFA. Hermann wusste, dass dies eine Menge unangenehmer Fragen nach sich ziehen würde. Wo er auch grub, taten sich Abgründe auf. Sollte wirklich alles ans Licht? Hermann stand auf und spürte plötzlich ein Stechen in seiner Brust.

4. November 1925, 9 Uhr,
Koppenstraße 38

Grenfeld hätte sich ein sanfteres Erwachen gewünscht, aber der neue Tag begann genauso aufregend, wie der vergangene geendet hatte. Das Erste, was er wahrnahm, war das Geschrei der Zimmerwirtin, die ihn regelrecht vom Sofa auf den Holzboden zerrte. Im Gang standen zwei junge Frauen, offenbar weitere Untermieterinnen, und feixten vor Freude über die morgendliche Abwechslung. Mascha redete unentwegt auf die Furie ein, was jedoch keinerlei beruhigende Wirkung zu haben schien. Im Gegenteil: Maschas Beteuerungen, es handle sich um einen Notfall, versetzten die Frau nur noch mehr in Rage. Als sie schließlich Stiefel nach Grenfeld warf, Mascha als Dirne beschimpfte und ihren endgültigen Rauswurf ankündigte, platzte ihm der Kragen. Er knallte die Zimmertüre zu, zückte seine Dienstmarke und forderte die Wirtin im Militärston auf, binnen einer Minute die amtlichen Berechtigungen zur Untervermietung von Wohnraum sowie die letzten steuerlichen Abrechnungen nach Paragraf 244 vorzulegen. Sollte dies nicht erfolgen, Grenfeld improvisierte, würde er unverzüglich seine Dienststelle über den dringenden Verdacht von Steuerbetrug und illegaler Wohnraumvermietung in Kenntnis setzen. Das wirkte. Die Wirtin sah ihn mit großen Augen an, doch nach einer Sekunde fing das Geschrei von Neuem an und ging übergangslos in ein weinerliches Klagen über. Um Gottes willen, das sei ja der Kommissar von der Zeitung, der die Kinder vom Film gerettet habe, ja, warum er das nicht gleich gesagt habe, sie habe ihn nicht sofort erkannt, wie es ihr leidtue, das ganze Missverständnis, jemand so Prominentes beherbergen zu dürfen, wo doch die meisten Filmkinder von hier stammten, auch die Mädchen vom Vorderhaus seien dabei gewesen, als es passierte … Grenfeld wollte so schnell wie möglich aus dem Haus, doch die Wirtin bestand darauf, ihnen ein Frühstück mit Ei zuzubereiten, und so saßen sie kurze Zeit später in der engen Küche zusammen mit den anderen Frauen, die Robert neugierig musterten. Vor ihm ausgebreitet lag die Zeitung mit dem Artikel samt seinem Foto. Mascha war erstaunlich in sich gekehrt und sah ihn mit ernster Miene an.

»Die Kinder!«, flüsterte sie mit einem Mal.

»Welche Kinder?«

»Sie waren dabei. Sind die Kinder befragt worden?«

In Sekundenschnelle wurde ihm klar, was sie meinte. »Es waren siebenhundertfünfzig Kinder, Mascha.«

»Natürlich, aber ein Versuch ist es wert!«

Grenfeld wandte sich zur Wirtin, die immer mehr auf dem kleinen Küchentisch aufwartete. Köstlichkeiten, die Mascha noch nie zu Gesicht bekommen hatte, weil die Untermiete ›ohne‹ war, also ein Frühstück nicht einschloss.

»Meinen Sie, es wäre möglich, diese Kinder zu sprechen?«, fragte Grenfeld unsicher.

»Aber natürlich, das ist doch keine Sache. Die Bande lungert sowieso den ganzen lieben langen Tag im Hof herum. Ich frage mich schon gar nicht mehr, warum die nicht zur Schule gehen. Wissen Sie, als die Gören jeden Tag zum Film abgeholt wurden, waren sie wenigstens aufgeräumt.« Die Wirtin schickte eines der Mädchen nach unten und es dauerte vielleicht fünf Minuten, bis die ersten drei Kinder um den Tisch herumstanden und das Frühstück anstarrten. Mascha begann zum Missfallen der Wirtin, Honigbrote zu verteilen und mit vielen Worten, den Kindern alles zu erklären.

»Habt ihr einen Mann mit einem Kanister gesehen?«, unterbrach er Mascha. Inzwischen drängten immer mehr Kinder in die Küche. Grenfeld wiederholte die Frage und bemerkte, wie zwei Mädchen aus der hintersten Reihe unwillkürlich nickten.

»Wie sah der Mann aus?«, fragte Grenfeld die Mädchen.

Die Mädchen schauten zu Boden und schwiegen.

Die Wirtin drängte sich vor und zerrte die beiden unsanft nach vorn. »Wenn der Herr Kommissar euch was fragt, dann müsst ihr antworten, sonst bringt er euch ins Zuchthaus!« Noch bevor Grenfeld protestieren konnte, zeigte eines der beiden Mädchen auf ihre Nase.

»Hatte er eine große Nase?«, fragte Mascha.

Das Mädchen nickte und lächelte unsicher. Dann zeigte es mit zwei Fingern auf ihre Augen und dehnte die Finger auseinander.

»Hat der Mann geschielt?« Mascha ahmte die Geste nach und die Kinder kicherten befreit. Mascha lachte mit und schmierte ungeniert weitere Brote. Die anderen Kinder wiederholten die Bewegung, schubsten sich und kicherten.

»Wir haben auf dem Bauplatz gespielt, da kam ein Lastwagen mit Kanistern und der Mann hat sie alle abgeladen. Er hat gesagt, wir sollen auf der Stelle verschwinden.«

»Und dann, was habt ihr dann gemacht?«

Die Mädchen zuckten mit den Schultern. »Weggelaufen.«

»Sah der Mann so aus?« Grenfeld zog Blumes Bild aus der Tasche, doch die Mädchen schüttelten energisch den Kopf.

Als sie später die Koppenstraße entlangliefen, rief Grenfeld euphorisch: »Mascha, du solltest zur Mordkommission gehen. Das war wirklich fantastisch. Die Kinder … es lag so nahe, aber mir ist es nicht eingefallen.«

Mascha lächelte. Zum ersten Mal hatte er ihr ein Kompliment gemacht. »›Komitee Kinderhölle‹ – sagt dir das etwas?«

»Nein, was soll das sein?«

»Wohlfahrtsarbeit. Sie bilden Lehrerinnen für rhythmische Gymnastik aus. Überall werden die Parks geöffnet und Freiluftkindergärten für verwahrloste Kinder eingerichtet. Meinst du, das wäre etwas für mich?« Maschas Stimme hatte einen ungewohnt verletzbaren, fast kindlichen Ton angenommen.

»Na ja, vielleicht«, erwiderte Grenfeld ausweichend, von der plötzlichen Nähe und Offenheit ein wenig überfordert.

»Das ist keine Antwort, was heißt *vielleicht*?«

»Ehrlich gesagt …«

»Du glaubst, ich bin besser in der Roten Mühle aufgehoben, als Nackttänzerin!«

Grenfeld blieb stehen. »Ich bin überrascht, das ist alles. Bisher hast du nicht gerade viel von dir verraten.«

»Kann schon sein. Das zahlt sich meistens nicht aus. Und was tun wir jetzt?«

»Tut mir leid, aber ich muss da noch was in eigener Sache erledigen.«

»Verstehe, der Herr und seine Alleingänge. Na dann …«

Grenfeld sah ihr nach und plötzlich konnte er sich nicht mehr vorstellen, dass sie irgendetwas mit den Morden zu tun haben sollte. Er wusste nicht mehr, wo er seinen Wagen abgestellt hatte, und versuchte, sich zu orientieren, da hörte er hinter sich Schritte. Es war Mascha, die ihn herausfordernd ansah.

»Was ist denn los?«, fragte er irritiert.

»Vertrau mir endlich!«, sagte sie, drehte sich um und war bald zwischen den Passanten verschwunden.

17

**6. November 1925, 11 Uhr,
Friedhof Zehlendorf, Spandauer Straße**

Notdürftig hatte Grenfeld versucht, sein Haus in Ordnung zu bringen, doch nach zwei Stunden wurde er so unruhig, dass er sich entschloss, Pommer aufzusuchen. Er musste Gewissheit haben, ob die Ringvereine versucht hatten, schmutziges Geld über die UFA zu waschen und zunächst abgeblitzt waren. Doch weder am Potsdamer Platz noch in der Friedrichstraße hatte er Glück. In der Viktoriastraße schließlich wimmelte ihn eine nervöse Mareike Sondt mit der Begründung ab, Pommer sei den ganzen Tag in Babelsberg bei wichtigen Besprechungen. Auf dem Weg dorthin tat er etwas, was er sich die ganzen letzten Wochen vorgenommen hatte. Er machte einen Abstecher zum Grab von Lotta Lindner auf dem Friedhof Zehlendorf. Erst zwei Monate waren vergangen, seit Lotta hier zu Grabe getragen worden war. Das schlichte Holzkreuz war durch einen rot-weiß marmorierten Grabstein ersetzt worden, auf dessen Oberfläche, wenn man genau hinsah, winzige Quarzkörnchen in der Novembersonne glitzerten. Grenfeld stand ruhig da, mit beiden Beinen fest auf dem Kiesboden, ohne recht zu wissen, was er hier suchte. So etwas hätte er früher nie getan. Während der Ermittlungen war keine Zeit und nach dem Fall war vor dem Fall, wie der Dicke immer proklamierte. Er kniete sich auf die schwarze Erde und entfernte das Laub von den vertrockneten Kränzen, die man liegen gelassen hatte. Lange betrachtete er das Foto der jungen Frau mit ihren leuchtenden Augen und blonden Zöpfen. Die Ähnlichkeit mit Brigitte Helm war verblüffend. Und plötzlich sah er sich wie von oben, aus der Vogelperspektive, vor dem Grab kniend. Vielleicht war es die Müdigkeit, vielleicht die Ruhe, möglicherweise waren es die Ereignisse der letzten zwei Monate … es war ihm einerlei. Das Gefühl der Leichtigkeit war ihm angenehm und er konnte seinen Gedanken freien Lauf lassen. Würde er Lottas Mörder je fassen? Und machte dies wirklich einen Unterschied?

Als er wieder die Müdigkeit seines Körpers spürte und die nasskalte Luft durch seinen dünnen Mantel zu kriechen begann, fasst er einen Entschluss. Er wollte dieses Grab in Zukunft pflegen, vermutlich das einzig Sinnvolle, was Bestand hatte.

Er stand auf, säuberte seine Hose, ging langsam durch die schmalen Birkenwege in Richtung Kapelle zum Ausgang und blieb vor einem halbrunden Grabmal mit einem imposanten steinernen Engel in der Mitte stehen. Seltsam, dachte er, der Engel hat seine beiden Handflächen nach unten ausgestreckt, als will er sagen, lass los, ich mach das. Er las gerade die Inschrift, als er den Friedhofsgärtner bemerkte, der sich ihm näherte.

»Ist das nicht ein wunderbares Grabmal? Anna und Leopold Engel. Die Familie heißt wirklich so. Am Abend, wenn ich nach Hause gehe, überlasse ich dem Engel den ganzen Friedhof.«

Grenfeld nickte.

»Ich habe Sie beim Grab des ermordeten Mädchens gesehen. Es war eine beeindruckende Beerdigung, aber leider kümmert sich jetzt niemand um das Grab. Das ist oft so.«

»Gerade kam mir der Gedanke, dass ich mich um dieses Grab kümmern möchte.«

»Ja, tun Sie das. Die Eltern leben in Magdeburg. Außer ihnen kommt nur noch ein junges Fräulein regelmäßig vorbei. Ach ja, und ab und zu ein feiner Herr. Der kommt meist mittags, wenn ich zum Essen nach Hause gehen und absperren will. Aber so was kümmert ja keinen. Ich sage immer, wenn nur jeder in dieser Stadt …«

»Dieser Herr, wie sieht er aus?«, unterbrach Grenfeld den drohenden Redefluss.

»Tja, schwer zu sagen. Großer Schritt, gut gekleidet, etwas vornehmer, wenn Sie wissen, was ich meine.«

»Große Nase, fliehende Stirn, schielt ein wenig?«

»Na, so genau sehe ich mir die Besucher hier nicht an. Meistens wollen die Leute hier ihre Ruhe, ein Luxus in einer Stadt mit vier Millionen Menschen, wenn Sie mich fragen. Als ich vor zwanzig Jahren nach Berlin kam…«

»Würden Sie etwas für mich tun?«, unterbrach Grenfeld erneut.

»Ja, was denn?«

»Rufen Sie mich an, wenn der Herr wieder hier auftaucht?«

Der Gärtner erschrak und trat misstrauisch einen Schritt zurück. »Ne, das tut mir leid, Leute ausspionieren – damit möchte ich lieber nichts zu tun haben. Ich mach hier nur meine Arbeit. Nichts für ungut.«

»Schon gut«, beschwichtigte Grenfeld, der in dieser Umgebung keine Lust hatte, den Mann mit seiner Dienstmarke einzuschüchtern. Er blicke noch einmal auf den großen Engel und schlenderte unentschlossen zum Ausgang, als suchte er nach einem Grund, die anstehende Fahrt nach Babelsberg hinauszuschieben.

Nachdem er die Kapelle mit den roten Backsteinziegeln passiert hatte, sah er durch die geöffnete Flügeltür einen kleinen

Altar mit schwarzem Samt überzogen, darauf zwei silberne Kandelaber mit brennenden Kerzen, in der Mitte offenbar das Bild eines Verstorbenen. Grenfeld betrat die Kapelle und setzte sich in die vorderste Bank, um sich für einen Augenblick auszuruhen. Auf der Wand hinter dem Altar flackerten unruhig die Schatten des Kerzenlichts. Dann das Bild des Verstorbenen: Sonnengegerbtes Gesicht, Bartstoppeln, ein breites Lächeln, Strohhut, dahinter Berge und ein See. ›Du siehst, wohin du siehst, nur Eitelkeit auf Erden, was dieser heute baut, reißt jener morgen ein …‹ Grenfeld dachte an das Lieblingsgedicht von Mascha. Er musste eingenickt sein, denn noch im Traum spürte er, wie eine Hand seine Schulter berührte.

»Entschuldigen Sie, mein Herr!«

Grenfeld sah den Friedhofsgärtner neben sich.

»Er ist hier!«

»Wie bitte?« Grenfeld hatte Mühe, sich zu orientieren.

»Na, der Mann, Sie haben Glück, er steht vor dem Grab von dieser Liselotte Lindner.«

Etwas benommen folgte Grenfeld dem Gärtner nach draußen.

»Wie ich Ihnen gesagt habe, immer zur Mittagszeit. Ich wollte gerade für eine Stunde abschließen.«

Mühsam zog Grenfeld seine Dienstmarke aus dem Mantel. »Ich bin Polizist, geben Sie mir den Schlüssel. Wenn wir fertig sind, werfe ich ihn in den Briefkasten vor dem Eingang.« Grenfeld ging mit schnellem Schritt zurück zum Grab von Lotta und sah schon von Weitem eine große Gestalt mit schwarzem Mantel, weißem Schal, aufgeschlagenem Kragen und breitem Hut. Je näher er kam, desto deutlicher konnte Grenfeld das Gesicht des Besuchers erkennen. Nervös tastete er in der Manteltasche nach seiner Waffe und fluchte, weil er sie zu Hause vergessen hatte.

»Entschuldigen Sie, mein Name ist Grenfeld, Kriminalpolizei. Sie kennen die Tote?« Der Mann starrte ihn verwundert an und Grenfeld konnte sehen, dass er geweint hatte. Die große Nase, die fliehende Stirn, ein leichtes Schielen … Grenfeld war sich sicher, dass er es war. Seine Hand zitterte.

»Ah ja, die Polizei?«, murmelte der Mann sichtlich nervös. »Sie war Komparsin, bei uns draußen in Babelsberg. Wir haben uns ein paar Mal unterhalten. Ja, und jetzt …«

»Und wer sind Sie?«

»Rasp mein Name, Fritz Rasp. Ich gehöre zur Filmmannschaft. Ich glaube, ich habe Sie schon öfter gesehen. Auf dem Freigelände?«

»In welchem Verhältnis standen Sie zur Toten? Der Gärtner meint, Sie kommen öfter hierher.«

»Wissen Sie, dieser Film nimmt mich ganz schön mit. Ich komme ja ursprünglich vom Theater. Da gibt es die Proben, dann die Aufführungen – immer Aufregung, aber *Metropolis* übersteigt alles, was ich je mitgemacht habe.«

»Inwiefern?«

»Fritz Lang ist, mit Verlaub, ein Verrückter. Gestern hat er eine Szene achtzig Mal wiederholen lassen. Ich komme hierher, na ja, in allererster Linie zur Lotta, aber um ehrlich zu sein, auch meinetwegen. Wirklich Ruhe finde ich nur hier – auf dem Friedhof.«

»Herr Rasp, mein Beruf ist es, Antworten zu bekommen.«

»Oh, entschuldigen Sie. Also, was mein Verhältnis zu dieser jungen Dame angeht … in einer Drehpause sind wir ins Gespräch gekommen. Sie wollte ja unbedingt ans Theater und hat mir Fragen gestellt über Max Reinhardt und so. Ich denke, sie hatte sich Hoffnungen gemacht, dass ich ein gutes Wort für sie einlegen könnte.«

»Und … haben Sie?«

»Das nicht, aber ich habe Lang angesprochen, ob er sie nicht ab und zu als Ersatz für unsere Maria, ich meine natürlich die Helm, einsetzen könnte. Ich war überzeugt, sie hatte Talent, aber eher für den Film.«

»Und?«

»Um Gottes willen! Fragen Sie nicht. Lang ist mir fast an die Gurgel gegangen.«

»Herr Rasp. Verzeihen Sie meine Hartnäckigkeit, aber es muss Sie doch irgendetwas mit der Lotta verbunden haben, ich meine, man weint nicht grundlos vor einem Grab.« Der Mann schaute unruhig nach allen Seiten, fast fürchtete Grenfeld, dass er Anstalten machte zu flüchten. »Hatten Sie ein Verhältnis mit ihr?«

»Wenn ich gewollt hätte, vielleicht. Es ist schon abwegig, was diese jungen Mädchen alles tun würden, nur um eine Rolle zu bekommen. Zu unserer Zeit …«

»Herr Rasp!«

»Dieser Mord ist so niederträchtig, widerwärtig und sinnlos. Wir waren einmal im Sommer draußen auf dem Freigelände gesessen, Thea von Harbou hat Suppe ausgeschenkt … da hat sie mir erzählt, wie sie von zu Hause abgehauen ist, weil sie Schauspielerin werden wollte und dass ihr Vater sie verstoßen hat, die alte Geschichte, nichts Besonderes, nicht wahr. Das kann man tausendfach in dieser Stadt hören. Doch … sie hatte wirklich Talent und ich hab sie gemocht, mehr aber auch nicht. Nur heute denke ich, dass mich eine gewisse Mitschuld trifft.«

»Welche Mitschuld?«

»Ich habe sie, nun ja, ermutigt, einmal in die Rüstung der Maschinen-Maria zu steigen. Das war doch ihr sehnlichster Wunsch. Noch drei Tage vor ihrem Tod hatte ich ihr heimlich in diesen schrecklichen Metallhaufen geholfen und sie ging ein paar Schritte. Meiner Meinung nach hatte sie ihren Mörder gebeten, ihr zu helfen…«

»Haben Sie das bei der Polizei zu Protokoll gegeben?«

»Um ehrlich zu sein, damals war keine Zeit und später …«

»Was ist eigentlich Ihre Rolle in diesem Film?«

Rasp zögerte. »Ich verkörpere den … Untertan des Schattens.«

»Den Untertan?«

»Sie kennen den Roman von Heinrich Mann?«

»Steht sicher in der Bibliothek meiner Frau.«

»Das beschreibt meine Rolle am besten: obrigkeitshörig, feige, ohne Zivilcourage, ein Mitläufer und Konformist, dem die Zugehörigkeit zum bösen Organismus Macht verschafft.«

»Tja.« Grenfeld war sprachlos.

»Insgeheim wäre er gerne auf der Seite der Guten. Die gute Seite … noch kann sie ihn nicht schützen … jetzt muss ich aber, mit Verlaub. Die Zeit rennt davon. Ich muss zurück zum Dreh. Herr Kommissar …«

»Nur noch einen Moment, Herr Rasp.«

»Ja, was gibt es noch?«

»Wo waren Sie am Dienstag, am Abend des Brandanschlags?«

»Am Abend dieses Brandanschlags? Ich verstehe Ihre Frage nicht.«

»Ganz einfach: Wo waren Sie?«

»Den Tag hatte ich drehfrei, ja genau, ich war um sieben Uhr im Deutschen Theater: Der Kreidekreis von Klabund, Regie: Max Reinhardt. Anschließend feiern, mit den ehemaligen Kollegen bei Schwannecke. Wissen Sie, ich möchte die alten Beziehungen dorthin nicht einschlafen lassen. Der Film ist ein schnelllebiges Geschäft, Theater wird es immer geben. Das können Sie nachprüfen, aber ich verstehe die Frage wirklich nicht, glauben Sie denn wirklich …?«

»Ich glaube gar nichts, Herr Rasp. Reine Formalität, der Schatten meines Berufs. Dann möchte ich Sie nicht länger von der Kunst abhalten.« Grenfeld war zu lange im Polizeidienst, um nicht zu spüren, dass dieser Mann log. Im besten Fall wollte er einfach nicht zugeben, dass er eine Beziehung mit Lotta eingegangen war, möglicherweise hatte er gerade mit ihrem Mörder gesprochen. Die Sache mit der Rüstung … völlig unnötig, dies derart zu betonen, außer man möchte nachträglich seine Fingerabdrücke plausibel erklären. Die Personenbeschreibung von Heinrich und den Kindern konnte kein Zufall sein. Auf der anderen Seite erkannte er beim besten Willen kein Motiv. Was sollte denn ausgerechnet er für einen Grund gehabt haben, die Komparsin zu töten? Gennat musste die Ermittlungen neu aufrollen. Auf dem Weg zum Wagen entschied Grenfeld, zu seinem Schwiegervater zu fahren. Pommer musste warten. Wenn jemand über die Finanzströme der letzten Monate Bescheid wusste, dann er.

18

6. November 1925, 13 Uhr,
Koenigsallee 98

Als Grenfeld seinen Wagen vor dem Haus des Schwiegervaters parkte, hatte er ein ungutes Gefühl. Die Fensterläden zur Straßenseite waren verschlossen und das Eingangstor stand weit offen. Er klingelte mehrmals, doch nicht einmal die Hausangestellten öffneten. Die Haustüre war nur angelehnt, weshalb er zögerlich die monumentale Eingangshalle betrat. Sein Rufen hallte durch die Villa. Niemand antwortete, sodass er die breiten Marmortreppen nach oben in den ersten Stock stieg. Eine Blutspur, zunächst dünn, dann immer breiter werdend, führte ihn durch die düsteren Gänge direkt ins Arbeitszimmer, wo sich ihm das bekannte Bild der Verwüstung bot. Aktenordner und Bücher auf dem Boden verteilt, ausgeleerte Pflanzenkübel, umgestürzte Regale und dazwischen ein Meer von Unterlagen. Auf dem Schreibtisch und am Boden – überall Blut.

»Natürlich hast du dich gewehrt«, murmelte Grenfeld verbittert, »und dein Schwiegersohn ist wieder zu spät gekommen.« Erschüttert setzte er sich auf den Boden und vergrub den Kopf in beide Hände. Er musste sofort Helen anrufen, aber er kannte nicht einmal ihre neue Adresse. Wie von Sinnen wühlte er sich durch die Papierschichten, die den ganzen Boden bedeckten. Hermann musste irgendwo ihre Telefonnummer notiert haben. Doch alles, was er fand, waren Zahlenkolonnen, Rechnungen, Verträge und Bilanzaufstellungen der UFA und ihrer unzähligen Tochtergesellschaften. Dazwischen Hermanns Notizen mit seinen handschriftlichen Kommentaren: ›Belege?‹, ›Fehlende Unterschriften!‹, ›Warum 30.000?‹. Immer wilder arbeitete sich Grenfeld durch die Papierberge bis zu den herausgerissenen Schubladen vor, als das schrille Klingeln des Telefons ihn bis ins Mark aufschreckte. Für einen Augenblick zögerte er, nahm schließlich ab, ohne seinen Namen zu nennen. Am anderen Ende hörte er ein unruhiges Atmen.

»Wen haben wir denn da?« Der Anrufer hatte eine unangenehme Fistelstimme.

Grenfeld schwieg.

»Den Herrn Schwiegersohn nehme ich an?«

»Verraten Sie mir, wer Sie sind?«

»Wir hatten noch nicht das Vergnügen. Nur in Ihrer Abwesenheit konnten wir Ihre Lebensgewohnheiten studieren. Wenn Sie sich aber weiter in unsere Angelegenheiten einmischen, werden wir uns kennenlernen müssen. So wie Ihr Schwiegervater nun das Vergnügen hat, für eine Weile unser … wie soll ich sagen … Gast zu sein.«

»Was wollen Sie?«

»Wir hatten Ihren Herrn Vater gebeten, sagen wir, in seinem Engagement etwas Zurückhaltung zu üben, doch das Alter bringt den Starrsinn hervor, nicht wahr?«

Grenfeld schwieg.

»Wie der Trompeterich von Jericho. Posaunt es in alle Welt hinaus! Und als Erstes flötet er dem Isidorchen etwas vor. Man könnte fast annehmen, er wollte uns provozieren! Dass er dabei nicht an seine Tochter denkt … ein Jammer.«

»Hören Sie zu. Am besten ist, Sie sagen einfach, worum es Ihnen geht. Vielleicht können wir uns ja einigen!« Grenfelds Tonfall wurde kühl und sachlich.

»Na, das ist ein Wort. Man merkt eben gleich, dass dieser Spross der Familie von einem ganz anderen Geblüt ist, nicht wahr? Dabei ist unser Wunsch so einfach. Sie halten sich raus, aus allem! Das war es schon. Und? Ist das so schwer?«

»Ich habe auch eine Bedingung!«

»Es tut mir außerordentlich leid, aber ich glaube kaum, dass Sie in der Position sind, Bedingungen zu stellen.«

»Da bin ich anderer Ansicht. Mein Schwiegervater hat mir einige explosive Papiere überlassen, die Quintessenz seiner internen Revision. Das dürfte vor allem die Presse brennend interessieren und die öffentliche Einstellung zur bevorstehenden Transaktion erheblich beeinflussen. Aber … damit Sie nicht wieder meine Wohnung verwüsten müssen: Die Akte befindet sich an einem anderen Ort.«

Der Anrufer zögerte einen Moment. »Vielleicht kämpfen wir ja für dieselbe Sache, wer weiß? Ich finde, wir sollten uns kennenlernen.«

»Wo und wann?«

»Im Schillerpark, heute um 22 Uhr.«

»Nein!«

»Wie bitte?«

»Ich gehe nachts nicht in den Schillerpark. Wir treffen uns … im Admiralsbad um 0 Uhr, da bin ich ohnehin.«

»Im Dampfbad, sind Sie verrückt geworden?«

»Um Mitternacht, dort oder nirgends.«

Es entstand eine Pause. »Na, wenn Sie unbedingt wollen, und dass Sie ohne Begleitung kommen, versteht sich von selbst. Und Herr Grenfeld?«

»Ja.«

»Das Gedächtnis Ihres Herrn Schwiegervaters lässt offensichtlich nach. Er hat die Adresse Ihrer Frau aufgeschrieben und die Notiz hinter einem Bilderrahmen auf seinem Schreibtisch versteckt. Ist das nicht dumm?«

Grenfeld legte auf und zitterte. Sein Blick fiel auf das Bild von Helen auf Hermanns Schreibtisch. Sie blufften. Niemals würde Hermann unter diesen Umständen ihre Adresse notieren. Dafür war sein Schwiegervater zu schlau. Und dann diese Fistelstimme, Trompeten von Jericho, Isidorchen … das waren nicht die Mitglieder eines Ringes.

Mechanisch öffnete er den Bilderrahmen, nahm Helens Bild heraus und sah es minutenlang an. Dann steckte er es ein. Er würde ihnen geben, was sie wollten, und die ganze Sache beenden. Um was es auch immer gehen mochte, das war nicht sein Kampf.

Grenfeld hatte gerade das Treppenhaus erreicht, da hörte er, wie Türen eines Fahrzeugs zugeschlagen wurden. »Jetzt holen sie mich«, dachte er laut. »Warum sollen sie auch bis heute Nacht warten?« Er machte kehrt und rannte den Gang entlang bis zur letzten Türe. Vom Esszimmer aus ging eine Treppe hinunter in die Küche und von da in den Vorratsraum im Erdgeschoss. Helen hatte diesen Weg oft als Abkürzung zum Garten benutzt. Entfernt hörte er schnelle Schritte im Treppenhaus widerhallen, dann Stimmen. »Sie machen sich nicht einmal die Mühe, leise zu sein«, sagte er sich. Vorsichtig schloss er die Türe zum Esszimmer und ging zur Küche hinunter. Wenn er es nur bis in den Garten schaffen könnte! Auf der Treppe zum Vorratsraum war es stockdunkel. Er tastete sich das Geländer abwärts und erschrak, als er über etwas Weiches, Unförmiges stolperte. Dann fiel er die Treppe hinunter. Irgendeine Blechschaufel kippte um, lärmte fürchterlich und Grenfeld spürte einen stechenden Schmerz im Bein. Eine Zeit lang saß er im Dunkeln und hoffte inständig, dass sie ihn überhört hatten. Dann wurde die Türe aufgerissen und er lag samt Kartoffelsack und Schaufel auf dem Boden.

»Aufstehen!«, schrie jemand. Grenfeld sah eine Waffe auf sich gerichtet, wurde unsanft am Arm gepackt und nach oben gezogen. »Robert Grenfeld, Sie sind verhaftet!«

6. November 1925, 17 Uhr, Polizeipräsidium, Alexanderplatz

So jung wie der aussieht, ist er gerade mal Kriminalanwärter, vermutete Grenfeld. Der junge Beamte tat sein Bestes, um seine Nervosität zu überspielen. Geschäftig blätterte er in einer Akte und vermied, soweit möglich, den Blickkontakt mit ihm. Natürlich wusste der Anwärter, dass er in seinem Gegenüber einen erfahrenen Kommissar der Abteilung IV vor sich hatte. Grenfeld hatte noch nie mit ihm zu tun gehabt und das war sicher beabsichtigt.

»Sie sind also in das Haus eingedrungen und fanden, außer den Blutspuren und Spuren eines Kampfes, Ihren Schwiegervater nicht vor, daraufhin…«

»Dürfte ich zuerst einmal Ihren Namen wissen und um welche Inspektion es sich hier handelt!«, platzte Grenfeld ungehalten heraus.

Der junge Mann sah erstaunt auf. »Stahnke ist mein Name, alles andere spielt für Sie im Moment keine Rolle.«

»Hören Sie, Herr Kollege … Stahnke, ich bin sicher, Sie tun nur Ihre Arbeit, aber kürzen wir das Ganze ab. Rufen Sie Herrn Gennat. Der Vorgang lässt sich sicher schnell aufklären.«

»Herr Oberinspektor Gennat ist nicht mein Vorgesetzter. Wir sind hier in der Abteilung I A und ich bin nicht Ihr Kollege!« Der Beamte betonte jedes Wort, als ob er einem widerspenstigen Schüler Benimmregeln diktierte.

»Was hat denn die politische Abteilung mit dem Fall Babel zu tun? Hier handelt es sich in erster Linie um Mord, dann um die Entführung meines Schwiegervaters!«

»Tatsache ist, dass Sie flüchtend mit Blut an Ihrem Hemd aufgegriffen worden sind.«

»Natürlich bin ich geflüchtet. Was würden Sie tun, wenn Sie vermuten, dass die Entführer hinter Ihnen her sind?«

»Sie haben in den letzten Tagen mehrere Male von Ihrer Dienstmarke Gebrauch gemacht, obwohl Sie seit Januar nicht mehr im Dienst sind, Herr Grenfeld.«

»Es stimmt, ich bin offiziell nicht mehr im Dienst. Herr Gennat hat mich aber gebeten, im Fall Babel…«

»Sie haben einen Herrn Blume im Hotel Adlon blutig geschlagen. Ich kann mir kaum vorstellen, dass dies die Dienstauffassung von Kriminalrat Gennat ist.«

»Ich arbeite mit Herrn Gennat seit zwanzig Jahren zusammen. Glauben Sie mir, ich kenne seine Dienstauffassung. Außerdem dürfte gerade in Ihrer Abteilung Gewalt kein unbekanntes Mittel sein … und jetzt bitte ich Sie nochmals, Herrn Gennat zu benachrichtigen.« Der junge Mann ließ die Augen nicht von seiner Akte. »Dann verraten Sie mir wenigstens, ob Blume Ihr Spitzel ist?«

»Benutzung einer Waffe im UFA-Freigelände von Neubabelsberg. Sie hätten Ihre Waffe längst abgeben müssen. Stattdessen feuern Sie wie wild in ein Becken voller Kerosin. Wohl übermäßig viel Kokain konsumiert in letzter Zeit?«

Der letzte Satz traf Grenfeld wie ein unvorhergesehener Faustschlag. »Wie bitte? Ich möchte mit Herrn Dr. Weiß reden, unverzüglich!«

»Ah, gleich Herrn Regierungsdirektor persönlich. Warum holen wir nicht Herrn Grzesinski, den Polizeipräsidenten, oder den Minister? Ein gewöhnlicher Kommissar reicht Ihnen wohl nicht aus. Ich kann Ihnen versichern, meine Wenigkeit ist nicht zufällig mit Ihrem Fall betraut worden.«

Grenfeld kämpfte mittlerweile, seine Wut unter Kontrolle zu halten. »Gut, was sind dann Ihre Direktiven bezüglich meiner Person?«

»Sie händigen mir als Erstes Ihre Dienstmarke aus. Ihre Waffe haben wir bei Ihnen in der Douglasstraße sichergestellt.«

»Haben *Sie* meine Wohnung verwüstet?« Grenfeld war kurz davor zu explodieren.

»Wir haben nur das Eigentum der Polizeibehörde sichergestellt. Wenn Sie sich beschweren wollen, können Sie natürlich den entsprechenden Dienstweg beschreiten. Jetzt Ihre Marke, aber schnell!«

»Ich würde einem Anwärter wie Ihnen nicht einmal eine Bahnfahrkarte aushändigen. Entweder holen Sie jetzt auf der Stelle Ihren Vorgesetzten oder ich verschwinde!«

Grenfeld war aufgesprungen, der junge Beamte fuhr hinter seinem Schreibtisch hoch und sah nervös zu einem Schutzpolizisten, der neben der Türe postiert war. Dessen Mundwinkel zuckten lediglich, ansonsten machte er jedoch keine Anstalten zu handeln. Grenfeld kannte den alten Konowske von früheren Einsätzen. Für einen kurzen Moment verharrten alle drei Männer in ihrer Position. Robert konnte sich nur zu gut in den jungen Schnösel hineinversetzen. Er wollte nichts falsch machen. Vielleicht war dies sogar sein erstes Verhör, und wenn die Situation außer Kontrolle geriet, würde man ihm die Schuld dafür geben.

»Kann ich Sie für zwei Minuten unter vier Augen sprechen?«, sagte Grenfeld plötzlich mit väterlichem Unterton in der Stimme.

Der junge Mann zögerte. Lehnte er ab, konnte man das als Angst interpretieren, ließ er es zu, tanzte er nach der Pfeife des Verhafteten.

Widerwillig gab er Konowske ein Zeichen, worauf dieser sich bedächtig erhob und den Raum verließ. Grenfeld glaubte, auf dessen Gesicht ein leichtes Lächeln erkannt zu haben.

»Nun?«, fragte der junge Anwärter unsicher, nachdem sie unter sich waren.

Der ehemalige Kommissar ging langsam zum Fenster und sah auf die vorbeifahrende Stadtbahn. Er hatte keine Ahnung, was er jetzt tun sollte, nur den Termin heute Abend im Admiralsbad durfte er unter keinen Umständen verpassen. Um Zeit zu gewinnen, sagte er im Plauderton: »1905 legte ich als Kriminalanwärter meine Prüfung ab. Eine schwierige Zeit. Zwei Jahre arbeitete ich als Hilfskommissar, weil damals keine Stelle frei war. Ich lernte fast alle Abteilungen des Hauses kennen.« Grenfeld hörte, wie Konowske wegen seiner Kriegsverletzung am rechten Bein den Gang entlangschlurfte und wusste, er würde zur Toilette gehen. Die Kollegen hatten oft gespottet, er würde dort mehr Zeit verbringen als im Dienstzimmer. Grenfeld blickte auf das versteinerte Gesicht des jungen Mannes, der unablässig mit seinem Füllfederhalter spielte. Von ihm allein würde es abhängen, was nun geschehen sollte. Ein wenig Verständnis, ein offenes Gespräch unter Kollegen, und Robert würde ihm keine Schwierigkeiten bereiten.

Aber es kam anders. Wie ein Oberlehrer deutete er auf die ihm vorliegende Akte und sprach mit hoher, schneidender Stimme: »Ihre persönliche Geschichte tut hier nichts zur Sache. Wenn Sie glauben, Sie können mit mir fraternisieren, dann haben Sie sich geschnitten. Nach Aktenlage erwartet Sie für diese Vergehen eine saftige Haftstrafe. Da hilft Ihnen auch der große Herr Gennat nicht mehr. Wenn Sie denken, dass Sie als ehemaliger Kommissar über dem Gesetz stehen, dann …«

Grenfeld hörte nicht mehr zu. Er konnte es sich nicht erlauben, die Nacht im Arrest zu verbringen, so viel war sicher. Als Kind hatte er mit seinem Vater den Zirkus besucht. Dort hatte ihm ein Clown einen Ball zugeschmissen. Er hatte sein geliebtes Eis fallen lassen, nur um den Ball aufzufangen. Daran musste Grenfeld jetzt denken, als er den Grünling dozieren hörte und sein Blick auf die nagelneue, schwarz glänzende Adler 25 fiel, die in Reichweite auf dem gegenüberliegenden Schreibtisch stand. Er wunderte sich, wie die Abteilung zu einer neuen Adler kam, und wusste doch, dass er handeln musste, bevor Konowske wieder seinen Platz neben der Tür einnahm. Mit einem Griff packte er die Schreibmaschine, sie war schwerer als vermutet, und warf sie dem Anwärter zu. Für den Bruchteil einer Sekunde sah er in die flackernden Augen des jungen Mannes, in denen sich Verwunderung und Entsetzen zugleich spiegelten. Durch die Wucht der Maschine sackte der Mann zusammen wie ein angeschossenes Wild. Dann schob er mit all seiner Kraft den Schreibtisch an die Wand, sodass der Anwärter zwischen Wand und Tisch eingekeilt war. Er nahm seine Akte an sich, riss die Türe auf und rannte den Gang entlang bis zum Treppenhaus. Erst jetzt hörte er einen Schrei, der mehr dem eines Tieres denn eines jungen Mannes glich. Am Ende des Ganges öffnete sich die Türe und Konowske trat aus der Toilette, die Hand noch am

Hosenschlitz. »Nicht hier runter, die Türe ist geschlossen. Die Treppe hinauf und rüber in den anderen Trakt«, flüsterte er. Der alte Konowske hatte recht. Irgendwo gab es in diesem Teil der Roten Burg einen Ausgang, der während der Besetzung des Präsidiums 1919 zugemauert und dann nie wieder geöffnet worden war. Grenfeld hetzte die Treppe hinauf in den zweiten Stock, den Flur entlang, vorbei an den Büros von der Sitte, dann rechts vorbei an der Inspektion Diebstahl. Hier kannte er sich wieder aus.

Endlich erreichte er das mittlere Treppenhaus, als er plötzlich im unteren Stockwerk eine Stimme hörte, die ihm so vertraut vorkam, aber unmöglich hierher gehörte. Er lehnte sich vorsichtig über das Treppengeländer und entdeckte … Mascha, die sich gerade mit einem Kommissar von der politischen Abteilung unterhielt. Die Art, wie sie miteinander sprachen, machte ihm schlagartig klar, dass sie nicht verhaftet worden war. Es klang nach einem Plausch unter Kollegen. Plötzlich wurde ihm übel, er sank auf die Treppenstufe und lehnte seinen Kopf gegen das harte Messinggeländer. Mascha – eine Polizistin? Ein Spitzel der politischen Abteilung? Wusste sie, dass sie ihn in der Mangel hatten? Ihre Worte hallten durch das kalte Treppenhaus wie eine verwaschene Bahnhofsdurchsage. Er musste die Akte lesen, aber nicht jetzt. Mühsam richtete er sich auf.

»Robert, ja was um alles in der Welt machst du denn hier? Ich dachte, du bist längst im Ruhestand? Machst du einen Besuch in der alten Burg oder hat man dich zum Aktensortieren strafversetzt?«

Grenfeld zuckte zusammen. Vor ihm stand ein ehemaliger Kollege von der Inspektion Diebstahl, strahlte über das ganze Gesicht und sprach wie üblich donnernd laut. Vom Körperumfang machte er mittlerweile Gennat Konkurrenz.

Robert befürchtete, Mascha könnte auf ihn aufmerksam werden, deshalb murmelte er etwas Unverständliches, was den Kollegen allerdings in keiner Weise zu irritieren schien.

»Komm mit! Wir haben gerade eine Ausstellung von Diebesgut unten in der Asservatenkammer. Da kannst du mal sehen, was die feine Gesellschaft alles in ihren Villen hortet. Ach, das habe ich ja glatt vergessen ... du bist ja selbst einer der oberen Tausend in dieser Stadt!«

Grenfeld atmete auf, als der Kollege unaufhörlich redend dem Gang weiter folgte und erst im hintersten Gebäudeturm die Treppe hinabstieg. Immer wieder blieb er stehen, um schwer atmend auf Grenfeld einzureden, der langsam nervös wurde. Der Schnösel hatte sicher bereits die Pforte alarmiert.

»Seit du weg bist, tut sich bei uns so einiges. Polizei dein Freund und Kamerad, ist die neue Devise. Die Öffentlichkeit soll uns jetzt mögen. Kommt alles vom neuen Präsidenten Grzesinski, aber ich sag mir, das kann ja nicht schaden. Und bei euch? Ab Januar soll Gennat die neue Mordkommission aufbauen. Was ist jetzt mit dir? Bist du wieder an Bord?«

Im Erdgeschoss war die Hölle los. Neben Vertretern der Presse waren zahlreiche Diebstahlopfer gekommen, um unter den ausgestellten Teppichen, Leuchtern, Silberschmuck und Besteck ihr Eigentum zu finden.

Grenfeld entdeckte eine geöffnete Seitentüre, durch die gerade ein schwerer Perserteppich gewuchtet wurde. Er erntete freundliche Blicke, als er mit anpackte und sich so nach wenigen Minuten vor einem Lastwagen im Lichthof der Roten Burg wiederfand. Er bot sich an mitzufahren und beim Ausladen zu helfen, was dankbar angenommen wurde. Kurze Zeit später rollte der Lastwagen auf die Alexanderstraße.

19

**6. November 1925, 18 Uhr,
Fort Hahneberg bei Staaken**

Tief unter der Erde in den Munitionskammern hielt sich Oskar Reis am liebsten auf. Als Aufklärungsflieger flog er einst tausendzweihundert Meter über den Schlachtfeldern des Krieges, heute konnte er nicht einmal mehr schwindelfrei einen Balkon betreten. Lange Zeit hatte Reis nichts von einem Trauma bemerkt, bis vor zwei Jahren die Beschwerden zunahmen. Häuserfronten, finstere Hinterhöfe und hohe Dächer ließen ihn schwindlig werden. Genau genommen konnte er in dieser Stadt nur noch sehr wenig ertragen. Der stupide Rhythmus der Dampframme, das Quietschen der Elektrischen, das Rattern der Hochbahn, das Zimmern der Bauzäune … all das setzte ihm körperlich zu. Hier unten hingegen regierte eine wunderbare Stille. Von der Außenwelt drang kein Geräusch zu ihm, nur das unruhige Atmen des entführten Bankiers erfüllte das alte Gewölbe. ›Kümmere dich um ihn!‹, hatte der Hauptmann gesagt und Oskar war lange genug dabei, um zu wissen, was damit gemeint war. Doch diesmal war alles anders. Er wusste, es würde nicht mehr lange dauern und er selbst würde an die Stelle des alten Bankiers treten, blutverschmiert und mit gebrochenen Rippen. Die Kameraden waren unzufrieden mit ihm. Bislang war das Wort ›Verräter‹ nicht gefallen, noch dachten sie, der einstige Aufklärungsflieger und Kriegszitterer Oskar sei geistig nicht imstande, die Befehle auf dem UFA-Gelände auszuführen. Es war sein Glück, dass man ihn hier von Anfang an unterschätzte und seine Intelligenz mit der einer Kanalratte gleichsetzte, was ihn nicht sonderlich störte, denn er hatte die Klugheit dieser Tiere zu schätzen gelernt.

›Unser Oskar ist der Mann fürs Grobe‹, hatte Hauptmann Stumpf damals zum Oberleutnant fast entschuldigend gesagt und dabei süffisant in die Runde gegrinst. Lediglich der Oberleutnant hatte nicht gelächelt. Er kam nach vorn, legte ihm die Hand auf die Schulter und verkündete: ›Der Oskar ist unser trojanisches Pferd! Der Faber schleust ihn als Komparse ein und dann wird er seine Pflicht tun!‹

Der Hauptmann war rot angelaufen und hatte seinen Groll hinunterschluckt.

Alles hatte er verstanden, sogar die langen Ausführungen des Oberleutnants über die Heimholung der deutschen Filmindustrie. Dass die Masse erst zur Vernunft käme, wenn eine bankrotte UFA an die Ausländer verschachert worden war. Erst dann würde die laue Gleichgültigkeit dem Volkszorn weichen und mit diesem Volkszorn war etwas zu bewegen. Das alles hatte er verstanden. Doch er hatte noch etwas begriffen, etwas, was diesem Oberleutnant für immer verborgen bleiben würde. Seine stille und kalte Verachtung dieser Stadt gegenüber, sein Ekel, sein Hass auf diese Asphaltwüste, auf die Kinos und Theater, gründete einzig und allein auf dem Gefühl der Unterlegenheit und letztlich … der Angst, zu einem namenlosen Nichts zu verkommen. Keine noch so brillante Rede, keine seiner strategischen Ausführungen konnten darüber hinwegtäuschen. Und mit der Aura dieser Angst sammelte er, einem Rattenfänger gleich, die unsicheren Zornigen um sich, die ebenso Angst hatten, den Anschluss an die neue Zeit zu verlieren. Aus diesem Grund war er selbst, Oskar, die Kellerratte, diesem Rattenfänger gefolgt, um einen sinnlosen wie brutalen Anschlag auszuführen. Allerdings war auf dem Gelände der UFA, unter den vielen anderen Komparsen, eine wunderbare Verwandlung eingetreten, und etwas, wovon er glaubte, dass es längst gestorben war, 1916 an der Somme, brach von Neuem auf: eine unbändige Lust zu leben. Bisher glaubten sie ihm, dass der minderbemittelte Oskar die Helm mit einer Komparsin verwechselt hatte. Nur der Oberleutnant hatte keine Miene verzogen und geschwiegen. Er durchschaut mich, begriff Oskar. Er weiß, dass ich noch nicht entschieden bin, dass ich zögere. Aber warum lässt er das zu? Immerhin haben die mich in der Hand.

Der Faber war der Erste, dem es aufgefallen war, dass er beständig mit dem Schauspieler Fritz Rasp verwechselt wurde, der im Film *Metropolis* den Schmalen spielte. So ein Schauspieler müsste man sein, dachte Oskar. Sich jeden Tag in eine andere Person verwandeln, seine Haut abstreifen wie eine Raupe, um dann wieder frei fliegen zu können. Wie ein Spion war er ihm gefolgt: ins Deutsche Theater, in den Park, ins Café, zu Schwannecke in die Weinstube und hatte ihn beneidet um diese Leichtigkeit und Lebensfreude. Nur für einen Tag sein altes Leben abzustreifen, das musste sich wunderbar anfühlen.

Hermann von Sternberg wurde unruhig und stöhnte. Oskar stand auf und flößte ihm Wasser ein, dann deckte er ihn zu. »Lange kann ich dich nicht mehr schützen«, flüsterte er und ging nach oben.

6. November 1925, 19 Uhr,
Kakadu, Neue Winterfeldtstraße 15

Alexej Jaschtschenko schaute mitleidig auf Grenfeld, der seinen üblichen Wodka nicht anrührte und stattdessen das dritte Glas Schwarztee bestellte. Selbst die frisch zubereiteten saftigen Piroschki mit Pilzfüllung ließ er heute stehen. Seit einer Stunde stierte er auf eine braungelbe Akte, ohne sie auch nur einmal angerührt zu haben. Grenfeld kam oft mit schlechter Laune, aber Jaschtschenko besaß durch sein bewegtes Leben genug Menschenkenntnis, um zu spüren, dass in seinem alten Freund eine gewaltige Veränderung vor sich ging. Ein Abend ohne Alkohol, das war, soweit er sich erinnern konnte, in all den Jahren noch nie vorgekommen.

»Und Kommissar, was steht da drin?«, fragte er geradeheraus und schob das Glas Wodka irritiert zur Seite.

Robert zuckte müde mit den Schultern.

»Warum liest du das nicht endlich?«

Grenfeld sah durch ihn hindurch wie durch das Glas der frisch polierten Schaufenster bei Wertheim am Leipziger Platz.

»Geht es um die attraktive Russin?«, fragte er vorsichtig und setzte sich neben ihn.

Grenfeld sah Alexej von der Seite an und auf einmal wurde ihm klar, dass dieser Kneipier, Boxer und fanatische Schachspieler vielleicht der einzige Mensch in dieser Stadt war, dem er vertrauen konnte. »Die Sache ist ganz einfach. Ich habe Angst. Nur diesmal will ich sie nicht in Wodka ersaufen.«

»Tja, wer hat nicht Angst in diesen Zeiten. Viele meiner Gäste haben Angst vor dem Fremdenamt, der Abschiebung, dem Vergessenwerden, ich vor der Tscheka, aber du?«

»Ich spiele ein Spiel, ohne die Regeln zu verstehen, und kenne nicht einmal den Gegner.«

»Klingt nach Schach für Anfänger. Wir Russen sind zwar philosophisch veranlagt, aber mit diesen vagen Andeutungen überforderst du deinen alten Freund.«

»In drei Stunden werde ich den Entführern meines Schwiegervaters Unterlagen übergeben, ohne zu wissen, was passiert. Von meinen Kollegen habe ich keine Hilfe zu erwarten. Im Gegenteil, die wollen mich endgültig aus dem Verkehr ziehen.«

»Wo soll die Übergabe stattfinden?«

»Im Dampfbad des Admiralspalastes, um Mitternacht.«

Alexej lachte schallend. »Ich habe mich wohl verhört, in einem Dampfbad?«

»Ja, ich weiß, es klingt verrückt, aber mir ist nichts Schlaueres eingefallen. Die wollten mich nachts in den Schillerpark locken.«

»Chapeau, mein lieber Freund! Das gefällt mir. Dein Schachzug erinnert mich an die Sizilianische Verteidigung: Weiß zieht auf e4 und du auf c5. Vom Damenflügel aus das Zentrum angreifen, ja natürlich, das ist eine Möglichkeit.«

Grenfeld zuckte ratlos mit den Schultern.

»Na, wie auch immer. So etwas kann aber auch schnell eskalieren.« Er kratzte sich am Kopf, schaute auf die Uhr und murmelte etwas auf Russisch.

»Wie bitte?«

»Ein Sprichwort aus meiner Heimat: ›Ein alter Freund ist besser als zwei Neue.‹ In zwei Stunden sperre ich zu und dann komme ich mit. Ich brauche unbedingt wieder mal eine gründliche Reinigung.«

»Auf keinen Fall, ich möchte dich da nicht …«

Jaschtschenko leerte das Wodkaglas mit einem Zug, blinzelte ihm zu, stand auf, ging in die Küche und nörgelte:

»Deine Freunde vom Amt haben eine neue Hygieneverordnung erlassen. Gläser und Tassen müssen von heute an mit heißem Wasser gespült werden. Wie habe ich nur all die Jahre ohne eure Bürokraten überlebt?«

Grenfeld kannte ihn gut genug, um zu wissen, dass mit diesem Themenwechsel jede weitere Diskussion zwecklos war. Ein Freund saß in der Klemme, also half man. Dann atmete er tief durch und öffnete die Akte, die nur noch aus wenigen Papieren bestand. Den größten Teil hatte offenbar der Schnösel im Verhörraum behalten. Grenfeld blätterte wahllos herum, überflog seine Personaldaten, doch plötzlich stutzte er.

Svetlana Grekova (Deckname: Mascha), Wohnort: Koppenstraße 38; Langfristige Observierungsaufgaben: Politische Aktivitäten der russischen Staatsangehörigen; derzeitige Aufgabe: Ringvereine; Observierung des ausgeschiedenen Kommissars Robert Grenfeld (Abteilung IV) wegen Verdacht auf Kokainhandel, Mitgliedschaft im Großen Ring.

Grenfeld lehnte sich zurück und schloss die Augen. Eine pechschwarze Soße aus Teer und verdorbener Soljanka war über seinen Polizistenschädel ausgeschüttet worden und tropfte vom Kopf hinunter auf seine Gliedmaßen, drang in seine Gedärme und veranstaltete in seinem Magen eine unerwartet heftige Turbulenz. Ihm wurde speiübel und vorsichtshalber trottete er zur Toilette, wo er sich am Waschbecken aufstützte, aber geflissentlich vermied, in den Spiegel zu schauen. ›Vertrau mir endlich!‹, hörte er Maschas Stimme und jetzt stand schwarz auf weiß, was er befürchtet hatte. Sie war ein Spitzel der Politischen. Svetlana Grekova, so ihr richtiger Name, war – warum auch immer – auf die Ringvereine angesetzt worden. Und ganz nebenbei konnte man durch sie gleich den wild gewordenen Grenfeld im Auge behalten. Man hatte ihn benutzt, sozusagen an der langen Leine ermitteln lassen. Die Einquartierung von Mascha in seinem Haus, ihr plötzliches Auftauchen vor der Kneipe, ja selbst ihr Besuch im Krankenhaus … alles geplant und gesteuert. Kokainhandel! Er lachte bitter auf. Man hatte sich wahrscheinlich erhofft, dass der einsame Kommissar etwas mit der hübschen Russin anfing. Viele Fragen gingen Grenfeld durch den Kopf: Wusste Gennat davon oder spielte wieder einmal jede Abteilung im Präsidium ihr eigenes Spiel? Was um alles in der Welt hatte die politische Abteilung damit zu schaffen? Konnte sich seit seinem Ausscheiden die Aufgabenverteilung im Präsidium derart verändert haben? Und vor allem: Warum kam man nicht voran? Sie hatten ja noch nicht einmal den Brandanschlag auf dem UFA-Gelände verhindern können! Unverrichteter Dinge schlurfte Grenfeld zu seinem Platz zurück, schob Gläser und Tischtuch beiseite und legte seinen Schädel auf die nackte Tischplatte. Er hätte jetzt gerne einen Wodka bestellt, aber Zunge und Arm schienen ihm nicht mehr zu gehorchen. So blieb er liegen, hörte, wie einige Gäste sich verabschiedeten, und spürte etwas Kaltes, Kantiges unter seiner Schläfe. Ein Löffel, ein Messer … irgendetwas musste er übersehen haben und anscheinend war er gerade dabei, die Meisterschaft im Übersehen des Offensichtlichen zu gewinnen.

Er musste eingeschlafen sein, denn als er die Augen öffnete, war die Kneipe leer und nur durch den Schein zahlreicher Kerzen beleuchtet. Vor ihm stand ein dampfendes Glas Schwarztee, daneben ein Teller mit braungelb glänzenden Watruschki, in deren Quarkfüllung verschwenderisch viele Rosinen und getrocknete Waldbeeren steckten. Jaschtschenko saß ihm gegenüber, eingehüllt in einer Rauchwolke von feinstem Virginiatabak. Sein Blick wechselte flink zwischen dem ›Lehrbuch des Schachs‹ von Emanuel Lasker und seinem neuen Schachbrett hin und her, dessen Figuren nach dem Stil des Bauhauses auf nur wenige Formen reduziert waren. Lasker, dessen Porträt in einem schmucklosen Rahmen direkt neben dem Eingang des Kakadus hing, sodass es auch vom Gehweg der Neuen Winterfeldtstraße aus gesehen werden konnte, hatte von 1894 bis 1921 siebenundzwanzig Jahre den Titel des Schachweltmeisters inne. Warum Alexej nicht einfach zum Romanischen oder zum Café Austria pilgerte, um sein Vorbild kennenzulernen, entzog sich Grenfelds Kenntnis. Vorgeschlagen hatte er es ihm oft genug. Stattdessen spielte er einmal in der Woche eine Partie seines Idols nach und befand sich stundenlang in einem tranceähnlichen Zustand, der jegliche Konversation unmöglich machte. Die Stammgäste bedienten sich meist selbst und achteten peinlich genau darauf, störende Geräusche zu vermeiden. Heute jedoch schien seine Konzentration aus zwei Gründen zu leiden. Zum einen dachte er an das riskante Vorhaben seines Freundes, zum anderen hatte er das Gefühl, dass eine Sizilianische Eröffnung und diese neumodischen Spielfiguren sich gegenseitig ausschlossen. Deswegen schob er das Schachbrett unwirsch zur Seite, fuhr sich mit den Händen ausgiebig durch die Haare und blickte dann auf.

»Wir haben noch zwei Stunden. Genug Zeit, um mir alles zu erzählen, was ich wissen muss. Ich für meinen Teil kämpfe nicht gern gegen Unbekannte. Anschließend holen wir diese Unterlagen aus dem Schließfach.«

Als Grenfeld zunächst stockend und dann immer flüssiger die Geschehnisse der letzten Wochen erzählte, wurde ihm bewusst, wie sehr er einen Mitstreiter vermisste, dem er vertrauen konnte. Selbst seine schwierige Beziehung zu Helen und sein Experiment mit der Psychoanalyse ließ er nicht aus. Jaschtschenko zündete sich eine Juno nach der andern an, nickte und schüttelte mehrmals hintereinander verständnislos den Kopf. »So geht das nicht«, sagte Alexej entschlossen, nachdem Robert geendet hatte. »So geht das auf keinen Fall!«

Grenfeld schwieg und war sich nicht sicher, ob er die Schachpartie meinte.

»Das ist alles eine Nummer zu groß für dich. Hier geht es um große Geschäfte, um die UFA und um Politik, wenn ich das richtig verstehe. Und du kämpfst allein gegen alle. Das ist so, wie wenn ich Lasker und Capablanca zusammen herausfordern würde.«

»Kann man vergleichen, wenn man von den Folgen absieht!«, brummte Grenfeld trotzig.

Jaschtschenko beugte sich nach vorn. »Beantworte mir eine Frage: In wessen Auftrag handelst du eigentlich? Du bist nicht mehr bei der Polizei!«

Grenfeld sah auf die flackernden Kerzen, auf die leeren Tische und auf das unberührte Gebäck.

»Nochmals, mein Freund. Wozu das alles?«

Es machte ihm Angst, genau diese Frage nicht beantworten zu können. Warum um alles in der Welt hatte er sich da hineinziehen lassen? Um Gennat einen Gefallen zu tun?

»Weißt du, was ich glaube?«, sagte Jaschtschenko. »Dein Schwiegervater ist bereits tot. Sie wollen erst die Unterlagen … und dann dich!«

Robert sah wieder das viele Blut vor sich und ahnte plötzlich, dass er recht hatte.

6. November 1925, 23 Uhr, Admiralsbad, Friedrichstraße 101/102

Wenn es einen Platz in dieser Stadt gab, den Grenfeld am meisten liebte, dann das alte Dampfbad mit seinen Solequellen im Admiralspalast in der Friedrichstraße. Vor dem Krieg, als Helen und er sich gerade kennengelernt hatten, hatten sie sich oft in der Eisarena im Parterre verabredet, um hinterher in die Admiralsbar zu gehen. An Heiligabend 1912, nach dem Eisballett ›Flirt in St. Moritz‹, hatte er ihr einen Heiratsantrag gemacht. Die japanischen Kostüme zu dieser Revue hatte sie entworfen, einer ihrer ersten Aufträge. Eigentlich nur zufällig hatte er damals das Dampfbad direkt über der Eislaufhalle entdeckt, das für Nachtschwärmer rund um die Uhr geöffnet hatte. Eine Zeit lang war er jede Woche hierhergekommen, oft spät in der Nacht nach einem Einsatz, um in den frühen Morgenstunden müde, aber rasiert und massiert zurück ins Präsidium zu fahren. Auch das hatte er in den letzten Jahren vernachlässigt, und als sie jetzt von der Friedrichstraße in den Innenhof des Admiralspalasts gingen, war er nicht einmal sicher, ob das Bad überhaupt noch existierte, war doch vor zwei Jahren die Eisarena abgerissen und durch ein weiteres Revuetheater ersetzt worden. Was dieser heute baute, riss jener morgen ein, dachte er wehmütig, als sie die Treppen zum vierten Stock des Hinterhauses hinaufstiegen und schließlich die Kassenpforte des Bades erreichten. Jaschtschenko war nervös. Grenfeld hatte sich eine Waffe bei einem polizeibekannten Ringmitglied besorgt und ihm zugesteckt.

»Wir gehen getrennt in das Bad. Beobachte mich und wenn nötig, greif ein«, hatte er ihm auf der Straße zugeraunt und seitdem geschwiegen. Grenfeld hatte keine Ahnung, was ihn erwartete. Er wusste nicht einmal, ob sich die Entführer auf diesen Ort einlassen würden, doch als er die römisch-antike Bassinhalle des Herrenbades betrat, wo sich die blaugrünen Keramikfliesen im Wasser spiegelten, und er das gedämpfte Gemurmel der wenigen Nachtschwärmer hörte, wurde er plötzlich ganz ruhig. Hier hatte sich nichts verändert. Selbst die bizarren Zentauren auf den Wandsockeln sahen noch auf die Badegäste herunter, die sich heiter und wie in Trance zu bewegen schienen. Für einen Moment dachte er, alles wäre ein böser Traum und nach ein paar Stunden in dieser zeitlosen Umgebung würde sich dieser im Wasserdampf aufgelöst haben. Im Ruheraum unterhielten sich einige Herren auf den Liegen mit gedämpfter Stimme und nahmen von Grenfeld kaum Notiz. Sie hatten vielleicht in der ganzen Stadt kein Hotelzimmer mehr bekommen und nutzten das Bad als Übernachtungsquartier. Nur mit einem weißen Bademantel bekleidet, ließ sich Robert in einen der Ledersessel in der Mitte des Ruheraumes nieder und öffnete die Mappe, in der sein Schwiegervater die Ergebnisse der Revision verstaut hatte. Grenfeld überflog die meisten Seiten und las nur jene Abschnitte des Berichts, die keine Zahlen enthielten.

›*Zusammenfassend lässt sich konstatieren, dass ein Verkauf der UFA an ausländische Investoren selbst zum gegenwärtigen Zeitpunkt vermieden werden kann, wenn die genannten Schritte zu einer Neustrukturierung konsequent umgesetzt werden. Wir empfehlen zudem, die unerklärlichen Summen beim Einkauf ausländischer Filme näher zu untersuchen, um ein kriminelles Handeln der Verantwortlichen ausschließen zu können.*‹

Die hohe Kunst der diplomatischen Formulierung, dachte Grenfeld anerkennend. Nach seiner Lesart hatte sich irgendjemand auf Kosten der UFA gehörig bereichert. Er blickte auf und sah, wie Jaschtschenko, nur mit einem Handtuch bekleidet, den Ruheraum betrat und sich auf ein freies Sofa setzte. Er breitete gemächlich die russische Zeitschrift Rul aus und vertiefte sich augenblicklich darin. Grenfeld musste unwillkürlich lächeln, denn außerhalb von Charlottengrad, wie der Volksmund sein Viertel nannte, wirkte er wie ein heimatloses Wesen von einem anderen Stern. Hatte er die Waffe dabei? Grenfeld war nicht entgangen, dass er nur mit äußerstem Widerwillen die Pistole angenommen hatte. Jaschtschenko war Mitglied in einem russischen Boxverein und lehnte als Pazifist das Tragen von Waffen ab, was ihn jedoch nicht davon abhielt, den ein oder anderen Gast, der lautstark die Oktoberrevolution verteidigte und das bolschewistische Regime propagierte, eigenhändig vor die Tür zu setzen. Erst später, seit er sich mit der hohen Schule des Schachs beschäftigte, wurde er milder und versuchte, auf einer höheren geistigen Ebene, die Grenfeld auf ewig verborgen blieb, die verfeindeten Lager unter den Emigranten zu versöhnen. Dennoch war er überzeugt, dass Alexejs Name auf irgendeiner Liste der sowjetischen Geheimpolizei mindestens zweimal dick unterstrichen war.

Es geschah nichts, ganze zwei Stunden lang, und Grenfeld wünschte sich insgeheim, es würde nie etwas passieren. Um ein Uhr kamen einige verirrte, angetrunkene Provinzler und unterhielten sich über die Qualitäten der Straßenmädchen von der Friedrichstraße. Dann entdeckten sie, dass man im ersten Stock oberhalb der Galerie das Damenbad einsehen konnte und machten solch einen

Lärm, bis sie schließlich vom Badewärter hinausgeworfen wurden.

Um zwei Uhr kam Jaschtschenko zu ihm herüber und ließ sich in den Ledersessel fallen. »Ich halte es nicht mehr aus«, flüsterte er genervt. »Die Zeitung kenne ich schon auswendig.«

»Was gibt es Neues?«, fragte Grenfeld und zeigte auf die Rul.

»Eine Satire über die Deutschen, nicht gerade schmeichelhaft. Ich werde sie dir nicht übersetzen.«

»Womit haben wir so viel Abneigung verdient?«, fragte Grenfeld lächelnd.

»Die meisten meiner Gäste kommen doch so gut wie nie in Kontakt mit euch Deutschen. Sie bleiben unter sich, kaufen russische Lebensmittel, lesen russische Zeitungen, gehen in russische Lokale, lassen sich von Landsleuten im Taxi chauffieren und die Haare schneiden. Zimmerwirtinnen, Amtsmänner im Fremdenamt und Schupos bei einer Razzia sind die einzigen Deutschen, denen sie begegnen.«

»Ich war auch Polizist.«

»Ausnahmen bestätigen die Regel«, grinste Jaschtschenko. »Ich hab dir immer gesagt, du hast eine russische Seele: Du magst mein Essen, verstehst meinen Humor, teilst meine Rebellion, erträgst unseren Großen Kakaduorden und jetzt hast du dir auch noch eine russische Freundin im Präsidium zugelegt.«

»Hör gefälligst auf, in meiner Wunde zu stochern, Alexej.«

»Sag nicht, du hättest nichts geahnt.«

»Schon, aber nicht, dass sie für diesen Schnösel und die Politischen arbeitet.«

»Vielleicht hat sie eine Rechnung offen.«

»Welche Rechnung?«

»Frage sie nach ihren Eltern. Würde mich nicht wundern, wenn sie von der Tscheka umgebracht wurden. Im Übrigen: Die Entführer kommen nicht mehr. Gehen wir!«

»Geh du! Ich weiß sowieso nicht, wo ich übernachten soll. Ich bleibe gleich hier.«

»Ich lass dich hier nicht allein. Das kommt nicht infrage. Und schlafen kannst du bei mir, zur Not im Kakadu.«

»Alexej, du hast mir sehr geholfen. Aber lass mich jetzt allein. Ich döse ein wenig und am Morgen gehe ich direkt zu Gennat. Du hattest recht, es wächst mir alles über den Kopf.« Jaschtschenko verließ mit sichtbarem Unbehagen den Ruheraum.

Um drei Uhr war er allein. Auf einer viel zu kurzen Liege hörte er das Rauschen der Wasserrohre, ab und zu das Quietschen einer Tür, Pantoffel schlurften den Gang entlang, ein Raum wurde aufgesperrt, er hörte einen Lichtschalter. Der Masseur ging wohl nach Hause. Dann umhüllte ihn die Stille wie Watte, er wehrte sich gegen den Schlaf, doch er verlor.

Er wagte nicht die Augen zu öffnen, aber er brauchte nur wenige Sekunden, um zu begreifen, dass sie anwesend waren. Die Stimmen kamen von der Galerie, von der sie ihn offenbar schon länger beobachteten.

»Aufwachen, Herr Grenfeld! Wir haben eine Verabredung!« Es war dieselbe Fistelstimme wie am Telefon, die plötzlich unangenehm laut durch den leeren Raum hallte.

Grenfeld richtete sich auf, doch auf der Galerie konnte er niemanden erkennen.

»Verzeihen Sie mir die Unhöflichkeit, aber in unserem beiderseitigen Interesse ist es besser, wenn wir uns nicht sehen. Noch nicht.«

»Wo ist mein Schwiegervater?«, rief Robert mit müder Stimme nach oben.

»In Sicherheit, Herr Grenfeld, in Sicherheit. Die Zeiten sind heute unsicherer denn je für einen, der die Wahrheit besitzt. Wer weiß das besser als wir. Die Leute wollen sie nicht, die Wahrheit, nur Exzesse und Rausch. Selbst dieses Bad hier ist ein Zeichen für die Dekadenz und Vergnügungssucht dieser Stadt.«

»Sie mögen unsere Reichshauptstadt nicht besonders? Dann frage ich mich …«

»Berlin ist ein Steinsarg, eine offene Wunde des Reiches«, unterbrach ihn brüsk die Stimme von oben.

»Und Sie sind im Besitz der Wahrheit?«, fragte Grenfeld mit einem ironischen Unterton, den er hatte vermeiden wollen.

Von der Galerie ertönte ein lautes, gekünsteltes Gelächter. »Warum so sarkastisch? Auch Sie gehören doch zu jenen, denen noch etwas heilig ist in diesem Land. Wie ich gehört habe, folgt Ihnen der Ruf der Unbestechlichkeit. Das ist bereits ein Anfang, wo dieses Gesindel den ganzen Polizeiapparat verseucht hat. Mit jemandem wie Ihnen könnten wir weiterarbeiten, wenn wir an der Macht sind und Sie sich richtig entscheiden!«

Robert Grenfeld vermisste seine Waffe. Er schwieg und widerstand dem Verlangen, dieses Geplapper von Andeutungen auf einen Schlag zu beenden. Mit einem Mal wusste er, welche Art Mensch ihm gegenüberstand. Intelligent, hochsensibel, doch voller Hass und immer im Glauben, irgendwen von irgendeiner Schmach befreien zu müssen. Nach der Inflation liefen die Geschäfte der Zornigen mäßig. Stabilität war kein guter Nährboden für ihre Verschwörungslegenden. Die meisten waren nur Maulhelden, doch

Grenfeld spürte, dieser Mensch war mehr als das. Er war gefährlich, zumindest charismatisch, und er hatte Anhänger um sich geschart. Er würde sich zum Reden verleiten lassen und es später bereuen.

»Welches Gesindel?«, fragte Grenfeld harmlos. Er musste mehr über diesen Mann herausfinden. Wieder folgte dieses gekünstelte Lachen.

»Ich bitte Sie! Sie sind doch nicht umsonst aus diesem Verein ausgetreten, Herr Grenfeld. Sie wissen, wovon ich spreche. Kriminelle Subjekte, die sich hinter harmlosen Vereinsnamen tarnen und die Polizeiführung zum Silvesterball einladen.«

Grenfeld schwieg.

»Aber ist das ein Wunder? Wenn man einen Isidor zum Chef der Berliner Kriminalpolizei macht.«

»Isidor? Wer soll das sein?«, fragte Grenfeld, der wusste, dass dies eine Anspielung auf Bernhard Weiß sein sollte, den neuen Chef jüdischen Glaubens der Berliner Kriminalpolizei. »Wenn Sie schon so schlau sind, dann müssten Sie wissen, dass Isidor kein jüdischer, sondern ein griechischer Name ist.«

»Bei uns könnten Sie noch viel lernen, Herr Grenfeld. Merken Sie sich diesen Satz: Die Bedeutung eines Wortes ist zweitrangig, auf die Wirkung kommt es an. Welches Gericht könnte einen verurteilen, wenn man jemanden mit einem griechischen Spitznamen tituliert. Aber nun Schluss mit der Lehrstunde. Haben Sie die Akte des Herrn Schwiegervaters dabei?«

»Da muss ich Sie enttäuschen. Das Schließfach war leer. Er muss sich geirrt haben. Das Endergebnis dieser Revision liegt wohl einzig und allein … in seinem Kopf … oder er hat es jemand anderem anvertraut. Das müssten Sie ihn schon selbst fragen.«

Kein Lachen ertönte diesmal von der Galerie. Wenn sein Schwiegervater tot war, konnten sie ihn nicht mehr befragen. Sie hatten einen Fehler begangen.

»Sie werden uns hoffentlich nicht zum Narren halten, Herr Grenfeld? So dumm sind Sie sicher nicht, wo wir den Aufenthaltsort Ihrer Frau kennen, nicht wahr!«

Sie haben keine Ahnung, dachte er und überlegte fieberhaft, was jetzt passieren würde. Aber vorerst geschah nichts.

»Ich könnte natürlich suchen. Doch dann muss ich wissen, was Sie eigentlich bezwecken. Warum wollen gerade Sie mit allen Mitteln den Verkauf der UFA an die Amerikaner vorantreiben? Können Sie mir das erklären?«

»Die Lehrstunde scheint Ihnen zu gefallen. Von mir aus. Hier der zweite Satz: Der direkte Weg ist selten der beste. Manchmal muss man Umwege gehen, um sein Ziel zu erreichen. Das dürfte Ihnen, einem erfolgreichen Kommissar, nicht entgangen sein, Herr Grenfeld.«

»Welches Ziel?«

»Die Zersetzung dieses Millionen verschlingenden Kasperletheaters, nennen wir es so, ist der erste Schritt zur Befreiung der …«

Der Redefluss brach unerwartet ab – Schweigen. Robert stand langsam auf und schlich die Wand entlang bis in die hinterste Ecke des Raumes, von wo aus er die Galerie überblicken konnte. Dort oben war es stockdunkel und erst nach und nach erkannte er die Umrisse eines weißen Bademantels mit Kapuze, ein weißer Koloss, der mit ausgestreckter Hand auf jemanden zielte. Es war Jaschtschenko. Er hatte das Bad nicht verlassen, sich die ganze Zeit auf der Galerie versteckt und das hatte wiederum sicher etwas mit seiner Sizilianischen Verteidigung zu tun, die Grenfeld nun wirklich zu interessieren begann, obwohl er nur dürftig Schach spielte.

»Heiligenweg 7 in Zürich«, schrie eine Stimme nun. »Bei Familie Dornhöfer. Das ist die Adresse Ihrer Frau. Sollte uns etwas zustoßen, werden andere unsere Arbeit erledigen. An Ihrer Stelle würde ich das nicht riskieren. Das sollten Sie auch Ihrem russischen Tanzbär da sagen.«

Grenfeld rannte zur Treppe und hetzte die Stufen nach oben. Jaschtschenkos Gesicht war schweißnass, doch seine Hand zitterte nicht. An der gegenüberliegenden Wand lehnte eine dünne Gestalt, um die dreißig, Oberlippenbart, stahlblaue Augen, Spitznase. Sein Gesicht war seltsam asymmetrisch. Um seine schmalen Lippen spielte ein sardonisches Lächeln.

Daneben ein wild aussehender Hüne mit einem zornigen Gesichtsausdruck, dessen voluminöser Schnurrbart zitterte. »Heiligenweg 7 in Zürich«, wiederholte der und sah Grenfeld herausfordernd an.

»Paul, der Herr Kommissar hat es gehört und überlegt nun, ob wir bluffen. Hin und her wird er überlegen und das Ergebnis wird wohl unser aller Schicksal besiegeln. Glauben Sie eigentlich an Seelenwanderung, Herr Kommissar?«

»Warum nicht. Ihr Gesicht erinnert mich ernsthaft an das einer Spitzmaus. War das Ihre frühere Existenz?«

»Es kommt die Zeit, da werden Leuten wie Ihnen Ihre Frechheiten im Maul stecken bleiben.«

»Ruf die Polizei«, zischte Jaschtschenko ungeduldig, ohne den Blick von den beiden Gestalten abzuwenden.

»Das, mein Lieber, würde ich als Allerletztes tun. Ihr habt nichts gegen uns in der Hand, und soweit ich mich erinnere, ist es der Kommissar selbst, der des Mordes an seinem Schwiegervater verdächtigt wird, nicht wahr? Wir waren hier nur baden und sind unbewaffnet.«

»Wenn Helen etwas passiert, wird die Akte an die Presse gehen«, sagte Grenfeld ruhig und gab Jaschtschenko das Zeichen zum Rückzug.

20

9. November 1925, 10 Uhr,
Neubabelsberg, UFA-Verwaltungsgebäude

Mareike Sondt hasste Unpünktlichkeit. In der Frankfurter Allee war auf dem Gelände der Schokoladenfabrik Bartz & Barth ein Feuer ausgebrochen und eine gewaltige Menschenmenge, angelockt durch den weithin sichtbaren Feuerschein, blockierte die Fahrbahn. Sie hatte um 9.30 Uhr einen Termin mit einem Statisten namens Oskar Reis und betrat mit einer halben Stunde Verspätung das UFA-Gelände.

Nachdem Erich Pommer ihr angekündigt hatte, man wolle einen unbekannten Statisten anstelle des erkrankten Schauspielers Fritz Rasp auftreten lassen, reagierte sie zunächst skeptisch, dann ablehnend. Faber, der Chef der Komparserie, hatte die Ähnlichkeit entdeckt. Natürlich war es für alle ein Schock, als sich mehr und mehr abzeichnete, dass der Schauspieler nach seinem Autounfall in den nächsten Wochen ausfallen und sich die Dreharbeiten aufs Neue verzögern würden, aber einem völlig Unbekannten die Rolle des Schmalen zu geben, neben Brigitte Helm? Wie sollte das gehen?

Doch als sie das Besetzungsbüro in Neubabelsberg betrat und diesem Oskar Reis gegenüberstand, konnte sie ihren Augen nicht trauen. Faber hatte recht. Die Ähnlichkeit war wirklich verblüffend … und die Maske würde ihr Übriges tun. Es könnte funktionieren, einige Szenen nur, solange bis Rasp wieder gesund war.

»Herr Reis, haben Sie schon jemals in einem Film gespielt?«, fragte Mareike Sondt, während er ihr die Hand gab.

Der Mann schüttelte den Kopf und grinste.

»Theater? Irgendeine Art von Bühnenerfahrung?«

Er blickte sich um, als befände er sich zum ersten Mal in einem Büro, dann schüttelte er wieder den Kopf. »Man hat mir gesagt, ich würde den Bösen spielen, stimmt das?«, fragte er unruhig, ohne Mareike Sondt anzusehen.

Sie zögerte. »Nun ja, wenn Herr Lang Sie akzeptiert, dann werden Sie die Rolle des Schmalen übernehmen. Er spielt tatsächlich eine unheilvolle, dunkle Rolle in diesem Film. Ein Spion, ein Handlanger des Herrschers von Metropolis. Es werden ja auch nur ein paar Szenen sein, solange bis Herr Rasp wieder gesund ist.«

Zum ersten Mal sah er Mareike Sondt direkt in die Augen. »Das kann ich.«

»Warum sind Sie sich sicher? Sie haben noch nie gespielt, nicht?«

Wieder sah er sie direkt an. »Ich habe Erfahrungen mit dem Bösen, Frau Sondt.«

»Wie meinen Sie das?«

»Ich bin ihm begegnet.«

»Sie sind was?«

Plötzlich lachte der Mann laut auf. »Sehen Sie. Jetzt haben Sie mir geglaubt.«

»Nun ja, was haben Sie denn bisher gemacht?«

»Überlebt, Frau Sondt, das ist viel für einen Menschen wie mich.« Oskar Reis zog ein zusammengefaltetes Papier hervor und las so undeutlich, als ob er sich eine Einkaufsliste einprägen wollte. »Möbeltransportarbeiter, Zementarbeiter ... und dann habe ich davon gehört, dass sie Komparsen suchen, die sich kahl scheren lassen … so kam ich … zum Film.«

Mareike nahm ihm das Papier aus der Hand. »Da steht ja noch viel mehr. Sie waren Aufklärungsflieger? Danach arbeiteten Sie in den Cellonwerken in Charlottenburg …«

Reis winkte ab, als wollte er die Vergangenheit wie eine lästige Fliege verscheuchen. Er murmelte widerwillig: »Die Flugzeuge, Frau Sondt, wir haben die Tragflächen mit farblosem Cellon bespannt, dann wurden wir unsichtbar und konnten in tausendzweihundert Metern Höhe fotografieren. Von unseren Aufnahmen hing viel ab, glauben Sie mir.«

Mareike Sondt war unschlüssig. Sicher, die Ähnlichkeit war verblüffend, aber konnte ein ehemaliger Flieger diese Rolle ausfüllen?

»Sie zweifeln?«, fragte der Mann mit leiser Stimme.

»Sagen wir so, wenn Sie wenigstens …«

»Das mit dem Bösen, Frau Sondt, das war kein Scherz!« Jetzt kam er ganz nah an Mareike heran. Sein Atem roch schlecht. »Im Juni 1916 an der Somme. Dauerfeuer, Leichenteile, Granatsplitter, Wahnsinnige … da lernt man das Böse kennen, glauben Sie mir. Im Vergleich zu einem Schützengraben ist das Ganze hier ein …«, er suchte nach dem richtigen Wort, »ein Witz, jawohl, ein Witz!«

Mareike spürte, wie sie langsam ärgerlich wurde. »Sie irren sich, Herr Reis, das hier ist kein Witz. In Neubabelsberg arbeiten Tausende von Menschen Hand in Hand für einen großen Traum. Maler, Bühnenarbeiter, Operateure, Regisseure, Beleuchter, Maskenbildner, Köche … alle stolz auf ihr Handwerk und am Ende in den Lichtspielhäusern …«

Reis winkte wieder ab. »Geben Sie sich keine Mühe. Es geht um Geld, nicht wahr? Es geht immer um Geld. Wann soll ich anfangen?«

Mareike konnte nicht einschätzen, ob dieser Mann borniert war oder sie provozieren wollte. Es gab wenige Menschen, die ihr auf Anhieb vollkommen unsympathisch waren. Dieser Reis gehörte jedenfalls dazu.

»Herr Lang möchte schon morgen Probeaufnahmen machen. Die Zeit drängt. Sind Sie einverstanden?«

Oskar Reis nickte.

»Da wäre noch etwas …« Mareike Sondt schien das Thema sichtlich unangenehm. »Die Presse soll möglichst noch nicht erfahren, dass die Rolle des Schmalen von unterschiedlichen Personen gespielt wird. Wir werden deshalb nichts nach außen geben. Kann ich Sie darüber um Stillschweigen bitten?«

»Ich bin also Herr Rasp?«

»Zumindest so lange, bis wir wissen, ob Herr Rasp wieder spielen kann.«

»Ein verführerischer Gedanke, ein neuer Mensch sein zu können.«

»Gut, danke. Ich gebe Ihnen jetzt das Drehbuch. Bitte lesen Sie sich die Passagen durch, die ich unterstrichen habe. Herr Lang möchte, dass die Schauspieler die Texte laut und deutlich sprechen und nicht nur ihre Lippen bewegen.«

»Weshalb?«

»Die Mimik folgt der Stimme. Wenn Sie …«

»Frau Sondt?«

»Ja, bitte?«

»Werde ich mit dieser Maria gemeinsam in einer Szene spielen?«

»Sie meinen mit Brigitte Helm?«

»Ja.«

Mareike Sondt blätterte flüchtig im Drehbuch. »Der Schmale spielt hauptsächlich in drei Szenen mit. Im Büro von

Fredersen bekommt er den Auftrag, seinen Sohn zu überwachen. Die zweite Szene spielt im Wagen, wo er den Werker bedroht, sich von seinem Sohn fernzuhalten. Die dritte Szene spielt in der Wohnung Josaphats, den er zu bestechen versucht. Die erste Szene ist bereits abgedreht, aber so wie ich Herrn Lang kenne, möchte er sie sicher nochmals mit Ihnen wiederholen.«

Oskar Reis schien sichtlich enttäuscht zu sein.

»Warum fragen Sie?«

»Ich hätte so gern mit Brigitte Helm gespielt. Sie ist ein … Engel.«

Mareike sah ihn irritiert an. »Da sind Sie mit Ihrer Meinung nicht allein. Frau Helm ist aber fast bei allen Dreharbeiten anwesend. Sie werden sie sicher treffen.«

»Ich habe schon einmal versucht, sie anzusprechen, aber zwei Polizisten schirmen sie ununterbrochen ab.«

»Ja, das hat alles seinen Zweck, Herr Reis. Jetzt muss ich leider ins Atelier. Bitte lesen Sie das Drehbuch gründlich. Nichts hasst Herr Lang so wie Schauspieler, die sich nicht vorbereiten.«

Als Mareike Sondt das Verwaltungsgebäude verließ und über den Hof zum Großen Glashaus ging, hatte sie ein ungutes Gefühl. Obwohl ihr kalt war, verlangsamte sie ihren Schritt und blieb für einen Moment stehen. Dieser Mann war ihr zutiefst unheimlich und hatte – außer seinem Äußeren – nichts mit dem freundlichen, humorvollen Wesen von Fritz Rasp gemeinsam. Sollte sie Fritz Lang abraten? Aber mit welcher Begründung? Aufgrund eines Gefühls? Die gesamte Filmmannschaft war bis aufs Äußerste angespannt, die Produktion hinkte hoffnungslos dem Terminplan hinterher und sie selbst wusste nicht, ob sie nächstes Jahr noch für die UFA arbeiten würde. *Metropolis* verschlang eine Million Reichsmark nach der anderen und ihr Chef wurde mehr und mehr zum Sündenbock für die Misere der UFA. Gestern Abend hatte er sie gefragt, ob sie sich vorstellen könne, zu Paramount zu wechseln. Sie war müde, denn sie hatte die ganze Nacht wach gelegen und über das Für und Wider gegrübelt.

Als sie im Großen Glashaus ankam, hörte sie lautes Geschrei. Fritz Lang und die Bühnenbildner hatten sich wieder einmal wegen irgendeines Details in den Haaren. Es ging offenbar um das Bildtelefon, das für Lang zu mickrig ausgefallen war. Aus Erfahrung wusste sie, dass sie Lang jetzt nicht stören durfte. Sie sah aus dem Fenster hinaus zum Freigelände und erblickte Oskar Reis, wie er mit dem Drehbuch in der Hand langsam zur Domkulisse schlenderte.

9. November 1925, 22 Uhr,
Zürich, Heiligengasse 7

Als Grenfeld am Tor der Familie Dornhöfer in der Heiligengasse 7 klingelte, antwortete lange niemand. Dann öffnete sich langsam die schwere Holztür und ein gebrechlicher älterer Herr kam mit seinem Hund die Treppe hinunter. Erst als er seine Dienstmarke zeigte, bat man ihn ins Haus. Am Küchentisch saß eine weißhaarige Frau, die nervös mit ihrer Perlenkette spielte, ihn nur flüchtig begrüßte, und seinem Blick auswich. Grenfeld ahnte, dass hier etwas mächtig schiefgelaufen war. Ein Gefühl bleierner Hilflosigkeit lag in der Luft und die Anspannung begann, sich auf ihn zu übertragen. Der alte Mann erklärte, Helen sei hier gewesen und habe einige Tage bei ihnen gewohnt, sei jedoch weitergereist, wohin, wüssten sie nicht. Sie machten sich große Sorgen, denn vor zwei Tagen sei bei ihnen eingebrochen worden, überhaupt habe man nach Berlin telefoniert und Herrn von Sternberg nicht erreicht. Grenfeld blickte die beiden Alten an und bemerkte Angst in ihren Gesichtern. Er wäre gerne auf der Stelle hier am Küchentisch eingeschlafen, doch das Paar machte nicht den Eindruck, als ob es eine weitere Aufregung ertragen konnte. Während Robert sich verabschiedete, begann die alte Dame plötzlich zu weinen. Grenfeld konnte nur verstehen, dass sie von einer Filmproduktionsfirma angerufen worden sei und aus Gedankenlosigkeit die Anwesenheit von Helen bestätigt habe. Deswegen habe Helen weiterreisen müssen. Er versuchte, die alte Dame zu beruhigen, und musste ihr am Ende versprechen, im Hotel Baur au Lac zu übernachten. Man habe dort Verbindungen und werde sofort eine Übernachtung arrangieren. Als Grenfeld wieder in seinem Wagen saß und Richtung Zürichsee fuhr, wurden seine Kopfschmerzen fast unerträglich. Die Fahrt von Berlin nach Zürich war ein einziger Kraftakt gewesen. Immer wieder hatte er anhalten müssen und bei seinem Zwischenstopp am Bodensee hatte er endgültig eingesehen, dass er krank wurde.

Der Portier im Hotel Baur au Lac ließ sich seine Verwunderung darüber nicht anmerken, dass Grenfeld keinerlei Gepäck mit sich führte. Schlaftrunken füllte Robert den Anmeldeschein aus, fuhr mit dem Pagen in die oberste Etage und betrat eine Suite mit Seeblick, ein Privileg, wie der Page wortreich erklärte. Grenfeld unterbrach ihn, bat um Aspirin und um eine weitere Wolldecke, dann ließ er sich ins große französische Bett fallen und war augenblicklich eingeschlafen. Es musste fünf oder sechs Uhr gewesen sein, als Grenfeld plötzlich aufwachte. Die Decke und sein Kopfkissen waren schweißnass und es dauerte einen Moment, bis er verstand, wo er sich befand. Das Aspirin lag unbenutzt auf dem Nachtkasten. Er schob den schweren, weinroten Vorhang zur Seite und sah auf den See, der noch im Dunkeln lag. Nur die Promenade war beleuchtet. Im Hotel war es still. Er dachte an Helen, aber merkwürdigerweise verspürte er keine Angst um sie. Er hatte ihre Stärke immer bewundert und sie insgeheim für unverwundbar gehalten, so als wäre sie durch einen unsichtbaren Mantel ihrer Familie geschützt. Möglicherweise war sie jetzt in Ascona, bei ihrer Tante oder bei einer ihrer zahlreichen Freundinnen in Paris. Einzig ein Gedanke plagte ihn und ließ ihn nicht los: Was, wenn sie nach Berlin gefahren war, um nach ihrem Vater zu suchen? Er wanderte rastlos im Zimmer umher und spürte, wie die Hitze des Fiebers seinen Körper immer mehr vereinnahmte. Sein Blick fiel auf das Telefon. Er hob ab und ließ sich mit dem Berliner Polizeipräsidium, Abteilung IV, verbinden. Wie aus einer anderen Welt meldete sich die müde Stimme von Gennat, der wieder einmal im Büro übernachtet haben musste.

Grenfeld schwieg einen Augenblick lang. Er hatte sich nicht überlegt, wie er beginnen sollte.

»Hallo, wer ist denn da?«, raunte es ungeduldig am anderen Ende.

»Robert Grenfeld hier. Hör zu, Gennat, es gibt zwei Möglichkeiten. Entweder sagst du mir, dass alles ein Irrtum war: meine Verhaftung, die Vernehmung durch diesen Schnösel von der Politischen, dann diese Mascha …«, Robert musste Luft holen, »die mich von Anfang an observiert hat. Dass alles ein riesengroßer Irrtum war, oder … ich lege wieder auf und wir haben uns nie gekannt.«

»Robert!«

»Wie lange kennen wir uns? Seit zwanzig Jahren? Sind wir nicht durch dick und dünn gegangen? Und hast du mich nicht in diesen ganzen Schlamassel hineingezogen? Ich höre noch deine Worte am Tatort in Babelsberg: Wir brauchen deine Fähigkeiten, wir haben noch keinen Ersatz für dich gefunden. Kannst du dich erinnern? Und jetzt? Was ist jetzt? Mein Haus ist verwüstet, mein Schwiegervater ermordet, meine Frau muss sich versteckt halten und ich werde von irgendeinem dummen Schulbuben im Präsidium verhört wie ein Krimineller!« Grenfeld spürte, wie sein Fieber weiter anstieg, und er wartete nicht auf eine Reaktion. »Hier gehen Dinge vor sich, die ich nicht mehr überblicken kann. Ich spreche mit irgendwelchen Wahnsinnigen, die den Verkauf der UFA an die Amerikaner sehen möchten, aber gleichzeitig wie Anhänger der NSDAP klingen. Die verspotten unseren Polizeichef Bernhard Weiß als jüdischen Isidor und plappern von der Dekadenz des Admiralsbads und der Unterwanderung des Polizeiapparats durch die Ringvereine. Meinen Schwiegervater schlachten sie wie ein Schwein ab und schleifen ihn über die Marmortreppe seiner Villa in irgendeinen Wagen, um dessen Leiche in ein dunkles Loch zu werfen. Und was macht ihr? Was?« Robert Grenfeld schrie, er rang nach Atem. »Gennat! Du kennst Helen. Du hast gesagt, du magst sie. Ich weiß nicht, wo sie ist, vielleicht in Berlin? Ich möchte nicht ihr Foto ausgestellt sehen, unten in den Glaskästen, wo die Besucher des Polizeipräsidiums vorbeimüssen. Da steht dann … Helen Grenfeld, aufgefunden in einer Baugrube der Untergrundbahn, Täter unbekannt.«

Am anderen Ende der Leitung herrschte Stille.

»Und dann noch was. Dieser Schnösel hat mir vorgeworfen, in das Kerosin geschossen zu haben … vielleicht hat diese Mascha, euer Spitzel, euch ja berichtet, dass ich der Einzige war, der etwas unternommen hat. Der Einzige! Wo waren deine Beamten? Ohne mich hättet ihr Fotos von fünfzig verbrannten Kinderleichen in eure Schaukästen stellen müssen!« Grenfeld sah aus dem Fenster und erkannte die erste Morgenröte. Noch immer war es am anderen Ende der Leitung still. Er war nicht einmal sicher, ob die Leitung noch bestand. Grenfeld hörte ein Räuspern, dann nur vier Worte: »Es tut mir leid.«

»Aber was um alles in der Welt ist denn passiert? Was läuft hier schief?«

»Das Wichtigste zuerst: Helen ist hier.«

»Was? Wo? Bei dir im Präsidium?«

»Wir haben deine Villa überwacht. Sie ist gestern dort angekommen und jetzt in Sicherheit.«

»Kann ich sie sprechen?«

»Jederzeit, sie ist bei Gertrud Steiner untergekommen. Mit Polizeischutz vor der Tür.«

Grenfeld meinte ein leichtes Zögern in der Stimme des Dicken gehört zu haben. »Ist das wieder ein Trick? Um mich nach Berlin zu locken? Gennat!«

»Nein!«

»Und was ist mit Hermann? Habt ihr neue Erkenntnisse?«

Plötzlich klopfte es an der Türe. Grenfeld legte den Hörer weg und ein Page mit besorgter Miene öffnete vorsichtig die Tür. »Verzeihung, Herr Grenfeld. Ein Zimmernachbar hat Schreie gehört. Kann ich etwas für Sie tun?«

»Nein, alles in Ordnung. Oder … bringen Sie mir noch ein Aspirin, bitte.«

»Soll ich einen Arzt rufen?«

»Nein. Bringen Sie mir einfach noch ein Aspirin.« Als Grenfeld zum Telefonhörer griff, war die Leitung unterbrochen. Er wollte ein weiteres Mal Gennats Nummer wählen, legte jedoch auf. Heftige Bauchkrämpfe packten ihn. Gebeugt ging er zum Fenster, sah die Sonne über dem

Zürichsee aufgehen, öffnete die Balkontüre einen Spalt und sog begierig die kalte Morgenluft ein. Konnte er Gennat noch vertrauen? War Helen wirklich in Sicherheit? Grenfeld zog die Vorhänge zu, schleppte sich zurück ins Bett, schloss die Augen und wollte es einfach glauben. Plötzlich fiel ihm Dr. Löhns ein. Er hätte heute seinen zweiten Termin in der Praxis gehabt. In Erwartung neuer Fieberträume schlief er wieder ein.

10. November 1925, 12 Uhr,
Kakadu, Neue Winterfeldtstraße 15

Grenfeld war wie vom Erdboden verschluckt. Mascha hatte ihr aufreizendes Lächeln aufgesetzt, als sie sich bei Alexej Jaschtschenko nach ihm erkundigte, doch die Maske brach jäh in sich zusammen. Er würdigte sie keines Blickes und knallte ihr stumm und abweisend einen eiskalten Mokka auf den Tisch. Sie war der erste Gast in der Bar. Dann und wann blickte er mürrisch und finster zu ihr hinüber, als traue er ihr nicht über den Weg. Es war also, wie sie vermutete. Sie war aufgeflogen. Robert hatte sie im Präsidium gesehen, wie sie mit diesem Idioten von Kommissar geredet hatte, der partout auf dem Gang mit ihr hatte schäkern wollen. Wahrscheinlich, um sich mit ihr vor seinen Kollegen zu brüsten. Idiot! Kleinlaut hatte ihr Verbindungsmann gestanden, dass Grenfeld die Akten entwendet hatte und somit über sie Bescheid wusste. Sie hatte innerlich lachen müssen, als sie erfahren hatte, dass Robert Oberkommissar Stahnke eine Schreibmaschine auf den Schoß geschmissen hatte. Typisch Robert! Sie hatte ihn lang genug unterschätzt. Lustlos rührte sie in ihrem kalten Kaffee. Es war leicht gewesen, sie zu überreden, für Spitzeldienste zur Verfügung zu stehen. Nach der Sache mit Lilli und Lotta hatten sich all ihre Dokumente als schlecht gemachte Fälschungen erwiesen. Wen wunderte das? Gute Fälschungen kosteten eben gutes Geld. ›Es gibt da vielleicht eine Alternative zur Ausweisung, Frau Grekova.‹ Mehr hatte der Beamte vom Fremdenamt nicht flüstern müssen, sie hatte bereits Bescheid gewusst. Zwei Gänge weiter und dann zur Politischen. ›Ich mach alles, nur meine Landsleute häng ich nicht hin, das mache ich nicht‹, hatte sie damals forsch gesagt und damit sofort Wirkung erzielt. Genau das war aber ihr Vorhaben gewesen, die bolschewistische Gefahr … und dann ging es so lange hin und her, bis dieser Stahnke auf die Idee kam, mal die Verbindungen der Abteilung IV zu den Ringvereinen zu überprüfen, vielleicht konnte man ja damit beim neuen Chef punkten. Anschließend war sie schnurstracks zum Präsidenten des Rings spaziert und hatte ihm alles, aber auch alles gesteckt, worauf dieser nur laut gelacht hatte. Von da an war sie sein ›rotes Burgmädchen‹, das ab und an Informationen über die unliebsamen Rattenvereine an die Polizei weitergeben durfte. Oft war ihr schwindlig, wusste sie doch selbst nicht mehr, für welche Seite sie gerade tätig war. Und Grenfeld? Sie war nicht eifersüchtig auf sein Auto, seine Villa, seine Bibliothek. Es waren nicht die Dinge selbst, sondern seine Gleichgültigkeit diesen Dingen gegenüber, die sie zornig werden ließ. Allein mit den teuren Weinen, die er an einem Abend auf seiner Terrasse versoff, hätte man die russischen Flüchtlingskinder, draußen in Wünsdorf bei Zossen, eine Woche ernähren können, vielleicht sogar einen Monat. Und dann … als er sie doch tatsächlich eines Abends verdächtigte, ihre beiden Freundinnen umgebracht zu haben, da ließ sie beim nächsten Gespräch mit ihrem Verbindungsmann durchblicken, dass gerade dieser unbestechliche Grenfeld schon immer beste Beziehungen zum Kokainzweig des Rings unterhalten hatte. Und wie begierig er das zur Kenntnis genommen hatte. Von da an hieß es ›Observierung Grenfeld‹ und der Kreis schloss sich. Je länger er mit ihr zusammen war, desto mehr kam er in Kontakt mit dem Ring. Mascha bestellte noch einen Kaffee, erntete dafür lediglich eisige Blicke. Die letzten Monate waren nicht spurlos an ihr vorübergegangen. Sie hasste diesen Verrat, diese Lügen, diese Ausweglosigkeit und es gab Tage, da stand sie stundenlang am Bahngleis und dachte daran, den nächsten Zug nach Paris zu nehmen, oben oder unten. »Wenn nicht oben, dann unten«, sagte sie sich und erschrak selbst über den Gedanken, sich vor den Zug werfen zu wollen. Das Einzige, was sie am Leben hielt, waren ihre kleinen Rollen bei diesem Film und – auch wenn es es ihr schwerfiel zuzugeben – das Zusammensein mit diesem aus der Spur gekommenen Kommissar. Sie hatte noch immer keinen heißen Kaffee und würde hier auch keinen mehr bekommen. Abrupt stand sie auf, folgte Jaschtschenko bis in die Küche und flüsterte ihm von hinten ins Ohr: »Weißt du was? Dein Freund, glaub es oder nicht, ist der einzige Mensch auf der Welt, den ich mag. Du kannst mir ruhig einen Mokka servieren!«

Er drehte sich um, packte ihren Arm, schob sie beiseite und erst jetzt merkte Mascha, dass der flackernde Blick nicht ihr, sondern den zwei Kerlen galt, die in diesem Moment die Bar betraten. Sein Griff schmerzte. »Ruf deine Freunde von der Polizei, schnell … oder irgendwen! Mach schon!«, raunte er ihr zu. Dann ging er in die Vorratskammer und kramte aus einer Zwiebelkiste eine Waffe hervor. So verkrampft, wie er sie hielt, wusste sie, dass er nicht viel Erfahrung damit haben konnte.

»Um Himmels willen, gib die Waffe her, schnell! Das kann ich ja nicht mit ansehen!«, zischte sie.

10. November 1925, 15 Uhr, Neubabelsberg, UFA, Großes Glashaus

Sowie Oskar Reis den Drehort betrat, verstummten alle Gespräche. Der Mittelscheitel, der schwarze Gehrock, die langen Arme, die aufrechte Gestalt ... kein Zweifel, er war der Schmale. Als ob er noch die letzten Ungewissheiten beseitigen wollte, blickte er seltsam entrückt, ohne eine Miene zu verziehen, in die große Runde und ging langsam und hölzern in die Mitte des Raumes. Spontan brandete Applaus auf. Der Zeitplan schien gerettet. Nur Mareike Sondt klatschte nicht. In den Augen dieses Mannes erkannte sie einen Abgrund von Schmerzen, etwas, das sie bei Fritz Rasp nie wahrgenommen hatte.

Fritz Lang schritt auf den Schmalen zu, korrigierte seinen Stehkragen, kämpfte offenbar für eine Sekunde mit sich und trat wieder einen Schritt zurück. Sie wusste, dass auch er den Unterschied bemerkte, und schöpfte Hoffnung. Doch dann nickte Lang zustimmend und die ganze Mannschaft atmete auf. Der Regisseur hatte noch etwas anderes bemerkt. Die rechte Hand dieses Mannes zitterte, etwas, was man mit der neuen Mitchell vielleicht würde korrigieren können. Obwohl Mareike die Pressekonferenz am Ende des Monats vorbereiten musste, entschloss sie sich, bei der ersten Probeaufnahme mit dem Neuen zu bleiben, und bekam recht: Lang wollte die Büroszene mit Fredersen und dem Maschinenführer von Metropolis – Grot – nochmals drehen. Die Szene würde im Film nur wenige Minuten dauern, doch alle rechneten mit mehreren Stunden Drehzeit. Alfred Abel nahm als Fredersen seine Position hinter dem mächtigen, halbkreisförmigen Schreibtisch ein, die Hände im Sakko. Blitzschnell verwandelte sich dessen Gesicht in jenen dominanten, aber leidenden Ausdruck eines Magnaten, dessen Sohn sich für die Revolte jener Arbeiter einsetzte, die er jahrelang unterdrückte. Hinter dem Schreibtisch, Heinrich George, als unterwürfiger Maschinenführer Grot. Im Hintergrund, auf Leinwand, das Panorama der Hochhausschluchten und Autobahnen von Metropolis. Alle blickten gespannt auf Oskar Reis, der ohne Aufforderung vor die Tür gegangen war. Ein Assistent rückte noch schnell die Requisiten auf dem Schreibtisch zurecht. Die Blicke richteten sich auf Lang, der neben Baberske, dem Kameraassistenten, Platz genommen hatte. Dann ertönte »Achtung! Aufnahme!« und der Schmale betrat das Büro: Konzentriert, aufrecht, fast wie unter Hypnose blieb er an der Tür stehen, die Füße eng beieinander, auf einen Befehl wartend. Langsam schritt er auf Fredersen zu und wartete mit einem gebührenden Abstand.

»Fredersen im Rechtsprofil«, rief Lang zum konzentriert kurbelnden Kameramann.

Fredersen schaute ernst, fast ein wenig weinerlich. »Von heute an wünsche ich, über jeden Schritt meines Sohnes genau unterrichtet zu werden ...«

Der Schmale lächelte dankbar, senkte devot den Kopf und murmelte: »Zu Ihren Diensten, Herr Fredersen!«

»Linksprofil vom Schmalen, dann alle drei in der Totalen«, rief Lang. Der Schmale ging ab. Im Atelier hätte man eine Stecknadel fallen hören können, denn die Filmmannschaft wartete gespannt auf die Reaktion des Regisseurs, der zufrieden lächelte. »Was ist Kinder? Keine Pause! Wir drehen gleich die nächste Szene!«

Alle klatschten Beifall. Der Einstand von Oskar Reis war geglückt.

10. November 1925, 16 Uhr, Städtisches Krankenhaus am Friedrichshain

Gennat hielt es endgültig nicht mehr auf den engen Stühlen im Wartesaal des Krankenhauses aus und wanderte nun unruhig im Gang auf und ab. Selbst der malerische Ausblick auf den Park beruhigte ihn nicht mehr. Jederzeit konnten die Kollegen von der Politischen eintreffen und dann war es vorbei. Er musste unbedingt allein mit ihr sprechen. Ein junger Arzt mahnte zur Geduld. Swetlana Grekova, mit Decknamen Mascha, war noch nicht vernehmungsfähig. Sie war durch mehrere Schusswunden lebensgefährlich verletzt und ihr Leben hing am seidenen Faden. Der Besitzer des Kakadu hatte ausgesagt, sie hätte ihm durch ihr mutiges Eingreifen das Leben gerettet. Nachdem Gennat, eigentlich nur zufällig, vom Einsatz der Schutzpolizei bei einer Schießerei in der Neuen Winterfeldtstraße 15 erfahren hatte, war er hellhörig geworden. Mehr als einmal hatte er Grenfeld dort abgeholt. Als der Mannschaftswagen um 14 Uhr eintraf, war alles vorbei. Ein bewaffneter Mann wurde im Schusswechsel von Frau Swetlana Grekova erschossen, der andere war geflüchtet. Sie nahmen den Wirt des Kakadus, Alexej Jaschtschenko, fest, ohne dass die Kollegen ein weiteres Wort aus ihm herausgebracht hätten. Teilnahmslos saß er neben Kanther und starrte wütend auf den grauen Linoleumboden. Gennat konnte sich nicht erinnern, dass ihm jemals so unwohl in seiner Haut gewesen war. Der Fall Babel war ein einziges Fiasko. Hinter den Anschlägen in Babelsberg vermutete man eine radikale Splittergruppe im Dunstkreis der Deutschvölkischen Freiheitspartei. Deshalb war der Fall früh zu den Kollegen von der politischen Abteilung gewandert, die sich auch nach mehrmaligen Protesten weigerten, ihre Erkenntnisse mit der Abteilung IV zu teilen. Ein Grund für diese Feindseligkeit lag in einer Aussage jener Swetlana, die gerade um ihr Leben kämpfte. Sie hatte Grenfeld stark belastet, ihm eine jahrelange Mittäterschaft in jenem Teil des Rings unterstellt, der im Kokainhandel tätig war. Daraufhin wurden mehrere Abteilungen auf ihre Verbindungen zu den Ringvereinen überprüft, die Presse bekam davon Wind und das Ganze zog weite Kreise. Hatte er am Anfang noch Grenfeld lautstark verteidigt, so kamen ihm im Lauf der Zeit leise Zweifel. Vielleicht hatte sein plötzliches Ausscheiden aus dem Polizeidienst vor einem Jahr damit zu tun? Vielleicht war Helen deshalb ausgezogen? Heute früh hatte er seinen ehemaligen Kollegen dreist angelogen. In Wirklichkeit war Helen nicht in Berlin aufgetaucht. Es war ein Leichtes gewesen, Grenfeld aufzuspüren. Er hatte ja den Schweizer Dialekt im Hintergrund mithören können und da er unter seinem richtigen Namen abgestiegen war, kostete es ihn lediglich ein paar Telefonate, um den Namen des Hotels herauszufinden. Doch er wollte ihn nicht verhaften lassen, noch nicht.

Endlich gab der Arzt grünes Licht und Gennat betrat allein das Krankenzimmer. »Zehn Minuten, nicht mehr!«, mahnte der Arzt und verschwand. Als Gennat nach einer Viertelstunde herauskam, sah ihn Kanther gespannt an.

»Was sagt sie?«

»Sie hat gelogen. Kein Wort vom Kokainhandel ist wahr. Grenfeld ist sauber wie ein frisch gewickelter Kinderpopo.«

»Und warum um alles in der Welt hat sie ihn beschuldigt?«

Gennat zuckte mit den Schultern. »Als Spitzel musst du ab und zu etwas liefern. Außerdem hat sie von Anfang an für den Ring gearbeitet. Die wirklichen Verbindungsleute im Präsidium durfte sie nicht ausplaudern. Da kam Grenfeld gerade recht.«

»Das hauen wir den Kollegen um die Ohren!«

»Kanther, hol sofort Gertrud Steiner zum Protokoll und Hellriegel als weiteren Zeugen. Wir müssen uns beeilen!« Gennat sah auf Jaschtschenko, der apathisch ins Leere starrte. Mit Druck würde man bei ihm nichts erreichen, das wusste er. Er nahm ihm die Handschellen ab und setzte sich neben ihn. Dann wartete er.

Nach einer halben Ewigkeit wurde Alexej unruhig. »Sie hätte das nicht tun müssen. Es war nicht ihr Kampf. Ich habe ihr nicht einmal heißen Mokka serviert. Sie hat mir die Waffe abgenommen und geflucht, ich könne sie nicht mal gerade halten. Warum auch? Ich bin Boxer und Schachspieler. Mit Pistolen habe ich nichts zu schaffen!«

Gennat nickte. »Was wollten die von Ihnen?«

Jaschtschenko sah ihn plötzlich von der Seite an. »Grenfeld hat immer viel von Ihnen gehalten, wissen Sie das?«

Der Dicke wich seinem Blick aus.

»Sie haben ihn fallen lassen und das, obwohl er Ihre Arbeit gemacht hat.«

»Die Sache ist komplizierter, als Sie denken.«

Jaschtschenko stand plötzlich auf. »Oh nein, Herr Gennat, da irren Sie sich, Freundschaft ist einfach, nur Misstrauen macht alles kompliziert.«

Der junge Arzt ging erneut in das Zimmer von Swetlana.

»Ehrlich gesagt, ich war mir nicht mehr sicher, auf welcher Seite unser lieber Grenfeld steht.«

»Ich kann nur eines sagen. Er dürfte nah an den Mördern von Babelsberg dran sein, sehr nah. Und was die wollen? Die interne Revisionsakte seines Schwiegervaters, nehme ich an.«

»Die haben Sie?«

»Natürlich. Nehmen Sie sie. Ich bin heilfroh, wenn ich sie los bin!«

»Bitte, Herr Jaschtschenko, Sie müssen mir jetzt alles erzählen, was Sie über Grenfelds Ermittlungen wissen. Unser gemeinsamer Freund ist untergetaucht und so kommen wir keinen Schritt weiter.«

»Wird Mascha überleben?«

»Das wissen im Moment nicht mal die Ärzte.«

Einige Minuten kämpfte Alexej mit sich selbst, dann fing er an zu reden.

21

13. November 1925, 9 Uhr,
Zürich, Hotel Baur au Lac

Es dauerte mehrere Minuten bis Grenfeld merkte, dass das heftige Klopfen an seiner Tür nicht zu seinem Traum gehörte. Durch den schmalen Vorhangschlitz strahlte die helle Sonne in sein Hotelzimmer. Vorsichtig öffnete der Page die Tür, legte seine gereinigte Kleidung über einen Stuhl und brachte ihm auf einem silbernen Teller ein Telegramm ans Bett. Er musste die letzten zwei Tage ununterbrochen geschlafen haben und zum ersten Mal fühlte er sich wieder dem Leben gewachsen. Mehrmals hatte das Telefon geklingelt, doch er war zu schwach gewesen, um abzuheben. Und jetzt dieses Telegramm. Es war von Gennat. »Wie auch immer, du hast mich gefunden«, murmelte er und überflog die wenigen Zeilen:

›War im Irrtum. Die Politischen auch. Komm schnell nach Berlin. Brauchen dich. Helen sicher in Paris. Lässt dich grüßen. Alles kommt ins Lot!‹

Er schob die schweren Vorhänge zur Seite und für einen langen Moment ließ er seinen Blick auf den glitzernden Zürichsee, den Steg mit den Möwen und den dahinter liegenden Alpen ruhen. Ein schneeweißer Puder hatte sich über die Landschaft gelegt. Es tut mir leid, Gennat, dachte er, aber ich fahre nicht mehr zurück. Ihr braucht mich nicht. Ich reise weiter nach Paris und dann werden wir sehen. Helen würde nie wieder zu ihm zurückkommen, das war ihm heute Morgen bewusst geworden. Er nahm das Telegramm, zerknüllte es und warf es in den Papierkorb. Etwas unsicher ging er die Treppe hinunter in den Frühstückssalon, fragte nach einer Berliner Zeitung und setzte sich an einen Fenstertisch. Er hatte gerade den ersten Schluck Kaffee getrunken, da traf ihn die grausame Nachricht wie ein Schlag ins Gesicht. Mascha war abgebildet, ein großes Foto, ein schlechtes Foto, daneben das Bild eines Erschossenen. Darüber Worte in fetten Buchstaben: ›Polizeispitzel‹, ›Ringvereine‹, ›Überfall‹ und ›Opfer‹. Er hatte genug gelesen. Die Tasse fiel klirrend auf den Teller. Hilflos drehte er sich zum Ober, als ob er ihm die Nachricht wieder hätte zurücknehmen können. Dann, auf einen Irrtum hoffend, las er jedes Wort des Artikels, akribisch, genau, immer wieder, bis ihm die letzten Zeilen jede Hoffnung raubten:

›Gestern Abend erlag Swetlana Grekova im Alter von 26 Jahren im Krankenhaus am Friedrichshain den Folgen ihrer Schussverletzungen. Zwei Täter überfielen die Bar ›Kakadu‹ in der Neuen Winterfeldtstraße und eröffneten sofort das Feuer. Ein Täter kam dabei ums Leben, der andere ist flüchtig. Die Polizei sucht dringend nach der Identität des abgebildeten Toten und bittet um Hinweise aus der Bevölkerung. Die Beisetzung der Russin findet im Friedhof Spandauerstraße unter Ausschluss der Öffentlichkeit statt.‹

Der blaue Himmel, der glitzernde See und die schneebedeckten Berge kamen ihm auf einmal so unwirklich vor. Sie hatten jegliche Farbe verloren und sich zu einer kitschig graugelben Ansichtskarte verwandelt. Er konnte es nicht fassen, dass Mascha sich nie mehr qualmend an seinen Wagen lehnen würde, ihn nie mehr mit ihren zornigen Blicken strafte, nie mehr Shakespeare rezitierte und Zukunftspläne schmiedete. Diese Verbrecher hatten keinerlei Skrupel vor dem blühenden Leben, das sich mit archaischer Kraft durch den Asphalt Berlins kämpfte. Er musste unweigerlich an Brigitte Helm denken. Noch so eine junges Leben, das mit ungeheurer Willenskraft zum Licht strebte und das sie zertreten konnten. Polizeischutz hin oder her – er hatte nicht das Gefühl, als ob das einen Unterschied machte. Mechanisch faltete er die Zeitungsseite auf die Größe einer Postkarte zusammen und steckte sie ein. Er hatte keine Ahnung, was er jetzt unternehmen sollte, die Reise nach Paris hingegen schien ihm unmöglich.

13. November 1925, 11 Uhr,
Polizeipräsidium, Großer Konferenzraum

Selten hatten die Anwesenden eine so wütende Rede des Polizeipräsidenten Grzesinski erlebt. Von eklatanten Pannen war die Rede und einer beispiellosen Behinderungspolitik der einzelnen Abteilungen untereinander. »Ein Reich, das in sich selbst uneins ist, wird zerfallen« – dieser Satz schien noch durch den ganzen Raum zu hallen, als der Polizeipräsident längst den großen Sitzungssaal des Präsidiums verlassen hatte. Erfahrene Kommissare wie Neulinge der Abteilungen IV und I A fühlten sich wie vom Rektor zurechtgestutzte Schuljungen, die kurz vor einem Schulverweis standen. Die Stimmung unter den Anwesenden war gedrückt, aber in gewisser Weise spürten alle nach den letzten Wochen eine Erleichterung. Die im Fall Babel zuständigen Abteilungen mussten nun zusammenarbeiten, ob sie wollten oder nicht.

Gennat wirkte heute wie ein Abbild der Gelassenheit. Er hatte gestern bis spät in die Nacht mit dem Polizeipräsidenten und dem Kripochef diskutiert und endlich beide von seiner Sichtweise überzeugen können. Die Entscheidung, den Fall Babel allein der politischen Abteilung zu überlassen, war ein Fehler. Ebenso die Aktion, Swetlana Grekova ohne Mitwissen der Abteilung IV in den Ringvereinen ermitteln zu lassen. Auch Grenfeld wurde weitgehend rehabilitiert, wenn auch der tätliche Angriff auf den Kollegen Stahnke Folgen haben musste. Gennat hatte bis zuletzt auf ein Erscheinen seines Freundes gehofft, denn das Hotel in Zürich hatte ihm bestätigt, dass er gestern früh abgereist war. Der Chef bat Gennat, die Sitzung zu eröffnen.

»Also meine Herren, die Sache ist ganz einfach, wir sind im Recht und ihr habt den Fall vermasselt.«

Es dauerte eine Sekunde, bis das allgemeine Entsetzen in Gelächter umschlug. Das Eis war gebrochen.

Dann begann Dr. Stahnke, Oberkommissar der politischen Abteilung und Leiter des Falls Babel, seine Ausführungen. Eine überdimensionale Schlinge zierte seinen rechten Arm und man konnte seine Anspannung spüren. »Meine Herren, wie Sie vielleicht wissen, konnten wir im April und Ende Oktober einige Führer der Frontbann-Nord unter Anklage stellen, wir haben sie aufgrund von Geheimbündelei verhaftet. Sie hatten Verpflichtungsscheine für die Teilnahme an militärischen Übungen ausgeteilt. Im Zuge der darauf folgenden Verhöre sowie der Berichte unserer Gewährsleute«, Stahnke machte eine Pause, »tauchten immer wieder Gerüchte um eine Gruppe ›C‹ auf, eine paramilitärische Splittergruppe, die sich um einen Oberleutnant a. D. Franz von Kreiting aus München gebildet haben soll. Ich muss Sie nicht darauf hinweisen, dass die Anzahl der

Organisationen für den sogenannten völkischen, nationalen und militärischen Wiederaufbau derart drastisch angestiegen ist, dass es unmöglich wurde, jede Gruppierung zu kennen, geschweige denn, sie auf Dauer zu beobachten. Hinzu kommt, dass sich dank unserer konsequenten Verbots- und Verfolgungspolitik diese Organisationen beständig neu formieren und umbenennen müssen. Manche dieser Vereinigungen bestehen aus zwanzig Mitgliedern, andere aus mehreren Tausend. Das einzig Verbindende all dieser Gruppen liegt in ihrem Ziel: die Zerstörung der Republik. Nun steht das ›C‹, wohl als Reminiszenz an die Organisation ›Consul‹, angeblich für ›Caligari‹, eine bisher untypische Bezeichnung für Vereinigungen aus diesem Spektrum, weder für Kampfgruppen noch Geheimbünde. Wir haben diese Gerüchte – um ehrlich zu sein – also nicht besonders ernst genommen. Zumindest so lange, bis wir bei einer Hausdurchsuchung im Oktober auf Briefe an den ehemaligen Freikorpsführer Erich Roßbach und seine paramilitärische Organisation gestoßen sind, in denen von einer Gruppe ›C‹ die Rede ist, deren Ziel es sein soll, die deutsche Filmindustrie in ihrem Herzen zu erschüttern und als Agitationsmittel in die Hand der Rechten zurückzuführen. Ich erspare Ihnen die weit schweifenden Ausführungen des Briefes … verjudete Filmkultur, Verderben der Volksseele, Ausverkauf nationaler Interessen … das übliche Vokabular. Auf jeden…«

Dr. Tiefenbacher unterbrach: »Wo befindet sich dieser Roßbach jetzt? In Untersuchungshaft?«

»Nicht mehr, er wurde freigelassen.«

»Freigelassen? Aus welchem Grund?«

»Aus mangelndem Fluchtverdacht.«

Tiefenbacher wurde ungeduldig. »Und heute, wo befindet er sich zurzeit?«

Dr. Stahnke zögerte. Der nächste Satz lastete wie Blei auf seiner Zunge. »Nach seiner Entlassung flüchtete er nach München, um einer erneuten Verhaftung zu entgehen.« In der Runde entstanden Unruhe und vereinzelte Unmutsäußerungen. Er bat um Aufmerksamkeit. »Einen Moment, meine Herren. Ich bin noch nicht fertig. Wir haben letzte Woche die beschlagnahmte Korrespondenz erneut durchforstet, immerhin fünf Körbe, und zahlreiche weitere Hinweise gefunden.«

Gennat lehnte sich nach vorn. »Und welche?«

»Einen detaillierten Plan vom Freigelände in Neubabelsberg, Adresslisten der Schauspieler und Statisten sowie interne Abrechnungsunterlagen der UFA.«

Ein Raunen ging durch den Saal.

Stahnke atmete schwer und schaute hilflos nach rechts und links. »Nun zu Ihrer Frage, Herr Tiefenbacher, obwohl ich glaube, dass dieser ehemalige Freikorpsführer uns da nicht weiterhilft. Nachdem Roßbach 1922 mit Hitler in München Kontakt aufgenommen hatte, um eine norddeutsche NSDAP zu gründen, wurde sie verboten, auch die unzähligen Nachfolgeparteien. Heute ist seine Organisation Teil des Berliner Frontbanns, die derzeit immerhin zwischen sechshundert und zweitausend Mitglieder haben. Das eigentlich Gefährliche daran ist, dass sie es geschafft haben, Olympia, Stahlhelm, Werwolf, den Bismarckbund und wie sie alle heißen unter einem Dach zu einigen. Er selbst ist nach dem Münchner Putsch nach Salzburg geflüchtet und beschäftigt sich heute mit, tja, wie soll ich sagen, Übersinnlichem.«

Gennat räusperte sich. »Was wissen wir über diese Organisation ›C‹ und diesen Oberleutnant von Kreiting?«

Der Kommissar der politischen Abteilung lehnte sich zurück und verschränkte seine Arme. »Kreiting ist kein unbeschriebenes Blatt. Er wurde in München in Zusammenhang mit etlichen Fememorden angeklagt, aber stets mangels Beweisen freigesprochen.«

»Wie bitte? Ist das alles?«, rief Kanther und eine allgemeine Fassungslosigkeit war nun spürbar.

Stahnke zögerte. »Wir haben einen Gewährsmann, der behauptet, Zugang zu dieser Gruppierung bekommen zu haben. Das Problem ist allerdings … nach dem, nun ja, Zusammenprall mit Ihrem Herrn Grenfeld ist er wie vom Erdboden verschwunden.«

»Sagen Sie es ruhig. Der mehrfache Mörder Wilhelm Blume ist gemeint, von dem wir ja die Finger lassen sollten«, rief Hellriegel dazwischen und die Diskussionen nahmen wieder an Lautstärke zu.

Stahnke bat um Ruhe. »Um nicht gleich wieder in die alten Grabenkämpfe zu verfallen, meine Herren, gebe ich es gerne zu. Blume wurde von uns in den letzten Monaten nicht mehr ernst genommen. Er hat uns aber in der Vergangenheit wertvolle Dienste geleistet. Ich darf an diesen verrückten ›Orden des feurigen Kreuzes‹ erinnern, den wir ausheben konnten. Wer hätte denn gedacht, dass sich Mitglieder des Stahlhelm, mit Ku-Klux-Klan-Kapuze, um ein brennendes Kreuz mit Totenkopf und Hakenkreuzfahne scharen, um wüste Rituale abzuhalten? Blume hatte für solche Absurditäten immer einen Riecher.«

»Warum haben Sie ihn dann nicht mehr ernst genommen?«, fragte Kanther.

»Blume ist todkrank, er hat nur noch wenige Wochen zu leben. Meiner Meinung nach ging es ihm einzig darum, vor seinem Tod sein Manuskript veröffentlicht zu wissen. Fantasterei und Wirklichkeit waren bei ihm nicht mehr zu unterscheiden.«

Gennat erhob sich. »Gut, meine Herren. Dann sind wir an der Reihe. Ich fasse mich kurz und beziehe mich auch immer wieder auf die wertvollen Ermittlungen von Herrn Grenfeld, der heute … nicht anwesend sein kann.« Er sah missbilligende und empörte Gesichter in der Runde. Der Angriff auf Oberkommissar Stahnke war noch längst nicht vergessen. »Ihr Spitzel Svetlana Grekova hat mir kurz vor ihrem Tod vor Zeugen nicht nur gestanden, dass sie die Kokainvorwürfe gegenüber Herrn Grenfeld frei erfunden hat, sie gab auch zu, dass das Geständnis des Doppelmordes von den Ringvereinen damals erzwungen wurde. Der Täter, den uns der Ring präsentierte, hat zwar Lilli auf dem Gewissen, der Mord an Lotta Lindner jedoch ist bis heute ungelöst. Zum Brandanschlag in Babelsberg: Herr Grenfeld hat ermittelt, dass Kinder am Tatort einen Mann beobachteten, der mit einem Laster Benzinfässer abgeladen hat. Die Personenbeschreibung wurde zudem von einem Kulissenbauer bestätigt und liegt Ihnen vor. Die Entführer Hermann von Sternbergs sind hinter den Ergebnissen seiner UFA-Revision her, einer Mappe, die der Bankier in einem Schließfach deponierte. Eine Übergabe konnte nicht erfolgen, worauf die Entführer den Kneipier des Kakadus überfielen, weil sie die Mappe dort vermuteten. Der erschossene Entführer konnte leider noch nicht identifiziert werden, die Personenbeschreibung liegt bei. Von Herrn von Sternberg fehlt bis heute jede Spur. Die Personenbeschreibung des zweiten Entführers, mit dem Herr Grenfeld im Admiralsbad Kontakt hatte, liegt Ihnen ebenso vor. Gibt es noch Fragen?«

»Was steht denn in diesem Bericht dieses Herrn von Sternberg?«

»Die Sinnhaftigkeit der Verträge mit den Amerikanern wird bezweifelt. Ein Ausverkauf der UFA an Hollywood könnte verhindert werden, wenn interne Geschäftspraktiken geändert werden. Zudem werden Unregelmäßigkeiten beim Einkauf ausländischer Filme nachgewiesen.«

»Aber das passt doch alles nicht zusammen!«, rief Stumm, ein Kommissar der politischen Abteilung. »Eine rechtsradikale Splittergruppe erpresst den Verkauf der UFA an ausländische Investoren?«

Hellriegel meldete sich zu Wort. »Nach allem, was wir jetzt wissen, geht es offenbar darum, das Herz der deutschen Filmindustrie zu treffen. Und das Herz ist die UFA.«

Dr. Weiß klopfte auf den Tisch: »Meine Herren, ich schlage eine Pause vor, in zwanzig Minuten können wir fortfahren.«

14. November 1925, 12 Uhr,
Friedhof Spandauer Straße

Liebste Mascha!

Nicht einmal ein öffentliches Begräbnis mit einem ordentlichen Grabstein haben sie Dir spendiert. Nur ein schlichtes Holzkreuz. Die Filmleute wären sicher gekommen, Heinrich und die Kinder aus Deiner Nachbarschaft … aber wer gibt schon einem Polizeispitzel die letzte Ehre? Die Mitglieder des Rings zusammen mit der politischen Abteilung? Der Verräter wird gefürchtet, nicht geliebt. Und dann der Film Metropolis. Es muss Filmaufnahmen von Dir geben. Mascha in den ewigen Gärten, nächstes Jahr auf der Leinwand im neu renovierten UFA-Palast, zumindest das wird von Dir bleiben. Am Ende des Films in großen Buchstaben: Swetlana Grekova, genannt Mascha. Aber wer weiß, vielleicht schneiden sie alles heraus und drehen es nochmals mit einer anderen

Darstellerin. Oder sie vergessen Deinen Namen im Abspann. Wenn ich das verhindern könnte, wenigstens das. Es wird das Letzte sein, was ich hier tue, das verspreche ich Dir. Ich werde deswegen mit Fritz Lang reden, mit ihm persönlich! Ja, ich weiß, Mascha. Das Grab von Lotta. Auch das habe ich versprochen, mich um ihr Grab zu kümmern. Warum es auf Friedhöfen immer diesen eisigen Wind geben muss.

14. November 1925, 14 Uhr,
Polizeipräsidium, Alexanderplatz

Gennat versuchte, den Fall des vierzigjährigen Fensterputzers Paul Noack zu lösen, der gestern in seiner Wohnung tot aufgefunden wurde. Das Zimmer war mit Leuchtgas gefüllt. Vorläufig wurde die verzweifelte Zimmerwirtin in Schutzhaft genommen, die ihre Unschuld beteuerte. Unglücksfall oder Verbrechen, das musste jetzt aufgeklärt werden. Doch er konnte sich heute beim besten Willen nicht konzentrieren. Grenfeld war ein Dickkopf und wie vom Erdboden verschluckt. Er hatte die Nummer von Helen in Paris ausfindig gemacht und mehrmals bei ihr angerufen, aber Robert war nie bei ihr angekommen. Die Villa in der Douglasstraße war seit Tagen verwaist, selbst die großen Hotels hatte er überprüfen lassen: Grenfeld blieb verschwunden.

Gennat stand auf, öffnete das Fenster zur Dircksenstraße und wunderte sich über das Ausbleiben der donnernden Hochbahn. Wartungsarbeiten oder Streik bescherten ihm heute eine ungewöhnliche, ja fast unheimliche Stille. Dann wanderte er zum Pharus-Plan von Groß-Berlin und suchte mit dem Zeigefinger die Kyffhäuserstraße 17, die Adresse des Fensterputzers. Jedoch verrutschte er mit seinen Fingern und landete ein paar Zentimeter weiter oben in der Neuen Winterfeldtstraße, dort, wo Grenfelds Freund, dieser Alexej Jaschtschenko, seine Kneipe betrieb und ansonsten über die zentralen Dinge dieses Lebens einige Gedanken verschwendete. Seine Worte über Misstrauen und Freundschaft tauchten jetzt, wo das Rattern der Hochbahn streikte, von irgendwoher kommend auf und verursachten in Gennat nichts weniger als das unbestimmte Gefühl eines schlechten Gewissens. Dieser Alexej hatte vollkommen recht. Er hatte Grenfeld um Hilfe gebeten und ihn dann, auf einen vagen Verdacht hin, fallen lassen. Gerade jetzt, wo durch die Zusammenarbeit der beiden Abteilungen der Fall Babel endlich in Bewegung geriet, hätte er ihn gerne dabei gehabt. Der Tote vom Kakadu konnte identifiziert werden, die Zeitungsmeldung hatte es möglich gemacht: Ein gewisser Paul Rohr, Gründungsmitglied des Gruppenkommando Nord des Frontbann, mehrmals vorbestraft wegen Waffenschiebereien. Die Hausdurchsuchung ergab Wäschekörbe voller interessanter Hinweise, vor allem aber konnte eine Verbindung zu Oberleutnant Kreiting aus München nachgewiesen werden, dessen Wohnung in der Franzensbader Straße seit gestern observiert wurde. Nur jetzt, wo die Zeitungen anfingen, ihre Nase in die Sache zu stecken, würden die restlichen Kameraden die Flucht ergreifen, dessen war sich der Dicke sicher. Zuvor jedoch, und das hatten Fälle ähnlicher Art gezeigt, würden sie unliebsame Zeugen beiseite räumen. Gennats dicker Finger kreiste unablässig um die Neue Winterfeldtstraße, als wollte er die Adresse mit einem Zauber verschwinden lassen. Dieser Alexej musste, zu seiner eigenen Sicherheit, für unbestimmte Zeit untertauchen. Er hatte das sofort zu veranlassen. Wenigsten das war er Grenfeld schuldig.

14. November 1925, 23 Uhr, Kleingartenanlage, Rehberge

Wilhelm Blumes Entsetzen war unverkennbar in sein Gesicht gezeichnet. Seine Waffe befand sich in der Schublade des Küchentisches und genau darauf hatte Grenfeld Platz genommen. Wortlos war der Kommissar in die alte Laube hereingeplatzt, als besaß er von jeher Hausrecht. Blume war überrascht, wie viel Angst sein ausgemergelter Körper noch empfinden konnte. Er hatte die Nachricht vom Tod Maschas in der Zeitung gelesen und ahnte, dass der Kommissar gekommen war, um Rache zu nehmen. Und diesmal würde ihn niemand davon abhalten. Möglicherweise wusste Grenfeld selbst nicht, wozu er fähig war, genauso wenig, wie er begriffen hatte, dass ihn mit der Russin viel mehr verband als irgendeine platonische Freundschaft. Blume selbst fürchtete weder Tod noch Leiden. Seine Angst bestand vielmehr darin, dass dieser Eindringling seinen Zeitplan, der auf einer exakten Vereinbarung mit seinem Organismus beruhte, empfindlich stören könnte. Seine fiebrigen Organe würden so lange durchhalten, bis er die letzte Seite seines Manuskripts geschrieben und abgeschickt hatte. Erst dann, und davon war er felsenfest überzeugt, würde seine innere Uhr ablaufen. Grenfeld ging mittlerweile unruhig hin und her wie ein Schauspieler, der auf seinen Auftritt wartete.

»Na mein Freund, im Adlon war es angenehmer, aber Platz ist in der kleinsten Hütte für ein glücklich liebend Paar!« Er wirkte so, als habe er mehrere Nächte nicht geschlafen und die Ausdünstungen von Schnaps und Bier drangen bis zu Blumes Lager auf die gegenüberliegende Seite des Raumes.

»Guck mich nicht so an! Mit mir ist nichts«, rief er gereizt. »Was soll mit mir sein? Ich war aus, sonst nichts. Weißt du was? Die ganze Welt tanzt und amüsiert sich und was machen wir? Wir spielen Räuber und Gendarm. Seit Jahren war ich nicht mehr aus. Wenn mich jemand fragt, wo in dieser Stadt der Bär tanzt, ich würde ihn glatt auf den Friedhof schicken. Dort kenn ich mich besser aus! Mit Gräbern kenn ich mich aus, jawohl!« Mit einem Mal war Grenfeld verschwunden und erschien mit einer Kiste, zu schnell für Blume, um seine Waffe zu holen. »Ich habe uns was mitgebracht, zum Aufwärmen!«, flüsterte Grenfeld verschwörerisch und stellte eine dunkel furnierte Holzkiste auf den Tisch, deren Deckel eine Intarsienmalerei schmückte: ein Segelschiff mit Palmen, darunter die Aufschrift: ›Aus aller Herren Länder, Ludwig Hohlwein, München.‹ Feierlich öffnete er die Kiste und nahm einen schottischen Whisky heraus. »Ein Präsent von Helens Freunden zu ihrem letzten Geburtstag! Lagerte noch in unserem Keller. Aber soll ich dir was sagen? Der alte Kommissar muss wie Pat und Patachon über den Zaun steigen, um in sein eigenes Haus zu gelangen. Hast du den Film im Alhambra gesehen? Pat und Patachon als Polizisten! Da könntest selbst du wieder lachen!«

Blume schwieg, sein ganzer Ausdruck spiegelte höchste Anspannung wieder.

Grenfeld suchte verzweifelt nach einem frischen Glas. »Mach dir keinen Kopf, Blume! Ich tu dir nichts. Unsere Zeiten sind vorbei. Ich tu dir nichts und du tust mir nichts. Aus und vorbei! Und wenn du ein bolschewistischer Spion wärst … dann rufe ich dir zu: Krieg den Palästen! Komm, hol mal ein Glas, ein bisschen Etikette muss sein, selbst in dieser Bude!« Erst jetzt bemerkte Grenfeld, dass Blume nur noch aus Haut und Knochen bestand. Er lagerte auf einer verschlissenen Matratze mit unzähligen Wolldecken darüber und zitterte trotz des Ofens, der eine enorme Hitze abstrahlte. Daneben stand seine Reiseschreibmaschine. Der raue Dielenboden war wie immer mit Papier übersät. Er würde nicht mal mehr ein Glas aus eigener Kraft holen können. Mit einem Mal war Grenfeld nüchtern. Noch nie hatte er Elend übersehen können und das hier war Elend. Er ging auf Blume zu und kniete sich hin. »Entschuldige bitte … was ist mit dir los, großer Meister?«

Blumes Stimme war schwach und heiser. »Ich habe keine Zeit zu verlieren! Es gibt noch so viel zu tun.«

Grenfeld hatte Mühe zu verstehen, was er damit meinte.

»Du willst dich an mir rächen, nicht wahr? Es geht um diese Mascha, sie ist tot. Ich hab es gelesen.« Er deutete schwach auf eine Zeitung.

»Rache«, der einstige Kommissar sprach das Wort so aus, als käme ihm dessen Bedeutung erst jetzt in den Sinn, als wäre es eine denkbare Option. »Das glaubst du doch selbst nicht. Würde ich dir dann unseren teuersten Whisky anbieten?« Es war eine absurde Idee, hierher zu kommen. Noch vor einer Stunde hatte er im Ballhaus Resi ausgelassen gefeiert.

»Da war etwas zwischen euch!« Blume hustete.

»Du täuschst dich. Nichts war zwischen uns«, erwiderte Grenfeld trotzig.

»Da war etwas zwischen euch, ich habe es gesehen. Etwas ganz Seltenes in diesen Zeiten. Aber mir fällt das Wort nicht ein, das geht mir jetzt oft so beim Schreiben. Gibst du mir Wasser? Whisky vertrage ich nicht mehr.« Als Grenfeld ihm das Glas Wasser reichte, nahm er eine Schreibmaschinenseite in die Hand. »Herr Kommissar, hören Sie mir zu?«

Grenfeld hob den Kopf.

»Ich schaffe es nicht mehr. Das Manuskript. Es ist fast fertig. Fast. Es muss nochmals ins Reine geschrieben werden.«

»Mord in Metropolis«, murmelte Grenfeld mitleidig. »Warum machst du dir nur die ganze Mühe? Das wird dich noch schneller ins Grab bringen.«

Blume richtete sich auf und trank einen Schluck Wasser. »Ich habe lange darüber nachgedacht. Dieser Film beinhaltet eine Botschaft, aber so, wie er gemacht ist, wird er das Publikum nicht überzeugen. Die Harbou, sie wollte der Wahrheit nicht ins Gesicht sehen. Sie hat die Botschaft mit einem großen, süßen, pappigen Zuckerguss überzogen. Aber noch ist der Film nicht fertig, noch kann man ihn retten.«

»Es ist nur ein Film, einer unter Tausenden. Letztlich geht es doch nur ums Geld, um eine satte Dividende für die Aktionäre.«

Blume schüttelte wild den Kopf und schloss dabei die Augen. »Mach mir nichts vor! Du hast als Kriminaler genügend Tote gesehen, um zu verstehen, dass es mehr gibt als Geld.«

»Für solche Gespräche habe ich eindeutig zu viel Hochprozentiges in mir. Kannst du das verstehen? Außerdem, mit Verlaub, aus dem Mund eines Geldbriefträger-Mörders klingt so eine Botschaft nicht sehr überzeugend.«

Blume begann, mit seinem Oberkörper leicht hin und her zu wippen, so, als wollte er beten. Dann flüsterte er: »Eben weil ich verloren war, darum weiß ich es: Dieser Film ist eine Warnung, eine Prophetie! Glaub mir!«

Grenfeld nahm einen kurzen Schluck aus der Whiskyflasche.

»Man kann mit dem Bösen keinen Pakt schließen. Da irrt die Harbou. Du wirst noch an mich denken.« Das Fieber ließ Blumes Gesicht wie einen chinesischen Lampion leuchten. »Kannst du das Manuskript Herrn Lang bringen? Würdest du das für mich tun?«

Grenfeld nickte gleichgültig, da packte ihn Blume plötzlich am Arm mit einer Kraft, die er ihm nicht mehr zugetraut hatte.

»Keine Versprechen, die du nicht einhalten willst! Mit Todgeweihten treibt man keine Scherze! Ich schenke dir etwas dafür, etwas Wertvolles!«

»Ich will nichts von dir, Blume. Ich übergebe es Herrn Lang, versprochen!«

»Ich schenke dir ... Hoffnung!«

Grenfeld war sich sicher, dass Blume im Fieberwahn fantasierte. »Ich will keine Hoffnung! Ich sage dir doch, ich werde es tun.«

»Die Hoffnung ist ...« Blume versuchte mit aller Kraft aufzustehen und wie ein geübter Seiltänzer gelang es ihm, mit minimal ausgleichenden Bewegungen sein Gleichgewicht auf der Matratze zu halten. »Deine Mascha lebt! Sie ist nicht tot!«

Grenfeld konnte nur mit größter Mühe dem Impuls widerstehen zuzuschlagen. Wollte er ihn quälen, sich rächen, sich über ihn lustig machen? Sein ganzer Kopf drehte sich wie ein Karussell. Rasend griff er nach den herumliegenden Manuskriptblättern und zerknüllte sie zu einem immer größer werdenden Papierball. Dann robbte er zum Ofen, öffnete die Eisentüre und schrie: »Sag das noch mal, Blume! Mach dich nur lustig über die Toten!«

Blume riss voller Entsetzten die Augen auf, kippte nach vorn und blieb kopfüber auf der Matratze liegen.

Für einen Moment dachte Grenfeld, es sei eine Finte, doch Blume bewegte sich nicht mehr. Er schlug die Ofentür zu, stopfte den Papierball in die Manteltaschen und rannte aus der Hütte. Nach einigen Minuten blieb er stehen. Er war mit dem Taxi in die Togostraße gekommen und es würde mindestens zwanzig Minuten dauern, bis er die Polizei alarmieren konnte, vielleicht noch länger. Die wenigsten Bewohner in diesem Viertel hatten ein Telefon. Er rannte zur Hütte zurück. Blume war mittlerweile auf die Seite gekippt, gab jedoch nach wie vor keinen Laut von sich. Grenfeld wickelte ihn in eine Wolldecke und hievte ihn auf seinen Rücken. Er wunderte sich, wie leicht ein Mensch werden konnte. Dann stapfte er den glitschigen Pfad zurück. Tagsüber war die Schneedecke aufgetaut, nachts war das Tauwasser gefroren und hinterließ Eisplatten, auf denen er schon bald ausrutschte. Blumes Körper kullerte einen Abhang hinunter und blieb liegen. Grenfeld hatte längst aufgehört zu fluchen und betete, dass der Mond nicht hinter einer Wolke verschwinden möge. Mit jeder Wegbiegung wurde der abgemagerte Körper auf seinem Rücken schwerer, als läge die ganze Last dieses verdammten Falls auf seinen Schultern. Mit jedem Sturz wurde die Angst stärker, es nicht mehr zu schaffen. Blume sollte nicht sterben, noch nicht.

15. November 1925, 9 Uhr, Neubabelsberg, UFA, Großes Glashaus

Die Stimmung im großen Atelier hatte sich während der letzten Drehtage spürbar gebessert. Zum einen machte ein Gerücht die Runde, dass eine weitere Million Reichsmark für *Metropolis* genehmigt worden war, zum anderen hatten die Schauspieler gerade an jenen Szenen mit kleiner Besetzung Freude, weil sie dort ihr Können unter Beweis stellen mussten. Oft waren bis zu fünfzig Zuschauer im Großen Glashaus anwesend, staunten über die Schauspielkunst von Alfred Abel, Gustav Fröhlich, Theodor Loos und Erwin Biswanger und nicht selten brandete spontaner Beifall auf. Oskar Reis schien ein Naturtalent zu sein, der das bedrohlich Finstere ohne große Anstrengung ausstrahlte. Manche Szene mit ihm musste nur zehn und nicht wie sonst bei Lang üblich fünfzig Mal gedreht werden. Lediglich heute hatte ihn seine Kaltblütigkeit verlassen. Er wirkte nervös, seine Blicke wanderten immer wieder zur Zuschauermenge und seine Hand zitterte stärker als sonst. Fritz Lang verließ seinen Platz hinter der Kamera und stieg in das Automobil, dessen Karosserie auf einer Seite aufgeschnitten worden war, um die Szene im Innenraum filmen zu können.

»Oskar, schau. Georgy, der Arbeiter, kommt die Treppe herunter und will in den Wagen einsteigen. Sobald er die Autotür öffnet, kommt deine Hand ins Bild und du packst ihn am linken Handgelenk, ziehst ihn in den Wagen und zwingst ihn, neben dir Platz zu nehmen. So …«

Oskar begann wieder zu schwitzen, denn in das Innere des Wagens strahlte eine Wanne mit Quecksilberdampfleuchten. Wenn er ehrlich war, verstand er kein Wort von dem, was Lang ihm da erklärte. Er hatte den Oberleutnant unter den Zuschauern entdeckt und daneben Brigitte Helm. Beide sollten nicht hier sein, vor allem nicht so dicht nebeneinander. Er hatte ihn seit Tagen nicht angerufen, ihn einfach versetzt und seinen Auftrag vergessen. Vergessen … nie hatte er geglaubt, noch einmal dieses Glück zu haben, sein ganzes verkorkstes Leben für einen Moment vergessen zu können. Multipliziert hatte er sein Leben, hundert- und tausendfach als Ausbilder von jungen, leichtgläubigen Jugendlichen, die er im Fort Hahneberg bei Staaken militärisch gedrillt und vorbereitet hatte auf den großen Tag des Umsturzes. Und wie sie begeistert waren, als sie zum ersten Mal mit echten Waffen der Reichswehr schießen durften. Wer das Fort verriet, musste sterben, hatte ihnen Hauptmann Stumpf immer und immer wieder eingebläut. Nur musste es immer einen geben, der die völkische Heldentat dann vollbrachte, der am 20. November nachts im Tegeler Forst dem Verräter fünfmal in den Kopf schoss und jedes Jahr um diese Zeit das Zittern bekam und niemand wusste, warum. So wie der große Fritz Lang jetzt seine Hand sah und sich fragte, warum die wohl so zitterte. Aber ob so ein Mann jemals die anderen gesehen hatte, die richtigen Kriegszitterer, die nach ihrer Heimkehr von der Front nie aufgehört hatten zu zittern?

Wie in einem Traum hatte Oskar Reis die Ansage zur Drehpause gehört und es dauerte keine Minute, da nahm Oberleutnant Kreiting direkt neben ihm Platz und grinste. Das darf er nicht, dachte Oskar, der Wagen gehört zum Film.

»Ob ich denn ein Autogramm haben könnte, vom großen Schauspieler?«, zischte Kreiting bösartig.

Reis drückte sich tiefer in das Polster des Wagens.

»Och! Ein bisschen Mumpitz beim Film und da hat unser Oskar seinen Auftrag einfach vergessen. Du hast mich sehr enttäuscht!«

Reis sah sich hilflos um. Wenige Filmleute standen diskutierend im Glashaus. Die meisten waren in die Kantine gegangen. Langsam drückte ihn der Oberleutnant immer weiter nach rechts zur Wanne mit den gleißenden Leuchtröhren.

»Und das Beste ist, diese Helm steht gesund und munter neben mir und klatscht vor Entzücken in die Hände. Das blühende Leben! Das musst du mir erklären!«

Reis stemmte sich mit aller Kraft gegen den drahtigen Körper.

»Unser Kamerad Paul Rohr ist von diesem russischen Flittchen über den Haufen geschossen worden, und hier scheinen alle bester Stimmung zu sein. Ich frage mich ständig: Wo ist hier die Angst und der Tumult, den du uns versprochen hast? Ich sehe nirgendwo Angst, außer bei dir und das … ist wirklich das Einzige, was ich nachvollziehen kann. Das kann ich nachvollziehen.«

»Herr Oberleutnant, das ist alles nicht so einfach. Seit dem Brandanschlag sind hier überall Schupos auf dem Gelände!«

»Ausgezeichnet, dann kann ich denen ja mal einen Tipp geben, woher die Leiche stammt, die sie im Dezember letzten Jahres im Tegeler Forst ausgebuddelt haben. Jetzt geb ich dir einen Ratschlag. Wenn diese Hauptdarstellerin nicht augenblicklich beseitigt wird, versinkst du lebenslang hinter Gittern, das garantiere ich dir.« Der Oberleutnant stand mit einem Ruck auf, stieg aus dem Auto und wäre fast mit Mareike Sondt zusammengestoßen. Nervös murmelte er eine Entschuldigung und eilte schnellen Schrittes zum Ausgang.

»Alles in Ordnung, Herr Reis?«

Oskar nickte wie betäubt.

»Wer war das?«

»Nur ein Freund, ein … Beleuchter.«

»Machen Sie sich keine Sorgen wegen des Zitterns. Die können das mit der Kameraeinstellung korrigieren. Die linke Hand zittert ja nicht. Sie machen das sehr gut. Herr Rasp wird im Übrigen in zwei Wochen wieder drehen können. Erleichtert Sie das?«

»Ja«, sagte Oskar Reis apathisch und wusste, sie würden ihm nur noch zwei Wochen Zeit geben. »Frau Sondt, ich habe da noch eine Frage.«

»Ja, bitte?«

»Es klingt vielleicht etwas abwegig, aber wird mein Name im Film erscheinen? Oder nur der von Herrn Rasp?«

»Da machen Sie sich mal keine Gedanken. Wir schneiden hinterher sowieso alle Szenen mit Ihnen raus.« Mareike Sondt lachte und legte dann ihre Hand auf das Autodach. »Nein, im Ernst, Herr Reis, natürlich taucht Ihr Name im Abspann auf.«

15. November 1925, 9 Uhr,
Romanisches Café, Kurfürstendamm 238

Grenfeld hatte die ganze Nacht im Wartesaal des Krankenhauses verbracht und war gegen 9 Uhr ins Romanische Café gefahren. Er wusste, wie heruntergekommen er aussah. Seine Hose war voller Schlamm, er roch nach Schweiß und die Ausdünstungen des Alkohols taten ihr Übriges, um selbst den Portier Nietz, der von seiner Klientel so Einiges gewohnt war, Abstand halten zu lassen. Blume war wohl über den Berg, zumindest vorerst, hatte ihm der Arzt versichert. Wie lange er zu leben hatte, konnte keiner sagen. Vor ihm, auf einem noch nicht abgeräumten Tisch, lag ausgebreitet die Vossische Zeitung des Vortags. Grenfeld überflog den Artikel ›Der neue Fememordprozess in Schwerin‹ und las resigniert, dass sich wieder zwei der des Mordes angeklagten Offiziere nach Spanien abgesetzt hatten. Er blätterte schnell weiter und, als sei diese Botschaft nicht schon ein Nackenschlag, wurde er von der Nachricht auf Seite neun erschüttert: ›Der seit zwei Jahren flüchtige Gerhard Roßbach, beteiligt am Hitlerputsch und Auftraggeber unzähliger politischer Morde, wurde vom Staatsgerichtshof amnestiert und erwägt, für die sieben Monate Untersuchungshaft eine Entschädigung zu beantragen.‹ Grenfeld starrte lange ins Leere und wiederholte mehrfach das Wort Entschädigung mit einem Gesichtsausdruck, als müsste er sich zwingen, eine widerwärtig schmeckende Pille hinunterzuschlucken. Dann zerknüllte er die Zeitung und fegte sie wütend vom Tisch.

Lustlos breitete er die zerknitterten Seiten von Blumes Manuskript aus und versuchte, sie zu sortieren. Seine Augen wurden Jahr für Jahr schlechter, doch aus purer Eitelkeit verzichtete er auf eine Brille und konnte so nur mit Mühe die Seitenzahlen erkennen. Er würde sich an sein Versprechen halten und das Werk Fritz Lang übergeben. Dort, wo Mascha immer gesessen war, im sogenannten Nichtschwimmerteil des Cafés, saß eine junge Frau, die seit einer Stunde an ihrem Glas nippte und scheu zu ihm herübersah. Bestimmt sah sie in Grenfeld einen berühmten Literaten, Verleger oder Kritiker, jedenfalls einen, der es geschafft hatte, der oben im Schwimmerbecken des Cafés Platz nehmen durfte, der sich nicht mal um sein wildes Aussehen scherte. Und sicher war sie Schriftstellerin, Schauspielerin oder Tänzerin, schon am 15. des Monats pleite, beständig auf der Suche nach jemandem, der ihr Talent entdecken würde. Grenfeld ahnte, dass sie zu ihm herüberkommen würde, doch er hatte nicht die geringste Lust auf ein Gespräch mit diesem blühenden Leben. Er würde den Toten die Ehre erweisen – Lotta, Lilli, Mascha, Blume, Hermann – und dieser Stadt endgültig den Rücken kehren.

»Schreiben Sie Ihre Memoiren?«, fragte eine helle Stimme mit einem strahlenden Lächeln. Sie war mutiger, neugieriger oder nur hungriger, als er vermutet hatte, und … schöner. Am liebsten hätte er geschwiegen, aber er wollte nicht wie einer dieser arroganten Künstler wirken, die Mascha so verachtete.

»Der Roman eines Freundes«, antwortete er knapp.

»Das ist ja … eine Wucht. Und Sie sind … Verleger?« Das Mädchen nahm ungefragt an seinem Tisch Platz.

Erst jetzt bemerkte er, wie verblüffend ähnlich sie Mascha sah und es schmerzte ihn. Grenfeld war zu nett gewesen. Jetzt würde es so weitergehen und er versuchte es auf die grobe Art. »Hören Sie, Fräulein. Dieser Roman gehört einem mehrfachen Mörder, der gerade im Sterben liegt. Und ich bin ein ehemaliger Kommissar, der aus dummer Sentimentalität versprochen hat, sein Lebenswerk Fritz Lang, dem Regisseur, zu übergeben. Wenn das geschehen ist, verlasse ich die Stadt. Besser, Sie gehen mir aus dem Weg. Zurzeit sterben alle, die mit mir zu tun haben. Einer nach dem anderen!«

Sie sah irritiert aus, nicht sicher, ob man sie auf den Arm nehmen wollte. Dann fuhr sie mit der Hand durch ihre braune Lockenpracht, kratzte sich am Hinterkopf und streckte ihm die Hand hin. »Na dann, Herr Kommissar, würde ich mal meinen, Sie brauchen Hilfe. Mein Name ist Olja.«

Grenfeld bestellte zwei Mal Romanisches Frühstück und bald ordnete Olja mit einer Marmeladen-Schrippe in der Hand, still lesend, kauend, ihren Kopf immer wieder vor Verwunderung brüsk schüttelnd, den riesigen Papierberg.

»So können Sie das aber nicht abgeben! Das muss sauber getippt werden«, entschied sie. »Ich kann schnell tippen, auch nachts. Ich war die Beste auf der Wirtschaftsschule.«

Grenfeld zögerte, er hatte geplant, heute nach Babelsberg zu fahren und alles hinter sich zu bringen. Dann sah er Olja an und nickte. Sie könnte das Geld brauchen.

»Was meinen Sie, soll ich die Notizen auf der Rückseite auch abtippen?«

»Welche Notizen?«

»Na hier, auf jedem Blatt steht unten rechts mit Bleistift akribisch Datum und Uhrzeit der Niederschrift... Ihr Freund muss Buchhalter gewesen sein.«

Grenfeld wurde unruhig. Er nahm ihr das Blatt aus der Hand und versuchte vergeblich, Blumes dünne Bleistiftschrift zu entziffern. »Olja, können Sie mir das Kapitel mit dem Feuerinferno heraussuchen. Ich glaube, es muss Kapitel zwei oder drei sein.«

Es dauerte eine Weile, dann sah Olja auf. »Am Ende von Kapitel zwei, da steht etwas von einer Feuersbrunst mitten in der Stadt Metropolis. Meinen Sie das?«

»Was für ein Datum steht auf der Rückseite?«

»Verfasst am 10. Oktober 1925, 11 Uhr.«

»Der Brandanschlag war am 30. Oktober!«, sagte Grenfeld nachdenklich.

Das Kapitel wurde also *vor* dem Brandanschlag geschrieben und Blume wusste tatsächlich über alles Bescheid. Mascha hatte recht. Er musste Kontakt zu den Attentätern gehabt haben ... und er hatte deren Pläne seinem Kontaktmann verschwiegen. Und alles nur, um seinen verdammten Roman schreiben zu können.

»Was ist, Herr Kommissar?«, fragte Olja betreten.

»Sag Robert zu mir. Lies mir die letzten Kapitel vor, Olja. Ich muss wissen, was dieser Irre noch alles geschrieben hat!«

22

15. November 1925, 12 Uhr,
Neubabelsberg, UFA, Domkulisse

Oskar Reis blickte, mit dem Drehbuch in der Hand, beeindruckt auf den Giebel des steil abfallenden Domdaches hinauf, auf dem die Handwerker in schwindelerregender Höhe die letzten Dachschindeln einsetzten. Am Rand des Daches auf der Galerie hinter den mittelalterlichen Wasserspeiern sah er Brigitte Helm mit einigen Kameraleuten heftig gestikulieren. Die Hammerschläge und Schreie der Dachdecker hallten über den ganzen Platz. Gegenüber war die japanisch anmutende Fassade des Nachtklubs Yoshiwara fertiggestellt. Eigens für *Metropolis* konstruierte Automobile parkten vor dem Eingang. Mareike Sondt hatte recht, das alles war kein Witz. Hier waren überall Menschen, die etwas schufen. Man musste sie nur ansehen, selbst bei den invaliden Nägelsammlern hatte er es bemerkt: diesen Stolz, an etwas Großem teilzuhaben. Seit er denken konnte, hatte er immer mit Zerstörung zu tun und mit Waffen. Waffen für den Putsch, Waffen für die schwarze Reichswehr, Waffen für die Wehrsportgruppen. Das ganze Land – ein einziges großes Waffenlager … immer wartend auf ein Signal, diese Republik kurz und klein zu schlagen. Weder der Oberleutnant, noch dieser Hauptmann Stumpf, noch all die anderen Schwätzer hatten jemals, dessen war er sich sicher, irgendeine verdammte Schindel in der Hand gehabt, um so einen Dom aufzubauen. Allein Zerstörung war ihr Handwerk.

»Na, Herr Reis, immer kräftig am Drehbuch lesen? Selbst am Sonntag?« Zum ersten Mal stand Brigitte Helm bei ihm. Wie jung sie aussah, dachte er verblüfft, noch so kindlich.

»Kommen Sie mal mit, ich muss Ihnen was zeigen!« Sie nahm ihn kurzerhand am Arm und zog ihn hinauf zum Domportal. »Kommen Sie schon, Herr Reis, oder darf ich Oskar sagen?«

Nur langsam stiegen sie die knarzenden Stufen des Glockenturms hinauf, weil sie im engen Treppenhaus immer wieder den herunterkommenden Arbeitern ausweichen mussten. Kaum hatten sie eine Plattform erreicht, folgte ein weiteres Stockwerk, und als sie oben auf dem Galeriegang ankamen, wehte ihnen ein kalter Wind ins Gesicht. Von hier aus hatte man einen herrlichen Blick auf das Babelsberger Freigelände.

»Dort unten«, Brigitte Helm zeigte auf den Domplatz, »wird die falsche Maschinen-Maria auf dem Scheiterhaufen verbrannt und da oben ...«, sie ging ein paar Schritte weiter und zeigte auf den Giebel des steilen Daches, »soll ich morgen hoch! Acht Meter sind das, kommen Sie!«

Widerwillig ließ sich Oskar Reis mitziehen. Er, der einst so kühne Aufklärungsflieger mit seiner Albatros auf tausendzweihundert Metern Höhe, schon beim Blick nach unten auf den Domplatz war ihm schwindlig geworden. Die Helm stieg nun, ohne zu zögern, die Dachleiter nach oben und winkte Reis, er solle nachkommen. Der klammerte sich krampfhaft an die Sprossen der Leiter und bewegte sich nur langsam voran.

»Hier oben«, schrie sie, »findet der Kampf von Freder mit Rotwang statt. Und an diesem Dachfirst hänge ich mit einer Hand über dem Abgrund. Die spinnen doch, was meinen Sie?« Sie sah ihn mit großen Augen an und ihre blonden

Locken wehten wild im Wind. Er drehte sich um und sah auf das steil abschüssige Dach. Die steinernen Drachenköpfe mit den Hörnern wachten auf der Galerie wie Relikte aus einer längst vergangen Zeit. Für einen Moment dachte Reis, sie ahnte etwas. Warum um alles in der Welt hatte sie ihn hier heraufgeführt? ›Ein spektakulärer Unfall der Hauptdarstellerin‹, hörte er die beschwörende Stimme des Oberleutnants, ›über den die Zeitungen wochenlang berichten und der diesen verdammten Film endgültig zur Strecke bringt. Das ist ein Befehl, Oskar!‹

Ein kräftiger Stoß und er hätte diesen Auftrag ein für alle Mal erledigt. Er würde sich mithilfe des Oberleutnants in den Süden absetzen, möglicherweise würde Brigittes Sturz vom Dach als tragischer Unfall durchgehen. Man konnte leicht daneben treten auf dieser dünnen Sprossenleiter und abrutschen. Doch die Gedanken, die in seinem Kopf kreisten, fanden heute keinen Halt in seinen Muskeln, glitten wie unbefestigte Dachschindeln hinunter in die Tiefe, um dort auf einem Scheiterhaufen zu verbrennen. Und das freute und beunruhigte ihn zugleich, mehr als die schwindelerregende Höhe und das, was ihm als Verräter blühen würde. Und bezahlen musste er für diesen Augenblick der hoffnungsvollen Unentschlossenheit auf jeden Fall, genauso wie für die Taten der vergangenen Jahre. Für einen Moment dachte er daran, selbst zu springen, doch das würde er ihnen nicht gönnen. Hier oben, über den Kulissen dieser Traumstadt, würde er ein letztes, wenn auch nur kurzes Kapitel seines Lebens aufschlagen. Brigitte Helm zog ihn sanft nach unten. Sie konnte seine Angst spüren.

15. November 1925, 13 Uhr, UFA-Verwaltungsgebäude

Die gelbe, abgewetzte Mappe lag vor Erich Pommer auf dem blank polierten Konferenztisch. Die Leiter der Mordkommission und der politischen Abteilung warteten seit zehn Minuten auf seinen Kommentar. Es war eine Zumutung, den Produzenten an einem Sonntag zu einem Gespräch zu bitten, und das wussten sie.

»Tja …«, sagte Pommer endlich und blickte auf. »Alles interessante Einsichten, meine Herren, aber ich fürchte, das Rad lässt sich nicht zurückdrehen. Die Verträge sind unterschriftsreif ausgearbeitet und werden am 31. Dezember dieses Jahres unterzeichnet. Die Kooperation mit Hollywood wird kommen, so oder so. Frau Sondt schreibt morgen den Text für die öffentliche Generalversammlung am 30. Dezember ins Reine. Dort werden den Aktionären die Details als Weihnachtsmenü schmackhaft serviert. Das Zustandekommen eines Abkommens ist ja schon Anfang September der Presse zugespielt worden. Vor ein paar Monaten hätte mir dieser Bericht vielleicht geholfen, aber nun … Gehen Sie ruhig zum Aufsichtsratsvorsitzenden Emil Georg von Strauß oder zu unserem neuen Generaldirektor Dr. Bausback und zeigen ihm das. Für mich ändert sich dadurch nichts mehr.«

»Sie verlassen die UFA?«

»Gehen Sie davon aus. Offiziell darf ich mich dazu noch nicht äußern, Herr Gennat.«

»Und der Film?«

»*Metropolis*? Mein genialer Freund Fritz Lang wird ihn zu Ende bringen. Ich bin mir manchmal nicht sicher, ob er von all den Problemen wirklich etwas mitbekommen hat.

Aber wenn ich weg bin, wird er zum Sündenbock, da bin ich mir ganz sicher.«

»Sie glauben nicht an den Erfolg?«

»Die Kosten des Films lassen sich auf dem heimischen Markt mit unseren 5.000 Lichtspielhäusern nie mehr amortisieren. Auf die 22.500 Kinos des amerikanischen Marktes kommt es an! Und wenn es nach den neuen Verträgen geht, müssen wir von Hollywood alles, sie aber von uns nur das akzeptieren, was ihrem Publikumsgeschmack entspricht. Und das ist ein dehnbarer Begriff.«

»Eines ist uns allen noch unklar, Herr Pommer. Wir wissen, dass eine rechte paramilitärische Splittergruppe hinter dem Mord und den Anschlägen steckt. Aber die Motive sind uns nach wie vor ein Rätsel!«

Pommer machte eine lange Pause.

»Wissen Sie, all das könnte schon wieder Stoff für einen neuen Film von Fritz Lang liefern, einen Spionagefilm.«

»Wie meinen Sie das?«

»Die UFA war als Kriegsgründung zum Zweck der Propaganda aus dem Boden gestampft worden: Kriegsberichterstattungen, Wochenschauen, der tapfere Soldat unserer Reichswehr. Die UFA ist eine mächtige Waffe. Aus Sicht dieser Gruppierungen liegt es nahe, sie für ihre Zwecke zurückzuerobern!«

»Natürlich, nur warum soll der Vertrag mit den Amerikanern nicht gefährdet werden?«

»Ich kann mir durchaus einen Grund vorstellen. Ich bezweifle allerdings, dass solche Leute derart strategisch denken. Dieser Vertrag wird, und ich betone, das ist meine ganz persönliche Meinung, die hier nur von wenigen geteilt wird, die finanzielle Misere der UFA verschlimmern!«

»Verschlimmern? Und dann?«

»Wasser auf die Mühlen der Deutschnationalen: Verrat der Deutschen Bank, Auslieferung der UFA an Amerika, breite Empörung! Und mit diesem Wind aus der Öffentlichkeit – die UFA wird für einen Spottpreis zu haben sein – kommt die große Stunde der Retter aus dem rechten Lager.«

»Welcher Retter?«

Pommer zuckte mit den Achseln. »Na, zum Beispiel Alfred Hugenberg mit seinem Scherl-Verlag, neben Mosse und Ullstein der drittgrößte Pressekonzern, aber das sind alles Spekulationen. Was werden Sie jetzt tun, meine Herren? Soweit ich verstanden habe, ist der Spuk noch nicht vorbei?«

»Wir haben im Moment auf dem UFA-Gelände eine Menge Beamte in Zivil unter den Komparsen, mehr als je zuvor, und wir verfolgen eine heiße Spur.«

»Eine Frage noch, wo ist eigentlich Herr Grenfeld abgeblieben? Wir wollten uns alle bei ihm bedanken für seinen Einsatz – damals bei dem Feueranschlag.«

In der Runde entstand betretendes Schweigen. Dann räusperte sich Stahnke und sagte: »Herr Grenfeld ist, sagen wir mal, beurlaubt. Er hat ein wenig seine Befugnisse überschritten.«

»Mit Verlaub, meine Herren. Machen Sie nicht denselben Fehler wie wir bei der UFA. Unsere besten Leute gehen nach Amerika, und warum? Weil man sie hier gängelt, ihr Talent nicht erkennt und ihnen keine Freiheiten zum Arbeiten gibt. Er soll sich mal bei mir melden, solange ich noch in Amt und Würden bin.«

15. November 1925, 16 Uhr, Krankenhaus am Friedrichshain

Die Fahrt zum Krankenhaus am Friedrichshain war rasant und Grenfeld hatte ein schlechtes Gewissen, weil Olja neben ihm saß, laut aus dem Manuskript rezitierend, die Füße auf dem Armaturenbrett, ein Abbild von Mascha. Er durfte die junge Frau nicht auch noch in diesen Fall hineinziehen und fand doch nicht die Kraft, sie wegzuschicken.

»Kennst du eine Mascha?«, schrie Grenfeld, um den aufheulenden Motor zu übertönen. »Sie war oft im Romanischen. Ihr Platz war immer dort, wo du heute gesessen hast, und du siehst ihr ähnlich!«

Olja blickte kurz auf, schüttelte gedankenverloren den Kopf und las laut weiter. Direkt vor dem Eingang des Krankenhauses hielt Robert an und hörte gerade noch das Wort »explodieren«. Er stellte den Motor ab und ließ seinen Kopf auf das Lenkrad sinken. »Was explodiert?«

»Nun ja, alles. Zuerst diese Herzmaschine, dann ganz Metropolis. Nur die Kathedrale bleibt heil.«

»Vielleicht haben sie in der Zeppelinhalle Sprengstoff deponiert und lassen alles in die Luft fliegen? Das würde mich nicht wundern«, dachte Grenfeld laut. »Gibt es Überlebende?«

»Ich bin noch nicht so weit, Herr Kommissar.«

»Sag doch nicht immer Kommissar zu mir, Olja, bitte! Außerdem hast du mir sehr geholfen. Bitte sei so gut und lass mich jetzt allein in dieses Krankenhaus!«

Von der Parkanlage gegenüber drangen helle Stimmen an sein Ohr. Eine Gruppe von Kindern stand im Kreis und widmete sich mit großen Ringen der rhythmischen Gymnastik.

»Ich hab davon in der Zeitung gelesen«, sagte Olja. »Für die Kinder aus dem Prenzlauer Berg haben sie die Parks geöffnet und richten Freiluftkindergärten ein.«

Grenfeld sah hinüber und für einen Moment erblickte er dort das Trugbild einer glücklichen und unbeschwerten Mascha, mit den Kindern tanzen und lachen. Er schämte sich, weil er sich das nie hatte vorstellen können.

Als er die imposanten, gusseisernen Torflügel des Krankenhauses passierte, war Olja schon wieder an seiner Seite. Das Krankenzimmer von Blume jedoch fanden sie leer vor, das Bett war frisch bezogen. Der diensthabende Arzt gab sich Mühe, die Nachricht behutsam zu übermitteln. Wilhelm Blume war heute um 14 Uhr überraschend verstorben.

»Sie sind Herr Grenfeld?«, fragte der Arzt. »Dann habe ich eine Nachricht, oder besser einen Zettel für Sie.«

Zitternd nahm er das gefaltete Papier und öffnete es. Dort stand mit krakeliger Schrift:

›Mir ist das Wort eingefallen, das euch beide verbunden hat. Es heißt: Seelenverwandtschaft!‹

Darunter, kaum noch lesbar:

›Mein Manuskript. Du hast es versprochen!‹

15. November 1925, 20 Uhr, Douglasstraße 63

Grenfeld hatte keine Lust mehr auf Versteckspiel. Er hielt direkt vor seiner Villa und kramte umständlich den Hausschlüssel aus seiner Manteltasche. Sollten sie ihn doch verhaften, das war ihm jetzt einerlei. Vier Tage, länger würde er sowieso nicht mehr hier sein. Morgen Babelsberg, übermorgen die Gräber, vielleicht noch das Begräbnis von Wilhelm Blume ... dann hätte er seine Pflichten den Toten gegenüber erfüllt. Er ließ die kleine schwarze Katze herein, fiel erschöpft auf das Sofa im Wohnzimmer und dachte an Olja, die ihm ein neues Rätsel aufgegeben hatte. Lediglich mit Grobheit hatte er sie abschütteln können. Wäre es nach ihr gegangen, sie hätte ihn bis nach Hause begleitet. Er sah sich um. Irgendjemand musste die Scheibe erneuert haben, auch die Bücherregale waren aufgestellt.

Eine Stunde später, Grenfeld hatte gerade ein Bad genommen, klingelte es an der Tür Sturm. Also doch Verhaftung, dachte Grenfeld, aber der riesenhafte Schatten an der Tür konnte nur einem gehören: Dem Dicken. Wortlos schob er sich an Grenfeld vorbei, schaute sich kurz um und setzte sich müde in den großen Sessel. Dann schloss er die Augen und atmete heftig wie ein Walross.

»Ein Näschen Kokain gefällig?«, durchbrach Grenfeld die Stille und hielt dem Dicken eine Dose mit Glücks-Klee-Butterkeksen hin.

»Wir haben es immer gewusst«, antwortete der Dicke und musste grinsen.

»Schwachsinn«, sagte Grenfeld bitter. »Was ist mit meinem Schwiegervater, gibt es Neuigkeiten?«

»Deine Kollegen durchkämmen seit Tagen stillgelegte Lagerhäuser und Forsthütten außerhalb der Stadt, fragen sich durch das einschlägige Milieu, bisher ohne Erfolg.«

»In der Zeppelinhalle in Staaken«, begann Grenfeld. »Die werden dort alles in die Luft jagen. Aber ich nehme mal an, euch interessiert das nicht die Bohne und die Geheimpolizei weiß es schon seit Monaten.«

»Was sagst du da?« Den Dicken packte wieder das Leben.

»Steht alles in diesem Roman von Blume, der übrigens

heute Nachmittag gestorben ist. Den hättet ihr mal lieber ernst nehmen sollen.«

Gennat stöhnte. »Blume war nie unser Mann. Es ist zu vieles schiefgelaufen in den letzten Wochen.«

Grenfeld ging in die Küche, um nach Essbarem zu suchen, der Dicke folgte ihm.

»Wo ist dieses Manuskript?«

»Dienstag hole ich es im Romanischen ab. Eine Olja tippt das Ganze ins Reine. Ein unheimliches Mädchen. Ist mir heute nicht mehr von der Pelle gerückt.«

»Olja Grekova«, sagte Gennat ausdruckslos.

Grenfeld drehte sich um. »Grekova?«

»So heißt die Schwester von Mascha: Olja Grekova.«

»Mascha hatte eine Schwester? Arbeitet die etwa auch für euch? Wirklich komfortabel! Kaum ist die eine tot, nimmt man die andere aus der Familie!« Grenfelds Stimme klang hart.

»Nein, ich weiß das nur aus den Akten. Sie hat eine Schwester.«

Grenfeld schüttelte den Kopf. Mehr als ein Glas Marmelade und eine Packung Zwieback fand er nicht im Vorratsraum.

»Willst du nicht wissen, welche Spur wir verfolgen?«, fragte Gennat unsicher.

»Ich warte nach wie vor auf meine Verhaftung«, antwortete Grenfeld sarkastisch.

Gennat hob genervt die Augenbrauen. »Ich soll dir viele Grüße von einem jungen Polizeianwärter bestellen, der sich neulich unglücklich seinen Arm gebrochen hat.«

»Vom Schnösel …« Grenfeld lachte bitter.

»Nur leider ist dieser Schnösel, Herr Dr. Stahnke, kein Anwärter, sondern ein Oberkommissar und der zukünftige

Leiter der Abteilung I A. Wir werden älter, Robert, nicht die anderen jünger.«

»Also gut, Gleichstand. Du hast zehn Minuten, dann geh ich ins Bett. Ich kann nicht mehr.«

»Robert, hör zu. So einfach geht das nicht. Die verzichten auf eine Anklage, aber nur aus einem Grund. Ich habe ihnen gesagt, deine Ermittlungen im Fall Babel seien unentbehrlich.«

»Gennat, versuch es erst gar nicht. Ich bin raus aus dem Spiel. Ich bleibe noch vier Tage hier und dann reise ich endgültig nach Paris.«

23

16. November 1925, 12 Uhr,
Wannsee, Gasthaus Deutsche Eiche

Oberleutnant a. D. Franz von Kreiting sah nervös auf seine Armbanduhr und bestellte noch ein Bier. In zwei Stunden ging sein Zug nach München. Seit Tagen nächtigte er in einer Absteige und empfand es als Demütigung, sich in dieser Stadt zwischen Zuhältern und Prostituierten verstecken zu müssen. Er hatte nicht einmal mehr die Muße gehabt, seine Wohnung in der Franzensbader Straße zu räumen, nur das Wichtigste hatte er in einen Koffer gestopft. Die Korrespondenz wollte er im Garten verbrennen, doch Grunewald war nicht der Ort, an dem man unbemerkt Papierberge im Garten verbrennen konnte. Ein Nachbar, ausgerechnet der Hausmeister der Synagoge, hatte sich lautstark über den Rauch beschwert und so brach er alles ab. Die Zeit drängte. Jeden Tag konnte die Polizei auftauchen und seine Räume durchsuchen. Es war nur eine Frage von Stunden, bis sie die Identität des erschossenen Paul Rohr ermittelt hätten. Und dann war die Spur zu ihm nicht mehr weit.

Man konnte es drehen und wenden, wie man wollte, sein Plan ›Caligari‹ war gescheitert. Er war sich nicht einmal sicher, ob seine Truppe ihn je begriffen hatte. Fahnenweihen in verlassenen Bergwerken, Saalschlachten in der Bockbrauerei, Märsche durch die Friedrichstraße … damit hätte er sie kriegen können, aber dieser strategisch ausgerichtete Plan fand von Anfang an wenig Widerhall. Seltsamerweise war dieser Oskar Reis, so beschränkt er auch von den anderen dargestellt wurde, vielleicht der Einzige, der ihn durchschaut hatte. Und während die Dumpfköpfe in den vielen rauchgeschwängerten Versammlungen eifriges Interesse heuchelten, obwohl ihre Gedanken längst bei der anschließenden Schlägerei mit den Kommunisten waren, durchbohrte dieser Aufklärungsflieger Oskar ihn mit seinem wissenden Blick bis ins Mark. Wie mit einem Skalpell legte dieser Blick seine eigene Unzulänglichkeit, Angst und Bösartigkeit schonungslos frei und, wenn er ehrlich war, hielt er nur deshalb an diesem Mann fest, weil er ihn einerseits bewunderte, andererseits jedoch hoffte, er würde bei diesem Unterfangen ums Leben kommen oder in irgendeiner Zelle der Vergessenheit anheimfallen. Wie auch immer, er war kläglich gescheitert und sein Gegenüber, Hauptmann Stumpf, ließ ihn das heute spüren.

»Er wird nicht kommen«, sagte Stumpf ärgerlich und schaute zum dritten Mal demonstrativ auf seine Uhr.

»Verdammt, ich weiß nicht, was mit diesem Kerl los ist. Seit er für diese Filmfritzen arbeitet, ist er wie umgewandelt.«

»Er ist sentimental, labil und für uns ein Risiko! Das habe ich immer gesagt!« Hauptmann Stumpf sah gelangweilt zum Stammtisch hinüber, wo eine Gruppe von Jägern offenbar ein Jubiläum feierte.

»Man stelle sich vor, dieser Oskar hat sich mit seinem eigenen Namen dort vorgestellt. Was für ein Trottel! Sie haben ihm den Floh ins Ohr gesetzt, er sei ein großer Schauspieler! Er hat sich sogar zeigen lassen, wie man eine Kamera bedient.«

Hauptmann Stumpf spielte mit seinem voluminösen Schnurrbart. »Interessiert alles nicht, Herr Oberleutnant. Der Mann ist ein Risiko! Das habe ich von Anfang an gesagt!«

»Dammer, den Verräter, hat er in seinem Hafturlaub, ohne zu zögern, beseitigt und dann im Tegeler Forst so verscharrt, dass die Polizei ihn erst letztes Jahr gefunden hat. Auch diesen Bankier von Sternberg hat er aus dem Weg geräumt. Nur in Babelsberg spurt der Mann plötzlich nicht mehr.«

»Der Oskar war ein brillanter Flieger, von mir aus ein respektabler Ausbilder, aber er hat einen gewaltigen Riss im Oberstübchen. Statt dieser Hauptdarstellerin bringt er eine Komparsin um, die keine Sau kennt. Und plötzlich stehen die Ringvereine am Pranger und mischen sich ein. Dann der halbherzig ausgeführte Brandanschlag. Der versteht was von Chemikalien, hat nach dem Krieg im Cellonwerk gearbeitet. Der will das nicht tun, verstehen Sie? Das ist Absicht! Der hat längst die Fronten gewechselt und muss weg!«

»Es sind die einfachen Leute, die unsere Bewegung voranbringen, nicht die Intellektuellen«, sagte der Oberleutnant.

Hauptmann Stumpf hatte langsam Mühe, seinen Ärger im Zaum zu halten. Das sagte genau der Richtige. Seit Monaten ging ihm dieser Besserwisser aus München auf die Nerven, vor allem dessen permanente Belehrungen. Seit Kriegsende hatten sie in Fort Hahneberg bei Staaken ihre militärischen Lehrgänge mit wachsendem Erfolg durchgeführt. Durch seine guten Kontakte zur Reichswehr waren sie bestens mit Waffen ausgerüstet worden. Aber dafür hatte der Oberleutnant aus Bayern nur Geringschätzung übrig. Stattdessen gab es große Reden über die strategisch notwendige Rückführung der deutschen Filmindustrie in die Hand der völkischen Verlage.

»Herr Oberleutnant, wenn der Oskar erst mal auspackt, dann gute Nacht. Dann brauchen Sie gar nicht in München zu halten, sondern können gleich nach Budapest weiterfahren, um politisches Asyl zu beantragen. Und der Faber ist dann auch weg vom Fenster. Dieser Reis weiß ganz genau, dass wir ihm nichts können. Ich sage Ihnen nochmals, der muss weg.«

»Dumm ist er nicht! Wissen Sie, was er gemacht hat? Als er erfahren hat, dass er diesem Rasp so ähnlich schaut, hat er ihn einfach angefahren und jetzt übernimmt er dort dessen Hauptrolle.«

»Alles Mumpitz! Er hat unsere Befehle nicht ausgeführt und fertig!« Stumpf schlug mit der Faust auf den Tisch und die Jäger vom Nebentisch drehten sich neugierig um.

»Dieses Berlin treibt mich in den Wahnsinn. In München haben unsere Leute bei ›Nathan der Weise‹ so einen Tumult veranstaltet, dass kein Lichtspielhaus mehr wagte, den Film zu zeigen. Und hier in der Reichshauptstadt? Die Premiere im Alhambra am Kuhdamm. Ich habe nicht einen einzigen Buhruf gehört.«

»Das ist Berlin! Der Mann von der Straße kennt keine Politiker, aber Max Reinhardt und Richard Tauber, die kennt er.«

»Dann werde ich Ihnen mal was verraten. Euren künstlerischen Leiter vom Deutschen Theater haben wir dreiundzwanzig aus München hinausgejagt, weil er sich abfällig dem Hitler gegenüber geäußert hat. So muss man das handhaben. Aber Kampfspielchen und Felddienstübungen auf Exerzierplätzen mit minderjährigen Knirpsen, da seid ihr alle mit dabei. Ich sage nur eines: Wer die Bühne dominiert, der regiert die Köpfe der Massen!«

Stumpf war vor Zorn dunkelrot angelaufen. »Mit Verlaub, Herr Oberleutnant! Hätten Sie mal an einer unserer Kampfübungen teilgenommen, wäre Ihr Überfall auf das Kakadu anders verlaufen! Dann wäre unser Kamerad Paul noch am Leben!«

Von Kreiting fixierte den Hauptmann. Diese Frechheit würde er nicht vergessen. Er dachte an den neuen Gauleiter der NSDAP, der nächstes Jahr nach Berlin kommen würde. An dem sollte sich dieser Stumpf doch die Zähne ausbeißen. Die Jagdgesellschaft am Nebentisch begann ein Lied anzustimmen. Er beugte sich zu Stumpf und schrie ihm ins Ohr: »In Bayern jedenfalls ist kein Einziger wegen eines Fememordes verurteilt worden. Das nenn ich die richtige Gesinnung von Polizei und Justiz. Und hier? Ihr lasst es noch so weit kommen, dass ein Jude Polizeipräsident wird! Und nun zu diesem Oskar. Geben Sie ihm noch drei Tage. Dann machen Sie, was Sie wollen.«

17. November 1925, 17 Uhr,
Romanisches Café, Kurfürstendamm 238

Als Grenfeld durch die Drehtür des Romanischen ging, fühlte er sich zum ersten Mal seit langer Zeit ausgeschlafen und in einer seltsam euphorischen Stimmung. Drei Tage noch, dann ist alles vorbei, dachte er und entdeckte Olja an Maschas altem Platz, vor sich das fertige Manuskript Wilhelm Blumes. Sie hatte ihre Augen geschlossen, offenbar hatte sie Tag und Nacht getippt. Für einen Moment nahm er sich Zeit, sie zu betrachten. Sie war Mascha wirklich wie aus dem Gesicht geschnitten, nur ihre Gesichtszüge waren etwas feiner und ihr Körper wirkte wie eine zerbrechliche Porzellanfigur.

»Warum hast du mir verschwiegen, dass du Maschas Schwester bist?«, frage er sanft. Sie öffnete die müden Augen, zuckte fast unmerklich mit den Schultern und lächelte ihn an. Er sah weder Trauer noch Schmerz in ihrem Gesicht und das befremdete ihn.

»Mascha hat viel von dir erzählt, aber ich habe mir dich ganz anders vorgestellt.«

»Wie denn?«

»Irgendwie älter und schrulliger, eine Antiquität eben.«

»Antiquität?«

»Auf jeden Fall habe ich die ganze Nacht getippt. Die ersten Kapitel waren noch in Ordnung, dann wurde es immer schlimmer. Der Rest, eine einzige Katastrophe. Stell dir vor, am Schluss fliehen Maria und Freder mit einer Rakete zum Mond.«

»Eine Rakete, die zum Mond fliegt? Was für ein Unsinn!«

»Ich will übrigens kein Geld für das Abtippen, ich möchte etwas anderes!«

Grenfeld hob fragend die Augenbrauen und setzte sich.

»Nimm mich mit nach Babelsberg, zum Film!«

»Kommt nicht infrage«, knurrte Grenfeld trocken und bestellte Kaffee.

»Wenn du mich mitnimmst, dann verrate ich dir auch Maschas letzte Nachricht an dich.«

Er schüttelte energisch den Kopf.

»Bitte, Herr Kommissar, ich habe doch niemanden, der mir zeigt, wo meine Schwester gearbeitet hat. Sie hat mir so viel von der UFA erzählt.«

Grenfeld zögerte. »Also gut, keinen Schritt ohne mich, zwei Stunden, nicht länger, und dann bestell ich dir ein Taxi. Das ist meine Bedingung. Und bitte nenn mich nicht dauernd Kommissar!«

Olja nickte und Grenfeld ahnte, dass sie eines mit ihrer Schwester gemeinsam hatte. Sie würde sich von niemandem irgendetwas vorschreiben lassen.

Mareike Sondt schien nicht besonders überrascht, als Grenfeld ihr das dicke Manuskript mit dem Titel ›Mord in Metropolis‹ in die Hand drückte. Nur über die Anwesenheit Oljas schien sie irritiert.

»Das ist also der Schmöker, von dem Herr Gennat gesprochen hat. Seit heute früh ist in Staaken der Teufel los. Ihre Leute untersuchen dort jeden Winkel der sechstausend Quadratmeter nach Sprengstoff. Ich musste schon um 7 Uhr hinausfahren, um den Herren die Halle zu zeigen. Dabei drehen wir dort erst in ein paar Wochen. Darf ich ganz ehrlich sein, Herr Grenfeld? Ich weiß nicht, ob Ihr Blume diesmal die Explosion nicht einfach nur von unserem Drehbuch übernommen hat. Wir lassen die Maschinen von Metropolis ja tatsächlich explodieren.«

»Frau Sondt, wir wissen nicht, was diese Gruppierung noch alles geplant hat. Endlich geht die Polizei einmal einem Hinweis nach. Vielleicht haben wir aber auch unrecht.«

Mareike Sondt seufzte und nickte stumm. Sie sah müde und abgespannt aus. »Ja, es tut mir leid. Es ist nur so, im Moment geht alles drunter und drüber. Bald kommt die Pressekonferenz, dann die Generalversammlung im Dezember, ganz zu schweigen von den ewigen Geldsorgen. Wie geht es Ihrem Schwiegervater? Ich habe in der Zeitung davon gelesen.«

»Noch immer keine Spur. Frau Sondt. Es klingt vielleicht seltsam, aber ich würde gern das Manuskript Herrn Lang übergeben.«

Mareike Sondt blätterte flüchtig durch die Seiten. »Herr Lang bekommt jeden Monat Hundert Manuskripte auf den Schreibtisch, aber wenn Sie ihm sagen, dies hat ein wiederauferstandener Mörder verfasst, haben Sie gute Karten. Am besten wird sein, Sie übergeben es ihm selbst. Kommen Sie, wir suchen ihn, ich brauche eine Pause an der frischen Luft. Er ist gerade eben von Staaken zurückgekommen und wollte zu Herrn Kettelhut in die Garderoben-Baracke.«

Als sie im Lichtkegel der Taschenlampe Seite an Seite durch die Kulissen des Freigeländes gingen, konnte Grenfeld ihre Erschöpfung spüren.

»Wir nähern uns dem derzeitigem Exil von Herrn Kettelhut. Wenn ich es richtig verstanden habe, macht er vom Turm Babel, der im Film etwa zehn Sekunden zu sehen sein wird, fünf belichtete Filmmeter, das bedeutet tausend Einzelbilder. Seit Wochen fristet er da drinnen sein Dasein.«

»Für wenige Sekunden Film so einen Aufwand?«, fragte Olja ungläubig.

»Perfektion hat ihren Preis«, seufzte Mareike Sondt und öffnete die Tür der alten länglichen Holzbaracke. Die Luft in dem kleinen, abgedunkelten Raum roch nach Öl und Lack, die großen Arbeitslampen hatten die Luft aufgeheizt. An der Wand, auf einem Betonsockel, stand eine Drehbank, darauf ein Holzgestell mit einem Ölgemälde. In einer Entfernung von etwa zwei Metern war die Kamera mit einem Drehmotor platziert worden. Olja ging ganz nah an das Ölgemälde heran, das den Turm zu Babel vor dem Hintergrund eines nächtlichen Sternenhimmels zeigte. Neugierig inspizierte sie die Kamera.

Mareike Sondt nahm plötzlich Grenfeld zur Seite und flüsterte: »Wer ist das?«

»Das ist die Schwester von Mascha, dieser Komparsin, die eine Rolle in den ewigen Gärten bekam. Sie wollte unbedingt sehen, wo ihre ermordete Schwester gearbeitet hat.«

»Sie ist ausnehmend hübsch.«

»Könnten Sie ihr nicht die Kulissen der ewigen Gärten zeigen? Ich suche inzwischen Herrn Lang, aber bitte bieten Sie ihr keine Rolle an. Wenigstens sie möchte ich aus allem heraushalten.«

»Um Gottes willen, Herr Lang würde mir den Kopf abreißen, wenn ich ihm schon wieder einen Ersatzschauspieler anbiete.«

»Warum schon wieder?«

»Das bleibt unter uns, Herr Grenfeld! Wir haben Fritz Rasp in einigen Szenen durch einen Doppelgänger ersetzen müssen.«

»Fritz Rasp? Der den Schmalen spielt?« Grenfelds Stimme klang bestürzt.

»Ja.«

»Und mit wem? Wer ist das?«

»Sein Name ist Oskar Reis und er sieht ihm eben täuschend ähnlich. Aber bitte behalten Sie das für sich. Vor der Vertragsunterzeichnung mit den Amerikanern können wir keine negative Presse mehr brauchen.«

»Wann war das?«

»Das ging alles sehr schnell. Faber hat mit ihm gesprochen, dann hat Pommer entschieden, und am selben Tag machten wir zum ersten Mal eine Probeaufnahme.«

»Dieser Faber hat ihn vorgeschlagen?«

»Ja, das ist nicht ungewöhnlich. Er ist ja Chef der Komparserie.«

»Wo finde ich diesen Reis?«

»Der wandert Tag und Nacht mit dem Drehbuch in der Hand durchs Gelände. Sein Lieblingsort ist der Domplatz. Frau Helm hat sich seiner etwas angenommen. Wissen Sie, ich bin mir nicht sicher, ob ihm diese Rolle so guttut.«

»Wie meinen Sie das?«

Mareike Sondt biss nervös auf ihre Unterlippe. »Es klingt vielleicht etwas seltsam, aber ich habe das Gefühl, er spielt nicht nur den Schmalen. Er, wie soll ich sagen, verkörpert ihn auch, verstehen Sie, was ich meine?«

»Was ist mit Herrn Rasp passiert?«

»Stellen Sie sich vor, er wurde auf dem Weg zum Deutschen Theater von einem Auto angefahren.«

»Rufen Sie Herrn Gennat im Präsidium an, sagen Sie ihm, er soll mit seinen Leuten sofort zum Domplatz kommen. Bitte schnell … und passen Sie auf Olja auf!«

Sie drückte ihm noch die Taschenlampe in die Hand, dann rannte er los. Der kürzeste Weg von der Baracke zur Domkulisse war ein Trampelpfad. Grenfeld hastete den sandigen Weg entlang, während die wenigen Laternen am Wegesrand und die Taschenlampe seine Schritte mehr schlecht als recht beleuchteten. Nebel war aufgezogen und Grenfeld fluchte laut, weil er über ein herumliegendes Nagelbrett stolperte und sich das rechte Hosenbein aufriss. »Damals auf dem Friedhof vor Lottas Grab«, keuchte er leise vor sich hin, »da hast du mich angelogen. Du warst nicht Fritz Rasp, nur sein Schatten. Warum besuchst du regelmäßig ihr Grab? Was hast du mit ihr zu schaffen?« Er tastete sich an der rauen Wand einer monumentalen Wehrmauer entlang, die einst für den Nibelungenfilm errichtet worden war und entdeckte an deren Ende, längst von Gräsern und Ginster überwuchert, die Reste des alten Drachens. Ihn überkam plötzlich ein kindliches Verlangen, dieses Ungeheuer anzufassen, er ging in die Hocke und berührte die rostigen Zähne. Im Inneren des Mauls erkannte er etwas matt Glänzendes. Es war ihm unmöglich, mit seiner Hand bis zu diesem Gegenstand vorzudringen, möglicherweise ließ sich das Maul mit einer Seilvorrichtung von innen öffnen. Er kletterte über den nassen schuppigen Rumpf und entdeckte auf der gegenüberliegenden Seite eine Eisentür, die er mit viel Mühe öffnen konnte. Es war, wie er vermutet hatte. Im Inneren des Drachens befand sich ein unterirdischer Hohlraum, in dem mehrere Personen Platz hatten, um mit einer Holzstange das Maul des Ungeheuers zu dirigieren. Der Innenraum war mit braunem, modrig stinkendem Wasser vollgelaufen. Er wollte gerade die Eisentüre schließen, als der Lichtschein seiner Taschenlampe einen hellgrünen Kanister streifte, den man in das Maul hineingepresst hatte. Ohne Rücksicht auf die Nässe watete er durch die schwarze Brühe und zog ihn heraus. ›Cellonlack für Luftfahrzeuge, Laboratorium Charlottenburg 5 – glänzend, farblos, transparent‹ stand auf der verbeulten Oberfläche. Hinter dem Behälter lag die Sprühpistole, an der silberne Farbreste klebten. Möglicherweise hatte Lottas Mörder denselben Weg genommen wie er und die Sachen hier verschwinden lassen. Grenfeld wurde plötzlich unruhig. Der Nebel hatte sich mittlerweile wie eine weiße Leinwand über das Gelände gelegt, selbst die Wehrmauer war nicht mehr zu erkennen. Er musste sich beeilen. Mit dem Kanister in der Hand folgte er verzweifelt einem Bahngleis, das ins Nichts führte. Erst nach einer halben Stunde gelangte er auf die asphaltierte Hauptstraße und sah von fern die monumentale Domkulisse, die jetzt, mit Scheinwerfern angestrahlt und von Nebelschwaden umgeben, noch beeindruckender aussah als am Tag. Doch als er dort ankam, war der Platz menschenleer, nur ein paar Arbeiter befestigten große Heiligenfiguren an der Domfassade. Gegenüber schraubten Elektriker an den Reklameleuchten des Nachtklubs Yoshiwara, welche wild flackerten.

»Sind heute alle in Staaken«, schrie ein Arbeiter herüber, der offenbar Roberts Hilflosigkeit bemerkte.

»Und Oskar Reis, der Schmale?«

»Der Pastor?« Alle lachten. »Der übernachtet doch immer in den Katakomben. Ich glaub, der hat gar kein Zuhause!«

Die alte Korsarenburg war selbst im Dunkeln nicht zu übersehen und Grenfeld hatte den Eingang zu den Katakomben schnell gefunden. Hier im Sommer vor einem halben Jahr hatte alles begonnen, und während er die Höhlengänge entlangging, schien es ihm, als hörte er noch immer die Arbeiter der Unterstadt von Metropolis im Gleichschritt marschieren. Doch die weiß gekachelte Halle mit den Aufzugattrappen war verlassen, nur aus der Tiefe hörte er Stimmen. Wie damals tastete er sich vorsichtig an der felsigen Wand entlang, die unebene Steintreppe nach unten zur Krypta. Er schob den Filzvorhang ein wenig beiseite und sah den Leiter der Komparserie Faber wild gestikulierend auf und ab gehen. Daneben kniete ein großer Mann, der das Aussehen eines Pastors hatte. Das musste Oskar Reis sein. Grenfeld stellte den Kanister ab, zog seine Pistole aus der Manteltasche und wartete.

»Ich glaube, du hast den Verstand verloren«, zischte Faber so laut, dass es durch die ganze Krypta hallte. »Verräter verfallen der Feme! Gerade du müsstest das wissen!«

Oskar Reis senkte seinen Kopf noch tiefer, als hätte er ein schweres Gewicht um seinen Hals.

»Warum um alles in der Welt hast du diese Komparsin umgebracht und nicht die Helm, wie man es dir befohlen hat? Und was sollte dieser Schwachsinn mit dem silbernen Lack und diese Filmerei?«

»Das verstehst du nicht!«, murmelte Oskar Reis trotzig.

»Und diese dämlichen Gedichte?«

»Auch das verstehst du nicht!«

»Ich glaube schon, dass ich das verstehe. Das ist ja nicht schwer: Du wolltest sie warnen, nicht wahr?« Nervös marschierte Faber durch den ganzen Raum, als vermäße er die Krypta.

»Dieser Oberleutnant aus München ist ein arrogantes Arschloch, da bin ich ganz auf deiner Seite. Kommt hierher und hält uns Vorträge, wie man die Massen gewinnt. Strategie des Krieges und so etwas. Dabei hat er sich wie ein Dilettant angestellt. Lässt seinen eigenen Kameraden von einer russischen Spionin abknallen, dieser Maulheld. Aber mit dem Hauptmann Stumpf ist nicht zu spaßen. Das ist ein anderes Kaliber. Der gehörte früher zur Roßbach-Truppe. Für den zählt ein Menschenleben weniger als ein weggeworfenes Lotterielos auf dem Gehsteig.«

Reis richtete sich plötzlich auf und Grenfeld sah zum ersten Mal sein Gesicht. Es war der Mann auf dem Friedhof, auch die Beschreibung der Kinder passte genau.

Blitzschnell packte Oskar Reis Faber am Hals und drückte ihn gegen den Rauputz der Wand. Faber stöhnte laut auf. Das Lächeln von Reis hatte nun diabolische, fast wahnsinnige Züge angenommen.

»Der Oskar, ja, der Oskar hat immer alles mitgemacht. Befehl und Gehorsam, wie in der Reichswehr. Zuerst den Leutnant im Tegeler Forst, dann die Komparsin, dann den Bankier und zuletzt sollte ich Kinder anzünden. Und dieser Kreiting hatte recht. Das brennende Fass habe ich ungeschickt herunterrollen lassen. Ungeschickt! Absichtlich!«

»Verdammt, hör auf zu drücken!«, keuchte Faber, der mit den Armen wie ein rücklings am Boden liegender Käfer zappelte.

»Was war am 24. Juni 1916?« Seine Frage hallte von den Wänden der Krypta wider. »Wir waren Aufklärungsflieger. Weißt du, was das bedeutet?«

»Lass los, du Idiot! Das weiß doch jeder, hör endlich

mit deinen alten Geschichten auf!«, stöhnte Faber und Reis lockerte seinen Griff.

»Die Kameraden hatten damals über uns gespottet, ihr drückt euch. Ihr habt es gut. Aber soll ich dir was sagen? Wir haben den ganzen Wahnsinn Bild für Bild fotografiert. Erst Gewehre, dann Kanonen, dann Flammenwerfer, dann Gas, dann Bomben! Dieser Film hier …«

»Was, dieser Film?«, nun schrie auch Faber. »Dieser Film ist nichts anderes als ein bolschewistisches Machwerk linksliberaler Juden! Das ist der Film! Du hast dich einlullen lassen, wie die kleinen Ladenmädchen im UFA-Palast!« Faber lachte höhnisch, riss eine Ikone von der Wand und hielt sie triumphierend in die Höhe wie die Trophäe einer Großwildjagd. »Attrappe ist das. Alles Attrappe! Du glaubst doch nicht im Ernst, dass sich hier jemand für einen Flieger interessiert? Während wir gekämpft haben, haben die mit ihrem pazifistischen Dada unser Volk weich gekocht! In einem hat dieser affige Oberleutnant recht: Die UFA gehört wieder in unsere Hand!« Mit voller Wucht schleuderte er die Ikone gegen die Wand. Der Holzrahmen zerbrach und das Ölbild flatterte zu Boden.

Jetzt begann Oskar Reis zu rasen. »Euch ist nichts heilig, nichts!« Er schmiss den Regiestuhl nach Faber, der jedoch ausweichen konnte, packte ihn erneut, schüttelte ihn und schleifte ihn nach vorn zum Altar. Nun zitterte nicht nur seine Hand, sondern sein ganzer Körper. »Selbst diese billige Nachbildung ist mehr wert als das, was ihr den Menschen zu geben habt. Richte deinem Hauptmann aus: Oskar Reis ist übergelaufen. Niemals werde ich dieser Maria ein Haar krümmen, nur über meine Leiche!«

In diesem Moment hörte Grenfeld Stimmen von oben und er sah, wie beide auf den Vorhang starrten. Er hatte nun keine Wahl mehr, schob den Vorhang beiseite und lief mit gezückter Waffe auf die beiden zu. Er hatte nicht die geringste Ahnung, was passieren würde. Er rechnete mit einem Angriff von Oskar Reis, aber er irrte sich. Während Reis kraftlos zu Boden sank, sprang Faber auf ihn zu. Grenfeld schoss und traf ihn ins Bein. Er wollte ein weiteres Mal schießen, doch er bemerkte, wie links und rechts von ihm uniformierte Männer hereinströmten. Unter ihnen befand sich Stahnke, dessen verbundener Arm weiterhin in einer Schlinge hing. Wortlos eilte der Polizist auf ihn zu und streckte die gesunde Hand aus, während seine Lippen sich zu einem dünnen, vorwurfsvollen Strich verwandelten. Zuerst dachte Grenfeld tatsächlich, er wollte ihm gratulieren und lächelte. Aber in schnarrendem Ton trug Stahnke sein fast vergessenes Ersuchen vor: »Ihre Waffe und die Dienstmarke! Wir hatten schon mal das Vergnügen!«

Grenfeld drehte sich einfach um und trabte langsam zum Ausgang, ohne sich umzusehen.

»Was erlauben Sie sich! Bleiben Sie sofort stehen!«, hörte er es hinter sich brüllen. »Wenn Sie nicht stehen bleiben, mache ich von meiner Waffe Gebrauch!«

»Feigling!«, zischte er und stieg die steile Treppe hinauf.

Erst draußen in der Kälte bemerkte er, dass sein Hemd vollkommen nass geschwitzt war. Vor dem Domplatz waren die Arbeiter immer noch am Werk, so als wäre in der Unterwelt von Metropolis nichts geschehen. Die letzte Heiligenfigur wurde gerade montiert. Er blieb kurz vor der Kulisse stehen und sah den Arbeitern zu. Dann musste er an Helen denken und schämte sich. Sie hatten die ganzen letzten Wochen nicht miteinander telefoniert. Er hatte Angst, dass ihre Beziehung nicht mehr zu retten war. Langsam lief er die breite Hauptstraße hinauf zum Verwaltungsgebäude und entdeckte Mareike Sondt mit Olja, die in einem Taxi wartete.

»Ist es vorbei?«, fragte Mareike Sondt. Grenfeld zuckte mit den Schultern und stieg zu Olja in den Wagen. Er wollte nicht mehr reden, nicht mehr fahren, nur noch schlafen.

»Wissen Sie, wen ich hier schon alles abgeholt habe?«, fragte der Taxifahrer und plapperte, ohne eine Antwort abzuwarten, einfach weiter. »Die wunderschöne Mae Murray war im Mai hier, im Juni Jack Dempsey mit Estelle Taylor, beide habe ich persönlich gefahren. Und Sie? Welche Rolle spielen Sie beim Film?«

»Nur eine Nebenrolle«, murmelte Grenfeld und sah zu Olja, die mit geschlossenen Augen lächelte. Zwei Tage noch, dann war sein Engagement beendet.

18. November 1925, 11 Uhr,
Polizeipräsidium, Alexanderplatz

Die Besprechung – oder sollte man besser sagen die Befragung? – im Berliner Polizeipräsidium verlief so unbefriedigend, dass Grenfeld am liebsten aufgestanden und gegangen wäre. Das Lager teilte sich in zwei Fraktionen. Gennat und Kollegen standen diesmal voll hinter ihm, doch die politische Abteilung war mehr als skeptisch und stellte Fragen, als befände er sich in einem Verhör. Stahnke schwieg die gesamte Zeit, doch in seinem Gesicht spiegelten sich abwechselnd Wut und Abneigung. Natürlich sagten Reis und Faber noch am Abend ihrer Verhaftung übereinstimmend aus, sie hätten in den Katakomben eine Arbeitsbesprechung gehabt und die Rolle von Oskar Reis laut eingeübt, als plötzlich der ehemalige Kommissar mit einer Waffe aufgetaucht sei und Herrn Faber völlig grundlos ins Bein geschossen habe. Faber zeigte den Ermittlern sogar im Drehbuch jene Passage, in der Oskar Reis als Schmaler dem Josaphat gegenüber handgreiflich werden sollte. Er selbst habe die Rolle des Josaphat eingenommen und die Szene mit dem unsicheren Oskar Reis auf dessen Wunsch hin geübt. Der Kommissar musste diese Auseinandersetzung missverstanden haben. Der sonst phlegmatische Gennat rutschte unentwegt auf seinem Stuhl hin und her. Er betonte noch einmal, dass Grenfeld in seinem Auftrag ermittelt und somit vollkommen gesetzeskonform gehandelt habe. Leider ergab eine Überprüfung beider Verhafteten, dass keiner von beiden Mitglied irgendeiner radikalen Partei oder Splittergruppe war. Bei der Durchsuchung der Wohnung des Oberleutnants von Kreiting fand man zwar Pläne des UFA-Geländes, aber keine Adresslisten, also auch keinen Hinweis auf eine Verbindung zu Faber oder Reis. Ein Teil der verbrannten Korrespondenz des Oberleutnants konnte rekonstruiert werden. Im Besprechungsraum entstand eine bedrückende Atmosphäre.

Grenfeld versuchte es noch einmal. »Lassen Sie mich mit diesem Oskar Reis sprechen. Der ist reif wie eine Tomate. Ich kann mir vorstellen, dass er sogar mit uns zusammenarbeitet.«

Herr Stahnke hustete gekünstelt. »Eine mehrstündige Befragung ist von unserer Abteilung gestern Nacht durchgeführt worden. Ich persönlich habe das übernommen. Herr Reis ist als Kriegsteilnehmer ein hochdekorierter Flieger mit mehrfachen Auszeichnungen, bisher noch nie auffällig geworden. Die …«

»Aber ich bitte Sie! Auf diesen Mann passt doch haargenau die Beschreibung der Kinder! Die Nase, der …«

»Herr Grenfeld! Wenn wir die vagen Aussagen dieser zwei Kinder ernst nehmen würden, dann müssten wir rund ein Viertel der zweitausend UFA-Mitarbeiter da draußen verhaften!«

»Ich wette mit Ihnen, wenn wir Brigitte Helm hinzunehmen, dann packt er aus. Die Helm ist für ihn eine Heilige!«

Nun stöhnte Stahnke unüberhörbar. »Hören Sie, Herr Grenfeld, Ihre bisherigen Erfolge in Ehren. Aber ich halte überhaupt nichts von derartigen Experimenten. Auch der Hinweis auf die drohende Explosion in Staaken erwies sich als Falschmeldung. Wir haben weder Sprengstoff noch sonst irgendwelche Hinweise auf ein Attentat gefunden. Und Frau Helm, die lassen Sie besser aus dem Spiel, die ist schon verängstigt genug.«

»Was ist mit dem Kanister Cellonlack? Haben Sie den sicherstellen lassen? Haben Sie wenigstens die Fingerabdrücke von diesem Reis genommen?«

»Ich sagte Ihnen bereits, dazu bestand kein Anlass. Aber ich bin mir nicht sicher, ob wir nicht die *Ihren* nehmen sollten? Dieser Faber liegt in der Charité und wird Monate brauchen, bis er wieder ohne Stock gehen kann.«

Die nachfolgende Diskussion hörte Grenfeld gedämpft, wie hinter einem dicken Vorhang. Nur den letzten Satz vernahm er klar und deutlich: Beide Verhafteten müssten freigelassen werden, weil ihnen keinerlei Schuld nachgewiesen werden könne. Einer nach dem anderen verließ den Raum, nur Gennat, Kanther und Hellriegel blieben. Zu seinem Erstaunen setzte sich Kanther neben ihn und legte die Hand auf seine Schulter.

»Wir glauben dir, da gibt es keinen Zweifel, Grenfeld. Wir konnten bisher einfach nichts Belastendes finden. Selbst die Durchsuchung ihrer Wohnungen ergab rein gar nichts.«

»Dieser Oskar ist reif wie ein Tomate«, wiederholte Grenfeld ermattet und stand langsam auf. »Gennat, befrag du ihn noch einmal!«

»Robert, wir halten dich auf dem Laufenden. Dieser Oberleutnant aus München hat kiloweise Papier im Garten verbrannt, einiges davon nicht gewissenhaft genug. Da lässt sich eine Menge wiederherstellen. Vielleicht liefert uns das einen Grund, beide zu verhaften.«

Grenfeld legte seine Waffe und die Dienstmarke auf den Tisch. »Noch heute und morgen. Dann bin ich weg. Ich danke euch.«

Als Grenfeld zu Hause ankam, öffnete er den Briefkasten und fand einen Brief von Helen, und eine Karte des Psychoanalytischen Instituts.

Sehr geehrter Herr Grenfeld,

nachdem Sie Ihre zweite Sitzung versäumt haben, bieten wir Ihnen am 19. November einen Ausweichtermin an. Wir würden uns freuen, wenn Sie diesen Termin in unserer Praxis wahrnehmen könnten.

Dr. Löhns.

Robert lächelte. Sollte er morgen, an seinem letzten Tag in Berlin, zu Dr. Löhns auf die Couch? Helens Brief traute er sich nicht zu öffnen. Der musste bis zum Abend warten. Und dann, als er die Terrassentür öffnete, wusste er nicht, ob er sich freuen oder ärgern sollte. Olja saß, in einem dicken Mantel eingehüllt, auf einem Gartenstuhl, die Füße auf dem Tisch und sonnte sich. Als sie ihn bemerkte, zeigte sie auf einen Kübel mit Schaufel, Harke und einer in Zeitungspapier eingewickelten, weißen Orchidee.

»Nicht aufregen, Herr Kommissar, eine Leihgabe aus dem botanischen Garten. Eine Jumellea recurva, Maschas Lieblingsorchidee. Seit sie das Romanische mied, waren wir jede Woche im Tropenhaus.«

»Von wegen Leihgabe«, erwiderte Grenfeld spöttisch.

»Du wolltest dich doch der Grabpflege widmen?«

»Aber Olja, doch nicht um diese Jahreszeit. Außerdem, du weißt ja, was gestern los war, und eben komme ich aus dem Präsidium. Sie lassen beide wieder laufen. Alles umsonst!«

»Wo ist das Manuskript? Hast du es abgegeben?«

Erst jetzt erinnerte sich Grenfeld wieder an das Manuskript. Er musste es gestern in den Katakomben verloren haben. Nichts auf der Welt würde ihn wieder dorthin bringen. Dann doch lieber mit der unbekümmerten Olja auf den Friedhof.

Auf der Fahrt nach Zehlendorf sprach niemand ein Wort. Grenfeld wurde zunehmend wütend, weil Olja keinerlei Anzeichen von Trauer zeigte. Ihre Fröhlichkeit und Leichtigkeit machten ihm zu schaffen. Gestern noch als Fassade abgetan, fragte er sich jetzt ernsthaft, ob sie jemals Trauer über den Tod ihrer Schwester empfunden hatte. War ihr Verhältnis so schlecht? Wollte sie ihn vielleicht nur benutzen, um zur UFA zu kommen? Allerdings war ihm auch das mittlerweile egal. Einen Tag noch, dann war alles vorbei.

Mürrisch und einsilbig lockerte er die Erde von Maschas Grab auf, ohne sich um Olja zu kümmern, die das Laub wegschaffte. Die vorbeilaufenden Besucher starrten etwas verwirrt auf die späte Grabpflege. Nach der Arbeit standen sie vor dem Grab mit dem schlichten Holzkreuz und dem schwarzen Seidentuch, davor in einer Glaskaraffe die weiße Blüte der Orchidee.

»Das einzig Tröstliche an Friedhöfen ist die Stille«, sagte Olja schließlich.

Grenfeld nickte gedankenverloren. »Als wir vor einigen Wochen in den Rehbergen waren, Mascha und ich, hatte sie vor dem Einschlafen einen Vers rezitiert, über die Stille. Ich bekomme ihn einfach nicht mehr zusammen und wollte sie immer fragen, von wem er war. Aber jetzt ist es zu spät.«

»Stille, du bist das Beste von allem, das ich je gehört.«

»Tatsächlich. Ist es ein Vers aus einem Lieblingsgedicht von ihr?«

»›Sterne im Sommer‹: Eines ihrer unzähligen Lieblingsgedichte. Du kennst sie ja, jeden Tag von etwas Neuem begeistert. Lieblingsbücher, Lieblingsorte, Lieblingsorchideen, und … Lieblingskommissare.«

»Ich glaube, ich habe nur einen ganz kleinen Teil von ihr kennengelernt. Sie hat so gut wie nichts über ihre Herkunft erzählt.«

»Seltsam, das Gleiche hat sie über dich gesagt.«

»Ihr seid beide in einem Waisenheim aufgewachsen?«

»Das ist alles gelogen. Keinen einzigen Tag waren wir in einem Waisenhaus. Mascha hatte viele Varianten solcher Geschichten auf Lager. Die Wahrheit ist: Unser Vater wurde von den Tschekisten verhaftet und verschleppt. Unsere Mutter hat sich das Leben genommen, zumindest ist das die offizielle Version des Regimes. All die Jahre haben wir uns gemeinsam durchgeschlagen.«

»Dieser Spitzeldienst für die Politischen, dann die Ringvereine … ich versteh das alles nicht.«

»Die Orchidee wird erfrieren«, flüsterte Olja. »Weiß ist ihre Lieblingsfarbe.«

»War!«, verbesserte Grenfeld mit unterdrücktem Zorn.

»Sie ist es noch.«

Grenfeld schwieg, dann fragte er unbeholfen: »Sie lebt, nicht wahr? Deshalb bist du so fröhlich.« Er sah sie von der Seite an, und es dauerte unendlich lang, bis sie nickte.

»Ein verbrannter Spitzel ist ein toter Spitzel, haben sie behauptet, und da haben sie vielleicht recht. Ich kenne mich da nicht aus. Schließlich hat sie jemanden von dieser Bande erschossen.«

»Wer im Präsidium weiß davon?«

»Außer Herrn Dr. Stahnke bin ich die Einzige, die davon Kenntnis hat. Ich hätte es nicht einmal dir verraten dürfen.«

»Natürlich nicht«, sagte Grenfeld. »Ich habe nie verstanden, warum sie mich angeschwärzt hat. Du?«

Olja sah verlegen auf den Boden. »Irgendwann wirst du sie das selbst fragen.«

»Das werde ich. Wo ist sie?«

»Paris, aber das ist nur eine Vermutung. Ihren Aufenthaltsort haben sie mir nicht verraten. Zu meiner eigenen Sicherheit, meinten sie. Aber sicher fühle ich mich nicht.«

»War das der Grund, warum du neulich zu mir nach Hause wolltest?«

»Was denn sonst?«, antwortete Olja schnippisch. »Oder hast du dir eingebildet, ich würde einen alten Griesgram wie dich verführen? Ich sammle keine Antiquitäten!«

Grenfeld lächelte gequält.

»Aber der Herr Kommissar schickt mich ja nachts allein nach Hause!« Und jetzt klang Olja wie ihre Schwester.

24

19. November 1925, 11 Uhr,
Psychoanalytisches Institut, Potsdamer Straße 29

Heute sollte sein letzter Tag in Berlin werden und Grenfeld wollte unbedingt Alexej besuchen, doch er hatte kein Glück. In seiner Wohnung hatte niemand geöffnet und das Kakadu wurde notdürftig von einem alten Stammgast betrieben, der behauptete, der Kneipier sei Emanuel Lasker zu einem wichtigen Schachturnier ins Moskauer Hotel Metropol nachgereist. Grenfeld bezweifelte das, denn Alexej besaß genügend Gründe politischer Art, seiner alten Heimat für lange Zeit fernzubleiben.

Dann also in die Potsdamer Straße zu Dr. Löhns. Es waren gerade mal zwei Wochen vergangen, seit er das erste Mal auf der Liege gelegen hatte, doch es kam ihm wie eine Ewigkeit vor. Er wartete lange, betrachtete das Gemälde mit den Badenden und spürte Helens ungeöffneten Brief bleischwer in seiner Sakkotasche. Je länger er auf dem Diwan lag, desto mehr verschwand die Euphorie, die ihn durch die letzten Tage getragen hatte. Wohin sollte er fahren? Nach Paris? Zu Mascha? Möglicherweise ließ sich in Erfahrung bringen, wo sie sich aufhielt. Aber wer, verdammt, würde sich um Olja kümmern? Vielleicht könnte er sie als Stenotypistin in der Kunstgalerie Goldschild & Söhne unterbringen, deren Geschäftsführerin eine Freundin von Helen war. Als Dr. Löhns eintrat, hatte seine Stimmung eine geografische Talsohle erreicht.

»Haben Sie immer noch das Gefühl, zu spät zu kommen?«, war die erste Frage des Doktors, die ihn zugleich verblüffte. Das hatte er vollkommen vergessen.

»Weniger …«, sagte er nachdenklich. »In der letzten Zeit ist so viel geschehen. Aber ich war, wie soll ich sagen, immer an vorderster Front. Die anderen waren zu spät.«

»Und das tat Ihnen gut?«

»Das war wirklich phänomenal«, erwiderte Grenfeld.

»Und Ihre Albträume?«

»Verschwunden«, sagte er fast barsch. »Aber hören Sie, mir geht es heute um etwas anderes. Ich will verreisen, aber irgendetwas hält mich zurück. Dabei habe ich nicht mal ein Ziel, es ist alles so verworren …«

Dr. Löhns lächelte milde. »Sie können sich nicht entscheiden. Das ist alles. Keine Hysterie, keine Neurose … der Alltag.«

»Vielleicht haben Sie recht.«

»Und deshalb schlage ich vor, wir verfahren heute anders.«

»Sie meinen, ich soll nicht ohne Punkt und Komma vor mich hin schwadronieren?«

»Mit Verlaub, Herr Grenfeld, das nennt man freie Assoziation. Nein, heute nicht.«

Grenfeld sah ihn überrascht an. Er begann, diesen Geologen zu mögen. Irgendetwas war dran an diesem Hokuspokus, obwohl er zweifelte, dass Dr. Löhns ein typischer Vertreter seiner Zunft war, vielleicht war aber auch das Teil seiner Methode.

»Ehrlich gesagt, mir ist heute auch eher nach Schweigen zumute.« Er dachte an Maschas Vers von der Stille.

»Von mir aus schweigen Sie, aber hören Sie sich zu. Fragen Sie einfach jenen Teil in Ihnen, der Sie aufhält, nach der Ursache, und warten Sie auf eine Antwort.«

»Ich soll mich selbst verhören?«

»Wenn Sie das so bezeichnen wollen.«

»Und Sie meinen, das funktioniert?«

»Ehrlich gesagt, Sie sind mein Versuchskaninchen.«

»Wie bitte?«

Dr. Löhns lachte so ansteckend, dass Grenfeld ihm nicht böse sein konnte. »Stellen Sie sich eines Ihrer Verhöre im Präsidium vor. Da gibt es sicher nicht nur den einen Weg? Je nach Person, wählen Sie mal die eine, mal die andere Methode. Hauptsache, die Zielrichtung stimmt.«

Grenfeld nickte, streckte sich aus und betrachtete das Gemälde von Raoul Dufy. Er hörte, wie der Doktor aus dem Zimmer ging und leise die Tür schloss.

Er brauchte nur wenige Minuten der Stille, um deutlich zu spüren, was er insgeheim die ganze Zeit über geahnt hatte: Er durfte sich jetzt nicht aus dem Staub machen. Sein Schwiegervater war nach wie vor verschollen, die Falschaussagen von Oskar Reis und diesem Faber konnte er unmöglich stehen lassen, Brigitte Helm war weiterhin in Gefahr. Und nicht zuletzt gab es das absurde Versprechen dem toten Blume gegenüber … ein letztes Mal würde er seine ganze Kraft brauchen, um gegen diese Wand anzurennen, und er hätte sich gewünscht, Alexej nach dessen Sizilianischer Verteidigung fragen zu können. Plötzlich fasste er in sein Sakko und öffnete den Brief. ›Komm endlich nach Paris, du Idiot!‹ stand da in großen Druckbuchstaben – eine typische Liebeserklärung von Helen.

19. November 1925, 17 Uhr, Neubabelsberg

Die Sonne war gerade untergegangen und Grenfeld fuhr mit gemischten Gefühlen nach Babelsberg. Was ihm bei Dr. Löhns noch logisch erschien, erwies sich emotional als schwer umsetzbar. Nur widerwillig würde er sich auf den Weg zu den Katakomben machen, um Blumes Manuskript zu holen und sich anschließend diesen Oskar Reis vorzuknöpfen. Und während er seinen Sechs-Liter-Mercedes auf der schnurgeraden Avus beschleunigte, ließ er ein Stoßgebet los, etwas, was er schon längst hätte tun wollen, aber nie vermocht hatte. Jetzt schrie er, mit hundertzwanzig Stundenkilometer, gegen den heulenden Motor an und schloss, wie in Kindertagen, Professor Freud und der freien Assoziation sei Dank, alle in sein Gebet ein. Wie ein Leichtmatrose im Sturm brüllte er die Namen von Hermann, Alexej, Olja, von Helen und Mascha, immer wieder in unterschiedlicher Reihenfolge, so lange bis er heiser, aber seltsam erleichtert, die Pforte der UFA passierte. Die Schranke war offen und das würde er heute ausnutzen.

Auf dem Gelände, wo gestern beschauliche Einsamkeit herrschte, war heute die Hölle los. Gegenüber der Domkulisse, auf der Freitreppe des Nachtklubs Yoshiwara, schwirrten Hunderte von Komparsen auf und ab, die Herren mit Frack und Zylinder, die Damen leicht bekleidet mit Kostümen aus Tüllstoff, Gazen und Federn. Auf ihrer bemalten Haut glitzerten Perlen, Armringe und Strass. Nach einem strahlenden Novembertag hatte die Luft merklich abgekühlt und alle drängten sich um das Feuer der drei Kokskörbe. Auf einem Podium neben der Freitreppe machte sich eine Jazzkapelle fertig zum Auftritt. Dann sah er plötzlich Brigitte Helm ganz oben auf der Treppe neben Fritz Lang, der sich wie wild drehte, als wollte er ihr jede Einzelheit ihrer nächsten Bewegungen demonstrieren. Er war erleichtert, sie gesund und munter zu sehen. Als sie ihn bemerkte, winkte sie ihm, sagte etwas zu Lang und rannte anschließend die Treppen hinunter auf ihn zu. Die Kapelle hatte angefangen, sich einzuspielen, und zusammen mit dem gewaltigen Stimmengewirr war es so laut, dass sie in sein Ohr schreien musste.

»Dass mit den Kindern vergess ich Ihnen nie! Als Belohnung dürfen Sie auch mal vor die Kamera!«

Er versuchte ihr zu erklären, warum er hier war.

»Ich kümmere mich um das Manuskript, versprochen, aber jetzt brauche ich Sie! Sie müssen mich auf Ihre Schultern nehmen und die Treppe heruntertragen. Bitte! Einer dieser Schwächlinge hat mich bei der Probe fallen lassen! Kommen Sie, ich besorge Ihnen einen Frack.«

Grenfeld war so froh, nicht mehr zu den Katakomben zu müssen, dass er einwilligte und ihr zur Garderobe folgte, wo er kostümiert und geschminkt wurde. Jeden Moment schien es kälter zu werden und selbst durch die Garderobenbaracke pfiff ein eisiger Wind. Brigitte Helm wartete draußen und begutachtete ihn kritisch.

»Jetzt hören Sie mir gut zu. Wenn ›Aufnahme‹ ertönt, öffnet sich die Flügeltür des Yoshiwara und die angetrunkenen Gäste des Etablissements strömen ausgelassen und wild die Treppe hinunter … einen Augenblick, so steht es im Drehbuch …« Sie zog ein gefaltetes Blatt Papier aus ihrer Rocktasche und las laut vor:

»343. Bild:
Der Maschinen-Mensch Maria
auf den Schultern eines der Söhne reitend,

feuert die anderen an:
Lustig, lustig!
Die Welt geht unter –!!
der Schwarm ergießt sich,
ein Gewirr von schwankenden Lichtfunken,
auf die Straße.«

Grenfeld nickte, obwohl seine Gedanken kilometerweit von all dem entfernt waren. »Haben Sie Oskar Reis heute gesehen?«, fragte er laut.

»Er ist heute Morgen wie üblich zu den Proben erschienen. Herr Grenfeld, ich kann mir beim besten Willen nicht vorstellen, dass er etwas mit dem Mord zu tun haben soll. Der traut sich ja nicht mal auf den Dom hinauf. Faber ist im Krankenhaus. Um den tut es mir nicht leid. So haben wenigstens die Komparsinnen mal ihre Ruhe.«

Über den ganzen Platz breitete sich jetzt der Geruch von Grog und Kognak aus und die Stimmung wurde immer wilder und ausgelassener.

»Ich habe gehört, Sie verlassen Berlin? Wohin denn?«

»Paris«, antwortete Grenfeld bestimmt und wusste es doch selbst nicht.

Nun drängte die Masse zum Nachtklub hinauf. Die Damen wurden auf dem Rücken getragen und bekamen lange Stangen, an denen chinesische Lampions befestigt waren. Die Beleuchter hatten alle Hände voll zu tun, um die zahlreichen Stromkabel der Lampions durch die Fräcke und Hosenbeine der Herren hindurch an das Hauptkabel anzuschließen. Grenfeld trank einen Schluck Kognak, nahm sie auf seine Schultern und spürte ihr Gewicht kaum. Er war froh, noch nicht gefahren zu sein, blickte um sich und sah überall in fröhliche Gesichter. »Sie haben wirklich Freude«, murmelte er.

Brigitte Helm neigte sich zu ihm herunter. »Aufpassen, mein Lieber, ich werde jetzt ein bisschen wild da oben. Sie dürfen schon feste zupacken, sonst falle ich! Das ist übrigens der vierte Versuch, und falls der wieder misslingt, können Sie mal den Zorn von Herrn Lang erleben.«

In dem Moment ertönte das Signal und die Türe öffnete sich. Die Menge setzte sich in Bewegung, singend, tanzend. Laute Jazzmusik hallte über den Platz. Die Paare drehten sich, Grenfeld spürte, wie sie sich auf seinen Schultern heftig hin und her bewegte, und er hatte Angst, über die vielen Stromkabel zu stolpern, die überall herumlagen. Sie mussten gut die Hälfte der dreißig Stufen geschafft haben, als irgendjemand schrill aufschrie und das Paar vor ihnen ins Stolpern geriet. Lampions fielen herab, die Männer verhedderten sich in dem wirren Kabelsalat, die Kapelle hörte auf zu spielen und ein riesiges Menschenknäuel lag unter hysterischem Gelächter auf der Freitreppe. Fritz Lang brüllte Unverständliches ins Megafon.

»Langsam sind alle betrunken. Bis die Kabel wieder sortiert sind, dauert es mindestens eine halbe Stunde«, rief sie Grenfeld ins Ohr. »Schnappen Sie sich eine Wolldecke und kommen Sie, ich zeig Ihnen etwas!«

Eilig liefen sie über den Platz zur gegenüberliegenden Domkulisse, an dem nun die meterhohen Heiligenfiguren montiert waren. Grenfeld bemerkte, wie sich ein Mann mit Frack und Zylinder aus der Menge löste und ihnen folgte.

»Das ist nur mein beständiger Aufpasser, der Arme. Dass Sie ihn nicht wieder über den Haufen schießen, Herr Grenfeld.« Brigitte Helm musste kichern. Das Innere des Glockenturmes war nicht beleuchtet und so tasteten sie sich vorsichtig am Handlauf entlang, die knarrende Holztreppe nach oben, bis schließlich im obersten Stockwerk die Umrisse der großen Glocke sichtbar wurden. Plötzlich hielt sie inne.

»Ich habe übrigens wieder so ein dummes Gedicht bekommen.«

»Wann?«

»Heute früh. Es lag in meiner Garderobe.«

»Haben Sie es der Polizei übergeben?«

»Natürlich. Am liebsten hätte ich diesen Unsinn verbrannt!«

»Und der Inhalt?«

»Keine Drohung! Diesmal, nur … albernes Gesülze über Vergebung. Ich werde jedenfalls nicht schlau daraus.«

Sie traten hinaus auf den Galerieweg unter dem Domdach und konnten von hier oben über den ganzen Platz auf das Getümmel vor dem Yoshiwara sehen. Einige Pärchen verließen den Drehort und rannten Händchen haltend die Straße entlang.

»Die machen sich aus dem Staub«, lachte Brigitte Helm. »Das gibt Ärger.«

»Würden Sie das auch gerne tun?«, fragte Grenfeld.

Sie zögerte, dann nickte sie. »So wie Sie, einfach abhauen, nach Paris. Das wär 'ne Wucht!«

»Wollen Sie weiterhin bei der Schauspielerei bleiben?«

»Nie wieder!«, flüsterte sie, wandte sich ab, ging ein paar Schritte zu einem Wasserspeier und umarmte diesen. »Und Sie, gehen Sie zurück zur Polizei?«

»Niemals«, sagte Grenfeld und beide mussten lachen.

»Nehmen Sie mich mit nach Paris?«

»Und dann?«

»Schauen alle blöd aus der Wäsche!« Sie jubelte laut und schrie über die Balustrade: »Hört ihr! Blöd aus der Wäsche!«

»Müssen wir nicht wieder runter?«, fragte Grenfeld besorgt und sah auf die Uhr.

»Erst wenn die Kapelle zu spielen anfängt«, erwiderte sie gähnend. »Der Lang hat mit Herrn Peitsch, dem Elektromeister, zu streiten begonnen, und das kann dauern.«

In diesem Moment hörten sie die knarrende Holztreppe.

»Das ist einer von euch. Mein Aufpasser, ein ganz ein Junger, Netter, bringt mir immer Schokolade an den Drehort. Ich nenn ihn ›Nummer drei‹, weil er meist die Nachtschicht übernimmt, der Arme. Macht mir richtig den Hof. Tja, Sie wollten ja nicht auf mich aufpassen!«

Grenfeld hörte ein Husten und Keuchen und sie schaute irritiert.

»So atmet der nicht. Mein Aufpasser ist durchtrainiert wie ein Turnlehrer.«

»Los, verstecken Sie sich hinter dem Wasserspeier, ganz hinten! Nun machen Sie schon!«

Schwerfällig trat eine mächtige Gestalt durch die Türe nach draußen und wischte sich die schweißnasse Stirn ab. Oskar Reis.

»Wo ist sie?«, fragte er außer Atem.

»Wen meinen Sie?« Grenfeld versuchte, ruhig zu bleiben.

»Na wen wohl, die Maria. Ich habe ihr etwas Wichtiges mitzuteilen. Da stören Sie nur!«

»Sagen Sie es mir!«

»Das kann ich ihr nur persönlich sagen, hören Sie, Sie stören!« Dann zog er eine Waffe und zielte direkt auf Grenfeld. Zeitgleich trat Brigitte Helm aus ihrem Versteck und schritt so würdevoll und gefasst auf ihn zu, als ob Kameramänner die Szene mit einer Mitchell kurbelten. »Geben Sie dem Kommissar die Waffe. Sonst rede ich nicht mit Ihnen. Was wollen Sie mir sagen?«

Die rechte Hand von Oskar Reis begann, heftig zu zittern, sodass er die Waffe in die andere Hand nehmen musste. »Die werden mich hinrichten, aber es ist besser, Sie überleben. Sie sind jung und haben alles vor sich. Alles das hier …« Reis zeigte mit der Waffe unbeholfen auf den Horizont, als meinte er nicht nur das Filmgelände, sondern auch Potsdam, Berlin und die ganze Welt.

»Wir können Sie beschützen«, sagte Grenfeld. »Stellen Sie sich einfach!«

Reis lachte donnernd und für einen Augenblick sah er wieder aus wie der Schmale.

»Beschützen …« Er sprach das Wort so aus, als prüfte er eine Vokabel aus einer ihm fremden Sprache auf ihre Eignung in seiner Welt. Mit einer abschätzigen Handbewegung verwarf er das neue Wort. Erst jetzt merkte er, dass Reis nach Alkohol roch. Er musste sich unten am Ausschank reichlich bedient haben. Für den Bruchteil einer Sekunde glaubte Grenfeld, im Glockenturm einen Schatten bemerkt zu haben.

»Herr Reis, hören Sie mir zu, was ich Ihnen zu sagen habe.« Brigitte Helm veränderte plötzlich ihre Stimme. So hatte sie als Maria in den Katakomben geklungen. »Wollen Sie sich nicht noch einmal sehen? Auf der großen Leinwand im UFA-Palast am Zoo? Wollen Sie das? Dann geben Sie dem Kommissar die Waffe!«

Wieder musste Reis lachen. »Eine schöne Scheinwelt habt ihr auf diesem Gelände erschaffen. Früher hat meine Mutter in dem Fabrikgebäude da drüben künstliche Blumen hergestellt. Papierblumen! Aus Draht! Glauben Sie mir, auf dem Speicher lagern sie heute noch, die Drahtgebinde …« Er fuchtelte mit der Pistole herum, als wollte er die Bilder der Vergangenheit verscheuchen. »Selbst diese Drachen hier, diese Wasserspeier, alles Luna! Ein großer Lunapark! Ich war mal Aufklärungsflieger, da sieht man alles in Miniatur. Damals …«

»Wo ist mein Schwiegervater?«, unterbrach Grenfeld.

»Melde gehorsamst, Fort Hahneberg bei Staaken, unter der Erde, im rechten Belüftungsgang der beiden Pulvermagazine. Er lebt noch. Schon wieder eine Befehlsverweigerung von Oskar. Das sieht nicht gut für mich aus, gar nicht gut.« Seine Stimme hatte jetzt einen klagenden Ton angenommen.

Grenfeld hörte das Saxofon spielen, die Dreharbeiten schienen weiterzugehen. Sie suchten bestimmt schon fieberhaft nach Brigitte Helm.

»Warum musste Lotta sterben?«, fragte Grenfeld.

Die Pupillen von Oskar Reis starrten ins Leere, als ob er sich an irgendetwas aus einer fernen Vergangenheit zu erinnern versuchte.

»Das spielt jetzt keine Rolle mehr, keine Rolle!«, murmelte er monoton.

»Und ob das eine Rolle spielt, mein Lieber. Glauben Sie, Ihre Mutter hat da drüben in dieser Fabrik Stunde um Stunde Drahtblumen geflochten, nur um einen Sohn großzuziehen, der das blühende Leben anderer Mütter bestialisch auslöscht? War das ihre Hoffnung?« Grenfeld wusste, dass es ein riskantes Manöver war. Vielleicht zu riskant, aber er musste Bewegung in die Sache bringen. »Ich nehme an, Sie haben die Hände Ihrer Mutter aus der Nähe betrachtet. Waren sie verbunden, weil der Draht ihre Haut durchschnitten hat und in ihr Fleisch eingedrungen ist? Oder waren ihre Hände jeden Abend voll mit farbigem Cellonlack, mit der die Blütenblätter der Kunstrosen besprüht wurden?«

»Was reden Sie denn da? Woher wissen Sie das alles?«, brüllte er.

»Sagen Sie es endlich!«, schrie Grenfeld. »Warum musste dieses junge Mädchen sterben … in ihrem silbernen Korpus?«

Reis wurde immer unsicherer, nun begann auch noch seine linke Hand zu zittern.

»Ein Opfer muss es geben! Der Oberleutnant hatte es befohlen. Ich konnte unmöglich *sie* töten!« Er vermied es, Brigitte Helm anzusehen.

»Ich hatte sie gewarnt, aber *sie* hat ja nicht gehört! Tagelang war ich über diesen Versen gesessen, schließlich wollte ich in diesem Café Lunte Hilfe holen. Da sitzen doch genug stellungslose Poeten, hab ich mir gesagt. Da wird sicher einer ein Gedicht zustande bringen. Doch die haben mich nur ausgelacht, da …« Er sah sich irritiert um, als habe er ein Geräusch gehört. »Dieser Hauptmann Stumpf ist das Dreckschwein. In Oberschlesien hat er gewütet … damals genügte ein leiser Verdacht, mit den Polen gemeinsame Sache zu machen, und …« Er deutete einen Kopfschuss an und verzog sein Gesicht zu einer Grimasse. »*Den* müssen Sie wegsperren. Das Jungvolk mit seinen vermurksten Ideen verderben, das ist die größte Schweinerei … draußen im Fort mit den Waffen der …«

In diesem Moment fiel ein Schuss, Reis drehte sich verwundert um, als ob er genau das zu einem späteren Zeitpunkt an einem anderen Ort erwartet hatte, dann ging er zu Boden wie ein gefällter Baum, dessen starke Äste den Aufprall doch nicht aufhalten konnten.

»Deckung!«, schrie ein junger Mann und hechtete aus dem Glockenturm unter den Wasserspeier. »Runter, verdammt, der Schuss kam von oben!«

Grenfeld sah nach oben und erkannte auf dem Giebel im Gegenlicht der Scheinwerfer den Umriss eines Mannes mit einer Waffe in der Hand. Er griff nach der Pistole von Oskar Reis.

»Herr Grenfeld, lassen Sie mich das machen. Sie kriechen jetzt ganz langsam zurück zum Glockenturm und holen Verstärkung. Bringen Sie Frau Helm in Sicherheit!«

»Das wäre Ihre Aufgabe gewesen! Tun Sie Ihre Pflicht, Mann!«, schrie Grenfeld und robbte mit der Waffe in der Hand zur Sprossenleiter.

»Arrogante Bande«, hörte er den Kollegen fluchen.

Grenfeld sah nach oben, aber von diesem Winkel aus konnte er nichts erkennen. Der junge Polizist und Brigitte Helm hatten den Eingang zum Glockenturm erreicht.

»Gibt es auf der anderen Seite des Daches eine Leiter?«, schrie Grenfeld.

»Nur ein Holzbrett«, antwortete der Polizist.

Wenn er jetzt die Sprossen nach oben steigen würde, wäre er ihm schutzlos ausgeliefert.

»Machen Sie keinen Unsinn, Herr Kommissar. Ich hole Verstärkung. Er muss diesen Weg hier zurück. Er hat keine andere Wahl.«

Man hat immer eine Wahl, dachte Grenfeld und verharrte in seiner Stellung. Den eiskalten Wind, der um das Domdach wehte, nahm er nicht wahr. Er robbte zur Mauer, doch auch von dieser Position aus konnte er nichts erkennen. Alle Filme gehen gut aus, spukte es ihm durch den Kopf, und das ist doch ein Film. Wie hatte Reis gesagt, alles Luna! Jetzt mussten sie unten angekommen sein, die Helm und diese Nummer drei. Wie jung dieser Polizist war! Warum sie immer so junge einsetzen mussten. Aber Gennat hatte recht. Sie wurden älter, nicht die anderen jünger. Grenfeld hörte ein Geräusch. Eine Schindel musste sich gelöst haben und rutschte auf der anderen Seite das Dach hinunter. Ihm kamen plötzlich Zweifel, ob es drüben nicht doch einen Fluchtweg gab, und er begann zu klettern. Zuerst zögerlich, mit der Waffe in der rechten Hand, dann immer schneller. Jeden Moment erwartete er einen Schuss, es blieb jedoch totenstill. Als er auf dem Giebel angekommen war, sah er ihn. Er hatte sich offenbar an einem Beleuchtungskabel abgeseilt und versuchte jetzt, sich durch einen Luftschacht in den Glockenturm zu zwängen. Grenfeld schoss aus der Deckung des Dachgiebels und der Mann erwiderte das Feuer. Unter ihm sprangen mehrere Schupos aus dem Glockenturm und robbten zur Leiter. Die Lage war aussichtslos, der Schütze würde nicht mehr entkommen können. Spätestens im Turm würden ihn die Kollegen stellen. Er beobachtete, wie seine Beine im Dunkel des Schachts verschwanden, dann hörte er einen Schuss, darauf einen lang andauernden Schrei.

Grenfeld kletterte vorsichtig die Leiter zurück auf die Dachgalerie und spürte den eisigen Wind. Oskar Reis lag mit dem Gesicht nach unten auf dem Steinboden, die Arme eng am Körper anliegend, als wollte er im Tod so wenig Platz wie möglich in Anspruch nehmen. Zu seiner Verwunderung bemerkte er, dass die Leiche symmetrisch lag, bis auf die rechte Hand, deren Finger auf die alte Papierblumenfabrik zeigten. Er antwortete nicht auf die Fragen der Kollegen, sondern wankte benommen zum Glockenturm, den sie mittlerweile mit Scheinwerfern taghell beleuchtet hatten. Unten angekommen, sah er in das Gesicht des Täters. Ein Allerweltsgesicht, nur blutüberströmt und schmerzverzerrt. Mörder haben offenbar Glück diese Tage, dachte Grenfeld. Er würde es überleben, dank seiner guten Konstitution und dank der Matratzen am Boden des Glockenturms, die für Brigitte Helm dort lagerten, falls bei den Probeaufnahmen etwas schiefging. Einige hundert Komparsen in eleganter Abendgarderobe umringten den Verletzten. Nur die Kamera fehlte, eigentlich schade. Auch das hätte man in diesem Film noch unterbringen können. Grenfeld nahm einem Komparsen ein Glas Kognak aus der Hand und prostete den Umstehenden zu.

»Darf ich vorstellen?«, rief er theatralisch. »Hauptmann Stumpf! Mörder und Ausbilder unserer zukünftigen Jugend. Er hat gerade seinen Kameraden, den Schmalen, hinterrücks erschossen. Habt ihr keine Rolle für ihn?« Grenfeld hob das Glas und prostete erneut der Menge zu. »Jawohl, ihr habt richtig gehört. Dieser Mörder wird nicht etwa seine gerechte Strafe in Tegel verbüßen. Seine Anwälte werden argumentieren, es handle sich einzig und allein um die politische Tat eines Einfältigen, in guter Absicht, zum Schutz der Reichswehr. Er wird sich, wie seine Kameraden, nach Spanien oder Guatemala absetzen, um dann in ein paar Jahren wieder in Berlin aufzutauchen. Haltet ihm also eine Rolle frei – im nächsten Film! Und wer weiß, vielleicht wird er die Hauptrolle spielen – im Kampf um Metropolis.« Er blickte in die irritierten Gesichter der Schutzpolizisten und kam sich mit einem Mal so jung vor. Dann trafen sich seine Augen mit denen von Brigitte Helm. »Das Manuskript«, flüsterte er. »Du hast es mir versprochen.«

NACHWORT

Es dauert noch ein ganzes Jahr, bis endlich, am 10. Januar 1927, der Film *Metropolis* im UFA-Palast am Zoo Premiere feiert. Nach 17 Monaten Produktionszeit ist es so weit: Die Crème de la Crème der Berliner Gesellschaft ist erschienen und lauscht der eigens zum Film komponierten Musik von Gottfried Huppertz. Am Ende gibt es Begeisterungsstürme, Fritz Lang und Brigitte Helm werden eine halbe Stunde lang vor den Vorhang gerufen. Dennoch: An diesem Film werden sich die Geister scheiden. Kritiker verfassen vernichtende Artikel, voller Hohn und Spott über die triviale Botschaft des Films, und bald wird das millionenteure Projekt zum willkommenen Sündenbock für die Finanzkrise der UFA.

Aus Brigitte Helm wird ein Filmstar, aber mit Fritz Lang wird sie nie mehr drehen.

Erich Pommer verlässt im Januar 1926 die UFA und nimmt ein Angebot aus Hollywood an. Die sogenannten Parufamet-Verträge mit den Amerikanern zum Jahreswechsel 1925/26 erweisen sich als problematisch und lösen die Probleme der UFA nicht. Im Gegenteil. Die Schulden wachsen auch im Geschäftsjahr 1926/27 unaufhörlich an, was schließlich im März 1927 zur Übernahme der UFA durch den rechtsnationalen, republikfeindlichen Alfred Hugenberg und seinen Scherl-Verlag führt. 1926 kommt Goebbels als Gauleiter nach Berlin, um die zersplitterten rechten Gruppen innerhalb der NSDAP zu vereinen. Am 29. März 1933 beschließt der UFA-Vorstand die Entlassung jüdischer Mitarbeiter und leitet damit den Exodus deutscher Filmkünstler ins Ausland ein. Im selben Jahr emigriert auch Fritz Lang, zunächst nach Frankreich, dann in die USA. 1935 wird sich Brigitte Helm, nach über 30 Spielfilmen, im Alter von nur 27 Jahren aus dem Filmgeschäft und der Öffentlichkeit zurückziehen.

Und *Metropolis*? Die UNESCO nimmt Fritz Langs epochales Werk 2001 als ersten Film in das Weltdokumentenerbe auf. Dabei dürfen 1927 nur wenig Zuschauer den Film in seiner vollen Länge von zweieinhalb Stunden genießen. Nämlich jene, die ihn im UFA-Palast am Zoo oder anschließend im UFA-Pavillon am Nollendorfplatz sehen. Die hohen Eintrittspreise können sich nur wenige leisten. Weitere Aufführungen der Premierenfassung gibt es in Wien, Amsterdam, Ungarn, Estland und Argentinien. Dann wird der Film ohne Absprache mit dem Regisseur gekürzt, umgestellt und kastriert, zu einem Frankenstein-Verschnitt. Auffallend viele Szenen mit dem ›Schmalen‹, im Original von Fritz Rasp gespielt, fallen der Verstümmelung zum Opfer. Nicht weil Oskar Reis die Rolle des Schmalen übernommen hatte, das ist natürlich frei erfunden. Das Original ist den einen zu kommunistisch, den anderen zu religiös, den Dritten zu lang, alles in allem wohl zu anspruchsvoll für den breiten Publikumsgeschmack. Dann lieber nationale Historienfilme wie *Fridericus Rex* mit Otto Gebühr oder seichte Operetten. Und das Manuskript von Wilhelm Blume? Vielleicht hat es ja Fritz Lang dazu angeregt, 1929 einen der letzten Stummfilme zu drehen: *Frau im Mond*. Dort fliehen die Protagonisten mit einer Rakete zum Mond. Vielleicht lagert es aber auch in irgendeinem Archiv in Buenos Aires, wo 2008, zur Freude vieler Cineasten, die ursprüngliche, verloren geglaubte Langfassung des Films *Metropolis* wiederentdeckt wurde.

GESCHICHTE UND GESCHICHTEN

Viele Personen, Orte und Umstände in diesem Kriminalroman haben einen historischen Hintergrund, vieles ist reine Fiktion. Hier nur ein paar Beispiele: Den Mörder und Schriftsteller Wilhelm Blume (1874–1922) gab es wirklich, sein ›second life‹ als Spitzel – eine Erfindung. Genauso wie die Figur des Aufklärungsfliegers Oskar Reis. Dessen Angst vor einem Fememord durch seine rechten Kameraden allerdings war in jenen Jahren mehr als begründet. In den sogenannten Arbeitskommandos der ›Schwarzen Reichswehr‹ wusste man, was allein der Verdacht eines Verrats bedeutete. Die Karikatur des Amnestieautomaten, der nach links pickt und nach rechts nickt, findet sich in der Wochenschrift des Berliner Tageblatts ›Ulk‹[1] im August 1925.

1925/26 war eine Zeit des Umbruchs im Berliner Polizeipräsidium: April 1925 berief man Dr. Bernhard Weiß zum Leiter der Abteilung IV und damit zum Chef der Kriminalpolizei. Im Mai 1925 bekam Albert Grzesinski den Posten des Polizeipräsidenten. Der erfolgreiche Kriminalist Erich Gennat wurde 1926 Leiter seiner eigenen Zentralen Mordinspektion und gewinnt internationale Anerkennung für seine systematische Methodik der Beweissicherung.[2] Fritz Lang wird ihn in seinem Film *M* (1931) zum Vorbild für seinen Kommissar Karl Lohmann machen. Über die sogenannten Ringvereine, bestens organisierte Einheiten der kriminellen Unterwelt, ist viel geschrieben worden.[3] Das Polizeifest mit dem Kriminalspiel fand tatsächlich am 13. September im Lunapark statt. Am 5.9. fiel es aufgrund der Wetterlage aus, was für Oberinspektor Gennat ein Glück war, denn er musste nachmittags zu einem Leichenfund im Wald bei

Hirschgarten.[4] Der Fall des sechzehnjährigen Malermodells endete tragisch und bewegte die Öffentlichkeit fast genauso wie die Serie von Brandstiftungen.[5] Das romantische Restaurant Waldburg, in dem unser Grenfeld am Abend des 5. Septembers Zuflucht suchte, lag – bis vor wenigen Jahren noch – unweit des Bahnhofs Hirschgarten. Auch die Rote Mühle, in der eine halb nackte Dame auf einem Biertisch akrobatische Verrenkungen zum Besten gab, existierte, nur eine russische Emigrantin namens Mascha hat dort nie das Dirnenlied[6] gesungen. Am 9. November war auf dem Gelände der Schokoladenfabrik Bartz & Barth ein Feuer ausgebrochen und bei Aschinger durfte man bei Erbsensuppe und Bier so viel Schrippen wie gewünscht kostenlos vertilgen. Das Kakadu unseres Kneipiers Alexej, der am liebsten die liberale Emigrantenzeitung Rul liest, steht nur prototypisch für eine der unzähligen Lokalitäten in ›Petersburg am Wittenbergplatz‹, dem russischen Berlin der Zwanzigerjahre. Der Kakaduorden ist eine Erfindung, die Große und Freie Affenkammer des Alexej Remisow gab es wirklich. Der Mathematiker, Philosoph und Schachweltmeister Emanuel Lasker jedoch, und das hätte Alexej gefreut, wird am 19. November 1925 im Brunnensaal des Hotel Metropol in Moskau sein Spiel mit einer Sizilianischen Verteidigung gegen Weiß beginnen und das Turnier als Zweiter vor seinem Rivalen Capablanca beenden.[7] Das legendäre Romanische Café an der Tauentzien, zu Füßen der Gedächtniskirche, war für Träumer, Suchende und Künstler eine zweite Heimat, ob Lasker dort sein Lehrbuch des Schachspiels[8] geschrieben hat, ist aufgrund des Lärmpegels zu bezweifeln, aber auf der Galerie dürfte er die ein oder andere Partie gespielt haben. Das Dampfbad im Admiralspalast hat schon Joseph Roth beschrieben[9] und das Café Josty dürfte nicht nur durch

Erich Kästners Emil und die Detektive hinreichend bekannt sein. Auf der Terrasse dieses Cafés erinnert sich Grenfeld an Zeilen eines Gedichts von Paul Boldt (1885–1921)[10], dessen Werk zu Unrecht für lange Zeit in Vergessenheit geraten war. Der Vers über die Stille, den Mascha zitiert, stammt von Boris Pasternak, der 1922/23 unstet durch die Straßen Berlins wanderte, vielleicht in Gedanken an den Sommer 1917.[11] Auf dem Dachfirst der Domkulisse in Babelsberg wurde, nach dem Vorbild des Glöckners von Notre-Dame, wirklich gekämpft, allerdings nur vor der Kamera. Brigitte Helm wird von diesem Kampf wieder einmal die üblichen Blessuren davontragen. In der Roboterrüstung wird sie ohnmächtig, bei der Jagd durch die Katakomben erleidet sie Schürfwunden, auf dem Scheiterhaufen Verbrennungen, im Wasserbassin zittert sie vor Kälte, nur Oskar Reis und Grenfeld bleiben ihr erspart.[12] Tausend kahl geschorene Komparsen zogen in den Sanddünen der Berliner Rehberge haushohe Kulissen, nur ohne Wilhelm Blume. Ein Glück, dass ein Teil der wilden Dünenlandschaft 1925 noch intakt war, denn schon im Februar 1926 begannen die Erdarbeiten zum Volkspark Rehberge, finanziert durch Notstandsprogramme, mit denen die Arbeitslosigkeit bekämpft werden sollte. Ansonsten hatte Alfred Polgar recht: »Der Film belagert Berlin [...]«.[13] Produziert wurde in Neubabelsberg, Weißensee, Tempelhof, Johannisthal, Marienfelde, Halensee und Grunewald. Die gläsernen Dachateliers waren Vergangenheit, die neue Beleuchtungstechnik machte es möglich, *Metropolis* auch in der monumentalen Zeppelinhalle in Berlin-Staaken zu drehen. Auf dem Gelände der UFA in Neubabelsberg stand wohl tatsächlich jene Papierblumenfabrik, in der die Mutter von Oskar Reis hätte arbeiten können. Das Komitee Kinderhölle schuf auf öffentlichen Grünanlagen Freiluftkindergärten für die Kinder vom Prenzlauer Berg und experimentierte mit erstaunlich modernen sozialpädagogischen Maßnahmen gegen Armut und Verwahrlosung. Die Psychoanalyse wurde auch dem ›kleinen Mann‹ zugänglich gemacht, die Laienanalyse kontrovers diskutiert. Im Psychoanalytischen Institut in der Potsdamer Straße hing allerdings nicht Les Baigneurs von Raoul Dufy, aber Grenfeld hätte den Vortrag über ›Geständniszwang und Strafbedürfnis‹[14] durchaus hören können. Manchmal musste ich die Zeitlinie zugunsten der Handlung ein wenig straffen und verdichten. Grenfelds Therapeut Dr. Löhns arbeitet einerseits mit der freien Assoziation, wie sie Freud beschrieben hat, andererseits erinnert sein eklektisches Vorgehen eher an Fritz Perls, der in Berlin von Karen Horney ausgebildet, seine Gestalt-Methoden erst viel später in den USA entwickeln wird. Schmähungen und Angriffe auf den zum Polizeivizepräsidenten ernannten Dr. Bernhard Weiß wurden erst 1927 von Goebbels benutzt, um den Kampf gegen die, im Nazijargon, ›verhasste Judenrepublik‹ zu führen. Die Figur des Franz von Kreiting ist im Roman nicht von ungefähr ein früher Avatar, ein Prototyp dieser dunklen Macht im Kampf um Berlin.

Bisweilen traten bei den Recherchen auch verblüffende Zufälle zutage. Nach Fertigstellung des Manuskripts stieß ich auf ein kleines Büchlein über das Romanische Café von Georg Zivier. Als Zeitzeuge schildert er, wie im Kleinen Bassin des Romanischen eine Mascha samt ihrer zwei Freundinnen mit geistreichen Blödeleien die eingebildete Künstlerkaste auf den Arm nimmt.[15]

Wirklichkeit und Fiktion, beides zu verweben, hat mir große Freude bereitet. Für die unvermeidlichen Fehler, Missverständnisse oder Ungenauigkeiten, trotz gewissenhafter

Recherche, möchte ich mich bei meinen Lesern entschuldigen und werde mich über entsprechende Hinweise freuen.

Und Robert Grenfeld? Nur eines ist sicher, die Premiere im UFA-Palast am Zoo hat er sich nicht entgehen lassen, mit oder ohne Helen. Ob er dabei wieder einmal eingeschlafen ist, ist mir nicht bekannt.

DANKSAGUNG

Letztlich entstand dieses Buchprojekt aus Begeisterung über diesen ungewöhnlichen Film und aus einer tiefen Bewunderung für die Kreativität der Filmschaffenden sowie der grandiosen Leistung der damaligen Schauspieler, insbesondere der einzigartigen Brigitte Helm. Trotz aller bedenkenswerten Kritik an dem Stoff *Metropolis* hoffe ich, dass diese Wertschätzung sich im gesamten Text widerspiegelt. Das war meine Absicht. Bedanken möchte ich mich bei allen Testlesern, besonders aber bei meiner Frau und meiner Tochter, die mich oft genug aus den Untiefen der 20er-Jahre in die Gegenwart zurückbeamen mussten.

Danke auch für die Auskunftsbereitschaft folgender Institutionen und Personen: Mercedes-Benz Museum in Stuttgart, ADAC Berlin-Brandenburg e. V., Detektei Grützmacher (seit 1898) in Berlin-Zehlendorf, Dr. Gotlind Blechschmidt von LITTERA, Bundesverband Casting e. V. in Köln, Filmmuseum Potsdam, Triumph-Adler GmbH, Conrad Veidt Society, Deutsche Kinemathek – Museum für Film und Fernsehen, Zigarren-Datenbank Klinkenberg, Schachklub Caissa Augsburg.

Ganz besonderen Dank aber gilt Frau Claudia Senghaas und meinem Lektor Herrn Sven Lang vom Gmeiner-Verlag, die an das Projekt glaubten, es mit viel Feingefühl, Professionalität und Gewissenhaftigkeit begleiteten und es so Wirklichkeit werden ließen.

LITERATURVERZEICHNIS

1 Ulk, Wochenschrift des Berliner Tageblatts, Nr. 33, 44. Jg., vom 14. August 1925.

2 Rott, J. (2010): »Ich gehe meinen Weg ungehindert geradeaus«: Dr. Bernhard Weiß (1880–1951). Polizeivizepräsident in Berlin. Leben und Wirken. Marburg: Frank & Timme, S. 47 ff; Stürickow, R. (1998): Der Kommissar vom Alexanderplatz. Berlin: Das neue Berlin, S. 119 ff.

3 Einblick gibt: Schild, W. (1988): Berühmte Berliner Kriminalprozesse. In: Ebel, F./Randelzhofer, A. Hrsg. (1988). Rechtsentwicklung in Berlin. Berlin: de Gruyter, S.156 ff.

4 Vossische Zeitung, Morgenausgabe v. 6.9.1925, S. 3 und 7.9.1925, S. 3.

5 ebda., S. 3.

6 Davon gab es zahlreiche Variationen, z. B. in: Ostwald, H. (1903): Lieder aus dem Rinnstein. Leipzig/Berlin: Karl Henckell & Co., S. 87.

7 Siehe auch: Kotowski, E./Poldauf, S./Wagner, P. W. Hrsg. (2003): Emanuel Lasker. Homo ludens – homo politicus. Potsdam: Verlag für Berlin-Brandenburg, S. 193.

8 Lasker, E. (1925): Lehrbuch des Schachspiels. Berlin: Verlag Siedentop & Co.

9 Roth, J. (1920): Neue Berliner Zeitung, 12-Uhr-Blatt, 4.3.1920. GW, I, S.488 ff.; vgl. auch: Lehne, J. (2006). Admiralspalast. Berlin: be.bra wissenschaft verlag, S. 12 ff.

10 Boldt, P. (1912): Auf den Terrassen des Café Josty. In: Aktion. Zeitschrift für freiheitliche Politik und Lite-

ratur. Wochenschrift für Politik, Literatur und Kunst, 2; Reprint: Boldt, P. (2009): Auf der Terrasse des Café Josty. Frankfurt: Edition Razamba.

11 ›Sterne im Sommer‹ ist ein frühes Gedicht aus dem Sommer 1917. Pasternak, B. (1996): Gedichte und Poeme. Berlin: Aufbau Verlag, S. 35.

12 Sudendorf, W. Hrsg. (2009): Erich Kettelhut. Der Schatten des Architekten. München: belleville, S. 133 ff.; Riess, C. (1977): Das gab's nur einmal. Die große Zeit des deutschen Films. Band 1. Frankfurt/M: Ullstein, S. 262 ff.

13 Polgar, A. (1922): Der Sommer 1922. In: Das Tage-Buch, Wochenschrift vom 22.7.1922.

14 Reik, T. (1925): Geständniszwang und Strafbedürfnis. Probleme der Psychoanalyse und der Kriminologie. Leipzig: Internationaler Psychoanalytischer Verlag.

15 Zivier, G. (1968): Das Romanische Café. Berlinische Reminiszenzen 9. Berlin: Haude & Spenersche, S. 30 ff.

Uwe Klausner
Stasi-Konzern
978-3-8392-1548-7

»Auf der Abschussliste der Stasi!«

West-Berlin, 9. Oktober 1964. Eigentlich will Kriminalhauptkommissar a. D. Tom Sydow nur ein paar Runden durch den Park drehen, als er plötzlich Schüsse hört. Ein Mann wurde ermordet. Sydow kann die Flucht des vermeintlichen Täters nicht verhindern. Es kommt noch schlimmer. Während er seine Exkollegen benachrichtigt, verschwindet der Leichnam. Da Sydow der einzige Zeuge ist, bittet ihn sein ehemaliger Partner um Hilfe. Er findet heraus, dass sich der Tote mit einem Stasi-Überläufer getroffen hat …

GMEINER

Wir machen's spannend

Rolf Aderhold
Welfencode
978-3-8392-1544-9

»Durchgehend spannend und unterhaltsam.«
Hannoversche Allgemeine Zeitung

Der Kunsthistoriker Jarre Behrend ist auf der Suche nach verschlüsselten Briefen von Gottfried Wilhelm Leibniz. Die Briefe, die Hannovers Sohn an die Kurfürstin Sophie von der Pfalz geschrieben hat, enthalten Brisantes zur Thronfolge Großbritanniens. Jarre Behrend ist zwar nicht im Auftrag Ihrer Majestät unterwegs, aber das macht den Fall nicht weniger bedrohlich. Am Ende steht die Frage: Ist der Thron von Queen Elisabeth II. in Gefahr?

GMEINER
Wir machen's spannend